9787539948461

U1002021

读客

读客中国史入门文库

顺着文库编号读历史，中国史来龙去脉无比清晰！

红顶商人

讲透中国传统商人生存之道的至高经典

从店伙计到大清首富花了30年，从首富到倾家荡产只花了3天。
经商的看到生存的安全边界；从政的看到权力的雷区所在。

胡雪岩

高 阳 著

江苏凤凰文艺出版社
JIANGSU PHOENIX LITERATURE AND ART PUBLISHING

原著作名《胡雪岩（上）》

楔　子

在清朝咸丰七年，英商麦加利银行设分行于上海以前，全国金融事业为两个集团所掌握——商业上的术语称为“帮”，北方是山西帮，南方是宁绍帮。所业虽同，其名则异，大致前者称为“票号”，后者称是“钱庄”。

山西帮又分为祁、太、平三帮——祁县、太谷、平遥，而始创票号者，为平遥人雷履泰。他最初受雇于同县李姓，在天津主持一家颜料铺，招牌叫作“日升昌”，其时大约在乾隆末年。日升昌在雷履泰的悉心照料之下，营业日盛，声誉日起，连四川都知道这块“金字招牌”，因为雷履泰经常入川采购铜绿等等颜料，信用极好。

四川与他省的交通最不便，出川入川携带大批现金，不但麻烦，而且有风险。于是雷履泰创行汇兑法，由日升昌收银出票，凭票到指定地点的联号兑取现银。当然，汇兑要收汇费，名为“汇水”。汇水并无定额，是根据三个因素计算出来的。第一，路途的远近。远则贵，近则廉。第二，银根的松紧。大致由小地方汇到大地方来得便宜，由大地方汇到小地方来得贵。因为地方大则银根松，地方小则银根紧。如某处缺乏现金，而有待兑的汇票，则此时有客户交汇，正好济急，反有倒过来贴补客户汇费的。

最后是计算银锭的成色。银锭的大小通常分为三种，最大的五十两，为了便于双手携捧，做成两头翘起的马蹄式，即所谓“元宝”，而出于各省藩库的称为“官宝”；其次是中锭，重十两，有元宝形的，称为“小元宝”，但通常都做成秤锤式；最小的或三两、或五两，通称“银锞”；再就是碎银，轻重不等。此外各省有其特殊的形制，如江浙称为“元丝”，底凹上凸，以便叠置。但不管任何形状、大小，银子的成色各地不同，需要在交汇时核算扣足。

由于汇兑凭票兑银，所以叫作“票号”。早先运送现银的方法，如果不是随身携带，就得交镖局保送，费用大，麻烦多，走得慢，而且还有风险，万一被劫或者出了其他意外，镖局虽然照赔，但总是件不愉快的事。所以票号一出，请教走镖英雄好汉的人就少了。

早期的票号，多为大商号兼营的副业。到咸丰初年，始有大量专营的票号出现，但票号的势力不得越长江而南。因为江南的钱庄，为保护本身的利益，一方面仿照票号的成例，开办汇兑业务，一方面力拒票号的侵入。至于票号除汇兑以外，以后亦经营存款及放款，所以票号与钱庄的业务，由于彼此仿效的结果，几乎完全相同，只是在规模上，钱庄逊于票号而已。

钱庄业多为宁绍帮所经营，而镇江帮有后来居上之势。但在同治到光绪初年，全国最大的一家钱庄，规模凌驾票号而上之，同时它的主人亦不属于宁绍帮，是为当时金融业中的一个特例。

这家钱庄的字号叫“阜康”，它的主人是杭州人。

第一章

有个福州人，名叫王有龄，他的父亲是候补道，分发浙江，在杭州一住数年，没有奉委过什么好差使，老病侵寻，心情抑郁，死在异乡。身后没有留下多少钱，运灵柩回福州，要好一笔盘缠，而且家乡也没有什么可以倚靠的亲友，王有龄就只好奉母寄居在异地了。

境况不好，而且举目无亲，王有龄混得很不成样子，每天在梅花碑一家茶店里穷泡，一壶“龙井”泡成白开水还舍不得走，中午四个制钱买两个烧饼，算是一顿。

三十岁的人，潦倒落拓，无精打采，叫人看了起反感。他的架子还大，经常两眼朝天，那就越发没有人爱理他了。

唯一的例外是个二十岁左右的少年，王有龄只知道他叫“小胡”。小胡生得一双四面八方都照顾得到的眼睛，加上一张常开的笑口，而且为人“四海”，所以人缘极好。不过，王有龄跟他只是点头之交，也识不透他的身份。他有时很阔气，有时似乎很窘，但不管如何，总是衣衫光鲜——像这初夏的天气，一件细白夏布长衫，浆洗得极其挺括，里面是纺绸小褂裤，脚上白竹布的袜子，玄色贡缎的双梁鞋。跟王有龄身上那件打过补丁的青布长衫一比，小胡真可以说是“公子哥儿”了。

他倒是有意结交王有龄，王有龄却自惭形秽，淡淡地不肯跟他接近。这一天下午的茶客特别多，小胡跟王有龄“拼桌”，他去下了两盘象棋，笑嘻嘻走回来说：“王有龄，走，走，我请你去‘摆一碗’。”摆一碗是杭州的乡谈，意思是到小酒店去对酌一番。

“谢谢。不必破费。”

“自有人请客。你看！”他打开手巾包，里面包有二两碎银子，得意地笑道，“第一盘‘双车错’，第二盘‘马后炮’，第三盘，小卒‘逼宫’，杀得路断人稀。不然，我还要赢。”

盛情难却，王有龄跟着去了。一路走到城隍山——“立马吴山第一峰”的吴山，挑了个可以眺望万家灯火的空旷地方，一面喝酒一面闲谈。

酒到半酣，闲话也说得差不多了，小胡忽然提高了声音说：“王有龄，我有句话，老早想问你了。我看你不是没本事的人，而且我也懂点‘麻衣相法’，看你是大贵之相，何以一天到晚‘孵’茶店？”

王有龄摇摇头，拈了块城隍山上有名的油饼，慢慢咬着，双眼望着远处，是那种说不出来的茫然落寞。

“叫我说什么？”王有龄转过脸来盯着小胡，仿佛要跟他吵架似的，“做生意要本钱，做官也要本钱，没本钱说什么？”

“做官？”小胡大为诧异，“怎么做法？你同我一样，连‘学’都没有‘进’过，是个白丁。哪里来的官做？”

“不可以‘捐班’吗？”

小胡默然，心里有些看不起王有龄。捐官的情形不外乎两种，一种是做生意发了财，富而不贵，美中不足，捐个功名好提高身价。像扬州的盐商，个个都是花几千两银子捐来的道台，那一来便可以与地方官称兄道弟，平起平坐，否则就不算“缙绅先生”，有事上得公堂，要跪着回话。

再有一种，本是官员家的子弟，书也读得不错，就是运气不好，三年大比，次次名落孙山，年纪大了，家计也艰窘了，总得想个谋生之道。这些人走的就是“做官”的这条路，改行也无从改起，只好卖田卖地，拜托亲友，凑一笔去捐个官做。像王有龄这样，年纪还轻，应该刻苦用功，从正途上去巴结。他不此之图，而况又穷得衣食不周，却痴心妄想去捐班，岂不是没出息？

王有龄看出他心里的意思，有几杯酒在肚里，便不似平时那么沉着了。“小胡！”他说，“我告诉你一句话，信不信由你，先父在日，替我捐过一个‘盐大使’。”

小胡最机警，一看他的神情，就知道绝非假话，随即笑道：“唷！失敬，失敬，原来是王老爷。一直连名带姓叫你，不知者不罪。”

“不要挖苦我了！”王有龄苦笑道，“说句实话，除非是你，别人面前我再也不说，说了反惹人耻笑。”

“我不是笑你。”小胡放出庄重的神态问道，“不过，有一层我不明白，既然你是盐大使，我们浙江沿海有好几十个盐场，为什么不给你补缺？”

“你只知其一，不知其二——”

捐官只是捐一个虚衔，凭一张吏部所发的“执照”，取得某一类官员的资格，如果要想补缺，必得到吏部报到，称为“投供”，然后抽签分发到某一省候补。王有龄尚未“投供”，哪里谈得到补缺？

讲完这些捐官补缺的程序，王有龄又说：“我所说的要‘本钱’，就是进京投供的盘缠。如果境况再宽裕些，我还想‘改捐’。”

“改捐个什么‘班子’？”

“改捐个知县。盐大使正八品，知县正七品，改捐花不了多少钱，出路可就大不相同了。”

“怎么呢？”

“盐大使只管盐场，出息倒也不错，不过没有意思。知县虽小，一县的父母官，能杀人也能活人，可以好好做一番事业。”

这两句话使得小胡肃然起敬，把刚才看不起他的那点感想，一扫而空了。

“再说，知县到底是正印官，不比盐大使，说起来总是佐杂，又是捐班的佐杂，到处做‘磕头虫’，与我的性情也不相宜。”

“对，对！”小胡不断点头，“那么，这一来，你要多少‘本钱’才够呢？”

“总得五百两银子。”

“噢！”小胡没有再接口，王有龄也不再提，五百两银子不是小数目，小胡不见得会有，就有也不见得肯借。

两人各有心事，吃闷酒无味，天也黑上来了，王有龄推杯告辞，小胡也不留他，只说：“明天下午，我仍旧在这里等你，你来！”

“有事吗？”王有龄微感诧异，“何不此刻就说？”

“我有点小事托你，此刻还没有想停当。还是明天下午再谈。你一定要来，我在这里坐等，不见不散。”

看他如此叮嘱，王有龄也就答应了。到了第二天下午，王有龄依约而至，不见小胡的踪影。泡一碗茶得好几文钱，对王有龄来说是一种浪费。于是沿着山路一直走了过去。城隍山上有好几座庙，庙前有耍把戏的、打拳卖膏药的、摆象棋摊的，不花钱而可以消磨时光的地方多得很。他这里立一会儿，那面看一看，到红日衔山，方始走回原处，依旧不见小胡。

是“不见不散”的死约会。王有龄顿感进退两难，不等是自己失约，要等，天色已暮，晚饭尚无着落。呆了半天，他越想越急，顿一顿足，往山下便走，心中自语：明天见着小胡，非说他几句不可！他又不是不知道自己的境况，在外面吃碗茶都得先算一算，何苦捉弄人？

走了不多几步，听见后面有人在叫：“王有龄，王有龄！”

转身一看，正是小胡，手里拿着手巾包，跑得气喘吁吁，满脸是汗。见着了他的面，王有龄的气消了一半，问道：“你怎么这时候才来？”

“我知道你等得久了，对不起，对不起！”小胡欣慰地笑着，“总算还好，耽迟不耽错。来，来，坐下来再说。”

王有龄也不知道他这话是什么意思，默默地跟着他走向一副设在橱下的座头，泡了两碗茶。小胡有些魂不守舍似的，目送着经过的行人，手里紧捏住那个手巾包。

“小胡！”王有龄忍不住问了，“你说有事托我，快说吧！”

“你打开来看，不要给人看见。”他低声地说，把手巾包递了给王有龄。

他避开行人，悄悄启视，里面是一沓银票，还有些碎银子，约莫有十几两。

“怎么回事？”

“这就是你做官的本钱。”

王有龄愣住了，一下子心里发酸，眼眶发热，尽力忍住眼泪，把手巾包放在桌上，却不知怎么说才好。

“你最好点一点数。其中有一张三百两的，是京城里‘大德恒’的票子，认票不认人，你要当心失落。另外我又替你换了些零碎票子，都是有名的‘字号’，一路上通行无阻。”小胡又说，“如果不为换票子，我早就来了。”

这里王有龄才想出来一句话：“小胡，你为什么待我这么好？”

“朋友嘛！”小胡答道，“我看你好比虎落平阳，英雄末路，心里说不出的难过，一定要拉你一把，才睡得着觉。”

“唉！”王有龄毕竟忍不住了，两行热泪，牵连不断。

“何必，何必？这不是大丈夫气概！”

这句话是很好的安慰，也是很好的激励。王有龄收拾涕泪，定一定神，才想起一件事：相交至今，受人绝大的恩惠，却是对他的名氏、身世，一无所知，岂不荒唐？

于是他微有窘色地问道：“小胡，还没有请教台甫？”

“我叫胡光墉，字雪岩，你呢，你的大号叫什么？”

“我叫雪轩。”

“雪轩，雪岩！”胡雪岩自己念了两遍，抚掌笑道，“好极了，声音很近，好像一个人。你叫我雪岩，我叫你雪轩。”

"是，是！雪岩，我还要请教你，府上？"

这是问他的家世，胡雪岩笑笑不肯多说："守一点薄产过日子，没有什么谈头。雪轩，我问你，你几时动身？"

"我不敢耽搁。把舍间略略安排一番，总在三五日内就动身。如果一切顺利，年底就可以回来。雪岩，我一定要走路子，分发到浙江来，你我弟兄好在一起。"

"好极了！"胡雪岩的"好极了"，已成口头禅，"后天我们仍旧在这里会面，我给你饯行。"

"我一定来。"

到了第三天，王有龄午饭刚过，就来赴约。他穿了估衣铺买的直罗长衫，亮纱马褂，手里拿一柄"舒莲记"有名的"杭扇"，泡着茶等。等到天黑不见胡雪岩的踪影，寻亦没处寻，只好再等。

天气热了，城隍山上来品茗纳凉的络绎不绝。王有龄目迎目送着每一个行人，把脖子都摆得酸了，就是盼不着胡雪岩。

夜深客散，茶店收摊子，这下才把王有龄撵走。他已经雇好了船，无法不走，第二天五更时分上船，竟不能与胡雪岩见一面话别。

* * *

在王有龄北上不久，浙江的政局有了变化：巡抚常大淳调湖北，云南巡抚黄宗汉改调浙江，未到任以前由布政使——通称"藩司"、老百姓尊称为"藩台"的旗人椿寿署理。

黄宗汉字寿臣，福建晋江人。他是道光十五年乙未正科的翰林，这一榜人才济济，科运甚隆，那年——咸丰二年，当到巡抚的就有广东叶名琛、江西张芾，当到二品大员的有何桂清、吕贤基、彭蕴章、罗惇衍，还有杭州的许乃钊，与他老兄许乃普，都当到内阁学士。

这黄宗汉据说是个很能干的人，但是关于他的操守与治家，批评极坏。到任以后，传说他向椿寿索贿四万两银子，椿寿没有买他的账，于是多事了。

其时漕运正在改变办法。因为海禁已开，而且河道湮淤，加以洪、杨的起事，所以江苏的苏、松、太各属改用海运，浙江则是试办。椿寿既为藩司，又署理巡抚，责无旁贷，当然要亲自料理这件公事。

漕运的漕，原来就是以舟运谷的意思。多少年来都是河运，先是黄河，后来是运河，而运河又有多少次的变迁兴作，直到康熙年间，治河名臣靳辅、于成龙先后开“中河”，历时千余年的运河，才算大功告成。

这条南起杭州，北抵京师，流经浙江、江苏、山东、河北四省，全长两千多里的水道，为大清朝带来了一百五十年的盛运。不幸的是，黄河的情况越来越坏，有些地方河底积淤，高过人家屋脊，全靠两面堤防约束，“春水船如天上行”，真到了束手无策的地步。而运河受黄河的累，在嘉庆末年，几乎也成了“绝症”。于是道光初年有海运之议。

在嘉庆末年时有齐彦槐其人，著有一篇《海运南僧议》，条分缕析，断言“一举而众善备”，但地方大吏不愿轻易更张。直到湖南安化的陶文毅公陶澍，由安徽巡抚调江苏，锐意革新，消除盐、漕两事的积弊，齐彦槐的建议才有一个实验的机会。

这次实验由陶澍亲自主持，在上海设立“海运总局”。他亲自雇好专门运载关东豆麦的“沙船”[①]一千艘，名为“三不像”的海船几十艘，分两次运米一百五十多万石到天津，结果获得极大的成功，省时省费，米质受损极微。承运的船商，运漕而北，回程运豆，一向漕船南下“回空”，海船北上“回空”，现在平白多一笔收入，而且出力的船商还“赏给顶戴”做了官，真正是皆大欢喜。

但是到了第二年，这样的好事竟不再做下去，依然恢复了河运。因为，不知道有多少人靠这条运河的漕船来剥削老百姓，他们不愿意革新！

---

① 沙船：中国古代近海船，因其适于在水浅多沙滩的航道航行，故名沙船。

漕运的弊端与征粮的弊端是不可分的。征粮的权责属于州县，这七品的正印官，特称为“大老爷”，在任两件大事：刑名、钱谷。延请“绍兴师爷”至少亦得两名：“刑名师爷”和“钱谷师爷”。县大老爷的成名发财，都靠这两个人。

钱谷师爷的本事不在算盘上，在于能了解情况，善于应付几种人。第一种是书办，世代相传，每人手里有一本底册，哪家有多少田，该纳粮多少，都记载在这本册子上，为不传之秘。

第二种是“特殊人物”，他们所纳的粮，都有专门名称——做过官的绅士人家的是“衿米”，举人、秀才、监生是“料米”，这两种米不能多收，该多少就多少，否则便有麻烦。再有一种名为“讼米”，专好无事生非打官司的讼棍所纳的粮，也要当心。总而言之一句话，刁恶霸道、不易对付的那班“特殊人物”，必须敷衍，分量不足，米色粗劣，亦得照收不误。甚至虚给“粮串”——纳粮的凭证，买得个安静二字。

有人占便宜，当然有人吃亏，各种剥削耗费，加上县大老爷自己的好处，统统都出在良善小民头上，这叫作“浮收”。最“黑”的地方，“浮收”到正额的一半以上，该纳一石米的，起码要纳一石五斗。于是有所谓“包户”，他们或者与官吏有勾结，或者能挟制官吏，小户如托他们“包缴”，比自己到粮柜上去缴纳便宜得多。

第三种就是漕船上的人。漕船都是官船，额定数字过万，实际仅六千余艘，分驻运河各地，一地称为一帮——这就是游侠组织“青帮”之帮的出典。

帮中的管事及水手，都称为帮丁，其中又有屯丁、旗丁、尖丁之分。尖丁是实际上的头目，连护漕的千总、把总都得听他的指挥。州县衙门开仓征粮，粮户缴纳，漕船开到，验收装船，名为“受兑”。一面征粮，一面受兑，川流不息，那自然是再顺利不过的事，但是这一来漕船上就玩不出花样来了。

他们的第一个花样是“看米色”。由于漕船过淮安时，漕运总督要“盘粮”点数，到通州起岸入仓时，仓场侍郎要验看米质，如有不符，都由漕船负责。因此，他们在受兑时，验看米色，原是分所当为。但米色好坏，仅凭目视，并无标准，这样就可以挑剔了，一廒一廒看过去，不是说米色太杂，就是不够干燥，不肯受兑。

以一般的情况而言，开仓十日，所有的仓廒就都装满了，此时如不疏运上船，则后来的粮户，无仓可以贮米，势必停征。粮户也就要等待，一天两天还不要紧，老百姓无非发发牢骚而已，日子一久，废时失业，还要贴上盘缠，自然非吵不可，这叫作“闹漕”，是件极严重的事，地方官往往会得到极严厉的处分。倘或是个刮地皮的贪官，这一闹漕说不定就会激起民变，更是件可以送命的大祸。

因此，钱谷师爷便要指挥书办出来与“看米色”的旗丁讲斤头[①]，倘或讲不下来，而督运的委员怕误了限期，催令启程，那些帮丁就不问兑足不兑足，只管自己开船。这时的州县可就苦了，必须设法自运漕米，一路赶上去补足，称为“随帮交兑”。

幸而取得妥协，漕米兑竣，应该出给名为“通关”的收据，这时尖丁出面了，先议“私费”，就是他个人的“好处”；私费议妥，再议“通帮公费”，是全帮的好处。这些看米色所受的勒索，以及尖丁私费、通帮公费，自然羊毛出在羊身上，由浮收来支付。

这以后，就该帮丁受勒索了，首先是“过淮”投文过堂，照例有各种陋规。一帮船总要花到五六百两到一千两银子。这一关一过，沿路过闸过坝，处处要送红包，大概每一艘船要十几两银子。最后到了通州，花样更多，要投四个衙门的文，有人专门代办，每船十三两银子，十两铺排四个衙门，三两是代办者的酬劳。等漕米上岸入仓，伸手要钱的人数不清，总要花到三五十两。所以帮丁勒索州县，无非悖入悖出。

帮丁的苦楚犹不止此，一路还要受人的欺侮。在运河里，遇到运铜运铅的船，以及木排，千万要当心，那是在运河里蛮不讲理出了名的，撞沉了

① 讲斤头：方言，讲条件，讨价还价。

漕船，他们可以逃散，帮丁则非倾家荡产来赔不可。因为如此，帮丁便格外团结，以求自保。“青帮”之起因如此，所以，他们的“海底”[①]名为“通漕”，并不是世俗所称的“通草”。

一度行之有效，但以积习已深、惯于更张的南漕海运，终于咸丰元年旧事重提。这出于两个原因，第一个是人，第二个是地。

这个人是两江总督陆建瀛，湖北人，极能干，而且善于结交，所以公卿延誉，负一时物望。他颇有意步武陶澍，留一番政绩。陶澍改盐法，淮北行之大效，而淮南依旧，陆建瀛在淮南继陶未竟之功。漕运也是如此，他得到户部尚书孙瑞珍的支持，准备恢复海运。

适逢其会的是，运河出了问题，在徐州附近的丰县以北决口，“全河北趋，由沛县之华山、戚山分注微山、昭阳等湖，挟清水外泛，运河闸、坝、纤堤，均已漫淹”。朝廷一方面拨巨款抢救，一方面也加强了改用海运的决心。

海运之议，奉旨由两江总督陆建瀛、江苏巡抚杨文定、浙江巡抚常大淳会同筹划。结果决定咸丰二年江苏的苏州、松江、常州、镇江、太仓等四府一州的漕米，改用海运。浙江则是试办，但其间又有反复，未成定议。

就在这段期间中，椿寿由湖南布政使调浙江。当朝命初下时，黄宗汉是掌理一省司法的浙江按察使，通称“臬司”，等椿寿到任时，他已经调差了。第二年，洪军由广西而湖南，湖北吃紧，清文宗把善于“捕盗”的常大淳，调为湖北巡抚。浙江巡抚由藩司椿寿署理。

椿寿的运气太坏。这年的浙江，省城杭州及附近各州县，自五月以后，雨量稀少，旱荒已成，于是对他发生两大不利：第一是钱粮征收不起；第二是河浅不利于舟行，影响漕运。

江苏的海运非常顺利，四府一州的漕粮，糙米三十二万多石，白米二万七千余石，于三月间出海北上，安然运到。而浙江的漕米，到九月间还

① 海底：江湖帮派的帮内资料。

未启运，这是前所未有的现象。

在此以前，也就是浙江正闹旱灾的五月间，为了军事上的需要，各省巡抚有个小小的调整，云南巡抚张亮基调湖南，遗缺由甘肃布政使黄宗汉接充。他不愿意去云南，经过一番活动，很快地改调浙江。不过一年的工夫，重回杭州时，已非昔比。

署理巡抚椿寿交卸以后，仍旧干他的藩司。据说黄宗汉在第一天接见椿寿时，就作了个暗示：椿寿的“纱帽”在他手里，如果想保全，赶快送四万两银子的“红包”过去。黄宗汉敢于作此勒索，就因为椿寿在漕运上已经迟延，如果上司肯替他说话，可以在天灾上找理由，有处分，亦属轻微。否则，耽延了“天庾正供”，将获严谴。

椿寿没有理会他，于是黄宗汉想了个极狠毒的手法来“整”人。他认为本年漕粮启运太迟，到达通州交仓，粮船不能依照限期“回空”，这样便要影响下一年的漕运。就在这个言之成理的说法上来整椿寿。

心里已有成算，表面丝毫不露，把椿寿请到抚院来谈公事，问起漕运的情形。

一提到这上面，椿寿自己先就紧张。“回大人的话，”他说，“今年浙江的漕运，无论如何要担处分了！”

“谁担处分啊？”黄宗汉故意这样问。

“自然是司里。”藩、臬两司向巡抚回话，照例自称“司里”。

“这也不是担处分的事。”黄宗汉用这句话先作一个伏笔，却又立即撇开不谈，“贵司倒先说说看，究竟因何迟误？”

“自然是因为天旱水浅，河道干淤。已经奏报过的。”

“天旱是五月以后的事。请问，照定例，本省漕船，每年什么时候开，什么时候‘过淮’，什么时候‘回空’？”

一连三问，把椿寿堵得哑口无言。照定例，江西和浙江的漕船，限在二月底以前尽数开行。年深日久，定例有变，但至迟亦不会过四月。现在秋风已起，漕船开行的还不过一半，这该怎么说呢？

他迟迟不答，黄宗汉也不开口，是逼着他非说不可。椿寿无奈，只好这样答道："大人也在浙江待过，漕帮的积弊，还有什么不明白的？漕丁有种种花样，譬如说陈漕带私货啰。"

椿寿的话未完，抚台便一个钉子碰了过来："天下乌鸦一般黑，各省漕丁都是一样的。"

"今年略微不同，因为奉旨筹议南漕海运，漕帮不免观望，这也是延误的原因之一。"

"观望什么？"黄宗汉大声问道，"议办海运是来年新漕之事，跟今年何干？"

振振有词一问，椿寿语塞。既然来年有此改变之议，漕丁自不免有所瞻顾，以致鼓不起劲来，但身为藩司，署理抚院，这些地方正该督催，否则便是失职，所以椿寿无词可解。

"现在怎么办呢？"黄宗汉又忧形于色地说，"事情总要办通才行啊！"

"是，是！"椿寿赶紧答道，"司里尽力去催，总在这个把月里，一定可以全数启运。"

"个把月？"黄宗汉皱着眉说，"说老实话，这上面我还不大弄得清楚。反正本年漕运，自前任常中丞调任以后，都由老兄一手经理。以后该如何办理，等我商量了再说。"

他这段话有两层用意：第一是说目前还不甚了解漕运的情况，等了解了又当别论，留下翻覆的余地；第二是"一手经理"四个字，指明了全部责任。椿寿原是"上三旗"的公子哥儿，这几年在外面历练了一番，纨绔的积习固已大减，而人心的险巇，却无深知，哪里去理会得黄宗汉的深意？还只当抚台语气缓和，事无大碍，所以连声应诺，辞出抚院，赶紧召集手下，商议如何设法把未走的船，能够早日开行，只要一出浙江省境，责任就轻得多了。

于是椿寿即刻召集督粮道和其他经办漕运的官员，一面宣达了抚台的意思，一面力竭声嘶地要大家“各秉天良”，务必在最短期间内，设法让漕船全数开出。

别处都还好办，麻烦的是湖属八帮。浙江湖州府是东南膏腴之区，额定漕粮三十八万八千余石，关系重大，偏偏这八帮的漕船，一艘都动弹不得。椿寿看看情势严重，不得不亲自到湖州去督催。

湖州运漕，有条运河的支流，往东沿太湖南岸，入江苏省境平望的大运河。这条支流不到一百里长，但所经的双林、南浔两镇，为膏腴中的膏腴。南浔的殷富，号称“四狮八象”，海内闻名，听得藩台驾到，照例以捐班道台的身份，尽地主之谊。他们饮食起居的讲究，虽不比盐商、河工的穷奢极侈，但已远非一般富贵之家可比。

身处名匠经营的园林，坐对水陆并陈的盛馔，开宴照例开戏，南浔富家都有自己的戏班，砌末、行头无不精美。这时集合精英，奏演名曲，而椿寿索然寡欢，却又不得不勉强敷衍，因而这样豪华享受的场合，在他反觉得受罪，耳中听着《长生殿》的《夜雨闻铃》，心里想的却是怎得下他三天三夜的大雨，运河水满，让搁浅的漕船，得以趁一帆西风，往东而去？

想着漕船，椿寿无论如何坐不住了，托词“身子不爽”，向主人再三道歉告辞，回到行辕。

行辕里已经有许多人在等着。这些人分为三类：一类是漕帮中的“领运千总”，名义上算是押运的武官，照原来的传统，多由武举人中选拔；一类是临时委派的押运官，大多为候补州县，走路子钻上这个差使，多少弄几文“调剂调剂”；再一类就是各帮中真正的头脑——“尖丁”。

“尖丁”的身份是小兵，这还是明朝“卫所”演变下来的制度。小兵与二品大员的藩台，身份相差不知几许，照平日来说，连见椿寿的面都难，但此刻也顾不得这些官派了！要设法能让漕船开动，非找尖丁来谈，才商议得出切实的办法，所以椿寿吩咐，一体传见。

行辕借在一家富户的两进屋子，时已入夜，轩敞的大厅上，点起明晃晃的火油灯，照出椿寿的满面愁容。他居中坐在红木炕床上，两旁梨花木的“太师椅”上坐的是候补州县身份的押运官，千总和尖丁便只有站的份儿了。

在鸦雀无声的沉重的气氛中，椿寿扯开嘶哑的嗓子说道：“今年的漕粮，到底还运得出去、运不出去？”

这一问大家面面相觑，都要看一看对方的脸色。最有资格答话的是尖丁，但以身份关系，还轮不到他们开口。

“我在抚台面前，拍了胸脯的，一个月当中，一定全数开船。现在看了实在情形，我觉得我的话说得过分了。今天一定先要定个宗旨出来，船能动是动的办法，不能动是不能动的办法。这样子一天一天等下去，非把脑袋等掉了不可。”

这是提出了要砍脑袋的警告，在座的人无不悚然！坐在左首太师椅上的一名候补州县，便欠身说道：“总得仰仗大人主持全局，属下便赔上性命，也得把漕船开出去。漕粮关乎国家正用，今年天旱水浅，纵然耽迟，还有可说，倘或不走，那就是耽错了。”

“耽迟不耽错”这一说，凡是坐在太师椅上的，无不齐声附和。这些候补州县，没有一个不闹穷，有些在省城住了十几年，始终没有补上一个缺，穷得只剩下一沓当票，好不容易才派上这一个押运的差使，指望着漕船一动，便好先支一笔公费安家。至于这一去什么时候才能到达通州，他们不必担心，迟延的处分落不到他们头上。

倘说漕船不走，他们便回不得省城。因为船不走，便无所谓押运，不仅万事全休，而且比不得这个差使还要坏——不得这个差使，不必借了盘缠来到差，现在两手空空回杭州，债主那里如何交代？

椿寿当然明白他们的用心，而且也知道这些人无足轻重，既出不了什么力，也担不了什么责任，所以不理他们的话，望着站在他们身后的“领运千总”说：“你们有什么主意，说出来商量。”

“领运千总”的想法，与那些候补州县差不多，只是他们不能胡乱作主，凡事要听尖丁的招呼，因而有个年纪大些的便这样回答：“请大人作主！”

“如果我说不走呢？”

大家都不响，没有一个人赞成他的主意，只是不敢驳回。但这样不作声，也就很明显地表示出反对的意思了。

在座的一个实缺同知，此时忍不住开口：“跟大人回话，还是让他们推出一两个人来，看看有何话说？”

“他们”是指尖丁，椿寿点点头，对那些尖丁说：“我看也非你们有句话不可。”

“是！”有个“有头有脸”的尖丁答应一声，请个安说，“请大人先休息。我们商量出一个宗旨，再跟大人回禀。”

“好，好，你们商量。”

椿寿坐在炕床上咕噜噜吸水烟，八帮的尖丁便退到廊下去悄悄商议，好久尚无结论，因为各帮的情况不同，看法各异，牵涉的因素很多。今年的漕运，吃力不讨好是公认的看法，但走与不走，却有相反的主张：一派认为赔累已不可免，不如不走，还省些事；一派则以在漕船上带着许多私货，不走则还要赔一笔，“公私交困”，简直要倾家荡产了。

谈来谈去，莫衷一是，椿寿已经派人来催了，只好听凭上面去决定走与不走。不过总算也有了一点协议，那就是：走也好，不走也好，各帮的赔累，只能一次，不能两次。

“如果不走，本年的漕粮便要变价缴纳，户部定章是每石二两银子，现在市价多少？”椿寿问。

“这要看米的成色。”被推定去回话的那个尖丁答道，“总在七钱到八钱这个数目之间。”

“船上的漕粮有多少？”

“一共二十七万六千石。”

“那么，”椿寿问道，“就算每石赔一两二钱银子，共该多少？”

那尖丁的心算极快，略略迟疑了一下，便报出确数：“共该三十三万一千二百两银子。”

“如果漕船不走，奏请变价缴银，上头一定会准的。不过，”椿寿面色凝重地问，“这三十三万两银子，该谁来赔？”

“大人晓得的，湖属八帮是‘疲帮’，力量实在够不上。总要请大人格外体恤，留漕丁一条命。”

“哼！”椿寿冷笑，“你们要命，难道我的命就可以不要？”

这是双方讨价还价，有意做作。漕帮有“屯田”，有“公费”，遇到这种情形，便得从公众的产业和收入中，提出款子来赔，赔累的成数，并无定章，但以上压下，首先要看帮的好坏，公产多的“旺帮”便赔得多，负债累累的“疲帮”便赔得少。说也奇怪，越是富庶的地区，漕帮越疲，第一疲帮是江苏松江府属各帮，湖州府属八帮的境况也不见得好，这是因为越富庶的地区，剥削越多的缘故。

这赔累的差额，除了漕帮以外，主要的便得由藩司从征收漕粮的各种陋规和浮收中，提成分赔。所以处理这件棘手的案子，实际上只是藩台衙门和湖属八帮间的事。椿寿软哄硬逼，总算把分赔的成数谈好了。

然而这也不过是万不得已的退路。眼光总是朝前看的，能够把漕船开出去，交了差，也免了赔累，何乐不为？所以椿寿又回过头来问：“照你们看，漕船到底能不能动呢？能动还是照开的好。”

这一句话自然大受欢迎，在座的候补州县，一看事有转机，无不精神复振，纷纷颂赞椿寿的明智。

唯有那名代表漕帮说话的尖丁，大摇其头。不过他首先声明，他自己有点意见，并不代表漕帮，不知该说不该说。

“说，说！集思广益，说出来商量。”

照那尖丁个人的看法，漕船要能开行，首先得要疏浚河床，同时在各支流加闸，提高运河中的水位。然后另雇民船分载漕米，减轻漕船的载重，这样双管齐下，才有“动”的可能。

“那就这样办啊！有何不可呢？”有个押运官兴奋地说。

那尖丁苦笑了一下，没有作声。椿寿却明白他的意思，以讥嘲的口吻答道：“老兄说得容易！可知道这一来要多少钱？”

“与其赔累，何不把赔累的钱，花在疏浚河床和雇用民船上？不但交了差，而且治理了运河，也是大人的劳绩。”

这两句话说动了椿寿的心，他点着头沉吟：“这倒也是一说。”他又自语似的问：“就不知道要多少日子。”

疏浚的计划，施工的日程，要多少工、多少料，都要仔细计算，才能知道确数，在这样人多口杂的场合中，是不可能得到结果的，所以椿寿叫大家散一散，另外找了些实际能负责、能办事的人来重作商量。

这个少数人的集议，首先要谈的就是工料的来源。这实在也只有一个字——钱。漕帮中被推派出来说话的那名尖丁，以久历江湖的经验，预感到此举不妥，但人微言轻，无法扭转椿寿的“如意算盘”，便很干脆地答应了所派的经费，而且保证漕帮一定全力支持这件事。不过他也很郑重地声明，漕帮出了这笔钱，漕船不管如何非走不可。如果再出了什么花样，漕帮不能负责。

于是疏浚河道的计划，很快地便见诸实际行动。这件事地方官原来也有责任，只是湖州府和运河所经的乌程、归安、德清三县，要办这件事唯有派工派料。公文往返，以及召集绅士磋商，需要好久才能动工，未免缓不济急。

为了与天争时，自己拿钱出来征雇民工是最切实的办法。等这一切安排好了，预计八月底以前，漕船一定可以开行。这样，椿寿才算松了一口气，动身回省。

走的那天，秋风秋雨，一般行旅闷损不乐的天气，在椿寿却大为高兴，心里在想：这雨最好落大些，连下几天，前溪水涨，起漕的时间还好提前。

* * *

回到省城，他第一件事便是去见抚台黄宗汉。

听完报告，黄宗汉还夸奖了一番，说他实心办事。还告诉他一些京里来的消息，说朝廷已有旨意，严饬直隶总督和驻北通州的仓场侍郎，自天津杨村地方，调派一千五百艘驳船到山东临清，准备驳运漕粮。不过直隶总督已经复奏，怕杨村的驳船到达临清，河水已经结冰，所以这样请求：江浙的漕粮在临清、德州一带卸下来，暂时存贮，到明年开春解冻，再转漕北上。这个请求能不能奉准，尚不可知。

椿寿认为这是个好消息。他原有顾虑，怕北地天寒，到了十月以后，河里结冰，漕船依旧受阻。现在既有直隶总督据实奏陈，等于为他把心里想说的话说了出来。格于事实，朝廷不能不准，这样就只要到了临清，便算达成任务。倘说迟延，则各地情形相同，处分的案子混在一起，变成"通案"就不要紧了。

椿寿吃了这颗定心丸，对于疏浚河道的工程进度不甚理想，就不太着急。他最关心的是直隶总督那个复奏的下文，等漕船开出，才看到明发上谕：

"浙江嘉杭等帮米石，如能拨船赶运，当仍遵前旨，酌拨杨村船只，趁此天气晴和，迅往拨运。设或沿途必须截卸，临清、德州等仓，是否足资容纳？着仓场侍郎、直隶总督、漕运总督、山东巡抚各将现在应办急务，迅速妥为办理，毋得听任属员推诿恶习，各分畛域，再勿贻误。懔之！"

"亏得赶运出去。"椿寿心里在想，"照上谕来看，在临清、德州截卸，暂时存贮，已经准了。不过粮仓恐怕不够，湖帮的漕米到了那里，倘或无仓可储，倒是棘手之事。"

于是，他"上院"去见抚台。黄宗汉一见他就说："啊，来得正好。我正要叫'戈什哈'[1]去请你，有件要紧事商量。"

"请大人吩咐。"

"不，不！你有事你先说。"

---

① 戈什哈：满语。清代高级官员的侍从护卫（武弁），简称"戈什"，总督、巡抚、将军、都统、提督、总兵等官属下均设有此职。

椿寿便说明来意，意思是想请抚台出奏，浙江湖属八帮的漕米，已出省境北上。如果到了临清，无法驳运，需要截卸时，请饬下漕运总督及山东巡抚，预留空仓。他是怕湖属八帮的漕船最后到达，仓位为他帮捷足先登，所以有此要求。

黄宗汉一面听，一面不断摇头，等他说完，俯身向前问道："漕运一事，贵司内行，而且今年由贵司一手料理，我要请问，可曾计算过'回空'的日子？"

原来是这一层顾虑，椿寿略略放了心，"回大人的话，"他说，"回空自然要延期。"

"延期多少时候？"黄宗汉不待辞毕，抢着问道，"请贵司算予我听一听。"

"这要看临清的情形。如果在那里截卸，等明年开冻驳运，又要看前面漕船的多寡，多则慢，少则快。"

"最快什么时候？"

"总要到明年四月。"

"回空呢？"

"也要两个月。"

"这就是说，漕船明年夏天才能回家，还要经过一番修补，又得费个把月，最快也得在七月里才能到各县受兑漕米。请问贵司，明年新漕不是又跟今年一样，迟到八九月才能启运吗？"

"是！"椿寿答道，"不过明年改用海运，亦无关系。"

"什么叫没有关系？"黄宗汉勃然变色，"你说得好轻巧。年年把漕期延后，何时始得恢复正常？须知今年是贵司责无旁贷，明年就完全是我的责任。贵司这样子做法，简直是有意跟我过不去呀！"

椿寿一看抚台变脸，大出意外。他亦是旗下公子哥儿出身，一个忍不住，当即顶撞了过去："大人言重了！既然我责无旁贷，该杀该剐，自然由我负责，大人何必如此气急败坏？"

“好，好！”黄宗汉一半真的生气，一半有意做作，脸上一阵青、一阵红地说，“你负责，你负责！请教，这责任如何负法？”

“本年漕运虽由我主管，但自从大人到任，凡事亦曾禀命而行。今年江苏试办海运，成效甚佳，请大人出奏，明年浙省仿照江苏成例，不就行了吗？”

“哼，哼！”黄宗汉不断冷笑，“看贵司的话，好像军机大臣的口吻，我倒再要请教，如果上头不准呢？”

“没有不准之理。”

“又是这样的口吻！”黄宗汉一拍炕几，大声呵斥，“你到底是来议事，还是来抬杠？”

椿寿做了二十几年的官，从未见过这样的上司，心里在想：我是科甲出身，我亦不是捐班佐杂爬上来的，受惯了气的，论宦途经历，我放浙江藩司，你还不过是浙江臬司，只不过朝中有人，道光十五年乙未那一榜……

转念到此，椿寿打了个寒噤，暗叫一声：大事不好！黄宗汉的同年，已有当了军机大臣的，那是苏州的彭蕴章。还有户部两侍郎，一个是福建的王庆云，最爱照应同乡；另一个又是他的同年，而且是好友的何桂清。

俗语说得好：“朝里无人莫做官。”黄宗汉敢于如此目中无人，无非仗着内有奥援，而且听说他今年进京，皇上召见六次之多，圣眷正隆，自己无论如何碰不过他。这些念头雷轰电掣般闪过心头，顿感气馁，只得忍气吞声地赔个罪。

“大人息怒。我岂敢跟大人抬杠？一切还求大人维持。”

这一说，黄宗汉的脸色才和缓了一些。“既为同僚，能维持总要维持。不过，”他使劲摇着头，一字一句地说，“难，难！”

椿寿的心越发地往下沉，强自镇静着问道：“大人有何高见？要请教诲。”

“岂敢，岂敢。等我想一想再说吧！”

说完，他端一端茶碗，堂下侍候的戈什哈便拉开嗓子：“送客！”

这送客等于逐客。椿寿出了抚台衙门，坐在轿子里，只催轿夫加快，急急赶回衙门，让听差把文案请到“签押房”，关上房门，细说了上院的经过，惊疑不定地问道：“各位看看，黄抚台这是什么意思？”

“黄抚台外号‘黄阎罗’，翻脸不认人是出名的，这件事要好好铺排一下。”

“唉！”椿寿摇摇头，欲言又止，失悔在黄抚台刚到任，不理他索贿的暗示。

“天大的公事，地大的银子，”有个文案说得很率直，“先去探探口气看，院上到底打的什么主意？”

于是连夜走路子去打听，总算有了确实的消息。据说黄宗汉为了明年的新漕得以早日受兑装载，照限期抵达通州，决定上奏，把湖属八帮的漕船追了回来，漕米卸岸入仓，连同明年的新漕，一起装运。

这样做法，只苦了漕帮，白白赔上一笔疏浚河道的费用。其次，那些奉委押运的候补州县，没有“公费”可派，一笔过年的盘缠便落空了。椿寿心中虽有不忍，但到底是别人的事，藩司能够不赔，已是上上大吉，只好狠一狠心不理他们了。

果然，第二天抚台衙门来了正式公事，唯恐影响来年新漕的期限：“所有本年湖属八帮漕船，仰该司即便遵照，全数追回，候命办理。”椿寿不敢怠慢，立即派出人去，把湖属八帮的漕船截了回来，同时上院去见抚台，请示所谓“候命办理”是如何办法。

黄宗汉一直托病不见。过了有五六天，一角公文送到，拆开一看，椿寿几乎昏厥，顿足骂道：“黄寿臣，黄寿臣，你好狠的心！我与你何冤何仇，你要置我于死地！”

黄宗汉的手段的确太毒辣了，他以一省最高行政长官的地位，统筹漕运全局的理由，为了使来年新漕的输运如期完成，以期此后各年均得恢复正常，作了一个决定：本年湖属八帮的漕米，留浙变价。全部漕米二十七万六千石，照户部所定价格，每石二两银子，共该五十五万二千两，限期一个月报缴。

这是椿寿与尖丁早已算过了的，市价与部价的差额，一共要三十三万两银子。如果在他第一次到湖州开会之前，抚台就作了这个决定，那么漕帮赔大部分，藩司赔小部分，这笔小部分的赔款也还可以在浮收的款项中拨付，说起来只是今年白吃一场辛苦，没有“好处”而已。但现在的情况完全不同了，漕帮负担了疏浚河道的全部经费，事先已经声明，出了这笔钱，漕船非走不可，于今截回不走，已觉愧对漕帮；再要他们分赔差额，就是漕帮肯赔，自己也难启齿，何况看情形是绝无此可能的。

至于浮收的“好处”，早已按股照派，“分润”有关人员，哪里再去追索？即使追索得到，也不过五六万银子，还差着一大截呢！

事情的演变，竟会弄得全部责任，落在自己一个人头上。椿寿悔恨交并，而仍不能不拚命作最后的挣扎，愁眉苦脸地召集了亲信来商议。大家一致的看法是“解铃还须系铃人”，唯有去求抚台，收回“变价”的成命，应解的二十多万石漕米，随明年新漕一起启运。就这样起卸入仓，从船上搬到岸上，明年再从岸上搬到船上，来回周折的运费、仓费，以及两次搬动的损耗，算起来也要赔好几万两银子，而且一定还会受到处分，但无论如何总比赔三十三万两银子来得好。

两害相权取其轻，椿寿只得硬着头皮上院，把“手本”送了进去，门上出来答道：“上头人不舒服，请大人回去吧！上头交代，等病好了，再请大人过来相叙。”

椿寿愤不可遏，吩咐跟班说：“回去取铺盖！抚台不见我不走，就借官厅的炕床睡。”

门上一看，这不像话，赶紧赔笑道：“大人不必，不必！想来是有急要公事要回，我再到上房去跑一趟。”

于是椿寿就在官厅中坐等，等了半个时辰，黄宗汉出来，仰着头，板着脸，一见面不等椿寿开口，就先大声问道：“你非见我不可？”

“是！”椿寿低声下气地回答，“大人贵恙在身，本不该打搅，只是实在有万分困难的下情上禀。”

“如果是湖属漕米的事，你不必谈。已经出奏了。”

这句话就如焦雷轰顶，椿寿一时天旋地转，不得不颓然坐倒，等定定神看时，黄宗汉已无踪影。抚院的戈什哈低声向他说道：“大人请回吧！轿子已经伺候半天了。”

椿寿闭上眼，眼角流出两滴眼泪，拿马蹄袖拭一拭干净，由听差扶掖着，一步懒似一步地走出官厅。

就在这天晚上，椿寿在藩司衙门后院的签押房里上吊自杀，第二天一早为家人发觉，哭声震动内外。少不得有人献殷勤，把这个不幸的消息飞报抚台。

黄宗汉一听，知道闯了祸，逼死二品大员，罪名不轻，但转念想起一重公案，觉得可以如法炮制，心便放了一半。

他想起的是陕西蒲城王鼎尸谏的往事。这重公案发生在十年以前，王鼎与奸臣穆彰阿，同为大学士值军机。这位“蒲城相国”性情刚烈，嫉恶如仇，而遇到穆彰阿是阴柔奸险的性格，每在御前争执，一个声色俱厉，一个从容自如。宣宗偏听不明，总觉得王鼎不免过分。

道光二十二年，为了保荐林则徐复用，王鼎不惜自杀尸谏，遗疏痛劾穆彰阿。那时有个军机章京叫陈孚恩，是穆彰阿的走狗，一看王鼎不曾入值，亦未请假，心里一动，借故出宫，赶到王鼎家一看，听得哭声震天，越发有数。陈孚恩趁王鼎的儿子——翰林院编修王抗骤遭大故、五中昏瞀的当儿，劝他把王鼎的尸首解下来，同时把遗疏抓到手里。一看内容，不出所料，陈孚恩便又劝王抗以个人前程为重，不必得罪穆彰阿，又说“上头”对王鼎印象不佳，而大臣自杀，有伤国体，说不定天颜震怒，不但王鼎身后的恤典落空，而且别有不测之祸。

这一番威胁利诱，教王抗上了当，听从穆彰阿更改遗疏，并以暴疾身故奏报。宣宗也有些疑心，但穆彰阿布置周密，“上头”无法获知真相，也就算了。

陈孚恩帮了穆彰阿这个大忙，收获也不小，不久，穆彰阿就保他当山东巡抚。而王抗则以不能成父之志，为他父亲的门生、他自己的同年以及陕甘同乡所不齿，辞官回里，郁郁以终。

穆彰阿是道光十五年乙未科会试的大主考，黄宗汉是他的门生，颇为巴结这位老师。秦桧门下有“十客”，穆彰阿门下有“十子”，黄宗汉与陈孚恩都在“穆门十子”之数，自然熟知其事。所以，一遇椿寿的变故，他立即遣派亲信，以釜底抽薪的宗旨，先设法把椿寿的遗嘱弄到手，然后亲自拜访驻防的将军和浙江学政——因为这两个人是可以专折奏事的，先要把他们稳住，才可以不使真相上闻。

当然，另一方面他还要间接拜托旗籍的官员，安抚椿寿的家属，然后奏报藩司出缺。上吊自杀是瞒不住的，所以另外附了个“夹片”，说是“浙江钱漕诸务支绌，本年久旱岁歉，征解尤难，该司恐误公事，日夜焦急，以至迫切轻生”，把湖属八帮应运漕米、留浙变价的事，只字不提，同时录呈了经过修改的椿寿的遗嘱。咸丰帝此时初登大宝，相当精明，看遗嘱内有“因情节所逼，势不能生”两句话，大为疑惑，认为即令公事难办，何至遽尔自尽？是否另有别情，命令黄宗汉“再行详细访察，据实奏闻，毋稍隐饰”。

浙江学政万青藜也有专折奏报，说椿寿身后，留有遗嘱，“实因公事棘手，遽行自尽”。与黄宗汉的奏折桴鼓相应。皇帝批示：“已有旨，令黄宗汉详查具报。汝近在省垣，若有所闻，亦可据实具奏。”

看来事情要闹得很大，但事态真正严重的关键所在，只有黄宗汉自己知道。因为椿寿的自尽，如果真的是由于他的措施严峻，则虽良心有亏，亦不过课以道义上的责任，在公事上可以交代得过，那就不必有所畏惧。而事实上并非如此，椿寿之死，是死在他虚言恫吓的一句话上。

所谓“留浙变价”，原是黄宗汉有意跟椿寿为难的一种说法，暗地里他并不坚持这样做。不但不坚持，他还留着后手，以防椿寿无法做到时，自己有转圜的余地。

由于在军机处和户部都有极好的关系，所以黄宗汉对来年新漕改用海运，以及本年湖属各帮漕米不能如限北运的处置办法，都有十足的把握，私底下书函往还，几乎已有成议。但这些情形，椿寿无从知道，黄宗汉亦瞒着不说，以改用海运并无把握，河运粮船难以依限回空的理由，下令截回漕船，留浙变价。这一套措施与他所奏报的改革办法，完全不符。他向椿寿所说的，留浙变价一事“已经出奏”，事情到了推车撞壁的地步，再也无可挽回，这才使椿寿感到已入绝路，不能不一死了之。其实，“已经出奏”这句话，根本是瞎说。

就凭这句谎言，黄宗汉便得对椿寿之死负起全部责任。因而他必须多方设法掩饰遮盖，不使真相上闻，一面活动万青藜等人，帮着他瞒谎，一面遣派亲信，携带巨资，到京师活动。当然，像军机大臣彭蕴章那里，是不必也不能行贿的，只有以同年的身份，拜托关顾照应。

不过这样一件案子，也不是轻易压得下去的。椿寿是“上三旗”的旗人，亲戚之中，颇有贵官认为他的死因可疑，自然要出头为他讲话，这样军机处要帮黄宗汉的忙，就不能不费一番手脚，来遮人耳目。

照一向的惯例，类似这种情况，一定简派大员密查。既称密查，自然不能让被查的人知道，可是一二品的大员出京，无论如何是件瞒不住的事，于是便有许多掩护其行踪及任务的方法。一种是声东击西，譬如明发上谕，“着派某某人驰往江苏查案”，这人便是“钦差”的身份，所经之处，接待的礼节极其隆重。这样一路南下，到了济南，忽然不走了，用钦差大臣的关防，咨会山东巡抚，开出一张名单，请即传提到案，迅雷不及掩耳地展开了查案的工作。

再有一种是暗渡陈仓，乘某某大员外放到任的机会，密谕赴某处查案。这道密谕照例不发“邸抄”，被查的省份毫无所知，行到目的地，拜访总督或巡抚，出示密谕，于是一夕之间，可以掀起大狱。查黄宗汉逼死椿寿一案，就是用的这一种办法，所以在表面上看不出黄宗汉出了毛病的痕迹，这当然又是军机处帮他的忙。

这位钦差名叫何桂清，是黄宗汉的同年。在他们乙未一榜中，何桂清的年纪较轻，仪表清俊，吐属渊雅，人缘极好。这年秋天，他由户部侍郎外放江苏学政，在京里饯行送别的应酬甚多，所以一直迟迟不能启程。就在这段摒挡行囊、准备到任的期间，出了椿寿这件案子，彭蕴章和他一些在京同年商量的结果，奏请密派何桂清于赴江苏学政途中，顺道查办。“上头”只对椿寿的死因怀疑，不曾想到是他所信任的黄宗汉干的好事，自然不会以何桂清与黄是同年为嫌，便准了军机处的建议。

这个消息，很快、很秘密地传到了杭州，黄宗汉等于服下一粒定心丸。何桂清以钦命在身，不敢耽搁，也就在岁暮之际，出京南下。

第二章

就在同一天，王有龄到了北通州。他从杭州动身，坐乌篷船到苏州，然后换搭漕船北上，偏偏又逢丰北决口，舍舟换车，却又舍不得多花盘缠，一路托客店代找便车、便船，花费固然省得多，时间却虚掷了，以至于走了几乎半年，才到北通州。

这里是个水陆大码头，仓场侍郎驻扎在此，当地靠漕船、廒仓为生的，不知其数。这时正是南漕云集、漕米入仓的旺季。漕帮与“花户”[①]，有各种公务私事接头。漕丁所带的私货，也要运上岸来销售，因此茶坊酒肆、客店浴池，到处都是客满。王有龄雇了个脚夫，挑着一担行李，连投数处客店，找不到下榻之处。

最后到了西关一家“兴发店”，看门口的闲人车马还不多，王有龄心想：这一处差不多了。几次碰壁的经验，让他学了个乖：跟柜上好言商量，反而易于见拒。不如拿出官派来，反倒可以把买卖人唬倒。

于是，他把身上那件马褂扯一扯平，从怀中取出来一副茶晶大墨镜戴

---

① 花户：旧时对户口的称呼，这里指户头。

上，昂然直入。伙计赶紧迎出来，他不等伙计开口，先就大模大样地吩咐：“给找一间清静的屋子。”

伙计赔着笑先请教：“你老贵姓？”

“王。”

“喔，想是从南边来？”

“嗯。”王有龄答道，“我上京到吏部公干。”

那伙计对这些候补官儿见得多了，一望便知，现在由他自己口中证实，便改了称呼：“王老爷！”然后他踌躇着说，“屋子倒是还有两间，不敢让王老爷住！”

“为什么？”

“知州衙门派人来定下了。有位钦差大人一半天就到，带的人很多，西关这几家客店的空房，全给包了。实在对不起，王老爷再找一家看看。”说着又请了个安，连声道，“王老爷包涵。”

看他这副神情，王有龄不便再说不讲理的话，依然只好软商量：“我已经走了好几家，务必托你想办法，给腾一间屋子。我住一宿，明天一早就走。”

只住一宿，便好说话，伙计答应跟柜上去商量。

柜上最头痛的客人，是漕船上的武官，官儿不大，官架子大，动辄“混账王八蛋”地骂，伙计回句嘴就得挨打，伺候得稍欠周到便要闹事。他们以“千总”“把总”的职称，给总督、巡抚当“戈什哈”还不够格的官儿，敢于如此蛮横无理，就因为有他们的“帮”在撑腰。漕帮暗中还有组织，异常隐秘，局外的“空子”无从窥其堂奥，所知道的就是极其团结，一声喊“打”，个个伸拳，先砸烂客店再说。至于闹出事来，打官司就打官司，要人要钱，呼叱立办，客店里是无论如何斗不过他们的。所以遇到这样的情形，干脆往官府一推，倒省了多少麻烦。

而王有龄不同，虽然他也有些官架子，但文质彬彬，不像个不讲理的人。再说，看他也不像习于行旅、相当难缠的“老油子”，因而答应容留，但有一句话要声明在先。

“王老爷！”那伙计说，“有句话说在头里，听说钦差已经出京了，是今天晚上到，还是明天早晨到，可保不定。倘或今天晚上到呢，那就只好委屈您老了。话说回来，也不能让您老没有地方住，不过——嘿嘿，那时候，只好跟我们一起在大炕上挤一挤了。”

“行，行！”疲累不堪的王有龄心满意足，满口应承，“只需有地方睡就行了。”

于是伙计在西跨院给他找了个单间，开发了脚夫，把行李拿到屋内。那伙计叫刘四，伺候了茶水，一面替他解铺盖，一面就跟他搭话，问问来踪去迹。等他洗完脸喝茶休息的时候，拿来一盏油灯，顺便问他晚饭怎么吃。

到了通州就等于到了京城了，王有龄心情颇为悠闲，要了两个碟子、一壶白干，慢慢喝着。他正醺醺然回忆与胡雪岩相处的那一段日子时，只见门帘一掀，随即有人问道：“老爷！听个曲儿吧？”

说话的声音倒还脆。王有龄抬眼一看，是个三十岁左右的妇人，擦了一脸的粉，梳得高高的一个“喜鹊尾巴”，叮铃当啷插着些银钗小金铃的，绿袄黑裤，下面穿一双粽子大的绣花红鞋。重新再看到她脸上，皮肤黑一些，那眼睛却顾盼之间，娇韵欲流。王有龄有了五分酒意，醉眼又是灯下，看过去便是十足的美人了。

这北道上的勾当他也领教过几次，便招一招手说：“过来！”

那妇人嫣然一笑，向她身后的老妇摆一摆手，然后一个人走了进来，请个安问道：“老爷贵姓啊？”

“我姓王。”王有龄问她，“你呢？”

“小名儿叫金翠。”

“金翠！嗯，嗯！”他把她从头到脚，又细细端详了一番，点点头表示满意。

“王老爷，就是一个人？”

“对了，一个人。”王有龄又说，“你先出去，回头我找刘四来招呼你。”

于是金翠又飞了个媚眼，用她那有些发腻的声音说道：“多谢王老爷，您老可别忘了，千万叫刘四招呼我啊！”

“不会，不会！”

金翠掀着帘子走了。王有龄依然喝他的酒，于是浅斟低酌，越发慢了。就这样一面喝，一面等，刘四却老是不露面，反倒又来了些游娼兜搭。因为心有所属，他对那些野草闲花，懒得一顾，且有厌烦之感，便亲自走出屋去，大声喊道：“刘四，刘四！”

刘四还在前院，听得呼唤，赶紧奔了来伺候。他只当王有龄催促饭食，所以一进来先道歉，说今天旅客特别多，厨下忙不过来，建议王有龄再来四两白干。“您老慢慢喝着。”他诡秘地笑道，“回头我替您老找个乐子。”

“什么乐子？”王有龄明知故问地。

“这会儿还早，您老别忙。等二更过后，没有人来，这间屋就归您老住了。我找个人来，包管您老称心如意。”刘四又说，“我找的这个人，是她们这一行的顶儿、尖儿，名叫金翠。”

王有龄笑了。“再拿酒来！”他大声吩咐。

喝酒喝到二更天，吃了两张饼，刘四收拾残肴，又沏上一壶茶来，接着便听见帘钩一响，金翠不期而至了。

“好好伺候！”刘四向她叮嘱了这一句，退身出去，顺手把房门带上。

金翠便斟了一碗茶，还解下衣襟上的一块粉红手绢，擦一擦碗口的茶渍，才双手捧到王有龄面前。

虽是北地胭脂，但举止倒还温柔文静，王有龄越发有好感，拉着她的手问道：“你今年多大？”

金翠略有些忸怩地笑着：“问这个干吗？”

“怎么有忌讳？”

“倒不是有忌讳。”金翠答道，“说了实话，怕您老嫌我，不说实话，我又不肯骗你。”

“我嫌你什么？”王有龄很认真地说，“我不嫌！”

金翠那双灵活的眼珠，在他脸上绕了一下，低下头去，把眼帘垂了下来，只见长长的睫毛不住跳动。这未免有情的神态，足慰一路星霜。王有龄决定明天再在这里住一天。

一夜缱绻，加以旅途辛劳，他第二天睡得十分酣适。中间他醒了一次，从枕头下掏出一个银壳表来看了看，将近午时。虽已不早，但有心与金翠再续前缘，便无须亟亟，翻个身依旧蒙头大睡。这一睡睡不多时，为窗外的争吵声所惊醒。听出一个是刘四，正低声下气地在赔罪，说原知屋子早已定下，不能更赁予别的旅客。“不过，这位王老爷连找了几家都不行，看样子还带着病，出门哪里不行方便？总爷，你别生气，请稍坐一坐，喝碗茶，我马上给你腾。”

王有龄一听，原来是为了自己占了别人的屋子，这不好让刘四为难，急忙一翻身坐了起来，披衣下床。

他一面拔闩开门，一面向外大声招呼：“刘四，你不必跟客人争执，我让就是了。”

等开出门来，只见院子里与刘四站在一起的那个人，约有五十上下年纪，穿着簇新灰布面的老羊皮的袍子，头上戴着小帽，脚下却穿一双“抓地虎”的快靴，一下子倒认不准他的身份。

“王老爷，对不起，对不起！”刘四指着那人说，“这位是钦差大人身边的杨二爷。您老这间屋子，就分派给杨二爷住。我另外想办法替您找，您老委屈，请收拾行李吧！”

“喔！”王有龄向那姓杨的点点头，作为招呼，又说，“你是正主儿，请进来坐吧！”

“不要紧，不要紧。”姓杨的也很客气了，“王老爷你慢慢儿来！”

开出口来是云南乡音。喉音特重的云南话，本就能予人以纯挚的感觉，王有龄又从小在云南住过，所以入耳更觉亲切，随即含笑问道：“你家哪里，昆明？”

他这一句也是云南话，字虽咬得不太准，韵味却足。姓杨的顿有他乡遇故知的惊喜：“王老爷，你家也是云南人？”

“我生在云南，也攀得上是乡亲。”

“那好得很。”姓杨的大声说道，“王老爷，你老不要麻烦了。你还住在这里好了。”

“这怎么好意思？来，来，请进来坐。”

“是！”姓杨的很诚恳地答道，“自己人说老实话，我还有点事要去办，顺便再找间屋子住。事情办完了我再来，叙叙乡情。很快，要不了一个时辰。”

“好，好！我等你。”

两人连连拱手，互道“回见”。王有龄回到屋里坐下来，定定神回想，觉得这番遭遇十分可喜，除了客中的人情温暖以外，他另有一番打算——钦差的跟班，京里情形自然很熟；此番到吏部打点，正愁着两眼漆黑，不知门径，现在找到个人可以指点，岂不甚妙？

一想到此，精神抖擞，刚站起身要喊人，只见刘四领着小伙计，把脸水热茶都捧了来了，笑嘻嘻地说：“王老爷，您老的运气真不坏，这一趟上京，一定万事如意。”

“好说，好说！”王有龄十分高兴，“刘四，回头杨二爷要看看我，我想留他便饭，你给提调一下子，不必太讲究，可也别太寒酸！”

“我知道！您老放心。全交给我了，包管您又便宜，又中吃。”

过不到一个时辰，姓杨的果然应约而至，手里拎着一包东西。王有龄从窗户里远远望见，顿被提醒，赶紧开箱子随便抓了些土产，放在桌上，然后掀帘子出去。

“公干完了？”他问。

“嗳！”姓杨的答道，“交给他们办去了。”

进屋坐定，彼此重新请教姓名，姓杨的叫杨承福。王有龄管他叫“杨二哥”，他十分高兴，接着便把带来的一个包裹解开。

王有龄机警，抢先把自己预备下的礼物取了来，是一盒两把水磨竹骨的折扇，杭州城内名闻遐迩的“舒莲记”所制；一大包“宓大昌”的皮丝烟，这个字号，也是北方官宦人家连深闺内都知道的。

“杨二哥，不腆之仪，也算是个见面礼儿！”王有龄笑道，“不过，冬天送扇子，好像不大合时宜。”

“老弟台！”杨承福一把接着他的手，不让他把东西放下来，“你听我说一句，是一句自己弟兄的老实话，你可不能生我的气。”

“那叫什么话？杨二哥你尽管说。”

“你这些土仪，我也知道，名为‘四杭’，不过，你送给我是糟蹋了！水烟，我装给我们大人吃，自己吃旱烟；扇子，你哪里看见过像我这种人，弄把折扇在手里摇啊摇的，冒充大人先生？你留着，到京里送别人，也是一份人情。再说一句你听。”杨承福似乎有些碍口，但停了一下，终于说了出来，“我跟我们大人到了南边，这些东西有的是。老弟台，凡事总要有个打算，你到北方来，没有南边的东西送人。我往南边走，你又拿那里的东西送我，你想，这是什么算盘？”

话中带些做兄长开导的意味，王有龄再要客气，便似见外。“这一说，变成我假客气了！”他说。

“本来不用客气。”

杨承福一面说，一面已把他的包裹解了开来。他不收王有龄的礼，自己有所馈赠却有一番说辞——他送的是家备的良药，紫金锭、诸葛行军散，还有种金色而形状像耗子屎似的东西，即名为“老鼠屎”。这些药与众不同，出自大内“御药房”特制，选料名贵，为市面上所买不到，而他家“大人”因为太监来打秋风，送得很多，特意包了些来相送，惠而不费，备而不用。王有龄将来回南，拿这送人，最妙不过。

这是体贴诚恳的老实话，王有龄相当感动。等刘四送来四个凉碟、一个火锅，杨承福便老实叨扰了他的。新知把酒，互道行踪。

做主人的觉得初次见面，虽有一见如故之感，但请托帮忙的话，在此时来说，还是交浅言深，所以除了直陈此次北上，想加捐个“州县班子”以外，对于家世不肯多谈。

那杨承福听说他是个捐班的盐大使，大小是个官儿，自己的身份便觉不配，略有些忸怩地说：“这一说，我太放肆了！”

“怎样？”

“实不相瞒，我不过是个‘底下人’，哪里能跟你兄弟相称！”

“笑话！”王有龄说，“我没有这些世俗之见。”

杨承福把杯沉吟，似乎有些不知何以自处，也像是别有心事在盘算，过了好半晌，突然放下杯子说：“这样，我替你出个主意。我先问你，你这趟带着多少钱？”

这话问得突兀，王有龄记起“逢人只说三分话，未可全抛一片心”的行旅格言，有些踌躇，既而自责。别人如此诚恳，自己怎么反倒起了小人之心？所以老实答道：“不到五百两银子。”

杨承福点点头：“加捐个‘州县班子’，勉强也够了。不过要想缺分好，还得另想办法。”

“原要求杨二哥照应。”

“不敢当，不敢当。”杨承福接谈正文，“捐班的名堂极多，不是内行哪里弄得清楚？吏部‘文选司’的那些书办，吃人不吐骨头，你可曾先打听过？”

“上京之前，在杭州也请教过内行，我想另外捐个‘本班尽先’的‘花样’，得缺可以快些。”

“这个‘花样’的价钱不轻。”

当然，多少候补州县，“辕门听鼓”，吃尽当光，等到须眉皆白还未署过一任实缺的也多的是。王有龄以正八品的盐大使，加捐为正七品的知县，一到省遇有县缺，尽先补用，这样如意的算盘，代价自然不会低。杨承福便替他打算：“不必这么办。你要晓得，做官总以寻靠山最要紧，哪怕你在吏部花足了钱，是‘本班尽先’的花样，一到省里，如果没有人替你讲话，有缺出来，照样轮不到你。”

“咦？”王有龄倒奇怪了，“难道藩台可以不顾部定的章程？”

“章程是一回事，实际上又是一回事，藩台可以寻个说法，把你刷掉。譬如说，有个县的县官出缺了，他可以说，该县文风素盛，不是学问优长的科甲出身，不能胜任，这样就把捐班打下来了。倒过来也是一样，说该县地要事繁，非谙于吏治的干才不可，这意思就是说，科甲出身的，总不免书呆子的味道。你想想看，是这话不是？”

王有龄把他的话细细体味了一遍，恍然有悟，欣然敬一杯酒说：“听君一席话，胜读十年书。”

“所以我劝你不必加捐‘本班尽先’，一样也可以得好缺。”

世上有这样的妙事！王有龄离座而起，一揖到地：“杨二哥，小弟的前程，都在你身上了。若有寸进，不敢相忘。”

“好说，好说！”杨承福急忙跳起身来，拉住了他的手，“你请坐。听我告诉你。”

杨承福为王有龄谋，与其花大价钱捐“本班尽先”，不如省些捐个“指省分发”——州县分发省分，抽签决定，各凭运气，“指省分发”便可有所趋避，杨承福要他报捐时指明分发江苏。

“我们大人是江苏学政，身份与江苏巡抚、江宁将军并行，连两江总督也要买账。你分发到了江苏，我替你跟我们大人说一说，巡抚或者藩台那里关照一声，不出三个月，包你‘挂牌’署缺，缺分好坏就要看你自己的运气了。”

这真是天外飞来奇遇！王有龄笑得合不拢口，却不知说什么好，心里在想，他家“大人”不知叫什么名字，想问出口来，又觉不妥。说了半天，连江苏学政是什么人都不知道，岂非笑话？

杨承福还怕他不相信，特别又加了一句：“我们大人最肯照应同乡，你算半个云南人，再有我从中说话，事情一定成功。”

酒到微醺，谈兴愈豪，杨承福虽是“底下人”的身份，却不是那干粗活的杂役，一样知书识字，能替主人招待宾客，接头公事，所以对京里官场的动态十分熟悉。但是他的朋友都是些粗人，不是他谈论的对手，此刻遇见王有龄，谈科甲、谈功名、谈那些大官的出身交游，他不但懂，而且听得津津有味。这使得杨承福非常痛快，越觉得酒逢知己，人生难得。

"我们大人的人缘最好。在同年当中，年纪轻，有才气，人又漂亮，所以同年都肯照应他。散馆[①]以后，不过十年的工夫，就当到侍郎。如果不是四年前老太爷故世，丁忧[②]闲了两年多，现在一定升尚书了。"

听到"散馆"两个字，便知是个翰林，王有龄问道："你家大人是哪一科？"

"道光十五年乙未。这一榜是'龙虎榜'，现在顶顶红了。"杨承福兴高采烈地说，"我家大人是二甲四十九名，点了翰林。第五十名就是大军机彭大人，他不曾点翰林，不过官运是他顶好，现在红得很，军机处里一把抓。"

这话似乎不能相信。王有龄也知道，军机大臣要讲资格，彭蕴章就算飞黄腾达，异乎常人，在军机上也是后进，怎么会"一把抓"呢？

"这我倒要请教了，"他说，"大军机不是有好几位吗？"

"不错，有好几位。不过前面的几位现在都不管事。资格最老的是赛尚阿赛大人，派到广西打'长毛'，吃了败仗，革职了；还有位何汝霖何大人，身子不好，告了病假；剩下就是祁隽藻祁大人，那是老资格，精神也不大好，而且郑亲王家的那个老六——御前大臣肃顺，专门与他作对，灰心得很，越发不愿管事。这一来，就轮着彭大人，以下也还有两三位，科名上说是老前辈，不过进军机在后，凡事总要退让一步，听彭大人作主。"

"怪不得！有这么硬的靠山。你家大人升尚书，那是看得见的事了。"

---

① 散馆：进士经殿试后，除一甲三名授修撰、编修外，其余一部分选为庶吉士，由特派的翰林官教习。庶吉士学习之地称"庶常馆"，学习期满称"散馆"。

② 丁忧：官员停职守制的制度，朝廷官员的父母亲如若死去，无论此人官居何职，从得知丧事的那一天起，必须回到祖籍守制二十七个月。

王有龄又问，“丁忧服满起复，仍旧是兵部侍郎？”

“调了。调户部，‘兼管钱法堂’，好差使！不是自己人照应，哪里轮得到？”

说来说去，到底叫什么名字呢？王有龄心里痒痒的，但越说越不宜开口动问。等饭罢订了后约，杨承福刚刚告辞，王有龄跟着也上了街。

他上街是要去买一部书。这部书在通都大邑都有得卖，京城里琉璃厂荣宝斋刻印的《爵秩全览》。王有龄买了两本，一本是今年，咸丰壬子年夏季的，一本是秋季的。他翻到户部这一栏一看，几乎不相信自己的眼睛。

上面写得明明白白，汉缺的户部尚书和侍郎是孙瑞珍、王庆云、何桂清。何桂清字根云，云南昆明人。

“奇怪啊，是这个何桂清吗？”王有龄喃喃自问，“他本籍不是云南，也没有听说过有‘根云’这个别号。到底是不是他呢？”

王有龄心里有着说不出的兴奋，但也乱得厉害。他急需找个清静地方去好好想一想。

回到客店，王有龄关门躺在炕上，细思往事。有了几分酒意，兼以骤遇意想不到的情形，脑中乱得厉害，好久，他才从一团乱丝中抽出一个头绪。

这个头绪从他随父初到云南时开始。王有龄的父亲单名燮，字梅林，家贫力学，很受人尊敬，嘉庆二十三年中了福建乡试第三十六名举人，悉索敝赋凑了一笔盘缠，到北京去会试，房官已经荐了他的卷子，主司不取。贫士落第，境况凄凉，幸好原任福建巡抚颜检已调升直隶总督，他本来就看重王燮，便把他招入幕府。这原是极好的一个机会，一面有束修收入可以养家，一面就近再等下一科的会试，免了一番长途跋涉，不必再为筹措旅费仰屋兴嗟。

不想到了道光三年，王燮的曾祖母故世，奔丧回籍。会试三年一科，连番耽误，已入中年，就算中了进士，榜下即用，也不过当六部的司官或者州县，那何不就了“大挑”一途？

“大挑”是专为年长家贫而阅历已深的举人所想出来的一条路子。钦命王公大臣挑选，第一要仪表出众，第二要言语便给。王燮这两项都够条件，加以笔下来得，而且当过督署的幕府，公事熟悉，更不待言，因此而中“一等”，分发云南。

王燮携眷到了云南，随即奉委署理曲靖府同知，迁转各县，最后调署首县昆明。有一天从外面回衙，轿子抬入大门，听见门房里有人在读书，声音极其清朗，念得抑扬顿挫，把文章中的精义都念了出来，不由得大为欣赏。

回到上房，他便问听差：“门房里在念书的少年是谁啊？”

“是‘门稿’老何的儿子。”

“噢，念得好啊！找来我看看。”

于是把老何的儿子去找了来，王燮看他才十四五岁，生得眉清目秀、气度安详，竟是累世清贵的书香子弟。再细看一看，骨骼清奇，是一副早达的贵相，越发惊奇。

“你叫什么名字？”

“回老爷的话，叫何桂清。丹桂的桂，清秘的清。”

这一开口竟似点翰林入“清秘堂”的征兆，王燮便问：“开笔做文章了没有？”

何桂清略有些忸怩了。“没有人指点。”他说，“还摸不着门径。”

“拿你的窗课来我看。”

何桂清已把窗课带了来，薄薄竹纸订的两个本子，双手捧了上去。王燮打开一看，不但已经开笔做文章，而且除了八股文以外，还有诗词，肚子里颇有些货色，一笔字也写得不坏。

王燮是苦学出身，深知贫士的辛酸，一看何桂清的情形，顿起怜才之念，于是吩咐：“这样吧，从明天起，你跟大少爷一起念书好了。”

大少爷就是王有龄。何桂清从此便成了他的书僮兼同窗。

这个何桂清可就是杨承福的主人？王有龄要解答的，就是这个疑问。

他懊悔没有问清杨承福的住处，此刻无从访晤。转念一想，就是知道他的住处，也不能贸贸然跑了去，率直动问。如果是那个何桂清，可能他的家世是瞒着人的，一下揭了人家的痛疮疤，旧雨变作新仇，何苦？倘或不是，杨承福一定以为自己有痰疾，神志不清，怎还肯在他主人面前竭力保荐援引？

这样一想，便仍旧只有从回忆中去研究了。他记得何桂清是个很自负的人，也很重感情，在一起念书时，常常暗中帮自己做功课。他喜欢发议论，看法与常人不同，有时很高超，有时也很荒谬，但不论如何，夜雨联床听他上下古今闲聊，是件很有趣味的事。

可惜，这样的日子并不太久，王有龄的母亲在昆明病殁。他万里迢迢，扶柩归乡，从此再没有跟何桂清见过。而且也不曾听他父亲谈过，事实上他们父子从云南分手以后，见面的机会也不多。王有龄记得何桂清比自己只大一两岁，如何能在十几年前就点了翰林？而且他也不是云南人，不可能在云南应乡试。看起来，这位户部侍郎放江苏学政的何桂清与自己的同窗旧交何桂清，不过姓名巧合而已。

可是，为何又都在云南？一巧不能再巧！听杨承福说他上人，少年早发，“有才气，人又漂亮”，这些又都像是自己所识的何桂清。

疑云越来越深，渴求澄清的心情也越来越重。好不容易盼到天黑，杨承福应约而至，依然是四碟一火锅，对坐小酌。

“下午总算办了一件大事。”杨承福说，“把船都雇好了。”

“喔！”王有龄问到何桂清，这次不再用“你家大人”的笼统称呼了，“何大人什么时候到？”

“总在明天午间。”

“一到就下船吗？”

“哪里，起码有三四天耽搁。你想，通州有多少官儿要巴结我家大人？别的不说，通永道、仓场侍郎的两顿饯行酒，是不能不吃的，这就是两天去掉了。”

“那么——”王有龄很谨慎地问，“我能不能见一见何大人？”

杨承福想了想说：“索性这样，明天上午你早些到行辕来，等我家大人一到，你在门口‘站’个‘班’，我随即把你的‘手本’递了上去，看他怎么吩咐。”

“好极了。我遵办。”

“还有句话，我家大人自己年纪轻，人漂亮，所以看人也讲究仪表，你的袍褂带来了没有？”

这倒提醒了王有龄，他是五月里动身的，临时赶做了一套夏天的袍褂，冬天却还没有。

听他老实相告，杨承福便说：“亏得问一声。现做是来不及了，买现成的也未见得有。好在你身材中等，我替你借一套来。”

杨承福非常热心，亲自去替他借了一件簇新的蓝绸棉袍、一件狐皮出锋、一件玄色贡缎的褂子、一顶暖帽。王有龄开箱子把八品顶戴的金顶子，以及绣着一只小小的鹌鹑的“补子”都拿了出来，配置停当。看看脚下那双靴子，已经破了两个洞，他便又叫刘四去买了双新靴子，一面在客店门口的“剃头挑子”上剃了头、刮了脸。回到屋里，他急急地又剔亮油灯写手本，在自己的名字下面，特别用小字注明“字雪轩，一字英九”。这样，如果杨承福的主人，真的是当年同窗兼书僮的何桂清，便绝不会想不起他这个“王有龄”是何许人。

第二天一早，收拾整齐，揽镜自照，果然“佛要金装、人要衣装”，穿上这身借来的新袍褂，自觉气宇轩昂，派头十足，心里一高兴，精神越觉爽健，叫刘四雇了乘车，一直来到杨承福所说的“行辕”——西门一座道观的精舍。

“你来得早！”杨承福说，“总要午间才能到。且坐了吃茶。”

这时王有龄想起一件事，回头把手本递了上去，说不定就有石破天惊的奇遇出现，到那时杨承福不知自己的苦心，一定会在心里骂：“这小子真会装蒜，枉为待他那么好，居然事先一点口风都不露，太不懂交情了！”但是，要实说固然不可，就露一点根由，也是不妥。思来想去，只有含含糊糊先安一个伏笔，等事后再作解释。

于是他把杨承福拉到一边，悄悄说道：“杨二哥，等下如果何大人接见，说不定有些花样，让你意想不到。”

“什么花样？”杨承福有些紧张，“你不是要上什么‘条陈’吧？”

“不是，不是！”他拱拱手答道，“你请放心，倘有花样，绝不是闯什么祸。”

“那好。我想你也不会害我。”

“哪里的话！”王有龄异常不安，“杨二哥待我的这番盛情，报答不尽，我怎能替你找麻烦惹祸？”

杨承福点点头，还想问下去，只见一名差官装束的汉子，一骑快马，飞奔到门。看样子是何大人的前站，杨承福便慌忙迎了出去。

不错！消息来了，何桂清已经到了通州，正在“接官厅”与迎候的官员应酬，马上就要到“行辕”了。

王有龄心里有些发慌：果真是当年的何桂清，相见之下，身份如云泥之判，见了面该怎么称呼，说些什么才得体？竟茫然不知所措。那乱糟糟夹杂着畏惧与兴奋的心情，他记得只有在做新郎官的那一刻有过。

幸好，鸣锣喝道的八抬大轿，一直抬进“行辕”大门。王有龄只“站班”，不报名。轿帘不曾打开，轿中人根本不知道有这么个候补盐大使在“伺候”。在别人是劳而无功，在他却是如释重负，舒口气依旧到门房里去坐着。

凳子都没坐热，忽听得里面递相传呼：“请王老爷！”“请王老爷！”王有龄一听，心又跳了，站起来又坐下，坐下又站起，不知如何是好。

就在这时候，杨承福比什么人都跑得快，到了王有龄面前，把他一拉拉到僻处，不断眨着眼，显得惊异莫名地问道：“王老爷，你与我家大人到底是怎么回事？”

“杨二哥——”

“王老爷！”杨承福大声打断，跟着请了个安，站起身来说，“你老千万不能如此称呼！让我家大人知道了，一定生气，非把我打发回云南不可。”

“那么叫你什么呢？老杨？”

“是。王老爷如果不肯叫我名字，就叫老杨也可以。”

“老杨，我先问你，你家大人看了我的手本怎么说？”

“他很高兴，说：‘此是故人。快请！快请！’”

这一下，王有龄也很高兴了。“不错。”他顺口答道，“我们是世交。多年不见，只怕名同人不同，所以一时不敢跟你说破。”

“怪不得！”杨承福的疑团算是打破了，“快请进去吧！”

说着，哈一哈腰，伸手肃客，然后在前引路，把王有龄带到一个小院子里。

这个小院子原是这里的老道习静之所，花木掩映中，一排三间平房，正中门楣上悬着块小小的匾，上书“鹤轩”二字。未进鹤轩，先有听差高唱通报：“王老爷到！”

接着棉门帘一掀，踏出一个三十多岁的人来。他面白如玉，戴一顶珊瑚结子的黑缎小帽，穿一件半旧的青灰缎面的薄棉袍，极挺括的扎脚裤。白布袜，黑缎鞋，丰神潇洒，从头到脚都是家世清华的贵公子派头，怎么样也看不出是现任的二品大员。

骤看之下，王有龄倒有些不敢相认，反是何桂清先开口：“雪轩，一别二十年，想不到在这里重逢！”

声音是再熟悉不过的，所不同的是，当初叫“少爷”，现在叫“雪轩”。这提醒了王有龄，身份真个判如云泥了！他不能再叫他“小清”，甚至也不能叫他“根云”，他还是从《爵秩全览》中发现他有了一个别号，“做此官行此礼”，少不得要叫他一声“何大人”。

“何大人！”王有龄一面叫，一面请了个安。

这时何桂清才有些局促。“不敢当，不敢当！”他亲手来扶“故人”，同时回头问杨承福，“王老爷可曾带跟班？”

问跟班实在是问衣包。如果带了跟班，那么一定知道主人必会请客人便衣相见，预先带着衣包好更换。杨承福懂得他的意思，很快地答道：“王老爷在客边，不曾带人来。”

“那快伺候王老爷换衣服！”何桂清说，“看我那件新做的皮袍子，合不合身？”

“是。”杨承福转脸向王有龄说，“王老爷请随我来。”

他把他引入东面一间客室，放下帘子走了出去。王有龄打量了一下，只见四壁字画都落着“根云”的款，虽是过境稍作勾留，但依然有过一番布置。何桂清的派头还真不小！二十年的工夫，真正是脱胎换骨了。

正在感慨万端时，杨承福已取了他主人的一件新皮袍，一件八成新的“卧龙袋”，来伺候王有龄更换。不过一天的工夫，由初交而成好友，由好友又变为身份绝不相类，相当于“老爷与听差”的关系，仅是这一番小小的人事沧桑，已令人感到世事万端、奇妙莫测，足够寻味了。

“王老爷！”杨承福说，“这一身衣服很合适，回头你老就穿了回去。这套袍褂，我正好送去还人家，也省了一番手脚。”

“真正承情之至！”王有龄握着他的手，心头所感到的温暖，比那件号称为“萝卜丝”的新羊裘为他身上所带来的温暖更多，“老杨，我实在不知道怎么样感激你。”

“言重，言重！人生都是一个‘缘’。”杨承福取过一面镜子来，“王老爷你照照看。昨日今朝大不同了。”

王有龄从镜子里发现自己比穿着官服又换了副样子——春风满面，喜气洋洋，如果留上两撇八字胡子，就是面团团富家翁的福相了。

照了一会儿镜子，他忽然笑了起来，笑得开心，却笑得无端。杨承福不免诧异。

“老杨！你说人生是个‘缘’字，我说人生如戏。你看，”他指指身上，又指指刚折叠好的那套官服，“这些不都是‘行头’吗？不过，话又说回来，就因为有‘缘’才生出许多‘戏’来。人生偶合，各凭机缘，其中没有道理好说。”

"王老爷的话不错。请吧！我们大人在等，你老好好把这出'戏'唱下来！"

"说得是。"王有龄深深点头。

心中存着个"唱戏"的念头，便没有什么忸怩和为难的感觉了。王有龄踱着方步，由杨承福领到西面何桂清的屋子里，进门一揖，从容说道："多谢何大人厚赐。真是'解衣衣我'，感何可言！"

何桂清没有想到他是如此老练深沉，相当惊异，同时心里一块石头也落了地。他一直在担心，怕王有龄在底下人面前泄了他的底细，照现在这样子看，是绝不会有的事。

"嗳，你太客气了！你我何分彼此？"何桂清也很厚道，一上来就表明了不忘旧情的本心，"请炕上来坐，比较舒服些。"

炕几上已摆了八个高脚盆子，装着茶点水果。炕前一个雪白铜的火盆，发出哔哔剥剥煤炭的轻响。王有龄觉得这样的气氛，正宜于细谈叙旧，便欣然在下首落座。何桂清还要让他上坐，他一定不肯，也就算了。

当杨承福端来了盖碗茶，做主人的吩咐："有客一概挡驾。王老爷是我从小的'弟兄'，二十年不见，我们要好好谈谈，叫他们不必在外面伺候。"

"是！"杨承福又说，"请大人的示，晚上有饭局。"

"我知道，回头再说。"

等底下人一回避，室中主客单独相处，反有不知从何说起之苦。而且何桂清也还有些窘态。王有龄一看这情形，只好口不择言地说了句："二十年不见，想不到大人竟直上青云，'同学少年真不贱'！可喜可贺。"

话是不甚得体，但总算开了个头，何桂清紧接着摇摇手说："雪轩！我们的称呼要改一改，在场面上，朝廷体制所关，不得不用官称，私底下你叫我'根云'好了。"

"是。"王有龄坦然接受他的建议，"我倒还不知道你这个大号的由来。"

"是我自己取的。'根云'者'根基于云南'，永不忘本耳。"

原来如此！王有龄心想：照他的解释，无非特意挂一块"云南人"的幌子，照此看来，他可能是"冒籍"中的举。这也不去管他，反正能"不忘本"总是好的。

"我也听说，老太爷故世了。"何桂清又说，"其时亦正逢先君弃养，同在苫次[①]，照礼不通吊问。"

他的所谓"先君"，王有龄从前管他叫"老何"，现在当然也要改口了："我也失礼，竟不知老太爷下世。说实在的，我也不知道你中举、点翰林。不然——"

不然早就通音问了。王有龄不曾说出这句话来，何桂清心里却明白。他已听杨承福略略提过，知道他此行是为了上京加捐，看境况似乎并不怎么好，随即问道："这几年一直在浙江？"

"是的。"王有龄答道，"那年在京里与先父见面，因为回福建乡试，路途遥远，当时报捐了一个盐大使，分发到浙江候补，一直住在杭州。"

"混得怎么样呢？"

"唉！一言难尽。"王有龄欲言又止地。

"从小的弟兄，有什么话不能跟我说？"

王有龄是年轻好面子，不好意思把窘况说予旧日的"书僮"听，此时受了何桂清的鼓励，同时又想到"人生如戏"，便觉无所碍口了。

"这一次我有两大奇遇，一奇是遇着你；一奇是遇着个极慷慨的朋友。旧雨新知，遇合不凡，是我平生一大快事。"

于是王有龄把胡雪岩赠金的经过说了一遍。何桂清极有兴味地倾听着，等他说完，欣然笑道："我也应该感谢这位胡君，若非他慷慨援手，你就不会北上，我们也就无从在客途重逢了。"

"是啊！看来今年是我脱运交运的一年。"

---

① 苫次：原指居亲丧的地方，也用作居亲丧的代称。"苫"是旧时居丧睡的草席。

正说到这里，杨承福在窗外大声说道："跟大人回话，通永道衙门派人来请大人赴席。"

"好，我知道了。"停了一下，何桂清又说，"你进来。"

等杨承福到了跟前，何桂清吩咐他替王有龄备饭，又叫到客店去结账，把行李取了来。王有龄不作一声，任他安排。

于是王有龄吃了一顿北上以来最舒服的饭。昨天还是同桌劝酬、称兄道弟的杨承福，这时侍立在旁，执礼极恭。要说有使得他感到不舒服的地方，那就是这一点歉疚不安了。

饭后，杨承福为他到客店去取行李，王有龄便歪在炕上打盹。一觉醒来，钟打三下，恰好何桂清回到行馆，煮茗清谈，重拾中断的话头。

说到"交运脱运"，何桂清要细问王有龄的打算。他很老实地把杨承福的策划说了出来，自己却不曾提什么要求，因为他认为这是不需要的，何桂清自会有所安排。

"捐一个'指省分发'是一定要的，不过不必指明在江苏。"

"那么，在哪一省呢？"

何桂清沉吟了一下忽然问道："你知道不知道，你们浙江出了一件大案？"话刚出口，随又用自己省悟的语气紧接着说，"喔，你当然不知道，这件案子发生还不久，外面的消息没有那么快。这也暂且不提。浙江的巡抚半年前换了人，你总该知道？"

"是的。是黄抚台。"

"黄寿臣是我的同年，现在圣眷正隆，不过——"何桂清略停一停说，"你还是回浙江。"

语意暧昧不明，王有龄有些摸不着头脑。他定神想了一下，此一刻是机会、是关键，不可轻易放过，无论如何跟着何桂清在一起，缓急可恃，总比分发到别省来得好！

打定了这个主意，他便用反衬的笔法，逼进一步："如果你不愿意我到江苏，那么我就回浙江。"

“你误会了！”何桂清很快地接口，“我岂有不愿意你到江苏的道理？老实说，我没有少年的朋友，有时觉得很寂寞，巴不得能有你在一起，朝夕闲话，也是一乐。我让你回浙江，是为你打算。”

“这我倒真是误会了。”王有龄笑道，“不过，如何是为我打算？乞闻其详。”

“江苏巡抚杨文定我不熟，而且比我早一科，算是前辈，说话不便，就算买我的账，也不会有好缺给你。到浙江就不同了。黄寿臣这个人，说句老实话，十分刻薄，但有我的信，对你就会大不相同。”

“是！”王有龄将信将疑地答应着。

“索性跟你明说了吧，省得你不放心。不过，”何桂清看了看窗外说，“关防严密，你千万不可泄漏出去。”

“当然，当然。”

“黄寿臣是靠我们乙未同年，大家捧他。”何桂清隔着炕几，凑过去放低了声音说，“这还在其次，他现在有件案子，上头派我顺道密查。自然，他也知道我有钦差的身份，非买我的账不可。你真正是运气好！早也不行，迟也不行，刚刚就是这会儿，我的一封信到他那里，说什么就是什么。”

“啊！”王有龄遍体舒泰，不由得想到“积德以遗子孙”这句话。如果不是老父生前提拔何桂清，自己何来今日的机缘？

这天晚上，何桂清又有饭局，是仓场侍郎做东。他赴席归来，又吩咐备酒，与王有龄作长夜之饮。二十年悲欢离合，有着扯不断的话头，但王有龄心中还有一大疑团，却始终不好意思问出来。

这个疑团就是：何桂清如何点了翰林？照王有龄想，他自然是捐了监生才能参加乡试，乡试中式成了举人，然后到京城会试，成进士、点翰林。疑问就在他不是云南人，怎能在云南乡试？“冒籍”的事不是没有，但要花好大的力量，这又是谁帮了他的忙呢？

他不好意思问，何桂清也不好意思说。樽前娓娓，谈的都是京里官场的故事。何桂清讲起宣宗的俭德，当今皇帝得承大位的秘辛——全靠他“师傅”杜受田的指点。咸丰帝在做皇子时，表现了仁慈友爱的德量，宣宗才把皇位传了给他。

“当今皇上年纪虽轻，英明果敢，颇有一番作为。”何桂清很兴奋地说，“气运在转了，那班旗下大爷，昏庸糊涂，让皇上看透了他们，办不了大事。现在汉人正在得势，不过汉人中也要年轻有担当的，皇上才赏识。所以那些琐屑龌龊的大僚，因循敷衍，一味做官，不肯做事的，纷纷告老。如今朝中很有一番新气象。雪轩，时逢明主，你我好自为之。”

“我怎能比你？以侍郎放学政，三年任满，不是尚书，就是巡抚。真正是望尘莫及！”

“你也不必气馁。用兵之际，做地方官在‘军功’上效力，升迁也快得很。”何桂清又说，“黄寿臣人虽刻薄，不易伺候，但倒是个肯做事的。你在他那里只要吃得来苦，他一定会提拔你。”

“那自然也靠了你的面子。不过——”

看他欲言又止的神情，何桂清便很关切地问：“你有什么顾虑，说出来商量。”

“你说黄抚台不易伺候，我的脾气也不好，只怕相处不来。”

“这你放心。他的不易伺候，也要看人而定。有我的交情在，他绝不会难为你！”

“是的。”王有龄想了想，很谨慎地问，“你说他有件案子，上头派你顺道密查，不知是件什么案子？”

听他问到机密，何桂清面有难色，沉吟了一会儿才说：“反正将来你总会知道，我就告诉了你也可以。只是出于我口，入于你耳，不足为外人道。”

于是他把黄宗汉逼死椿寿，皇帝心有所疑的经过，细细说了一遍。王有龄入耳心惊，对黄宗汉的为人，算是有了相当认识。

“这么件案子压得下去吗？”他问。

“怎么压不下去？‘朝里无人莫做官’，只要有人，什么都好办。”

“椿寿的家属呢，岂肯善罢甘休？”

“你想呢？椿寿的家属当然要闹。不过，黄寿臣在这些上的本事最大，不必替他担心。”何桂清又说，“我听说椿寿夫人到巡抚衙门去闹过几次，又写了冤单派人‘京控’。现在都没事了——这就是黄寿臣的本事，我也不知道他是怎么平伏下来的！”

“有这样的事！真是闻所未闻。”

“官场龌龊，无所不有。”何桂清轻描淡写一句撇开，“别人的事，不必去管他了。”

不管别人的闲事，自然是谈王有龄切身的利害。何桂清告诉他，洪、杨起兵，在广西没有把它挡住，现在军入两湖，有燎原之势，朝廷筹饷甚急，捐例大开，凡是“捐备军需”的，多交部优予议叙，所以目前的机会正好，劝王有龄从速进京“投供”加捐，早日到浙江候补。

“也不忙在这几天。”王有龄笑道，“我送你上了船再动身也不晚。”

“不必。”何桂清说，“我陛辞时，面奉谕旨，以现在筹办漕米海运，我在户部正管此事，命我沿途考察得失奏闻。在通州，我跟仓场侍郎要好好商议，还有几天耽搁，好在江浙密迩，将来不怕见不着面。我明天就派一个人送你进京，黄寿臣的信，我此刻就写。”

“能有人送我进京，那太好了。吏部书办有许多花样，非有熟人照应不可。”

“就是这话。我再问你一句，你回浙江之后，补上了缺怎么办？”

这话问得王有龄一愣，细想一想才明白，问的依旧是“做官的本钱”。一旦藩署“挂牌”，不管是实缺还是署理，马上就是现任的“大老爷”了，公馆、轿马、衣服、跟班，一切排场要摆开来，加上赴任的盘缠，算起来不是一笔小数目；而且刚到任也不能马上就出花样弄钱，那两三个月的用度，也得另外筹措。这一点，王有龄当然盘算过，点点头说：“只要挂了牌，事情就好办了。”

“我知道。候补州县只要一放了缺，自有人会来借钱予你。不过，说得难听些，那笔借款就跟老鸨放给窑姐儿的押账一样，跟你到了任上，事事受他挟制，非弄得声名狼藉不可！”

说着何桂清站起身来，走到里面卧室，再回来时，手里拿着一张银票。“我手头也不宽裕，只能帮你这点忙，省着些用，也差不多了。”银票是八百两，足足有余了！王有龄喜出望外，眼含泪光地答道：“大恩不言谢。不过将来也真不知何以为报。”

“谈什么报不报？”何桂清脸上是那种脱手千金、恩怨了了的得意与欣快，“说句实话吧，这是我报答你老太爷的提携。没有他老人家，我也不能在云南中举。”

“话虽如此，我未免受之有愧。”

“这不须如此想。倒是那位在你穷途之际慷慨援手的胡君，别人非亲非故帮你的忙，无非看你是个人才，会有一番事业，你该记着这一点！”

王有龄自然深深受教。他本来就不是没有大志，连番奇遇的鼓舞，越发激起一片雄心，只一闭上眼，便看得前程锦绣，目迷神眩，虽还未补缺，却已在享受做官的乐趣了。

第二天早晨起身，何桂清已写好了一封致黄宗汉的信在等他。这封信不是泛泛的八行[①]，甚至也不像一封荐信，里面谈了许多知交的私话，然后才提到王有龄，说是“总角之交，谊如昆季”，特为嘱他指捐分发浙江，以便请黄宗汉培植造就，照这封信的恳切结实来说，就差何桂清当面拱手拜托了。

等看过封好，王有龄便跟何桂清要人。以他的意思，很想请杨承福做个帮手。这一点何桂清无法满足他的希望，因为杨承福是他最得力的人，许多公事、关系只有他清楚首尾，非他人所能替代。

“这样吧，”杨承福建议，“叫高升跟了王老爷去，也很妥当。”

---

① 八行：旧式信纸大多用红线直分为八行，因此多以“八行”指称书信。近代多指请托的信件。

* * *

高升也很诚实能干，他自己也愿意跟王有龄，事情就算定局。拜别何桂清，谢了杨承福，由高升照料着，当天就到了京里。本来想住会馆，因为本年壬子恩科，明年癸丑正科，接连两年会试，落第的、新到的举人，挤得满坑满谷，要找一间空房实在很难；而且王有龄以监生的底子来加捐，跟那些明年四月便可一举成名的举人在一起，相形之下，仙凡异途，也自觉难堪，便索性破费些，在两河沿找了家客店住。

天气极冷，生了炉子还像坐在冰窖里，高升上街买了皮纸和面，在炉子上打了一盆糨糊，把皮纸裁成两指宽的纸条，把窗户板壁上所有的缝隙都糊没。西北风进不来，炉火才能发生作用，立刻满室生春，十分舒服。王有龄吃过晚饭，便跟高升商量正事。

“老爷，我有个主意，你看使得使不得？”高升说道，“明天就是腊八，还有十几天工夫就‘封印’了。”

“啊！”一下提醒了王有龄，“一‘封印’就是一个月，这十几天办不成，在京里过年空等，那耽误的工夫就大了。”

“是啊！打哪儿来说，都是件划不来的事。所以我在想，不如多花几个钱，尽这十几天把事情办妥，赶年里就动身回南。”

“年里就动身？不太急了吗？”

“我是替老爷打算。京里如果没有什么熟人，在店里过年，也不是味儿。再说从大年初一到元宵，到哪儿也得大把花钱，真正划不来。与其这个样，莫如就在路上过年。再有一层，”高升凑近了他说，“老爷最好赶在何大人之前，或者差不多的日子到浙江见黄抚台，何大人的信才管用。”

王有龄恍然大悟，觉得高升的话实在有见识。黄宗汉此人既有刻薄的名声，保不定在椿寿那件案子结束以后，过河拆桥，不买何桂清的账。如果正是何桂清到浙江查案时，有求于人，情形自然不同。总之，宁早勿迟，无论如何不错。

“我听你的话，就这么办。不过，你可有路子呢？”

“路子总有的。明天我就去找。”高升极有把握地说，“包管又便宜又好。”

于是王有龄欣然开了箱子，把旧捐的盐大使“部照”取了出来，接着磨墨伸纸开具“三代”，细陈经历，把文件都预备妥当，一一交代明白，又取二十两银子交给高升，作为应酬花费。

从第二天起，高升开始奔走。起初的消息不大好，不是说时间上没有把握，就是额外需索的费用太高。这样过了三四天，不但王有龄心里焦灼，连高升自己也有些气馁了。

就在放弃希望，打算着在京过年时，事情突然有了转机。吏部有个书办，家里遭了回禄之灾[①]，还烧死了一母一子。年近岁逼，逢此家破人亡的惨事，偏偏这书办又因案下狱，雪上加霜，濒临绝境，必须求援于他的同事们。

帮忙无非“有钱出钱，有力出力”，但出钱的不过十两、八两银子，倒是出力的帮忙得大。年下公事特忙，部里从司官到书办，知道各省差官，以及本人来候选捐纳、谋干前程的，都希望提前办理。在京里过年，赔贴盘缠，空耗辰光还不说，有些限期的公事，耽误了还有处分。所以这时是留难需索、择肥而噬的好机会。现在为了帮同事的忙，他们私下定了章程，出了“公价”：凡是想限期办妥的公事，除了照平时的行市纳规费以外，另外看情况加送若干，多下的钱就归那遭祸的书办所得。对外人来说，这比自己去撞木钟，辗转托人，重重剥削要便宜得多。

高升从琉璃厂的笔墨庄里得到了这个消息，又去找熟人打听，果有其事。他匆忙回来说予王有龄，就托那个熟人，代为接洽，说定了价钱，一共四百八十两银子，加捐为候补州县，分发浙江。其中三分之二是“正项”，

① 回禄之灾：指火灾，“回禄”是传说中的火神。

三分之一是“杂费”，打成两张银票，正项自己去缴，杂费托经手人转交。不过五天工夫，就把簇新的一张“部照”和称为“实收”的捐纳交银收据都拿到手了。

这件大事倒办好了，长行回南却颇费周章。急景凋年，车船都不大愿意做此一笔买卖。王有龄便又跟高升商议，大事已妥，随时可走，也不争在这几天，不如过了“破五”再说。高升原是为主人打算，唯命是从，当时便先订好了两辆大车，付了一半车价，约定开年初七、宜于长行的黄道吉日动身。

这时京里除了军机处，大小衙门都已封印。满街都是匆匆忙忙的行人，有的忧容满面，四处告帮过年；有的提着灯笼，星夜讨债。王有龄却是心定神闲，每天由高升领着，到各处去闲逛。他在京里也有些熟人，但一则年节下大家都忙，不便去打搅；二则带的土仪不多，空手登门拜访，于礼不合；三则是他自己觉得现在境况不佳，不如不见，等将来得意了，欢然道故，才有人情酬酢之乐。因此，除了极少的一两家至亲，登门一揖以外，其余同乡亲友那里他一概不去。

到了大年三十，会馆里的执事邀王有龄去过年。吃完年夜饭，厅上拉开桌子，摇摊的摇摊，推牌九的推牌九。王有龄不好此道，早早回到了西河沿客店。高升是他事先放了假的，不在客店。伙计替他拨旺了炉火，沏了热茶。王有龄枯坐无聊，又弄了酒来喝，无奈“独醉不成欢”，有心摘一朵野花，点缀佳节，想想自己已是“父母官”的身份，怕让高升发觉了瞧不起。“八大胡同”倒是近在咫尺，但“清吟小班”是有名的销金窝，这一年异遇甚多，保不定又逢一段奇缘。那一下，五百年前的风流债还不清，岂不辜负了胡、何二人的盛情厚望？

在满街爆竹声中，王有龄一个人悄悄地睡下了，却是怎么样也没有睡意。他通前彻后，细思平生，有凄凉，也有欢欣，有感慨，却更多希望。他在想，不走何桂清那样的“正途”，已是输人一着，但也不能就此认输。一个人总要能展其所长，虽说自己书读得没有何桂清好，但从小跟在父亲身边，了解民生，熟悉吏治，以及吃苦耐劳，习于交接，却不是那班埋首窗下、不通世务的书生可比。“世事洞明皆学问”，妄自菲薄，志气消沉，聪明才智也就灰塞萎缩了。于今逢到大好机会，又正当国家多事、明主求治之际，风尘俗吏的作为，亦未见得会比金马玉堂的学士逊色！

转念到此，王有龄内心顿时浮起一片要做一番事业的雄心壮志，但以大器自期，觉得肚子里的货色还不够。不是词赋文章，而是于国计民生有关的学问。

因此年初一那天逛琉璃厂，别人买吃的、玩的，王有龄则像那些好书成癖的名士一样，只在书铺里坐。王有龄此时的气度服饰，已非昔比，掌柜的十分巴结，先拜了年，摆上果盘，然后请教姓氏、乡里、科名。

“敝姓王，福建，秋闱刚刚侥幸。”王有龄的口气是自表新科举人，好在“王”是大姓，便冒充了也不怕拆穿。

“喔，喔！王老爷春风满面，本科一定‘联捷’。预贺，预贺！”

“谢谢。‘场中莫论文’，看运气罢了。”

“王老爷说得好一口官话，想来随老太爷在外多年？”

“是的。”王有龄心想，再盘问下去要露马脚了，便即问道，“可有什么实用之学的好书？”

“怎么没有？”那掌柜想了想，自己从书架子取了部新书来，“这部书，不知王老爷有没有？”

一看是贺长龄的《皇朝经世文编》，王有龄久闻其名，欣然答道：“我要一部。”

“这部书实在好。当今讲究实学，读熟了这部书，殿试策论一定出色。”

“有没有‘洋务’上的书？”

“讲洋务，有部贵省林大人编的书，非看不可。”

那是林则徐编的《四洲志》，王有龄也买了。书店掌柜看出王有龄所要的是些什么书，牵连不断，搬出一大堆来，一时也无暇细看内容，好在价钱多还公道，便来者不拒，捆载而归。

从这天起，王有龄就在客店里“闭户读书”，把一部《皇朝经世文编》中，谈盐法、河务、漕运的文章，反复研读，一个字都不肯轻易放过。他对湖南安化陶文毅公陶澍的政绩，原就敬仰已久，此时看了那些奏议、条陈，了解了改革盐法漕运的经过，越发向往。同时也有了一个心得——兴利不难，难于除弊！“筚路蓝缕，以启山林”，只要功夫用到了，自能生利。但已生之利，为人侵渔把持，弊端丛生，要去消除，便成了侵害人的“权利”，自会遭遇到极大的反抗阻挠。他看陶澍的整顿盐务、改革漕运，论办法也不过实事求是、期于允当，并没有什么了不得的地方，所可贵的是，他除弊的决心与魄力。

这又归结到一个要点：权力。王有龄在想：俗语说的“大丈夫不可一日无权”，话实在不错。不过这个道理要从反面来看。有权在手，不能有所作为、庸庸碌碌、随波逐流，则虽未作恶，其恶与小人相等。因为官场弊端，就是在此辈手中变得根深蒂固、积重难返的。

由于有用世之志，不得不留意时局。正好客店里到了一个湖北来的差官，就住在他间壁，客中寂寞，携酒消夜，谈起两湖的情形，王有龄才知道洪杨军攻长沙不下，克宁乡、益阳，掳掠了几千艘民船，出临资口，渡洞庭湖，占领岳州，乘胜东下，十一月陷汉阳，十二月里省城武昌也沦陷了！巡抚常大淳、学政、藩司、臬司、提督、总兵，还有道员、知府、知县、同知，几乎全城文武，无不殉难。说到悲惨之处，那差官把眼泪掉落在酒杯里。

王有龄也为之惨然停杯。常大淳由浙江巡抚调湖北，还不到一年，他在杭州曾经见过，纯粹是个秉性仁柔的书生，只因为在浙江巡抚任内平治过海盗，朝廷当他会用兵，调到湖北去阻遏洪杨军，结果与城同亡，说起来死得有点冤枉。

但是，地方官守土有责，而且朝廷已有旨意，派在籍大臣办理“团练”，以求自保。生逢乱世，哪里管得到文是文、武是武？必须得有“上马杀贼，下马草露布”[1]的本事，做官才能出人头地。有了这层省悟，王有龄又到琉璃厂去买了些《圣武记》之类谈征战方略、练兵筹饷的书，预备利用旅途好好看它一遍。

＊＊＊

依照约定的日子，正月初七一早，王有龄由陆路自京师动身，经长辛店一直南下。出京除了由天津走海道以外，还可以走陆路。水陆两途在山东边境的德州交汇，运河自京东来，过此偏向西南，经临清、东昌南下。陆路自京西来，过此偏向东南，由平原、禹城、泰安、临沂，进入江苏省境，到清江浦，水陆两途又交汇了。

王有龄陆路走了二十天，在整天颠簸的大车中，依旧手不释卷，到晚宿店，豆大油灯下还做笔记。就这样他把《经世文编》《圣武记》《四洲志》都看完了。有时王有龄车中默想，自觉内而漕、盐、兵事，外而夷情洋务，大致都已了然于胸。

他在路上早就打算好了。车子讲定到王家营子，渡过黄河就是清江浦，由此再雇船沿运河直放杭州。为了印证所学，不妨趁此弃车换船的机会，在清江浦好好住几天。这个以韩信而名闻天下的古淮阴，是南来水陆要冲的第一大码头，江南河道总督专驻此地，河务、漕运以及淮盐的运销，都以此地为枢纽，能够实地考察一番，真个可谓“胜读十年书”了。

哪知来到王家营子，就听说“长毛”造反，越发猖獗。一到清江浦，立刻就能闻到一种风声鹤唳的味道，车马络绎，负载着乱糟糟的家具杂物。衣冠不整，口音杂出的异乡人，不计其数，个个脸上有惊惶忧郁的神色，显而易见的，都是些从南面逃来的难民。

---

① 上马杀贼，下马草露布：出自《北史·傅永列传》，意思是战场上能击退贼兵，平时能作文书。“露布”是公开发布的文书，汉代开始多用于发表军事捷报。

“老爷！”高升悄悄说道，“大事不妙！我看客店怕都客满了。带着行李去瞎闯，累赘得很。你老先在茶馆坐一坐，看好了行李，我找店，找妥当了再来请老爷过去。”

“好，好！”王有龄抬头一望，路南就是一家大茶馆，便说，“我就在这里等。”

到了茶馆，先把行李堆在一边，开发了挑夫，要找座头休息。举目四顾，乱哄哄一片，只有当门之处一张直摆的长桌子空着。高升便走过去拂拂凳子上的尘土说道：“老爷请这里坐！”

他是北方人，没有在南方水路上走过，不懂其中的规矩。王有龄却略微有些知道，那张桌子叫“马头桌子”，要漕帮里的“龙头”才有资格坐，所以慌忙拉住高升：“这里坐不得！”

“噢！”高升一愣。

王有龄此时无法跟他细说，同时茶博士也已赶了来招呼他与人拼桌。高升见安顿好了，也就匆匆自去。王有龄喝着茶，便向同桌的人打听消息。

消息坏得很！自武昌沦陷，洪杨军扣了大小船只一万多艘，把一路所掳掠来的金银财货、军械粮食，都装了上去，又裹挟了几十万老百姓，沿着长江两岸长驱而东，所过州县，无不大抢特抢。就这样一直到了广济县的武穴镇，跟两江总督陆建瀛碰上了。

湖北不归两江总督所管，陆建瀛是以钦差大臣的身份出省迎敌。绿营暮气沉沉，早已不能打仗，新招募的兵又没有多少，哪经得住洪杨军如山洪暴发般顺流直冲，以致节节败退。

这时洪杨军的水师，也由九江，过湖口、彭泽，到了安徽省境。守小孤山的江苏按察使，弃防而逃，这一下省城安庆的门户洞开。安徽巡抚蒋文庆只有两千多兵守城，陆建瀛兵败过境，不肯留守，直回江宁。蒋文庆看看保不住，把库款、粮食、军火的一部分移运庐州，自己坚守危城。其时城里守卒已经溃散，洪杨军轻而易举地破了城，蒋文庆被杀于抚署西辕门。这是十天前的事。

"十天前？"王有龄大惊问道，"那么现在'长毛'到了什么地方了呢？"

"这可就不知道了。"那茶客摇摇头，愁容满面的，"芜湖大概总到了。说不定已到了江宁。"

王有龄大惊失色，洪杨军用兵能如此神速？他有点将信将疑。但稍微定一定心来想，亦无足奇，这就是他在旅途中读了许多书的好处。自古以来，长江以上游荆州为重镇，上游一失，顺流东下，下游一定不保，所以历史上南朝如定都金陵，必遣大将镇荆襄，保上游；而荆襄有变，金陵就如俎上之肉。此所以桓温在荆州，东晋君臣，寝食难安；而南唐李氏以上游早失，终于为宋太祖所平。

这一下，他对当前的形势得失，立刻便有了一个看法：朝中根本无知将略的人。置重兵于湖广、河南，防洪、杨北上，却忽略了江南的空虚，这是把他们逼向东南财赋之区，实在是极大的失策。

照这情形看，金陵迟早不保。他想到何桂清，一颗心猛然往下一沉，随即记起，何桂清不在金陵，抹一抹额上的汗，松口气失声自语："还好，还好！"

同桌的茶客抬起忧郁的双眼望着他，他才发觉自己的失态，便赔着笑说："我想起一个好朋友，他——"王有龄忽然问道，"请问，学台衙门，可是在江阴？"

"我倒不大清楚。"那人答道，"江苏的大官儿最多，真搞不清什么衙门在什么地方。"

"怎么搞不清？"邻桌上有人答话，"不错，江苏的大官最多，不过衙门都在好地方。"他屈着手指数道，"从清江浦开始数好了，南河总督驻清江浦，漕运总督驻淮安，两江总督、驻防将军、江宁藩司驻江宁，江苏巡抚、江苏藩司驻苏州，学政驻江阴，两淮盐政驻扬州。"

果然是在江阴。王有龄心里在盘算，由运河到了扬州，不妨沿江东去，到江阴看一看何桂清，然后再经无锡、苏州、嘉兴回杭州，也还不迟。

刚刚盘算停当，高升气喘吁吁地寻了来了，他好不容易才觅着一间房，虽丢了定钱在那里，去迟了却保不定又为他人所得，兵荒马乱，无处讲理，所以催着主人快走。

于是王有龄起身付了茶钱，主仆两人走出店来，拦着一名挑夫，把笨重箱笼挑了一担，高升背了铺盖卷，其余帽笼之类的轻便什物，便由王有龄亲手拿着，急匆匆赶到客店。这是一间极狭窄的小屋，而且靠近厨房，油烟弥漫，根本不宜作为客房。可是看到街上那些扶老携幼、彷徨不知何处可以容身的难民，王有龄便觉得这间小屋简直就是天堂了。

“你呢？”他关切地问高升，“也得找个铺才好。”

“我就在老爷床前打地铺。反正雇好了船就走，也不过天把的事。”

“高升，我想绕到江阴去看一看何大人。”王有龄把他的打算说了出来。

“这个——”高升迟疑地答道，“我劝老爷还是一直回杭州的好，一则要早早禀到；二则多换两次船，在平常不费事，这几天可是很大的麻烦。老爷，消息很不好，万一路断了，怎么办？”

高升的见识着实不低，分发浙江的候补州县，如果归路中断，逗留在江苏，那是一辈子都补不到缺的，所以王有龄一听他的话，幡然变计，当夜商量定规，尽快雇船赶回浙江。

第二天早晨一看，难民已到了许多，同时也有了确实消息：芜湖已经失守，官军水师大败，福山镇总兵阵亡，洪杨军正分水陆三路，进薄江宁。江南的老百姓，一二百年未经兵革，恐慌万状，因而雇船也不容易。南面战火弥漫，船家既怕送入虎口，又怕官府抓差扣船，不管哪一样，反正遇上了就要大倒其霉。

奔走了一天，总算有了结果。有一批浙江的漕船回空，可以附搭便客，论人计价，每人二十两银子。这比平时贵了十倍不止，事急无奈，王有龄唯有忍痛点头。

但也亏得是坐漕船，一路上“讨关”“过坝”可得许多方便。风向也顺，船行极快，到了扬州，听说江宁已经被围，城外有七八十万头裹红巾的太平军，城里只有四千旗兵、一千绿营兵，不过明太祖兴建的江宁城，坚固有名，一时不易攻下。

如果真的有七八十万人，洪杨军能不能攻下江宁无关大局。王有龄心里在想，他们的兵力足够，分兵两路，一支往东，径取苏常；一支渡江而北，经营中原，这一来江宁成了孤城，不战自下。由于这个想法，王有龄对大局相当悲观，中宵不寐，听着运河的水声，心潮起伏，不知如何才能挽救江南的劫运。

王有龄就这样忧心忡忡地到了杭州。他一上岸第一个想到的不是家，是胡雪岩，但自然没有行装未卸便上茶馆里去寻他的道理。而一到了家，王有龄却又有许多事要料理——当务之急是寻房子搬家。原来的住处过于狭隘，且莫说排场气派，首先高升就没有地方住，所以他在家只得坐一坐，喝了杯茶，随即带着高升去寻房屋经纪。

买卖房屋的经纪人，杭州叫作“瓦摇头”，他们有日常聚会的地方，在一家茶馆。各行各业都有一家茶馆作为买卖联络的集中之处，称为“茶会”。到了茶会上，那些连“瓦”见了他们都“摇头”的经纪人，一看王有龄的服饰气派，还带着底下人，都以为是大主顾来了，纷纷上来兜搭，问他是要买呢，还是“典”。

“我既不买，也不典。想租一宅房子。而且要快，最好今天就能搬进去。”

“这哪里来？”大家都有些失望地笑了。

“我有。”有个人说。

于是王有龄只与此人谈交易，问了房子的格局，大小恰如所欲，再问租金，也还不贵。“那就去看一看再说。”王有龄这样表示，“看定了立刻成约，当日起租。我做事喜欢痛快，疙里疙瘩的房子我可不要。”

“听你老人家是福建口音夹杭州口音，想必也吃了好几年西湖水，难道还不知道‘杭铁头’说一不二？”

那房子在清河坊。这一带杭州称为“上城”，从南宋以来，就是一城精华所在，离佑圣观巷的抚台衙门和藩司前的藩台衙门都不远。“上院”方便，先就中王有龄的意。再看房子，五开间的正屋，一共两进，左右厢房，前面轿厅，后面还有一片竹林，盖着个小小的亭子。虽不富丽，也不寒酸，正合王有龄现在的身份。

看到他的脸色，“瓦摇头”便说：“王老爷鸿运高照！原住的张老爷调升山西，昨天刚刚动身。这么好的房子，一天都不会空，就不定明天就租了出去，偏偏王老爷就是今天来看，真正巧极了！”

“是啊，巧得很！”王有龄也觉得事事顺遂，十分高兴，“你马上去找房东，此刻就订约起租。”

“老爷！”高升插嘴问道，“哪一天搬进来？”

“拣日不如撞日，今天就搬，万一来不及就是明天。”

这一天是无论如何来不及了，但也有许多事要做。第一步先雇人来打扫房子，第二步要买动用家具。为了不愿意露出暴发户的味道，王有龄特地买了半旧的红木桌椅，加上原有的一套从云南带来的大理石的茶几、椅子，铺陈开来，显得很够气派。

真个“有钱好办事”，搬到新居，不过两天工夫，诸事妥帖。厨房里有厨子，上房里有丫头、老妈，门房里坐着四个轿班，轿厅里停一顶簇新的蓝呢轿子。高升便是他的大管家。

这就该去寻胡雪岩了。王有龄觉得现在身份虽与前不同，但不可炫耀于患难之交，所以这天早晨，穿了件半旧棉袍，也不带底下人，安步当车，踱到了以前每日必到的那家茶馆。自然遇到很多熟人，却独独不见胡雪岩。

“小胡呢？”他问茶博士。

“好久没有来了。”

“咦！”王有龄心里有些着急，“怎么回事？到哪里去了？”

“不晓得。”茶博士摇摇头，“这个人神出鬼没，哪个也弄不清楚他的事。”

“这样……”王有龄要了张包茶叶的纸，借支笔写了自己的地址，交给茶博士，郑重嘱咐，“如果遇见小胡，千万请他到我这里来。”

走出茶馆，想想不放心，怕茶博士把他的话置诸脑后，特为又回进去，取块两把重的碎银子，塞到茶博士手里。

“咦！咦！为啥？”

“我送你的。你替我寻一寻小胡，寻着了我再谢你。”

那茶博士有些发愣，心想这姓王的，以前一壶茶要冲上十七八回开水，中午两个烧饼当顿饭，如今随便出手就是两把银子，想来发了财了！可是看看他的服饰又不像怎么有钱，居然为了寻小胡，不惜整两银子送人，其中必有道理。

“这、这真不好意思了。”茶博士问道，“不过我要请教你老人家，为啥寻小胡？”

“要好朋友嘛！”王有龄笑笑不说下去了。

作了这番安排，他怅惘的心情略减，相信那茶博士一天到晚与三教九流的人打交道，眼皮宽，人头熟，只要肯留心访查，一定可以把小胡寻着。只怕小胡来访，不易找到地址，所以一回家便叫人去买了一张梅红笺，大书“闽侯王有龄寓”六字，贴在门上。

这就要预备禀到、投信了。未上藩署以前，他先要到按察使衙门去看一个朋友。按察使通称臬司，尊称为臬台，掌管一省的刑名。王有龄的那个朋友就是臬司衙门的“刑名师爷”，姓俞，绍兴人。“绍兴师爷”遍布十八行省、大小衙门，所以有句“无绍不成衙”的俗语，尤其是州县官，一成了缺，第一件大事就是延聘“刑名”“钱谷”两幕友，请到了好手，才能一帆风顺，名利双收。

王有龄的这个朋友，就是刑名好手，不但一部《大清律》倒背如流，肚子里还藏着无数的案例。向来刑名案子，有律讲律，无律讲例，只要有例可援，定谳的文卷，报到刑部都不会被驳。江浙臬台衙门的“俞师爷”，就是连刑部司官都知道其人的，等闲不会驳他经办的案子，所以历任臬司都要卑词厚币，挽留他“帮忙”。

俞师爷的叔叔曾在福建“游幕”，与王有龄也是总角之交，但平日不甚往来。这天见他登门相访，料知“无事不登三宝殿”，便率直问道：“雪轩兄，何事见教？”

“有两件事想跟老兄来请教。”王有龄说，“你知道的，我本来捐了个盐大使，去年到京里走了一趟，过了班，分发本省。”

盐大使“过班”，自然是州县班子。俞师爷原来也捐了个八品官儿，好为祖宗三代请“诰封”，这时见王有龄官比自己大了，便慢吞吞地拉长了绍兴腔说：“恭喜，恭喜！我要喊你‘大人’了。”

“老朋友何苦取笑。”王有龄问道，“我请问，椿藩台那件案子现在怎么样了？”

“你也晓得这件案子！”俞师爷又问一句，“你可知道黄抚台的来头？”

“略略知道些。他的同年，在朝里势力大得很。”

“那就是了，何必再问？”

“不过我听说京里派了钦差来查。可有这事？”

“查不查都是一样。”俞师爷说，“就是查，也是自己人来查。”

听这口意，王有龄明白他意何所指。自己不愿把跟何桂清的关系说破，那就无法深谈了。但有一点必须打听一下：“那么，那个‘自己人’到杭州来过没有？”

“咦！”俞师爷极注意地看着他，“雪轩兄，你知道得不少啊！”

“哪里。原是特意来请教。”

俞师爷沉吟了一会儿放低声音说：“既是老朋友，你来问我，我不能不说，不过这一案关系抚台的前程，话不好乱传，得罪了抚台犯不着。你问的话如果与你无关，最好不必去管这闲事，是为明哲保身之道。”

听俞师爷这么说，王有龄不能没有一个确实的回答，但要“为贤者讳”，不肯直道他与何桂清的关系，只说托人求了何桂清的一封“八行”，不知道黄宗汉会不会买账。

“原来如此！恭喜，恭喜，一定买账。”

“何以见得？”

“老实告诉你！”俞师爷说，“何学台已经来过了。隔省的学政，无缘无故怎么跑到浙江来？怕引起外头的猜嫌，于黄抚台的官声不利，所以行踪极其隐秘。好在他是奉旨密查，这么做也不算不对。你想，何学台如此回护他的老同年，黄抚台对他的‘八行’，岂有不买账之理？”

“啊！”王有龄不由得笑了，他一直有些患得患失之心，怕何、黄二人的交情并不如何桂清自己所说的那么深厚，现在从旁人口中说出来，可以深信不疑了。

“再告诉你句话：黄抚台奉旨查问，奏复上去，说椿寿‘因库款不敷，漕务棘手，致肝疾举发，因而自尽，并无别情’。这‘并无别情’四个字，岂是随便说得的？只要有了‘别情’，不问‘别情’为何，皆是‘欺罔’的大罪，不杀头也得坐牢，全靠何学台替他隐瞒，你想想看，这是替他担了多大的干系？”

一听这话，王有龄倒有些替何桂清担心，因为帮着隐瞒，便是同犯“欺罔”之罪，一旦事发，也是件不得了的事。

俞师爷再厉害，也猜不到他这一桩心事，只是为老朋友高兴，拍着他的肩说：“你快上院投信去吧！包你不到十天，藩司就会‘挂牌’放缺。到那时候，我好好荐个同乡给你办刑名。”

“对了！”王有龄急忙拱手称谢，“这件事非仰仗老兄不可，刑、钱两友，都要请老兄替我物色。”

“有，有！都在我身上。快办正事去吧！”

于是王有龄当天就上藩署禀到，递上手本，封了四两银子的“门包”。候补州县无其数，除非有大来头，藩司不会单独接见，王有龄也知道这个规矩，不过因为照道理必应有此一举，所以听得门上从里面回出来，说声：“上头身子不舒服，改日请王老爷来谈。”随即道了劳，转身而去。

蓝呢轿子由藩司前抬到佑圣观巷抚台衙门，轿班一看照墙下停了好几顶绿呢大轿，不敢乱闯，远远地就停了下来。王有龄下了轿，跟高升交换了一个眼色，一前一后，走入大门。抚台衙门的门上，架子特别大，一看王有龄的“顶戴”，便知是个候补州县，所以等高升从拜匣里拿出手本递去，连正眼都不看他，喊一声：“小八子，登门簿！”

那个被呼为“小八子”的，是个眉清目秀的少年，但架子也不小，向高升说道：“把手本拿过来！”

在藩台衙门，手本还往里递一递，在这里连手本都是白费，好在高升是见过世面的，不慌不忙摸出个门包，递了给门上，他接在手里掂了掂，脸色略略好看了些，问一句：“贵上尊姓？”

“敝上姓王！”高升把何桂清的信取出来，“有封信，拜托递一递。”

看在门包的份上，那门上似乎万般无奈地说：“好了，好了，替你去跑一趟。”

他懒洋洋地站起身，顺手抓了顶红缨帽戴在头上，一直往里走去。抚台衙门地方甚大，光是中间那条甬道就要走好半天，王有龄便耐心等着。但这一等的时间实在太久了，不但他们主仆忐忑不安，连门房里的人也都诧异：“怎么回事，刘二爷进去了这半天还不出来？”

“也许上头有别的事交代。”

这是个合理的猜测，王有龄听在耳朵里，凉了半截：黄宗汉根本就不理何桂清的信，更没有把自己放在眼里，否则绝不会把等候谒见的人轻搁在一边，只管自己去交代别的事！

“刘二爷出来了！”高升悄悄说道。

王有龄抬眼一望，便觉异样，刘二已迥不似刚进去时的那种一步懒似一步的神情，如今是脚步匆遽，而且双眼望着自己这面，仿佛有什么紧要消息急于来通知似的。

这一下，他也精神一振，且迎着刘二，只见他奔到面前，先请了个安，含笑说道：“王大老爷！请门房里坐。”

何前倨而后恭？除掉王有龄主仆，门房里的，还有一直在那里的闲人，无不投以惊异的神色，有些就慢慢地跟了过来，想打听一下，这位戴“水晶顶子”的七品官儿是何来历，连抚台衙门赫赫有名的刘二爷都对他这样客气！

等进了门房，刘二奉他上坐，倒上茶来，亲手捧过去，一面问道：“王大老爷公馆在哪里？”

“在清河坊。”王有龄说了地址，刘二叫人记了下来。

“是这样，”他说，“上头交代，说手本暂时留下。此刻司道都在，请王大老爷进去，只怕没有工夫细谈。今天晚上请王大老爷过来吃个便饭，也不必穿公服。回头另外送帖子到公馆里去！”

“喔，喔！”王有龄从容答道，“抚台太客气了！”

“上头又说，王大老爷是同乡世交，不便照一般的规矩接见。晚上请早些过来，我在这里伺候，请贵管家找刘二接帖就是了。”

高升这时正站在门外，听他这一说，便悄悄走了进去。王有龄看见了喊道：“高升，你来见见刘二爷。”

“刘二爷！”高升请了个安。

刘二回了礼。跟班听差，客气些都称“二爷”，所以刘二不管他行几，回他一声：“高二爷！”又说，“都是自己人，有什么事只管招呼我，不必客气！”

“是，是！将来麻烦刘二爷的地方一定很多，请多关照。”

这时王有龄已站起身，刘二便喊：“看！王大老爷的轿子在那里，快抬过来。”

他的那顶蓝呢大轿，一直停在西辕门外，等抬到大门，王有龄才踱着八字步走了出去，刘二哈着腰亦步亦趋地跟在后面。那些司道的从人轿班，看刘二比伺候“首县”还要巴结，无不侧目而视，窃窃私议。

回家不久，果然送来一份黄宗汉的请帖，王有龄自然准时赴宴。虽然刘二已预先关照，只穿便衣，他却不敢把抚台的客气话当真，依旧穿公服，备手本，只不过叫高升带着衣包备用。

到了抚台衙门下轿，刘二已经等在那里，随即把他领到西花厅，说一声："王大老爷请坐，等我到上面去回。"

没有多少时候，听得靠里一座通上房的侧门外面，有人咳嗽，随后便进来一个听差，一手托着银水烟袋，一手打开棉门帘。王有龄知道黄宗汉出来，随即站起，毕恭毕敬地立在下方。

黄宗汉穿的是便衣，驴脸狮鼻，两颊凹了下去，那双眼睛顾盼之间，看到什么就是死盯一眼，一望而知是个极难伺候的人物。王有龄不敢怠慢，趋跄数步，迎面跪了下去，报名请安。

"不敢当，不敢当！"黄宗汉还了个揖，他那听差便来扶起客人。

主人非常客气，请客人"升炕"。王有龄谦辞不敢，斜着身子在下方一张椅子上坐下。黄宗汉隔一张茶几坐在上首相陪。

"我跟根云，在同年中感情最好。雪轩兄既是根云的总角之交，那就跟自己人一样，何况又是同乡，不必拘泥俗礼！"

"承蒙大人看得起，实在感激，不过礼不可废。"王有龄说，"一切要求大人教导！"

"哪里！倒是我要借重长才……"

从这里开始，黄宗汉便问他的家世经历，谈了一会儿，听差来请示开席，又说陪客已经到了。

"那就请吧！"主人起身肃客，"在席上再谈。"

走到里间，两位陪客已在等候，都是抚署的"文案"，一个姓朱的管奏折，一个姓秦的管应酬文字。两个人都是举人，会试不利，为黄宗汉邀来帮忙。

这一席自然是王有龄首座，怎么样也辞不了的。但论地位，论功名，一个捐班知县高踞在上，总不免局促异常。幸好他读了几部实用的书在肚子里，兼以一路来正赶上洪杨军长驱东下，见闻不同，所以席上谈得很热闹，把那自惭形秽的感觉掩盖过去了。

酒到半酣，听差进来向黄宗汉耳边低声说了一句，只听他大声答道："快拿来！"

拿来的是一角盖着紫泥大印的公文，拆开来看完，他顺手递了给"朱师爷"。朱师爷却是看不到几行，便皱紧了双眉。

"江宁失守了。"黄宗汉平静地对王有龄说，"这是江苏巡抚来的咨文。"

"果然保不住！"王有龄喟然问道，"两江总督陆大人呢？"

"殉难了。死得冤枉！"黄宗汉说，"长毛用地雷攻破两处城墙。进城以后，上元县刘令奋勇抵抗，长毛不支，已经退出，不想陆制军从将军署回衙门，遇着溃散的长毛，护勇、轿班弃轿而逃，陆制军就这么不明不白死在轿子里！唉，太冤枉了！"

黄宗汉表面表现得十分镇静，甚至可说是近乎冷漠，其实是练就了的一套矫情镇物的功夫。他的内心也很紧张，尤其是想到常大淳、蒋文庆、陆建瀛等人，洪杨军一路所经的督抚纷纷阵亡，地方大吏起居八座，威风权势非京官可比，但一遇到战乱，守土有责，非与城同存亡不可。像陆建瀛，即使不为洪杨军所杀，能逃出一条命来，也逃不脱革职拿问、丧师失地的罪名，到头来还是难逃一死。想到这里，黄宗汉不免惊心。

又说了阵时局，行过两巡酒，他忽然问王有龄："雪轩兄，你的见闻较为真切。照你看，江宁一失，以后如何？"

王有龄想了想答道："贼势异常猖獗，而江南防务空虚，加以江南百姓百余年不知兵革，人心浮动，苏、常一带，甚为可虑。"

"好在向欣然已经追下来了。自收复武昌以来，八战八克，已拜钦差大臣之命，或许可以收复江宁。"

这是秦师爷的意见，王有龄不以为然，但抚署的文案，又是初交，不便驳他，只好微笑不答。

"我倒要请教，倘或苏、常不守，转眼便要侵入本省。雪轩兄，"黄宗汉很注意地看着他，"可能借箸代筹？"

这带点考问的意思在内，他不敢疏忽，细想一想，从容答道："洪杨军已成燎原之势，朝廷亦以全力对付。无奈如向帅虽为名将，尚无用武之地，收夏武昌，八战八克，功勋虽高，亦不无因人成事……"

"怎么叫'因人成事'？"黄宗汉打断他的话问。

原是句含蓄的话，既然一定要追问，只好实说。王有龄向秦师爷歉意地笑一笑："说实在的，洪杨军裹挟百姓，全军东下，向帅在后面撵，不过收复了别人的弃地而已。"

"嗯，嗯！"黄宗汉点点头，向秦师爷说，"此论亦不算过苛。"然后又转眼看着王有龄，示意他说下去。

"以愚见，如今当苦撑待援，苏、常能抵挡得一阵，朝廷一定会调遣精兵，诸路合围，那时候便是个相持的局面。胜负固非一时可决，但局面优势总是稳住了。因此，本省不可等贼临边境再来出兵，上策莫如出境迎敌！"

黄宗汉凝视着他，突地击案称赏："好一个'出境迎敌'！"

他在想，出境迎敌，战火便可不致侵入本省，就无所谓"守土之责"。万一吃了败仗，在他人境内，总还有个可以卸责的余地。这还不说，最妙的是，朝廷一再颁示谕旨，不可视他省的战事与己无关，务宜和衷共济，协力防剿，所以出省迎敌正符合上面的意思，等一出奏，必蒙优诏褒答。

专管奏折的朱师爷也觉得王有龄想出来的这四个字很不坏，大有一番文章可做，也是频频点头。

"办法是好！"黄宗汉又说，"不过做起来也不容易。练兵筹饷两事，吃重还在一个饷字！"

"是！"王有龄说，"有土则有财，有财就有饷，有饷就有兵……"

"有兵就有土！"朱师爷接着说了这一句，合座抚掌大笑。

于是又谈到筹饷之道，王有龄认为保持饷源，也就是说，守住富庶之区最关紧要。然后又谈漕运，他亲身经历过运河的淤浅，感慨着说，时世的推移，只怕已历数千年的河运，将从此没落；而且江南战火已成燎原，运河更难保畅通，所以漕运改为海运，为势所必然，唯有早着先鞭。

这些议论，他自觉相当平实，黄宗汉和那两位师爷，居然也倾听不倦。但他忽生警觉，初次谒见抚台，这样子放言高论，不管话说得对不对，总会让人觉得他浮浅狂妄，所以有些失悔，直到终席再不肯多说一句话。

饭后茗聚，黄宗汉才谈到他的正事。“好在你刚到省。”他说，“且等见了藩司再说。”

“是！”王有龄低头答道，“总要求大人栽培。”

“好说，好说！”说着已端起了茶碗。

这是对值堂的听差暗示，也就是下逐客令，听差只要一见这个动作，便会拉开嗓子高唱：“送——客——！”

唱到这一声，王有龄慌忙起身请安，黄宗汉送了出来。到堂前请留步，主人不肯，直到花厅门口，王有龄再三相拦，黄宗汉才哈一哈腰回身而去。

依然是刘二领着出衙门。王有龄心里七上八下，看不出抚台的态度，好像很赏识，又好像是敷衍，极想跟刘二打听一下，但要维持官派，不便跟他在路上谈这事，打算着明天叫高升来探探消息。

绕出大堂，就看见簇新两盏“王”字大灯笼，一顶蓝呢轿子都停在门洞里。刘二亲手替他打开轿帘，等他倒退着坐进轿子，才低声说道：“王大老爷请放心，我们大人是这个样子的，要照应人，从不放在嘴上。他自会有话交代藩台。藩台是旗人，讲究礼数，王大老爷不可疏忽！”

“是，是！”王有龄在轿中拱手，感激地说，“多亏你照应，承情之至。”

由于有了刘二的那几句话，王有龄这夜才能恬然上床。他自己奇怪，闲了这许多年，也不着急，一旦放缺已有九成把握，反倒左右不放心，这是为了什么？在枕上一个人琢磨了半天，才悟出其中的道理。他这个官不尽是为自己做，还要有以安慰胡雪岩的期望，所以患得患失之心特甚。

想起胡雪岩便连带想起一件事，推推枕边人问道：“太太，今天可有人来过？”

“你是问那位胡少爷吗？”王太太是个老实的贤德妇人，“我也是盼望了一天，深怕错过了，叫老妈子一遍一遍到门口去看。没有！没有来过。”

“这件事好奇怪——”

“都要怪你！”王太太说，“受人这样大的恩惠，竟不问一问人家是什么人家、住在哪里，我看天下的糊涂人，数你为第一了。”

“那时也不知道怎么想的。”王有龄回忆着当时的情形，“事起突然，总有点儿不信其为真，仿佛做了个好梦，只愿这个梦做下去，不愿去追根落实，怕那一来连梦都做不成。”

“如果说是做梦，这个梦做得也太稀奇、太好了。”王太太欢天喜地地感叹着，“哪里想得到在通州又遇上那位何大人！”

“是啊！多年音问不通。我从前又不大看那些‘邸报’和进士题名的‘齿录’，竟不知道何桂清如此得意。”王有龄又说，“想想也是，现成有这么好一条路子不去走，守在这里，苦得要命！不好笑吗？”

“现在总算快苦出头了！说来说去，都是老太爷当年种下的善因。就是遇到胡少爷，一定也是老太爷积了阴德。”

王有龄深以为然：“公门里面好修行，做州县官，刑名钱谷一把抓，容易造孽，可是也容易积德。老太爷是苦读出身，体恤人情，当年真的做了许多好事。”

“你也要学学老太爷，为儿孙种些福田！”王太太又忧郁地说，“受恩不可忘报，现在胡少爷踪影毫无，这件事真急人！”

“唉！”王有龄比她更烦恼，“你不要再说了！说起来我连觉都睡不着。”

王太太知道丈夫明日还要起早上藩台衙门，便不再响。到了五更天，悄悄起身，王太太把丫头老妈子都唤醒了。等王有龄起身，一切都已安排得妥妥帖帖，于是吃过早饭，穿戴整齐，坐着轿子，欣然“上院”。

上院扑了个空，藩司麟桂为漕米海运的事，到上海去了，起码得有十天到半个月的工夫才能回来。王有龄大为扫兴，只好用“好事多磨”这句话来自宽自解。

闲着无事，除了每天在家等胡雪岩以外，便是到臬司衙门去访俞师爷，打听时局。京里发来的邸报常有催促各省办理“团练”的上谕，这是仿照嘉庆年间平“白莲教”时所用的坚壁清野之法。委派各省在籍的大员，本乎“守望相助”的古义，自办乡团练兵，保卫地方。上谕中规定的办法是，除了在籍大员会同地方官，邀集绅士筹办以外，并“着在京各部院堂官及翰、詹、科、道，各举所知，总期通晓事体，居心公正，素系人望者，责成倡办，自必经理得宜，舆情允协”。同时又训勉办理团练的绅士，说“该绅士等身受厚恩，应如何自固闾里，为敌忾同仇之计；所有劝谕、捐赀、浚濠、筑寨各事，总宜各就地方情形，妥为布置。一切经费，不得令官吏经手。如果办有成效，即由该督抚随时奏请奖励”。

“你看见没有？”俞师爷指着“一切经费，不得令官吏经手”这句话说，“朝廷对各省地方官，只会刮地皮，不肯实心办事，痛心之情，溢于言表！”

“办法是定得不错，有了这句话，绅士不怕掣肘，可以放手办事。但凡事以得人为第一，各地的劣绅也不少，如果有意侵渔把持，地方官问一问，便拿上谕来作个挡箭牌，其流弊亦有不可胜言者！”

俞师爷点点头说：“浙江不知会派谁，想来戴醇士总有份的。”

“戴醇士是谁？”王有龄问，“是不是那位画山水出名的戴侍郎？”

“对了！正是他。”

过了几天，果然邸报载着上谕：“命在籍前任兵部侍郎戴熙，内阁学士朱品芳、朱兰，湖南巡抚陆费瑔等督办浙江团练事宜。”陆费瑔不姓陆，是姓陆费，只有浙江嘉兴才有这一族。

“气运在变了！”俞师爷下一次与王有龄见面时，这样感叹，“本朝有大征伐，最初是用亲贵为‘大将军’，以后是用旗籍大员，亦多是祖上有勋绩军功的世家子弟，现在索性用汉人，而且是文人。此是国事的一大变，不知纸上谈兵的效用如何？”

王有龄想想这话果然不错，办团练的大臣，除了浙江省以外，据他所知，湖南是礼部侍郎曾国藩，安徽是内阁学士吕贤基，此外各省莫不是两榜进士出身、在籍的一二品文臣主持其事。内阁学士许乃钊甚至奉旨帮办江南军务，书生不但握兵权，而且要上战场了。

“雪轩兄！”俞师爷又说，“时逢盛世，固然是修来的福分；时逢乱世，也是有作为的人的良机。像我依人作嫁，游幕终老，可以说此生已矣，你却不可错过这个良机！”

受到这番鼓励的王有龄，雄心壮志，越发跃然，因而用世之心，格外迫切，朝朝盼望麟桂归来，谒见奉委之后，好切切实实来做一番事业。

这天晚上吃过饭，刚刚摊开一张自己所画的地图，预备在灯下对照着读《圣武记》，忽然高升戴着一顶红缨帽，进门便请安：“恭喜老爷，藩台的委札下来了！”

“什么？”这时王有龄才发觉高升手中有一封公文。

“藩台衙门派专人送来的。”说着他把委札递了上去。

打开来一看，是委王有龄做“海运局”的“坐办”。这个衙门专为漕米改为海运而设，“总办”由藩司兼领，“坐办”才是实际的主持人。王有龄未得正印官，不免失望，但总是一桩喜事，便问：“人呢？”

那是指送委札的人，高升答道：“还在外头。是藩台衙门的书办。”

“噢！”他跟高升商量，“你看要不要见他？”

“见倒不必了。不过要发赏。”

“那自然，自然。”

王太太是早就想到了，有人来送委札必要发赏。一个红纸包已包好了多日，这时便亲自拿了出来。

高升急忙又替太太请安道喜，夫妇俩又互相道贺。等把四两银子的红包拿了出去，家里的老妈子、厨子、轿班得到消息，约齐了来磕头贺喜，王太太又要发赏，每人一两银子。这一夜真是皆大欢喜，只有王有龄微觉美中不足。

乱过一阵，他才想起一件要紧事，把高升找了来问道：“藩台是不是回来了？”

“今天下午到了，一到就‘上院’，必是抚台交代得很结实，所以连夜把委札送了来。”

“那明天一早要去谢委。”

“是！我已经交代轿班了，谢了委还要拜客，我此刻要在门房里预备。顶要紧一张拜客的名单，漏一个就得罪人。”

王有龄非常满意，连连点头。等高升退了出去，在门房里开拟名单，预备手本，他也在上房里动笔墨，把回杭州谒见黄抚台和奉委海运局坐办的经过，详详细细写了一封信，告诉在江阴的何桂清。

信写完已经十二点，王太太亲自伺候丈夫吃了点心，催他归寝。人在枕上，心却不静，一会儿想到要请个人来办笔墨，一会儿又想到明天谢委，麟藩台会问些什么？再又想到接任的日子，是自己挑，还是听上头吩咐？等把这些事都想停当，已经钟打两下了。

也不过睡了三个钟点，便即起身。人逢喜事精神爽，一点都看不出少睡的样子，到了藩台衙门，递上手本，麟桂立即请见。

磕头谢委，寒暄了一阵。麟桂很坦率地说：“你老哥是抚台交下来的人，我将来仰仗的地方甚多，凡事不必客气，反正有抚台在那里，政通人和，有些事你就自己作主好了。”

王有龄一听这话，醋意甚浓，赶紧欠身答道：“不敢！我虽承抚台看得起，实在出于大人的栽培，尊卑有别，也是朝廷体制所关，凡事自然秉命而行。”

“不是，不是！”麟桂不断摇手，“我不是跟你说什么生分的话，也不是推责任，真正是老实话。这位抚台不容易伺候，漕运的事更难办，我的前任为此把条老命都送掉，所以不瞒你老哥说，兄弟颇有戒心。现在海运一事，千斤重担你一肩挑了过去，再好都没有。将来如何办理，你不妨多探探抚台的口气。我是垂拱而治，过一过手转上去，公事只准不驳，岂不是大家都痛快？”

倒真的是老实话！王有龄心想，照这样子看，是黄宗汉要来管海运，委自己出个面。麟桂只求不生麻烦，办得好，“保案”里少不了他的名字，办不好有抚台在上面顶着，也可无事，这个打算是不错的。

于是他不多说什么，只很恭敬地答道：“我年轻识浅，一切总要求大人教导。”

“教导不敢当。不过海运是从我手里办起来的，一切情形，可以先跟你说一说。”

“是！”他把腰挺一挺，身子凑前些，聚精会神地听着。

“我先请问，你老哥预备哪一天接事？”

“要请大人吩咐。”

“总是越快越好！”麟桂喊道，“来啊！”

唤来听差，叫取皇历来翻了翻，第三天就是宜于上任的黄道吉日，决定就在这天接事。

“再有一件事要请问，你老哥‘夹袋’里有几个人？”

王有龄一个“班底”也没有，如果是放了州县缺，还要找俞师爷去找人，海运局的情形不知如何，一时无法作答。就在这踌躇之间，王有龄忽然想到了一个人，必须替他留个位置。

“只有一个人，姓胡，人极能干。就不知他肯不肯来。”

“既然如此，海运局里的旧人，请老哥尽力维持。”

原来如此！麟藩台是怕他一接事，自己有批人要安插，所以预先招呼。王有龄觉得这位藩台倒是老实人，答道：“我听大人的吩咐。”他又安了个伏笔：“倘或抚台有人交下来，那时再来回禀大人，商量安置的办法。”

“好，好！”麟桂接着便谈到海运，“江浙漕米改为海运，由新近调补的江苏藩司倪良耀总办。这位仁兄，你要当心他！”

“噢！”这是要紧地方，王有龄特为加了几分注意。

“亏得我们抚台圣眷隆，靠山硬，不然真叫他给坑了！”

原来倪良耀才具有限，总办江浙海运，不甚顺利，朝廷严旨催促，倪良耀便把责任推到浙江，说浙江的新漕才到了六万余石，其实已有三十几万石运到上海。黄宗汉据实奏复，因而有上谕切责倪良耀。

“有这个过节儿在那里，事情便难办了。倪良耀随时会找毛病，你要当心。此其一。”

“是。”王有龄问道，“请示其二。”

“二呢，我们浙江有些地方也很难弄。尤其是湖州府，地方士绅把持，大户欠粮的极多。今年新漕，奉旨提前启运，限期上越发紧迫。前任知府，误漕撤任，我现在在想……”

麟桂忽然不说下去了。这是什么意思呢？王有龄心里思量：莫非要委署湖州府？这也不对啊！州县班子尚未署过实缺，何能平白开擢？也许是委署湖州府属的哪一县。果真如此，就太妙了！湖州府属七县，漕米最多的乌程、归安、德清三县。此三县富庶有名，一补就先补上一等大县，干个两三年，上头有人照应，升知府就有望了。

“总而言之一句话，外面一个倪良耀，里面一个湖州府，把这两处对付得好，事情就容易了。其余的，等你接了事再说吧！”麟桂说到这里端茶碗送客。

出了藩台衙门，随即到抚署谒见。刘二非常亲热地道了喜，接着便说，“上头正邀了‘杭嘉湖’‘宁绍台’两位道台在谈公事，只怕没有工夫见王大老爷。我先去跑一趟看。”

果然，黄宗汉正邀了两个“兵备道”在谈出省堵敌的公事，无暇接见，但叫刘二传下话来：接事以后，好好整顿，不必有所瞻顾。又说，等稍为空一空，会来邀他上院，详谈一切。

所谓“不必瞻顾”，自是指麟桂而言。把抚、藩两上司的话合在一起来看，王有龄才知道自己名为坐办，实际已总负了浙江漕米海运的全责。

“我跟王大老爷说句私话，”刘二把他拉到一边，悄悄说道，“上头有话风出来了：如今军务吃紧，漕米关系军食，朝廷极其关切。只要海运办得不误限期，这一案中可以特保王某，请朝廷破格擢用。是祸是福，都在王某自己。”

“真正是，抚台如此看得起我，我不知说什么好了。得便请你回一声，就说我决不负抚台的提拔。”

刘二答应一定把话转到，接着悄悄递过来两张履历片赔笑道：“一个是我娘舅，一个是我拜把兄弟，请王大老爷栽培。”

“好，好！”王有龄一口答应，看也不看，就把条子收了起来。

由此开始拜客，高升早已预备了一张名单，按照路途近远，顺路而去。驻防将军、臬司、盐运使、杭嘉湖道、杭州府都算是上司，须用手本；仁和、钱塘两县平行用拜帖；此外是候补的道府、州县，仅不过到门拜帖，主人照例挡驾，却跑了一天都跑不完。

回到家，特为又派人到臬司衙门把俞师爷请来吃便饭，一面把杯小酌，一面说了这天抚、藩两司的态度。俞师爷很替他高兴，说这个“坐办”的差使，通常该委候补道，至少也得一名候补知府，以王有龄的身份，派委这个差使，那是逾格的提拔，不该为不得州县正堂而烦恼。

这一番话说得王有龄余憾尽释，便向他讨教接事的规矩，又“要个办笔墨的朋友”。俞师爷推荐了他的一个姓周的表弟，保证勤快可靠。王有龄欣然接纳，约定第二天就下“关书”。

“还有件事要向老兄请教。”他把刘二的两张履历，拿给俞师爷看，“是抚署刘二的来头，一个是他娘舅，一个是他拜把兄弟。”

“什么娘舅兄弟？”俞师爷笑道，“都是在刘二那里花了钱的，说至亲兄弟，托词而已！”

“原来如此！”王有龄又长了一分见识，“想来年长的是‘娘舅’，年轻的是‘兄弟’。你看看如何安插？”

“刘二是头千年老狐狸，不买账固不可，太买账也不好，当你老实好欺，得寸进尺，以后有得麻烦。”

俞师爷代他作主，看两个人都有“未入流”的功名，年轻的精力较好，派了“押运要员”；年长的坐得住，派在收发上帮忙。处置妥帖，王有龄心悦诚服。

接事受贺，热闹了两三天，才得静下心来办事，第一步先看来往文卷。这时他才知道，黄宗汉奏报，已有三十余万石漕米运到上海交倪良耀之说，有些不尽实，实际上大部分的漕米还在运河粮船上，未曾交出，倘或出了意外，责任不轻，得要赶紧催运。

正在踌躇苦思之时，黄宗汉特为派了个“文巡捕”来，说：“有紧要公事，请王大老爷即刻上院。”到了抚台衙门，先叩谢宪恩，黄宗汉坦然坐受，等他起身，随即递了一封公事过来，说道：“你先看一看这道上谕。”

王有龄知道，这是军机处转达的谕旨，称为“廷寄”。不过虽久闻其名，却还是第一次瞻仰，只见所谓“煌煌天语”，不过普通的宣纸白单帖所写，每页五行，每行二十字，既无钤印，亦无签押，如果不是那个钤了军机处印的封套，根本就不能相信这张不起眼的纸，便是圣旨。

一面这样想，一面双手捧着看完，他的记性好，只看了一遍，就把内容都记住了。

这道上谕仍旧是在催运漕米。对于倪良耀一再申述所派委员，不甚得力，朝廷颇为不耐，严词切责，最后指令“该藩司即将浙省运到米石，并苏省起运未完米石，仍遵叠奉谕旨，赶紧催办，务令克期放洋。倘再稍有延误，朕必将倪良耀从重治罪”。

“我另外接得京里的信，”黄宗汉说，“从扬州失守以后，守将为防长毛东窜，要放闸泄尽淮水，让贼舟动弹不得。如果到了高邮、宝应，还要决洪泽湖淹长毛，那时汪洋一片，百姓一起淹在里面，本年新漕也就泡汤了。为此之故，对海运的漕米，催得急如星火。倪良耀再办不好，一定摘顶戴，我们浙江也得盘算一下。”

王有龄极细心地听着，等听到最后一句，随即完全明白，浙江的漕米实在也没有运足，万一倪良耀革职查办，那时无所顾忌，将实情和盘托出，黄抚台奏报不实，这一下出的纰漏可就大了。

为今之计，除却尽快运米到上海，由海船承兑足额以外，别无善策。他把这番意思说了出来，黄宗汉的脸上没有什么表示。

没有表示就是表示，表示不满！王有龄心想，除非告诉他，五天或者十天，一定运齐，他是不会满意的。但自己实在没有这个把握，只能这样答道：“我连夜派员去催，总之一丝一毫不敢疏忽。”

“也只好这样了。”黄宗汉淡淡地说了这一句，一端茶碗，自己先站起身来，哈一哈腰，往里走去。

王有龄大为沮丧。接事数天，第一次见抚台，落得这样一个局面，不但伤心，而且寒心，黄抚台是这样对部属，实在难伺候。

王有龄坐在轿子里，闷闷不乐，前两天初坐大轿、左顾右盼的那分得意心情，已消失无余。他想着心事，自然也不会注意到经过了哪些地方。就在这迷惘恍惚之中，蓦地里兜起一个影子，他急忙顿足喊道：“停轿，停轿！”

健步如飞的轿班不知怎么回事，拼命刹住脚，还是冲了好几步才能停住。挟着“护书”跟在轿旁的高升，立即也赶到轿前，只见主人已掀开轿帘，探出头来，睁大了眼回头向来路上望。

这个突如其来的动作，引起了路人的好奇，纷纷驻足，遥遥注视。高升看看有失体统，便轻喊一声：“老爷！”

一见高升，王有龄便说：“快，快，有个穿黑布夹袍的，快拉住他。”

穿黑布夹袍的也多得很，是怎样一个人呢？高或矮，胖还是瘦，年纪多大，总要略略说明了，才好去找。

他还在踌躇，王有龄已忍不得了，拼命拍轿杠，要轿班把它放倒，意思是要跨出轿来自己去追。这越发不像样了，高升连声喊道：“老爷，老爷，体统要紧，到底是谁？说了我去找。”

“还有谁？胡少爷！”

“啊！”高升拔脚便奔，“胡少爷”是怎么个人，他听主人说过不止一遍，脑中早有了极深的印象。

他一路追，一路细察行人，倒有个穿黑布袍的，却是花白胡须的老者，再有一个已近中年，形容猥琐，看去不像，姑且请问“尊姓”，却非姓胡。这时高升有些着急，也不免困惑，他相信他主人与胡雪岩虽失之交臂，却绝不会看错，然则就此片刻的工夫，会走到哪里去了呢？

第三章

正徘徊瞻顾，不知何以为计时，高升突然眼前一亮，那个在吃“门板饭”的，一定是了。杭州的饭店，犹有两宋的遗风，楼上雅座，楼下卖各样熟食，卸下排门当案板，摆满了朱漆大盘，盛着现成菜肴。另有长条凳，横置案前，贩夫走卒，杂然并坐，称为吃门板饭。一碗饭盛来，像座塔似的堆得老高，不是吃惯了的，无法下箸，不知从顶上吃起，还是从中腰吃起。所以那些穿短打的一见这位穿大衫儿的落座，都不免注目，一则是觉得衣冠中人来吃门板饭，事所罕见；二则是要看他如何吃法。不会吃，“塔尖”会倒下来，大家在等着看他的笑话。

就在这时，高升已经赶到，侧面端详，十有八九不错，便冒叫一声：“胡少爷！”

这一声叫，那班穿短打的都笑了，哪有少爷来吃门板饭的？

高升到杭州虽不久，对这些情形已大致明白，自己也觉得“胡少爷”叫得不妥，真的是他，他也不便答应，于是走到他身边问道：“请问，贵姓可是胡？”

“不错。怎地？”

“台甫可是上雪下岩？”

正是胡雪岩，他把刚拈起的竹箸放下，问道：“我是胡雪岩。从未见过尊驾——”

高升看他衣服黯旧，于思满面，知道这位“胡少爷”落魄了，才去吃门板饭。如果当街相认，传出去是件新闻，对自己老爷的官声不大好听，所以此时不肯说破王有龄的姓名，只说：“敝上姓王，一见就知道。胡少爷不必在这里吃饭了，我陪了你去看敝上。”

说罢不问青红皂白，一手摸一把铜钱放在案板上，一手便去搀扶胡雪岩，跨出条凳，接着便招一招手，唤来一顶待雇的小轿。

胡雪岩有些摸不着头脑，不肯上轿，拉住高升问道：“贵上是哪一位？”

“是……”高升放低了声音说，“我家老爷的官印，上有下龄。”

“啊！”胡雪岩顿时眼睛发亮，“是他。现在在哪里？”

“公馆在清河坊。胡少爷请上轿。”

等他上了轿，高升说明地址。等小轿一抬走，高升又赶了去见王有龄，略略说明经过。王有龄欢喜无量，也上了蓝呢大轿，催轿班快走。

一前一后，几乎同时抬到王家。高升先一步赶到，叫人开了中门，两顶轿子，一起抬到厅前。彼此下轿相见，都有疑在梦中的感觉，尤其是王有龄，看到胡雪岩穷途末路的神情，鼻子发酸，双眼发热。

“雪岩！”

“雪轩！”

两个人这样招呼过，却又没有话了，彼此都有无数话梗塞在喉头，还有无数话积压在心头，但嘴只有一张，不知先说哪一句。

一旁的高升不能不开口了：“请老爷陪着胡少爷到客厅坐！”

“啊！”王有龄这才省悟，“来，来！雪岩且先坐下歇一歇再说。也不必在外面了，请到后面去，舒服些。”

一引引到后堂，躲在屏风后面张望的王太太慌忙回避。胡雪岩瞥见裙幅飘动，也有些踌躇。这下又提醒了王有龄。

“太太！”他高声喊道，“见见我这位兄弟！”

这样的交情，比通家之好更进一层，真个如手足一样。王太太便很大方地走了出来，含着笑，指着胡雪岩，却望着她丈夫问：“这位就是你日思夜梦的胡少爷了！”

“不敢当这个称呼！”胡雪岩一躬到地。

王太太还了礼，很感动地说：“胡少爷！真正不知怎么感激你。雪轩一回杭州，就去看你，扑个空回来，长吁短叹，不知如何是好。我埋怨雪轩，这么好的朋友，哪有不请教人家府上在哪里的道理？如今好了，是在哪里遇见的？”

“在，在路上。”胡雪岩有些窘。

王有龄由意外惊喜所引起的激动，这时已稍稍平伏，催着他妻子说：“太太！我们的话，三天三夜说不完，你此刻先别问，我们都还没有吃饭，看看，有现成的，先端几个碟子来喝酒。”

“有，有。”王太太笑着答道，“请胡少爷上书房去吧，那里清静。”

“对了！”

王有龄又把胡雪岩引到书房，接着王太太便带着丫头、老妈子，亲来照料。胡雪岩享受着这一份人情温暖，顿觉这大半年来的飘泊无依之苦，受得也还值得。

“雪轩！”他问，“你几时回来的？”

“回来还不到一个月。”王有龄对自己心满意足，但看到胡雪岩却有些伤心，“雪岩，你怎么弄成这样子？”

“说来话长。”胡雪岩欲言又止地，“你呢？我看很得意？”

“那还不是靠你？连番奇遇，什么《今古奇观》上的‘倒运汉巧遇洞庭红’，比起我来，都算不了什么！”王有龄略停一停，大声又说，“好了！反正只要找到了你就好办了。来，来，今天不醉不休。”

另一面方桌上已摆下四个碟子、两副杯筷，等他们坐下，王太太亲自用块手巾，裹着一把酒壶来替他们斟酒。胡雪岩便慌忙逊谢。

“太太！”王有龄说，“你敬了兄弟的酒，就请到厨房里去吧，免得兄弟多礼，反而拘束。”

于是王太太向胡雪岩敬过酒，退了出去，留下一个丫头侍候。

于是一面吃，一面说，王有龄自通州遇见何桂清开始，一直谈到奉委海运局坐办，其间也补叙了他自己的家世。所以这一席话谈得酒都凉了。

“恭喜，恭喜！”胡雪岩此时已喝得满面红光，那副倒霉相消失得无形无踪，很得意地笑道，“还是我的眼光不错，看出你到了脱运交运的当儿，果不其然。”

“交运也者，是遇见了你。雪岩，”王有龄愧歉不安地说，“无怪乎内人说我糊涂，受你的大恩，竟连府上在哪里都不知道。今天，你可得好好儿跟我说一说了。”

“自然要跟你说。”胡雪岩喝口酒，大马金刀地把双手撑在桌角，微偏着头问他，“雪轩，你看我是何等样人？”

王有龄看他的气度，再想一想以前茶店里所得的印象，认为他必是个官宦人家的子弟，但不免有些甘于下流，所以不好好读书，成天在茶店里厮混。当然，这“甘于下流”四字，他是不能出口的，便这样答道：“兄弟，我说句话，你别生气。我看你像个纨绔。”

“纨绔？”胡雪岩笑了，“你倒不说我是撩鬼儿！”这是杭州话，地痞无赖叫“撩鬼儿”。

“那我就猜不到了。请你实说了吧，我心里急得很！”

“那就告诉你，我在钱庄里‘学生意’——”

胡雪岩父死家贫，从小就在钱庄里当学徒，杭州人称为“学生子”，从扫地倒溺壶开始。由于他绝顶聪明，善于识人，而且能言善道，手面大方，所以三年满师，立刻便成了那家钱庄一名得力的伙计。他起先是“立柜台”，以后获得东家和“大伙”的信任，派出去收账，从来不曾出过纰漏。

前一年夏天跟王有龄攀谈，知道他是一名候补盐大使，打算着想北上

“投供”、加捐时，胡雪岩刚有笔款子可收。这笔款子正好五百两，原是吃了“倒账”的，在钱庄来说，已经认赔出账，如果能够收到，完全是意外收入。

但是，这笔钱在别人收不到。欠债的人有个绿营的营官撑腰，他要不还，钱庄怕麻烦，也不敢惹他。不过此人跟胡雪岩很谈得来，不知怎么发了笔财，让胡雪岩打听到了去找他，他表示别人来不行，胡雪岩来另当别论，很慷慨地约期归清。

胡雪岩一念怜才，决定拉王有龄一把。他想，反正这笔款子在钱庄已经无法收回，如今转借了给王有龄，将来能还最好，不能还，钱庄也没有损失。这个想法也不能说没有道理，悄悄儿做了，人不知，鬼不觉，一时也不会有人去查问这件事。坏就坏在他和盘托出，而且自己写了一张王有龄出面的借据送到总管店务的“大伙”那里。

“大伙”受东家的委托，如何能容胡雪岩这种“一厢情愿”的想法？念在他平日有功，也不追保，请他卷了铺盖。这一下在同行中传了出去，都说他胆大妄为，现在幸亏是五百两，如果是五千两、五万两，他也这样擅作主张，岂不把一爿店都弄“倒灶”了？

为了这个名声在外，同业间虽知他是一把好手，却谁也不敢用他。同时又有人怀疑他平日好赌，或许是在赌博上失利，无以为计，饰词挪用了这笔款子。这个恶名一传，生路就越加困难了。

“谢天谢地，”胡雪岩讲到这里，如释重负似的说，“你总算回来了！不管那笔款子怎么样，以你现在的身份，先可以把我的不白之冤洗刷干净。”

润湿了双眼的王有龄，长长叹了口气：“唉，如果你我没有今天的相遇，谁会想得到我冥冥中已经害得你好惨。如今，大恩不言谢，你看我该怎么办？”

“这要看你。我如何能说？”

“不，不！”王有龄发觉自己措词不妥，赶紧抢着说道，“我不是这意思，我是说，你的事就是我的事。怎么样把面子十足挣回来，这我有办法。现在要问你的是，你今后作何打算？是不是想回原来的那家钱庄？”

胡雪岩摇摇头，说了句杭州的俗语：“回汤豆腐干，没有味道了。”

“那么，是想自立门户？”

这句话说到了他心里，但就在要开口承认时，忽然转念：开一家钱庄不是轻而易举的事，要本钱也要有人照应；王有龄现在刚刚得了个差使，力量还有限；如果自己承认有此念头，看他做人极讲义气，感恩图报，一定想尽办法来帮自己，千斤重担挑不动而非挑不可，那就先要把他自己压坏，这怎么可以？

有些警惕，胡雪岩便改口了。“我不想再吃钱庄饭。”他说，“你局里用的人大概不少，随便替我寻个吃闲饭的差使好了。”

王有龄欣悦地笑了，学着杭州话说：“闲饭是没有得把你吃的。”

胡雪岩心里明白，他会在海运局里给他安排一个重要职司，到那时候，好好拿些本事来帮一帮他。把他帮发达了，再跟他借几千两银子出来作本钱，那就受之无愧了。

吃得酒醉饭饱，沏上两碗上好的龙井茶，赓续未尽的谈兴。王有龄提到黄宗汉的为人，把椿寿一案当作新闻来讲，又提到黄抚台难伺候，然后话锋一转，接上今日上院谒见的情形。

“那么你现在预备怎么样呢？”胡雪岩问——意思是问他如何能够把应运的漕米，尽速运到上海，交兑足额。

“我有什么办法？只有尽力去催。”

“难！”胡雪岩摇着头说，“你们做官的，哪晓得人家的苦楚？一改海运，漕丁都没饭吃了。所以老实说一句，漕帮巴不得此事不成！你们想从运河运米到上海，你急他不急，慢慢儿拖你过限期，你就知道他的厉害了。”

“啊！”王有龄矍然而起，“照你这一说，是非逾限不可了。那怎么办呢？”

“总有办法好想。”胡雪岩敲敲自己的太阳穴说，“世上没有没有办法的事，只怕不用脑筋。我就有一个办法，这个办法包你省事，不过要多花几两银子，保住了抚台的红顶子，这几两银子也值。”

王有龄有些不大相信，但不妨听他讲了再说，便点点头：“看看你是什么好办法。”

“米总是米，到哪里都一样。缺多少就地补充，我的意思是，在上海买了米，交兑足额，不就没事了吗？”

他的话还没有完，王有龄已经高兴得跳了起来：“妙极，妙极！准定这么办。”

“不过有一层，风声千万不可泄漏。漕米不是少数，风声一漏出去，米商立刻扳价。差额太大，事情也难办。”

“是的。”王有龄定定神盘算了一会儿，问道，“雪岩，你有没有功名？”

“我是一品老百姓。”

“应该去报个捐，哪怕是‘未入流’，总算也是个官，办事就方便了。现在我只好下个‘关书’，”王有龄又踌躇着说，“也还不知道能不能聘你当‘文案’。”

“慢慢来，慢慢来！”胡雪岩怕他为难，赶紧安慰他说。

“怎么能慢呢？我要请你帮我的忙，总得有个名义才好。”王有龄皱着眉说，“头绪太多，也只好一样一样来。雪岩，你府上还有什么人？”

“一个娘，一个老婆。”

“那我要去拜见老伯母。”

“不必，不必！”胡雪岩急忙拦阻，“目前不必。我住的那条巷，轿子都抬不进去的，舍下也没有个坐处，你现在来不是替我增光，倒是出我的丑。将来再说。”

王有龄知道他说的是老实话，便不再提此事，站起身来说：“你先坐一坐，我就来。”

等他回出来时，手里拿着五十两一张银票，只说先拿着用。胡雪岩也不客气，收了下来，起身告辞，说明天再来。

“今天就不留你了。明天一早，请你到我局里，我专程等你。还有一件，你把府上的地址留下来。”

胡雪岩住在元宝街，他把详细地址留了下来。王有龄随后便吩咐高升，备办四色精致礼物，用“世愚侄”的名帖，到元宝街去替“胡老太太”请安。高升送了礼回来，十分高兴，因为胡雪岩虽然境况不佳，但出手极其大方，封了四两银子的赏号。

“我不肯收，赏得太多了。”高升报告主人，“胡少爷非叫我收不可，他说他亦是慷他人之慨。”

“那你就收下好了。”王有龄心里在想，照胡雪岩的才干和脾气，一旦有了机会，发达起来极快，自己的前程怕与此人的关系极大，倒要好好用一用他。

第二天一早，胡雪岩应约而至，穿得极其华丽。高升早已奉命在等候，一见他来，直接领到“签押房”，王有龄便问：“那家钱庄在哪里？”

“在‘下城’盐桥。字号叫作‘信和’。”

“请你陪我去。你是原经手，那张笔据上是怎么写的？请你先告诉我，免得话接不上头。”

胡雪岩想了一下，徐徐念道：“立笔据人候补盐大使王有龄，兹因进京投供正用，凭中胡雪岩向信和钱庄借到库平足纹五百两整。言明两年内归清，照市行息。口说无凭，特立笔据存照。”

“那么，该当多少利息呢？”

“这要看银根松紧，并无一定。”胡雪岩说，“多则一分二，少则七厘，统算打它一分，十个月的工夫，五十两银子的利息也就差不多了。”

于是王有龄写了一张“支公费六百两”的条谕，叫高升拿到账房。不一会儿管账的司事，亲自带人捧了银子来。刚从藩库里领来的，一百一锭的官宝六锭，出炉以后，还未用过，簇簇光新，颇为耀眼。

“走吧！一起到信和去。”

“这样，我不必去了。”胡雪岩说，“我一去了，那里的‘大伙’当着我的面，不免难为情。再有一句话，请你捧信和两句，也不必说穿我们已见过面。”

王有龄听他这一说，对胡雪岩又有了深一层的认识。此人居心仁厚，手段漂亮。换了另一个人，像这样可以扬眉吐气的机会，岂肯轻易放弃？而他居然愿意委屈自己，保全别人的面子，好宽的度量！

因为如此，王有龄原来预备穿了公服，鸣锣喝道去唬信和一下的，这时也改了主意，换上便衣，坐一顶小轿，把六锭银子用个布包袱一包，放在轿内，带着高升，悄悄来到了信和。

轿子一停，高升先去投帖。钱庄对官场的消息最灵通，信和的“大伙”张胖子一看名帖，知道是抚台面前的红人，“王有龄”三字也似乎听说，细想一想，恍然记起，却急出一身汗，没奈何，且接了进来再说。

等他走到门口，王有龄已经下轿，张胖子当门先请了个安，迎到客堂，忙着招呼，泡茶拿水烟袋，肃客上坐，然后赔笑问道：“王大老爷光降小号，不知有何吩咐？”

王有龄摘下墨晶大眼镜，从容答道：“宝号有位姓胡的朋友，请出来一见。”

“喔，喔，是说胡雪岩？他不在小号了。王大老爷有事，吩咐我也一样。”

王有龄停了停说：“还没有请教贵姓？”

“不敢！敝姓张，都叫我张胖子，我受敝东的委托，信和大小事体都能作三分主。”

“好！”王有龄向高升说道，“把银子拿出来！”接着转脸向张胖子，“去年承宝号放给我的款子，我今天来料理一下。”

“不忙，不忙！王大老爷尽管放着用。”

“那不好！有借有还，再借不难。我也知道宝号资本雄厚，信誉卓著，不在乎这笔放款，不过，在我总是早还早了。不必客气，请把本利算一算，顺便把原笔据取出来。”

张胖子刚才急出一身汗，就因为取不来原笔据，那张笔据，当时当它无用，不知弄到什么地方去了。

做钱庄这行生意，交往的都是官员绅士、富商大贾，全靠应酬的手段灵活。张胖子的机变极快，他在想，反正拿不出笔据，便收不回欠款，这件事解铃还须系铃人，要把小胡找到，才有圆满解决的希望，此时落得放漂亮些。

因此，他先深深一揖，奉上一顶高帽子：“王大老爷真正是第一等的仁德君子！像您老这样菩萨样的主客，小号请都请不到，哪里好把财神爷推出门？尊款准定放着，几时等雪岩来了再说。倒是王大老爷局里有款子汇划，小号与上海南市‘三大’——大亨、大豫、大丰都有往来，这三家与‘沙船帮’极熟，漕米海运的运费，由小号划到‘三大’去付，极其方便，汇水亦绝不敢多要。王大老爷何不让小号效劳？”

这是他不明内情，海运运费不归浙江直接付给船商，但也不必跟他说破。王有龄依然要还那五百两的欠款，张胖子便再三不肯，推来推去，他只好说了一半实话。

“老实禀告王大老爷，这笔款子放出，可以说是万无一失，所以笔据不笔据，无关紧要，也不知放到哪里去了。改天寻着了再来领。至于利息，根本不在话下，钱庄盘利钱，也要看看人，王大老爷以后照顾小号的地方多的是，这点利息再要算，教敝东家晓得了，一定会怪我。”

话说得够漂亮，王有龄因为体谅胡雪岩的心意，决定做得比他更漂亮，便叫高升把包袱解开，取了五百五十两银子，堆在桌上，然后从容说道：“承情已多，岂好不算利息？当时我也听那位姓胡的朋友说过，利息多则一分二，少则七厘，看银根松紧而定。现在我们通扯一分，十个月工夫，我送子金五十两。这里一共五百五十两，你请收了，随便写个本利还清的笔据给我；原来我所出的那张借据，寻着了便烦你销毁了它。宝号做生意真是能为客户打算，佩服之至。我局里公款甚多，那位姓胡的朋友来了，你请他来谈一谈，我跟宝号做个长期往来。”

张胖子喜出望外，当时写了还清的笔据，交予高升收执。张胖子决不肯收利息，但王有龄非要给不可，张胖子也就只好不断道谢着收了下来。

等他恭送上轿，王有龄觉得这件事做得十分痛快有趣，暗中匿笑。这张胖子想做海运局的生意，一定马上派人去找胡雪岩。谁知胡雪岩已经打定主意，不会回他店里，现在让他吃个空心汤圆，白欢喜一场，也算是对他叫胡雪岩卷铺盖的小小惩罚。

回到局里，会着胡雪岩说了经过。胡雪岩怕信和派人到家去找，戳穿真相，那时却之不可，不免麻烦，所以匆匆赶回家去，预作安排。王有龄也换了公服，上院去谒见黄抚台，还怕他不见，特为告诉刘二，说是为漕米交兑一案，有了极好的办法，要见抚台面禀一切。

刘二因为他交了去的两张“条子”，王有龄都已有了适当的安插，自然见他的情，所以到了里面，格外替他说好话。黄宗汉一听“有了极好的办法”，立刻接见，而且脸色也大不相同了。

等把胡雪岩想出来的移花接木之计一说，黄宗汉大为兴奋，不过不能当时就作决定，因为兹事体大。

于是黄宗汉派“戈什哈”把藩司和督粮道都请了来，在抚署西花厅秘密商议。为了早日交代公事，大家都赞成王有龄所提出来的办法，但也不是没有顾虑。

“漕米悉数运到上海，早已出奏有案。如今忽然在上海买米垫补，倘或叫哪位‘都老爷’知道了，开上一个玩笑。”麟桂迟疑了一下说，“那倒真不是开玩笑的事！”

“藩台的话说得是。”督粮道接口附和，然后瞥了王有龄一眼，自语似的说，“能有个人挡一下就好了。”

所谓“挡一下”，就是有人出面去做，上头装作不知道，一旦出了事，有个躲闪斡旋的余地。抚、藩两宪都明白他的意思，但这个可以来“挡一下”的人在哪里呢？

黄宗汉和麟桂都把眼光飘了过来，王有龄便毫不考虑地说：“我蒙宪台大人栽培，既然承乏海运，责无旁贷，可否交给我去料理？”

在座三上司立刻都表示了嘉许之意，黄宗汉慢吞吞说道：“漕米是天庾正供，且当军兴之际，粮食为兵营之命脉，不能不从权办理。既然有龄兄勇于任事，你们就在这里好好谈一谈吧！”说完，他站起身来，向里走去。

抚台似乎置身事外了，麟桂因为有椿寿的前车之鉴，凡事以预留卸责的地步为宗旨。倒是督粮道有担当，很用心地与王有龄商定了处置的细节。

这里面的关键是，要在上海找个大粮商，先垫出一批糙米，交给江苏藩司倪良耀，然后等浙江的漕米运到上海归垫。换句话说，是要那粮商先卖出，后买进。当然，买进卖出价钱上有差额，米的成色也不同，漕米的成色极坏，需要贴补差价，另外再加盘运的损耗，这笔额子出在什么地方，也得预先商量好。

“事到如今，说不得只好在今年新漕上打主意，加收若干。目前只有请藩库垫一垫。”

“藩库先垫可以。”麟桂答复督粮道说，“不过你老哥也要替兄弟想一想，这个责任我实在担不起，总要抚台有公事，我才可以动支。”

“要公事恐怕办不到，要抚台一句切实的话，应该有的。现在大家同船合命，大人请放心，将来万一出了什么纰漏，我是证人。”

话说到如此，麟桂只得点点头答应：“也只好这样了。”

“至于以后的事，”督粮道拱拱手对王有龄说，“一切都要偏劳！”

这句话王有龄却有些答应不下，因为他对上海的情形不熟，而且江宁一失，人心惶惶，粮商先垫出一批粮食，风险甚大，有没有人肯承揽此事，一点把握都没有。

看他迟疑，督粮道便又说：“王兄，你不必怕！我刚才说过，这件事大家休戚相关，倘有为难之处，当然大家想办法，不会让你一个人坐蜡。王兄，你新硎初发，已见长才，佩服之至，尽管放手去干。”

受到这两句话的鼓励，王有龄想到了胡雪岩，该佩服的另有人。

谈到这里，事情可以算定局了。约定分头办事，麟桂和督粮道另行谒见抚台，去谈差额的垫拨和将来如何开支；王有龄回去立刻便要设法去觅那肯垫出多少万石糙米的大粮商。

等一回海运局，第一个就问胡雪岩，说是从他回家以后，就没有来过，时已近午，想来他要在家吃了饭才来。但一直等到下午三点钟，还不见踪影，王有龄有些急了，他有许多事要跟胡雪岩商量，胡雪岩自己也应该知道，何以如此好整以暇？令人不解。

他没有想到，胡雪岩是叫张胖子缠住了。王有龄出人意表的举动，使得信和上上下下，没有一个不是津津有味地资为话题。胡雪岩在店里的人缘原就不坏，当初被辞退时，实在因为他做事太荒唐，拆的烂污也太大，爱莫能助。以后又因为胡雪岩好面子，自觉落魄，不愿与故人相见，所以渐渐疏远。现在重新唤起记忆，都说胡雪岩的眼光确是厉害，手腕魄力也高人一等。如今且不说有海运局这一层关系，可以拉到一个大主顾，就没有这层关系，照胡雪岩的才干来说，信和如果想要发达，就应该把他请回来。

这一下，张胖子的主意越发坚定了。他原来就有些内疚于心，现在听大家的“口碑”，更有个人的利害关系在内，因为他们这些话传到东家耳朵里，一定会找了自己去问。别的都不说，一张五百两银子的借据竟会弄丢了，这还成什么话？东家在绍兴还有一家钱庄，档手缺人，保不定会把自己调了过去，腾出空位子来请胡雪岩做，那时自己的颜面何存？

为此他找了个知道胡雪岩住处的小徒弟带路，亲自出马。事先也盘算过一遍，胡雪岩四两银子一月的薪水，从离开信和之日起照补，十个月一共四十两银子，打了一张本票用红封袋封好，再备了茶叶、火腿两样礼物，登门拜访。

说也凑巧，等他从元宝街这头走过去，胡雪岩正好从海运局回家，自元宝街那头走过来，撞个正着。胡雪岩眼尖想避了开去，可是已经来不及了。

“雪岩，雪岩！”张胖子跑得气喘吁吁的，面红心跳，这倒好，正可以掩饰他的窘色。

“张先生！”胡雪岩恭恭敬敬地叫一声，“你老人家一向好？”

“好什么？”张胖子埋怨似的说，“从你一走，我好比砍掉一只右手，事事不顺。”

胡雪岩心里有数。张胖子替人戴高帽子的本事极大，三言两语，就可以叫人晕晕糊糊，听他摆布。所以胡雪岩笑笑不答。

“雪岩！”张胖子从上到下把他打量了一遍，“你混得不错啊！”

“托福！托福！”

胡雪岩只不说请他到家里坐的话，张胖子便骂小徒弟：“笨虫！把茶叶、火腿拎进去啊！”等小徒弟往胡家一走，张胖子也挪动了脚步，一面说道：“第一趟上门来看老伯母，总要意思意思，新茶、陈火腿，是我自己的孝敬！”

见此光景，胡雪岩只好请他到家里去坐。张胖子一定要拜见“老伯母”“嫂夫人”。平民百姓的内外之防，没有官府人家那么严，胡雪岩的母亲和妻子都出来见了礼，听张胖子说了许多好听的话。

等坐定了谈入正题。他把王有龄突然来到信和，还清那笔款子的经过，细说了一遍，只把遗失了那张借据这一节，瞒着不提。

讲了事实，再谈感想。“雪岩！”他问，“你猜猜看，王老爷这一来，我顶顶高兴的是啥子？”

“自然是趁此可以拉住一个大主顾。”

这句话说到了张胖子的心里，但是他不肯承认：“不是。雪岩，并非我此刻卖好，要你见情，说实在的，当初那件事，东家大发脾气，我身为‘大伙’，实在叫没法子，只好照店规行事。心里是这样在巴望，最好王老爷早早来还了这笔款子，或者让我发笔什么财，替你赔了那五百两头。这为什么？为来为去为的是你好重回信和。现在闲话少说，喏，”他把预先备好的红封套取了出来，“你十个月的薪水，照补，四十两本票，收好了。走！”

一面说，一面他用左手把红封套塞到胡雪岩手里，右手便来拉着他出门。

“慢来，慢来！张先生，”胡雪岩问道，“怎的一桩事体，我还糊里糊涂。你说走，走到哪里去？”

“还有哪里？信和。”

胡雪岩是明知故问，听他说明白了，便使劲摇头：“张先生，好马不吃回头草，盛情心领，谢谢了。”说着把红封套退了回去。

张胖子双手推拒，责备似的说：“雪岩，这就是你的不是了！”

自此展开冗长的说服工作，他的口才虽好，胡雪岩的心肠也硬，随便他如何导之以理，动之以情，一个只是不肯松口。

磨到日已过午，主人家留客便饭，实在也有逐客的意思。哪知张胖子是抱定了破釜沉舟的决心，黐住胡雪岩，再也不肯走的。“好，多时不见，正要叙叙，我来添茶！”他摸出块碎银子，大声唤那小徒弟，“小瘌痢，到巷口‘皇饭儿’，叫他们送四样菜来：木榔豆腐、件儿肉、响铃儿、荤素菜，另外打两斤‘竹叶青’！”

胡雪岩夫妇要拦拦不住，只好由他。等一喝上酒，胡雪岩就不便“闷声大发财”，听他一个人去说，少不得要找出许许多多理由来推托。无奈张胖子那张嘴十分厉害，就像《封神榜》斗法似的，胡雪岩每祭一样法宝，他总有办法来破。倒是有样法宝，足可使他无法招架，但胡雪岩不肯说。如果肯说破跟王有龄的关系，现在要到海运局去“做官”了，难道张胖子还能一定叫他回信和去立柜台、当伙计？

酒添了又添，话越说越多，连胡雪岩的妻子都有些不耐烦了，正在这不得开交的当儿，来了个不速之客。

“咦！”张胖子把眼睛瞪得好大，“高二爷，你怎么寻到这里来了？”

奉命来请胡雪岩的高升，机变虽快，却也一时无从回答，但他听出张胖子的语气有异，不知其中有何蹊跷，不敢贸然道破来意，愣在那里只拿双眼看着胡雪岩。

看看是瞒不住了，其实也不必瞒，于是胡雪岩决定把他最后一样法宝拿出来。不过说来话长，先得把高升这里料理清楚，才能从容细叙。

“你吃了饭没有？”胡雪岩先很亲切地问，“现成的酒菜，坐下来摆一杯！”

“不敢当，谢谢您老！”高升答道，“胡少爷不知什么时候得空？”

“我知道了。”他看一看桌上的自鸣钟说，“我准四点钟到。”

“那么，请胡少爷到公馆吃个便饭好了。”

把来意交代清楚，高升走了。胡雪岩才歉意地笑道：“实不相瞒，张先生，我已经跟王老爷先见过面了。我不陪他到信和去，其中自有道理，此刻也不必多说。王老爷约我到海运局帮忙，我已经答应了他，故而不好再回‘娘家’。张先生你要体谅我的苦衷。”

“啊！”张胖子咧开嘴拉长了声调，做出那意想不到而又惊喜莫名的神态，“雪岩，恭喜，恭喜！你真正是‘鲤鱼跳龙门’了。”

“跳了龙门，还是鲤鱼，为人不可忘本。我是学的钱庄生意，同行都是我一家。张先生，以后还要请你多照应。”

“哪里话，哪里话！现在自然要请你照应。”张胖子忽然放低了声音说，“眼前就要靠你帮忙，我跟王老爷提过，想跟海运局做往来。现在银根松，摆在那里也可惜，你想个什么办法用它出去！回扣特别克己。”

“好！”胡雪岩很慎重地点头，“我有数了。”

张胖子总算不虚此行，欣然告辞。胡雪岩也随即赶到王有龄公馆里。他把张胖子的神态语言形容了一番，两人拊掌大笑，都觉得是件很痛快的事。

“闲话少说，我有件正事跟你商量。”

王有龄把上院谒见抚台，以及与藩司、粮道会议的结果都告诉了胡雪岩，问他该如何办法。

“事情是有点麻烦。不过商人图利，只要划得来，刀头上的血也要去舐。风险总有人肯背的，要紧的是一定要有担保。”

“怎么样担保呢？”

“最好，当然是我们浙江有公事给他们，这一层怕办不到，那就只有另想别法，法子总有的，我先要请问，要垫的漕米有多少？”

“我查过账了，一共还缺十四万五千石。”

“这数目也还不大。”胡雪岩说，“我来托钱庄保付，粮商总可以放心了。”

“好极了。是托信和？”

“请信和转托上海的钱庄，这一节一定可以办得到。不过抚台那里总要有句话。我劝你直接去看黄抚台，省得其中传话有周折。”

“这个，”王有龄有些不以为然，“既然藩台、粮道去请示，当然有确实回话给我。似乎不必多此一举。”

“其中另有道理。”胡雪岩放低了声音说，“作兴抚台另有交代，譬如说，什么开销要打在里头，他不便自己开口，更不便跟藩台说，全靠你识趣，提他一个头，他才会有话交下来！”

“啊！”王有龄恍然大悟，不断点头。

“还有一层，藩台跟粮道那里也要去安排好。就算他们自己清廉，手底下的人，个个眼红，谁不当你这一趟是可以‘吃饱’的好差使？没有好处，一定要出花样。”

王有龄越发惊奇了。“真正想不到！雪岩，”他说，“你做官这么内行！”

“做官跟做生意的道理是一样的。”

听得这话，王有龄有些啼笑，但仔细想一想，胡雪岩的话虽说得直率，却是鞭辟入里的实情。反正这件事一开头就走的是小路，既然走了小路，就索性把它走通。只要浙江的漕粮交足，不误朝廷正用，其他都好商量。如果小路走得半途而废，中间出了乱子，虽有上司在上面顶着，但出面的是自己，首当其冲，必受大害。

这样一想，他就觉得胡雪岩的话，真个是“金玉良言”。这个人也是自己万万少不得的。

“雪岩，我想这样，我马上替你报捐，有了‘实收’，谁也不能说你不是一个官。那一来，你在我局里的名义就好看了，起码是个委员，办事也方便些。”

"这慢慢来！等你这一趟差使弄好了再说。"

王有龄懂他的意思。自己盘算着这一趟差使，总可以弄个三五千两银子，那时候替胡雪岩捐个官，可以捐大些。胡雪岩大概是这样在希望，自然要依他。

"也许。"他把话说明了，"我有了钱，首先就替你办这件事。不过，眼前怎么样呢？总要有个名义，你才好替我出面。"

"不必。"胡雪岩说，"我跟你的交情，有张胖子到外面去一说，大家都知道了，替你出面办什么事，人家自然相信。"

"好，好，都随你！"就从这一刻起，王有龄对他便到了言听计从的地步。

当天夜里又把酒细谈，各抒抱负。王有龄幼聆庭训，深知州县官虽被视作"风尘俗吏"，其实颇可有所展布，而且读书不成，去而捐官，既然走上了这条路子，也就断了金马玉堂的想头，索性作个功名之士。胡雪岩的想法比他还要实际，一个还脱不了"做官"的念头，一个则以为"行行出状元"，而以发财为第一，发了财照样亦可以做官，不过捐班至多捐一个三品的道员，没有红顶子戴而已。

因为气质相类，思路相近，所以越谈越投机，都觉得友朋之乐，胜过一切。当夜谈到三更过后，才由高升提着海运局的灯笼，送他回家。

胡雪岩精力过人，睡得虽迟，第二天依旧一早起身。这天要办的一件大事，就是到信和去看张胖子。他心里在想，空手上门，面子上不好看，总得有所点缀才好。

胡雪岩又想，送礼也不能送张胖子一个人。他为人素来"四海"，而现在正要展布手面，所以决定要博得个信和上下，皆大欢喜。

这又不是仅仅有钱便可了事。他很细心地考虑到他那些老同事的关系、境遇、爱好，替每人备一份礼，无不投其所好，这费了他一上午的工夫；然后雇一个挑夫，挑着这一担礼物，跟着他直到盐桥信和钱庄。

这一下，就把信和上上下下都收服了。大家都有这样一个感觉，胡雪岩倒霉时，不会找朋友的麻烦，他得意了，一定会照应朋友。

当然，最兴奋的是张胖子，昨天他从胡家出来，不回钱庄，先去拜访东家，自诩“慧眼识英雄”，早已看出胡雪岩不是池中物，因而平时相待极厚。胡雪岩所以当初去而无怨，以及现在仍旧不忘信和，都是为了他的情分。东家听了他这番“丑表功”，信以为真，着实嘉奖了他几句，而且也作了指示：海运局这个大主顾，一定要拉住。因为赚钱不赚钱在其次，声誉信用有关，这就是钱庄票号的资本。信和若能够代理海运局的汇划，在上海的同行中，就要被刮目相看了。

张胖子和胡雪岩都是很厉害的角色，关起门来谈生意，都不肯泄漏真意。胡雪岩说：“今天我遇见王老爷，谈起跟信和往来的事。他告诉我，现在有两三家钱庄，都要放款给海运局，也不是放款，是垫拨，因为利息有上落，还没有谈定局，听说是我的来头，情形当然不同。张先生，你倒开个‘盘口’看！”

张胖子先不答这句话，只问：“是哪两三家？”

胡雪岩笑了：“这，人家怎么肯说？”

“那么，你说，利息明的多少，暗的多少？”

“现在不谈暗的，只谈明的好了。”

“话是这么说，”张胖子放低了声音，“你自己呢？加多少帽子？”

胡雪岩大摇其头：“王老爷托我的事，我怎么好落他的‘后手’？这也不必谈。”

“你不要，我们总要意思意思。”张胖子又问，“要垫多少？期限是长是短，你先说了好筹划。”

“总要二十万。”

“二十万？”张胖子吃惊地说，“信和的底子你知道的，这要到外面去调。”

到同行中去调头寸，利息就要高了。胡雪岩懂得他的用意，便笑笑说道：“那就不必谈下去了。”

“不是这话，不是这话！”张胖子又急忙改口，“你的来头，信和一定要替你做面子，再多些也要想办法。这你不管了，你说，期限长短？”

“你们喜欢长，还是喜欢短？”胡雪岩说，“长是长的办法，短是短的办法。”如果期限能够放长，胡雪岩预备移花接木，借信和的本钱，开自己的钱庄。

张胖子自然不肯明白表示，只说：“主随客便，要你这里吩咐下来，我们才好去调度。”

这一问胡雪岩无从回答，海运局现在还不需用现银，只要信和能够担保。而他自己呢，虽然灵机一动，想借信和的资本来开钱庄，但这件事到底要跟王有龄从长计议过了才能动手，眼前也还说不出个所以然来。

他这样踌躇着，张胖子却误会了，以为胡雪岩还是想在利息上“戴帽子”，自己不便开口，所以他作了个暗示：“雪岩，我们先谈一句自己弟兄的私话，你现在做了官，排场总要的，有些用度，自己要垫，我开个折子给你，二千两的额子以内，随时支用，你有钱随时来归，利息不计。”

胡雪岩明白，这是信和先送二千两银子，得人钱财，与人消灾，收了他这二千两，信和有什么要求，就非得替他办到不可。不过胡雪岩也不便峻拒，故意吹句牛：“这倒不必。信和是我‘娘家’，我有钱不存信和存哪里？过几天我有笔款子，大概五六千两，放在你们这里，先做个往来。”

“那太好了。你拿来我替你放，包你利息好。”

“这再谈吧！”胡雪岩问道，“信和现在跟上海‘三大’往来多不多？”

“还好。”

这就是不多之意，胡雪岩心里有些嘀咕，考虑了一会儿，觉得不能再兜圈子了，尔虞我诈，大家不说实话，弄到头来，会出乱子。

于是他换了副神态说：“我也知道你的意思，海运局跟你做了往来，信和这块牌子就格外响了。我总竭力拉拢。不过眼前海运局要信和帮忙。这个忙帮成功，好处不在少数。”

一听这话，张胖子越发兴奋，连连答应："一定效劳，一定效劳。"

"话未说之先，我有句话要交代。"胡雪岩神色凛然地，"今天我跟你谈的事，是抚台交下来的，泄漏不得半点！倘或泄漏出去，闯出祸来，不要说我，王老爷也救不了你。做官的人不讲道理，那时抚台派兵来封信和的门，你不要怪我。"

说得如此严重，把笑口常开的张胖子吓得脸色发青。"唷！"他说，"这不是当玩儿的。等我把门来关起来。"

关上房门，两个并坐在僻处，胡雪岩把那移花接木之计，约略说了一遍，问张胖子两点：第一，有没有熟识的粮商可以介绍；第二，肯不肯承诺保付。

这风险太大了。张胖子一时答应不下，站起来绕室徘徊，心里不住盘算。胡雪岩见此光景，觉得有动之以利的必要，便把他拉住坐下，低声又说："风险你自己去看，除非杭州到上海这一段水路上，出了纰漏，漕船沉掉，漕米无法归垫，不然不会有风险的。至于你们的好处，这样，好在日子不多，从承诺保付之日起，海运局就算借了信和的现银子，照日计息，一直到跟粮商交割清楚为止。你看如何？"

这一说，张胖子怦怦心动了，不须调动头寸，只凭一纸契约，就可以当作放出现款，收取利息，这是不用本钱的生意，加以还可借海运局来长自己的声势，岂不大妙？

张胖子利害相权，心思已经活动。做生意原来就是靠眼光、有胆气，想到胡雪岩当初放那五百两银子给王有龄，还不是眼光独到，甚至连张"饭票子"都赔在里面，在他个人来说，是背了风险，但如今来看，这笔生意他是做对了。

由于胡雪岩的现成的例子摆着，张胖子的胆便大了，心思也灵活了，他已决定接受胡雪岩的建议，但不便当时就作决定，还有一件事是非做不可的：到藩台衙门去摸一摸底，看看漕米运到上海的情形，藩台对王有龄是怎样一种态度。只要这两层上没有什么疑问，这笔生意就算做定了。

于是他说："雪岩！我们自己弟兄，还有说不通、相信不过的地方？这就算八成账了！不过像这样大的进出，我总要向东家说一声，准定明天午刻听回话，你看好不好？"

"这有什么不好？不过我也有句话，大家都是替人家办事，身不由主。我老实说，也不必明天午刻，索性到后天好了，一过后天，没有回话，我也就不必再来看你，省得白耽误工夫。"

这就是说定了一个最后限期。张胖子觉得胡雪岩做事爽快而有担当，十分欣赏，连连点头答应。

回到海运局跟王有龄见面，互道各人商谈的结果。王有龄十分兴奋，说这天上午非常顺利，先去看了麟桂，说抚台已有表示，差额由藩库先垫，今年新漕中如何加派来弥补这笔款子，到时候再定办法，不与王有龄相干。又去看了抚台，黄宗汉吩咐，只要事情办得快，多花点钱无所谓。他还拿出两道上谕来给王有龄看，一道是八旗京兵有十五万之多，须严加训练，欠饷要设法发清，通谕各省，从速解运漕米银两，以供正用；一道是酌减文武大臣"养廉"银，以充军饷。可见得朝廷在粮饷上调度困难，如能早日运到，黄宗汉答应特保王有龄升官。

"照这一说，事情就差不多了。"胡雪岩心知张胖子要去打听情形，不过既然藩司有此确实表示，信和这方面当然可以放心，不必等张胖子正式回话，便可知事已定局。"该商量商量，好动身到上海去寻'户头'了。"

"我想这样，请你陪了我去，局里当然要派两个人，那不过摆摆样子，事情全靠你来办。"

胡雪岩想了想答道："真的要我来办，得要听我的办法。"

"好！"王有龄毫不迟疑地答应，"全听你的。"

为了办事方便，王有龄到底下了一通"关书"，聘请胡雪岩当"司事"，在签押房旁边一个小房间办事，作幕后的策划。首先是从藩库提了十万两银子过来，等跟信和谈好了保付的办法，把这笔款子存入信和，先划三万两到上海大亨钱庄。这三万两银子，一万两作公费使用，二万两要替黄宗汉汇到家乡，当然那是极秘密的。

然后，胡雪岩在局里挑了两个委员，一个是麟桂的私人姓周，一个跟粮道有关系姓吴，请王有龄下条子，“派随赴沪”，同时每人额外先送二百两银子的旅费。周、吴二人原来有些敌视胡雪岩，等打听到这安排出于他的主张，立刻便倾心结交。

胡雪岩又把张胖子也邀在一起，加上庶务、厨子、听差、上上下下一共十个人，雇了两只“无锡快”，随带大批准备送人的土产，从杭州城内第一座大桥“万安桥”下船，解缆出关，沿运河东行。

* * *

这时是三月天气，两岸平畴，绿油油的桑林，黄澄澄的菜花，深红浅绛的桃李，织成一幅锦绣平原。王有龄诗兴大发，倚舵闲眺，吟哦不绝。但别的人不像他那么有雅兴，周、吴两委员，加上胡雪岩、张胖子正好凑成一桌麻将。

打牌是张胖子所提议的，胡雪岩欣然附议。张胖子便要派人到头一条船上去请周、吴二人，一个说：“慢慢！摆好桌子再说。”

胡雪岩早有准备的，打开箱子，取出簇新的一副竹背牙牌、极精致的一副筹码，叫船家的女儿阿珠来铺好桌子，分好筹码。雪白的牙牌，两面茶几，摆上果碟，泡上好茶，然后叫船家停一停船，搭上跳板，把周、吴两委员请了过来。

一看这场面，两人都是高兴得不得了。“有趣，有趣！”周委员笑着说道，“跟我们这位胡大哥在一起，实在有劲道。”

“闲话少说，”吴委员更性急，“快坐下来。怎么打法？”

于是四个人坐下来扳了位，张胖子提议：一百两银子一底的“幺半”，二十和底，三百和满贯；若自摸一副“辣子”，三十两一家，便有九十两进账。

“太大了！”周委员说，“自己人小玩玩，打个对折吧！”

“对，对，打对折。”吴委员也说，“我只带了三十两银子，不够输的。”

“不要紧，不要紧！有钱庄的人在这里，两位怕什么？”胡雪岩一面说，一面给张胖子递了个眼色。

张胖子会意了，从身上摸出一沓银票来，取了两张一百两的放在周、吴二人面前，笑着说道：“我先垫本，赢了我提一成。”

“输了呢？”吴委员问。

“输了？”胡雪岩说，“等赢了再还。”

这是有赢无输的牌，周、吴二人越发高兴。心里痛快，牌风也顺了，加以明慧可人的阿珠，一遍遍毛巾把子，一道道点心送了上来，这场牌打得实在舒服。

四圈打完，坐在胡雪岩下家的周委员一家大赢，吴委员也还不错，输的是张胖子和胡雪岩，两个人的牌品都好，依旧笑嘻嘻地毫不在乎。

等扳了位，吴委员的牌风又上去了，因为这四圈恰好是他坐在胡雪岩的下家。再下一家是周委员，吴委员只顾自己做大牌，张子出得松，所以周委员也还好，余出去有限。

八圈打完，船已泊岸，天也快黑了，自然歇手。算一算筹码，吴委员赢了一底半，周委员赢了一底，张胖子没有什么输赢，但有他们两家一成的贴补，也变成了赢家，只有胡雪岩一个人大输，连头钱在内，成了“四吃一”。

“摆着，摆着！”周委员很大方地说，“明天再打再算！”

“赌钱赌个现！”胡雪岩说了句杭州的谚语，“而况是第一次，来，来兑筹码，兑筹码！”

胡雪岩开“枕头箱”取出银票，一一照付，零数用现银子补足，只看他也不怎么细算，三把两把一抓，分配停当，各人自己再数一数，丝毫不差。

吴委员大为倾服，跷起大拇指赞道：“雪岩兄，‘度支才也’！”

吴委员肚子里有些墨水，这句引自《新唐书》，唐明皇欣赏杨国忠替他管赌账管得清楚的褒语。胡雪岩听不懂，但他懂得藏拙，料想是句好话，只报以感谢的一笑，不多说什么。

最后算头钱，那是一副牌一副牌打的，因为牌风甚大，打了十六七两银子，胡雪岩把筹码往自己面前一放，喊道："阿珠！"

阿珠正帮着她娘在船梢上做菜，听得招呼，娇滴滴答应一声："来了！"接着便出现在船门口。她系一条青竹布围裙，一面擦着手，一面憨憨地笑着，一根乌油油的长辫子从肩上斜甩了过来，衬着她那张红白分明的鹅蛋脸，那番风韵，着实撩人。

胡雪岩眼尖，眼角已瞟见周、吴二人盯着阿珠不放的神情，心里立刻又有了盘算："来，阿珠，四两银子的头钱。"他说，"交给你娘！"

"谢谢胡老爷！"阿珠福了福。

"你谢错人了！要谢周老爷、吴老爷。喏！"他拈起一张银票，招一招手，等阿珠走近桌子，他才低声又说，"头钱不止四两。周老爷、吴老爷格外有赏，补足二十两银子，是你的私房钱。"

这一说，阿珠的双眼张得更大了，惊喜地不知所措。张胖子便笑道："阿珠！周老爷、吴老爷替你办嫁妆。还不快道谢！"

"张老爷最喜欢说笑话！"阿珠红云满面，旋即垂着眼替周、吴二人请安。

"这倒不能不意思意思了！"吴委员向周委员说。于是每人又赏了十两。在阿珠，自出娘胎，何曾有过这么多钱？只看她道谢又道谢，站起身来晃荡着长辫子，碎步走向船梢，然后便是又喘又笑在说话的声音，想来是把这桩得意的快事在告诉她娘。

大家都听得十分有趣，相视微笑。就这时听得外面在搭跳板，接着是船家招呼："王大老爷走好！"

王有龄过船来了，大家一齐起身迎接，只见他手里拿着一张信笺，兴冲冲地走了进来，笑着问周、吴二人："胜败如何？"

属官听上司提起赌钱的事，未免不好意思，周委员红着脸答道：“托大人的福！”

“好，好！”王有龄指着张胖子说，“想来是张老哥输了，钱庄大老板输几个不在乎。”

“理当报效，理当报效。”

说笑了一会儿，阿珠来摆桌子开饭。“无锡快”上的“船菜”是有名的，这天又特别巴结，自然更精致了。

除此以外，各人都还带得有“路菜”，桌子上摆不下，另外端两张茶几来摆。胡雪岩早关照庶务多带陈年“竹叶青”，此时开了一坛，烫得恰到好处，斟在杯子里，糟香四溢，连一向不善饮的周委员，都忍不住想来一杯。

这样的场合，再有活色生香的阿珠侍席，应该是淳于髡所说的“饮可八斗”的境界，无奈有王有龄在座，大家便都拘束了。他谈话的对象也只是一个吴委员，这天下午倚舷平眺，做了四首七绝，题名《春望》，十分得意，此时兴高采烈地跟吴委员谈论，什么“这个字不响”“那个字该用去声”。大家听不大懂，也没有兴致去听，但礼貌上又非装得很喜欢听不可的样子，以至于变成喝闷酒，嘉肴醇醪，淡而无味。可餐的秀色，亦平白地糟蹋了，真是耳朵受罪，还连带了眼睛受屈！

胡雪岩看看不是路数，一番细心安排，都教王有龄的酸气给冲掉了。好在有约在先，此行凡事得听他作主，所以他找了个空隙，丢过去一个眼色，意思请他早些回自己的船，好让大家自由些。

王有龄倒是酒酣耳热，谈得正痛快，所以对胡雪岩的暗示，起初还不能领会，看一看大家的神态，再细一想，方始明白，心头随即浮起歉意。

“我的酒差不多了！”他也很机警，“你们慢慢喝。”

于是王有龄叫阿珠盛了小半碗饭，吃完离席。胡雪岩知道他的酒不曾够，特地关照船家，另外备四个碟子，烫一斤酒送到前面船上。

“好了！”周委员挺一挺腰说，“这下可以好好喝两杯了。”

略略清理了席面，洗盏更酌，人依旧是五个。去了一个王有龄，补上一个庶务，他姓赵，人很能干，不过，这几天的工夫，已经让胡雪岩收服了。

“行个酒令，如何？”吴委员提议。

“我只会豁拳。”张胖子说。

“豁拳我倒会。”周委员接口，“就不会喝酒。”

“不要紧，我找个人来代。”胡雪岩便喊，“阿珠，你替周老爷代酒。”

“嗯——”阿珠马上把个嘴撅得老高，上身摇两摇，就像小女孩似的撒娇。

“好，好！”胡雪岩也是哄小孩似的哄她，“不代，不代！”

阿珠嫣然一笑，自己觉得不好意思了：“这样，周老爷吃一杯，我代一杯！”

“如果周老爷吃十杯呢？”赵庶务问。

阿珠想了想，毅然答道：“我也吃十杯。”

大家都鼓掌称善，周委员便笑着摇手：“不行，不行！你们这是存心灌我酒。”说着便要逃席。

赵庶务和阿珠，一面一个拉住了他，吴委员很威严地说：“我是令官，酒令大似军令，周公乱了我的令，先罚酒一杯！”

“我替他讨个饶。”胡雪岩说。

“不行！除非阿珠来求情。”

“呀！吴老爷真正在说笑话了！”阿珠笑道，“这关我什么事啊？”

“你不是替他代酒吗？既然你跟周老爷好，为什么不可以替他求情呢？”

这算是哪一方的道理？阿珠让他缠糊涂了，虽知他的话不对，却无法驳他。不过，说她跟周老爷“好”，她却不肯承认。

“我伺候各位老爷都是一样的，要好大家都好。”

下面那半句话不能再出口，偏偏张胖子促狭，故意要拆穿：“要不好大家都不好，是不是？”

“啊呀呀！不作兴这样子说的。”阿珠有些窘，面泛红晕，越发妩媚，“各位老爷都好，只有一位不好。”

“哪一个？”

“就是你张老板！”阿珠说了这一句，自己倒又笑了，接着把腰肢一扭，到船梢上去取热酒。

取来热酒，吴委员开始打通关，个个逸兴遄飞，加以有阿珠如蛱蝶穿花般周旋在席间，周、吴二人乐不可支，欢饮大醉。

就这样天天打牌饮酒，跟阿珠调笑，船走得极慢，但船中的客人还嫌快。第四天才到嘉兴，吴委员向胡雪岩暗示，连日在船上，气闷之至，想到岸上走走。

这是托词，实在是想多停留一天。胡雪岩自然明白，便跟王有龄说了，在嘉兴停一天。

既到嘉兴，不能不逛南湖，连王有龄一起，在烟雨楼头品茗。那天恰好是个阴天，春阴漠漠，柳色迷离，王有龄的诗兴又发了。

张胖子却坐不住。“找只船去划划？”他提议。

“何必？”吴委员反对，“一路来都是坐船，也坐腻了。坐这里的船，倒不如坐自家的船。”

自家的船上有阿珠，南湖的船上也有不少船娘，但未见得胜过阿珠，就算胜得过，片时邂逅，也没有什么主意好打。

“我倒有个主意了。”张胖子失声说了这一句，发觉王有龄在注意，不便再说，悄悄把胡雪岩一拉，到一旁去密语。

张胖子是想去访“空门艳迹”。嘉兴有些玷辱佛门的花样，胡雪岩也知道，但王有龄的身份不便去，当时商定，张胖子带周、吴去结“欢喜缘”，胡雪岩陪着王有龄去闲逛。

于是分道扬镳，胡雪岩掉了个花枪，陪着王有龄先走。两顶小轿到了闹市，二人下轿浏览，信步走进一家书坊。

王有龄想买部诗集子。胡雪岩随手翻着新到的京报，看见一道上谕，上有黄宗汉的名字，便定睛看了下去。

上面有黄宗汉奏复椿寿自尽原因的原折，说“该司因库款不敷，漕务棘手，致肝疾举发，因而自尽，并无别情”。皇帝批的是“知道了”。胡雪岩知道，黄宗汉的那个麻烦已经没有了。这是否何桂清的功劳呢？

王有龄买了诗集子，胡雪岩也买了京报，二人无处可去，正好乘周、吴两人不在，回到船上去密谈。

看完京报上那道上谕，王有龄的心情，可说是一则以喜，一则以惧。喜的是黄宗汉脱然无累，圣眷正隆，今后浙江的公事，好办得多；惧的是久闻他刻薄奸狡，说不定过河拆桥，不再买何桂清的账，那就失去了一座靠山。

“雪公！”胡雪岩对他，新近改了这样一个公私两宜的称呼，“我说你是过虑。黄抚台想做事，要表功，我们照他的意思来做，做得比他自己所想的还要好，那还有什么话说？俗语说得好，‘师父领进门，修行在个人’，何学台把你领进门就够了，自己修行不到家，靠山再硬也不中用。你看！”

他指着京报中的一道上谕让王有龄看，写的是：

> 谕内阁大学士、军机大臣会同刑部定拟徐广缙罪名一折，已革署湖广总督徐广缙，经朕简派钦差大臣，接办军务，沿途行走，已属迟延；追贼由湖南下窜，汉阳、武昌相继失守，犹复株守岳州，一筹莫展，实属调度失机，徐广缙着即照裕诚等所拟，按定律为斩监候；秋后处决。

“这位徐大帅，皇帝特派的钦差大臣，靠山算得硬了！自己不好还是靠不住，还是要杀头。”胡雪岩似乎很感慨地说，“一切都是假的，靠自己是真的，人缘也是靠自己，自己是个半吊子，哪里来的朋友？”

这番话听得王有龄连连点头。“雪岩，”他说，“不是我恭维你，你可惜少读两句书，不然一定比何根云、黄抚台还要得意。”

“我不是这么想，做生意的见了官，好像委屈些。其实做生意有做生意的乐趣。做官许多拘束，做生意发达了才快活！”

“喔！”王有龄很感兴趣地说：“盍言尔志！”

这句话胡雪岩是懂的。“说到我的志向，与众不同，我喜欢钱多，越多越好！”他围拢两手，做了个搂钱的姿势，“不过我有了钱，不是拿银票糊墙壁，看看过瘾就算数。我有了钱要用出去！世界上顶顶痛快的一件事，就是看到人家穷途末路，几几乎一钱逼死英雄汉，刚好遇到我身上有钱，”他做了个挥手斥金的姿态，仿佛真有其事似的说，“拿去用！够不够？”

王有龄大笑：“听你说说都痛快！”

“还有一样，做生意发了财，尽管享用，盖一座大花园，讨十七八个姨太太住在里面，没有人好说闲话。做官的发了财，对不起，不好这样子称心如意！不说别的，叫人背后指指点点，骂一声‘赃官’，这味道就不好过了。”

“唉！”王有龄被他说动了心，“照此看来，我都想弃官从商了。”

“这也不是这么说。做官也有做官的乐趣，起码荣宗耀祖，父母心里就会高兴。像我，有朝一日发了大财，我老娘的日子自然会过得极舒服。不过一定美中不足，在她老人家心里，十来个丫头伺候，不如朝廷一道‘诰封’来得值钱！”

“这也不是办不到的事。”王有龄安慰他说，“不过一品夫人的诰封请不到而已。”

捐班可以捐到三品道员，自然也就有诰封。胡雪岩此时还不敢存此奢望。“请个诰封，自然不是太难的事，只是做官要做得名符其实，官派十足，那就不容易了。”他笑笑又说，“不是我菲薄做官的，有些候补老爷，好多年派不上一个差使，吃尽当光。这样子的官，不做也罢。”

这话，王有龄颇有感触，便越觉眼前的机会可贵。“雪岩，”他问，“周、吴二人，怎么说法？”

什么事怎么说？胡雪岩无法回答，但他的意思是能够懂的：“雪公，你放心！这两位全在我手里，要他长就长，要他短就短，不必放在心上。我现在担心的是怕寻不着这么一位肯垫货的大粮商。”

“是呀！”王有龄也上了心事，“我还怕找到了，他不肯相信。”

“这——”胡雪岩摇摇头，“不要紧！只要他有实力，不怕他不听我们的话。”

看到他这样有信心，再想到他笼络人的手段，王有龄果然放心了。

等闲谈到晚，张胖子带着周、吴两人兴尽归来。仔细看去，脸上都浮着诡秘的笑容。胡雪岩当着王有龄不便动问，心里明白，他们此行，必为平生所未历。

“喔，喔，我想起件事。”张胖子忽然一本正经地说，“我今天遇到一个朋友，偶然谈起，松江有一家大粮行，跟漕帮的关系密切，他们有十几万石米想卖。倒不妨打听一下。”

胡雪岩还未开口，王有龄大为兴奋：“这下对了路了！”

“咦，雪公！”胡雪岩奇怪地说，“事情不过刚刚一提，也不知内情如何，你何以晓得对了路了？”

“你也有不懂的事！”王有龄得意地笑了，为他讲解其中的道理。

他对于漕运已经下过一番功夫，知道松江出米，又当江浙交界，水路极便，所以松江的漕帮是个大帮，也应该是个富帮。但唯其既大且富，便成了一个俎上之肉。松江府知府所以与四川成都府、湖南长沙府，成为府缺中有名的三个肥缺，各有特殊的说法，松江府兼管水路关隘，漕帮过闸讨关，不能不买他的账是一大原因。

年深月久，饱受剥削，松江漕帮的公款亏空甚巨，成了“疲帮”。王有龄判断这家粮行，实际上就是漕帮所开，现在有粮食要卖，来源大成疑问，可能就是从漕米中侵蚀偷漏而来的，米质不会好，但是米价一定便宜，差额便可减少许多。

“那好！”胡雪岩对此还未有过深入的研究，只听王有龄的话。

于是，张胖子重又上岸，去寻他的朋友，约定在松江与那粮商会面的时间，会面的地方就在船上。这是王有龄处事精细，怕上岸与粮商有所接洽，会引起猜疑。

张胖子回来，说是已经约好了。第三天到松江，舟泊城内泉野桥下，他那朋友自会约好粮行里的人来寻。而且他也证实了王有龄的判断，那家字号“通裕”的粮行，果然是松江漕帮的后台，不但经营米粮买卖，并且兼营票号，只是南方为钱庄的天下，跟北方通声气的票号难与钱庄抗衡。张胖子也知道有这家通裕，素无往来，所以不知道信用如何。

“你们明天再玩一天，”王有龄以一半体恤、一半告诫的语气说，“一到松江就要办正事了！”

事实上这天夜里就已开始办正事，大家在王有龄的船上吃饭，席间便谈起漕运。王有龄在这方面的学问，是从书本上得来的，所以只晓得规制、政令和故事。周委员却是老手，久当押运委员，在运河上前后走过七八趟，漕运中的弊病，相当了解。他所说的琐碎细节，虽有些杂乱无章，不如王有龄言之成理，但出于本身经验，弥觉亲切。

他们两个人的话，到胡雪岩脑子里一集中，便又不同了。一夜深谈，他成了一个既明规制又懂实务的内行。

“我现在要请教，”他也还有些疑问，“怎么叫‘民折官办’？”

“所谓‘民折官办’是如此——”

王有龄为他解释，漕粮的征收有五种花样，一种叫“正兑”，直接运到京城十三仓交纳；一种叫“改兑”，运到通州两仓交纳，这两处米仓简称为“京仓”“通仓”；再有一种“白粮”，就是糯米，亦运“京仓”，供给祭祀及搭发王公官员俸米之用，规定由江苏的苏州、松江、常州、太仓，以及浙江的嘉兴、湖州等五府一州缴纳。这三种名目都是征实物，应征实物，由于特殊的原因，征米的改为征杂粮，征杂粮的改为征银，都出于特旨，就称“改征”。

最后一种是“折征”，以实物的征额，改征为银子，这又有四种花样，“民折官办”为其中之一。换句话说，老百姓纳粮，照价折算银子，由官府代办漕米充“正兑”或“改兑”，就叫“民折官办”。

“我懂了，再要请教。是怎么一种情形之下，可以‘民折官办’？”

这细节上就要周委员来解答了。“那也没有一定。总之，为了官民两便。譬如说，朝廷有旨意，为了正用，赶催漕米，那就先动库款，买米运出，再改征银子，归还垫款；也有小户实在无米可交，情愿照市价折银，官府自然乐于代办；再有一种就是各地丰歉不同，丰收的地方，大家自然交米，正项以外，另外额定的‘漕耗’‘船耗’的耗米，以及浮收的耗外之耗，也都是米，这些米运到歉收的地方，价钱比较便宜，老百姓可以买来交粮，只要账面上做一道手续就好，也算‘民折官办’。”

“原来如此，那我们就用不着偷偷摸摸做了。”胡雪岩说，“现在军情紧急，赶催海运，我们动正项购运，有何不可？至于通裕这方面，既然是漕帮应得的耗米，而且准许‘民折官办’，那他卖米也不犯法。就算他们是偷盗来的赃货，我们只当他是应得的耗米好了！”

“不错啊！”一向口快的张胖子说，“麻袋上又没有写着字‘偷来的’！”

王有龄和周、吴二人都相视以目，微微点头。显然的，他们都有些困惑，这么浅显的道理，何以自己就没有想到？

“话是不错。”王有龄说，“照这样子做，当然最好，但海运局只管运，‘民折官办’是征粮那时候的事，藩司、粮道两衙门没有公事给我，我何能越俎代庖？”

到这里就看出胡雪岩一路来，把周、吴二人伺候得服服帖帖的效验了。他俩争着开口，却又互相推让，不过看得出来，要说的话是相同的，有一个人说也就够了。

周委员年纪长些，又是藩台麟桂的私人，所以还是由他答复：“这不要紧，藩台衙门要补怎么样一个公事，归我去接头。”

“粮道衙门也一样，归我去办好。”

“那就承情不尽了。”王有龄拱拱手说，“偏劳两位。”

“分所当为。”周、吴二人异口同声地。

“慢来！”张胖子忽然插嘴，“这把如意算盘不见得打得通！”

他说了其中的道理，确不为无见。通裕是想卖米，而自己这方面是想找人垫借，两个目标不同，未见得能谈出结果。

“那也不见得。”胡雪岩说，“做生意不能光卖出，不买进。生意要谈，就看你谈得如何。”

大家都点头称是，连张胖子也这样。“除非你去谈。”他笑道，“别人没这个本事。”

虽是戏言，也是实话。周委员私下向王有龄献议，“当官的”出个面，证明确有其事，实际上都委托胡雪岩跟张胖子去谈，生意人在一起，比较投机。

这番话恰中下怀，王有龄欣然接纳。而胡雪岩也当仁不让，到松江以后的行止，由他重新作了安排。本来只预备跟通裕那面的人在舟中一晤，现在却要大张旗鼓，摆出一番声势，才便于谈事。

* * *

一路顺风顺水，过嘉善到枫泾，就属于松江府华亭县的地界了。第二天进城，船泊在以出“巨口细鳞”的四鳃鲈闻名的秀野桥下。王有龄派庶务上岸，雇来一顶轿子，然后他和高升主仆二人，打扮得一身簇新，另外备了丰厚的土仪，叫人挑着，一起去拜客。

先拜松江府，用手本谒见，再拜华亭县和娄县。华亭是首县，照例要尽地主之谊，随即便来回拜，面约赴宴，又派了人来照料。接着，知府又送了一桌“海菜席”，胡雪岩作主，厚犒来使，叫把菜仍旧挑回馆子里，如何处理，另有通知。

“雪公！”胡雪岩说，“晚上你和周、吴二公去赴华亭县的席，知府的这桌菜，我有用处！”

“好，好，随你。”

话刚说完，张胖子的朋友带着通裕的“老板”寻了来了，看见王有龄自然要请安。王有龄受了胡雪岩的教，故意把官架子摆得十足。

张胖子的朋友姓刘，通裕的“老板”姓顾。王有龄请教了姓氏，略略敷衍几句，便站起身来说：“兄弟有个约会，失陪，失陪！”接着他又向张胖子道：“你们谈谈。凡事就跟我在场一样，说定规了就定规了。”

等他一走，周、吴两人声明，要陪同王有龄赴华亭知县之约，也起身而去。于是宾主四人，开始深谈。

深谈的还不是正题，是旁敲侧击地打听背景。顾老板坦率承认，通裕是松江漕帮的公产。接着，胡雪岩便打听漕帮的情形。

他是“空子”，但漕帮中的规矩是懂的，所以要打听的话，都在要紧关节上。他很快地弄清楚，松江漕帮中，行辈最高的是一个姓魏的旗丁，今年已经将近八十，瞎了一只眼，在家纳福。现在全帮管事的是他的一个“关山门”徒弟，名叫尤老五。

“道理要紧！”胡雪岩对张胖子说，“我想请刘、顾两位老大哥领路，去给魏老太爷请安。”

刘、顾二人一听这话，赶紧谦谢：“不敢当，不敢当！我把胡大哥的话带到就是。”

“这不好。”胡雪岩说，“两位老哥不要把我当官面上的人看待。实在说，我虽是‘空子’，也常常冒充在帮，有道是‘准充不准赖’，不过今天当着真神面前，不好说假话。出门在外，不可自傲自大，就请两位老哥带路。再还有一说，等给魏老太爷请了安，我还想请他老人家出来吃一杯，有桌菜，不晓得好不好，不过是松江府送我们东家的，用这桌菜来请他老人家，略表敬意。”

客人听得这一说，无不动容，觉得这姓胡的是“外场朋友”，大可交得，应该替他引见。于是欣然乐从，离舟登岸，安步当车，到了魏家。

魏老头子已经杜门谢客，所以一到他家，顾老板不敢冒昧，先跟他家的人说明，有浙江来的一个朋友，问他愿不愿见。胡雪岩是早料到这样的处置，预先备好了全帖，自称“晚生”，交魏家的人，一起递了进去。

在客厅里坐不多久，魏家的人来说，魏老头请客人到里面去坐。刘、顾二人脸上顿时大放光彩。“老张，”姓刘的对他说，“我们老太爷很少在里面见客，说实话，我们也难得进去，今天沾你们两位贵客的光了！”

一听这话，胡雪岩便知自己这着棋走对了。

跟着到了里面，只见魏老头子又干瘦、又矮小，只是那仅存一目，张眼看人时，精光四射，令人不敢逼视，确有不凡之处。

胡雪岩以后辈之礼谒见，魏老头子行动不便，就有些倚老卖老似的，口中连称“不敢当”，身子却不动。等坐定了，他把胡雪岩好好打量了一下，问道：“胡老哥今天来，必有见教，江湖上讲爽气，你直说好了。”

“我是我们东家叫我来的，他说漕帮的老前辈一定要尊敬。他自己因为穿了一身公服不便来，特地要我来奉请老辈，借花献佛，有桌知府送的席，专请老前辈。”

“喔！”魏老头很注意地问，“叫我吃酒？”

“是！敝东家现在到华亭县应酬去了。回来还要请老前辈到他船上去玩玩。”

“谢谢，可惜我行动不便。”

“那就这样。”胡雪岩说，“我叫他们把这一桌席送过来。”

“那更不敢当了。”魏老头说，“王大老爷有这番意思就够了。胡老哥，你倒说说看，到底有何见教，只要我办得到，一定帮忙。”

“自然，到了这里，有难处不请你老人家帮忙，请哪个？不过，说实在的，敝东家诚心诚意叫我来向老前辈讨教，你老人家没有办不到的事，不过在我们这面总要自己识相，所以我倒有点不大好开口。”

胡雪岩是故意这样以退为进。等他刚提到“海运”，魏老头独眼大张，炯炯逼人地看着他，而这也在他意料之中。他早就想过了，凭人情来推断，漕运一走海道，运河上漕帮的生存便大受影响，万众生计所关，一定会在明里暗里，拼命力争。现在看到魏老头的敌视态度，证实了他的判断不错。

既然不错，事情就好办了。他依旧从从容容把来意说完。魏老头的态度又变了，眼光虽柔和了些，脸上却已没有初见面时那种表示欢迎的神情。“胡老哥，你晓不晓得，”他慢条斯理地说，“我们漕帮要没饭吃了？”

“我晓得。”

“既然晓得，一定会体谅我的苦衷。”魏老头点点头，“通裕的事，我还不大清楚，不过生意归生意，你胡老哥这方面有钱买米，如果通裕不肯卖，这道理讲到天下都讲不过去，我一定出来说公道话；倘或是垫一垫货色，做生意的人，将本求利，要敲一敲算盘，此刻我也说不出个所以然来。”

这是拒绝之词，亦早在胡雪岩的估计之中。“老前辈！”他抗声答道，“你肯不肯听我多说几句？”

“啊呀，胡老哥你这叫什么话？承你的情来看我，我起码要留你三天，好好叙一叙，交你这个朋友。你有指教，我求之不得，怎问我‘肯不肯听你多说几句’？莫非嫌我骄狂？”

“那是我失言了。”胡雪岩笑道，“敝东家这件事，说起来跟漕帮关系重大。打开天窗说亮话，漕米海运误期，当官的自然有处分，不过对漕帮更加不利。”

接下来他为魏老头剖析利害：倘或误期，不是误在海运，而是误在沿运河到海口这段路上，追究责任，浙江的漕帮说不定会有赔累；漕帮的“海底”称为“通漕”，通同一体，休戚相关，松江的漕帮何忍坐视？

先以帮里的义气相责，魏老头就像被击中了要害似的，顿时气馁了。

“再说海运，现在不过试办，将来究竟全改海运，还是维持旧规，再不然海运、河运并行，都还不晓得。老实说一句，现在漕帮不好帮反对河运、主张海运的人的忙。”

“这话怎么说？”魏老头极注意地问。

“老前辈要晓得，现在想帮漕帮说话的人很多，敝东家就是一个。但是忙要帮得上，倘或漕帮自己不争气，那些要改海运的人，越发嘴说得响了：

‘你们看是不是，短短一截路都是困难重重！河帮实在不行了！’现在反过来看，河运照样如期运到，毫不误限，出海以后，说不定一阵狂风，吹翻了两条沙船，那时候帮漕帮的人，说话就神气了！”

魏老头听他说完，没有答复，只向他左右侍奉的人说：“你们把老五替我去叫来！”

这就表示事情大有转机了，胡雪岩在这些地方最能把握分寸，知道话不必再多说，只须哄得魏老头高兴就是，因此谈过正题，反入寒暄。魏老头自言，一生到过杭州的次数，已经记不清楚，杭州是运河的起点，城外拱宸桥跟漕帮有特殊渊源，魏老头常去杭州是无足为奇的。谈起许多杭州掌故，胡雪岩竟瞠然不知所答，反殷殷向他请教，两个人谈得投机。

谈兴正浓时，尤老五来了。他约莫四十岁左右，生得矮小而沉静，在懂世故的人眼里，一望而知是个极厉害的人物。当时由魏老头亲自为他引见胡雪岩和张胖子。尤老五因为胡、张二人算是他“老头子”的朋友，所以非常客气，称胡雪岩为“胡先生”。

“这位胡老哥是‘祖师爷’那里来的人。”漕帮中的秘密组织“清帮”的翁、钱、潘三祖，据说都在杭州拱宸桥成道，所以魏老头这样说。

“这就像一家人一样了。”尤老五说，“胡先生千万不必客气。”

胡雪岩未曾答口，魏老头又说：“胡老哥是外场人物，这朋友我们一定要交。老五，你要叫‘爷叔’，胡老哥好比‘门外小爷’一样。”

尤老五立即改口，很亲热地叫了声：“爷叔！”

这一下胡雪岩倒真是受宠若惊了。他懂得“门外小爷”这个典故。据说当初“三祖”之中的不知哪一位，有个贴身服侍的小僮，极其忠诚可靠，三祖有所密议，都不避他。他虽跟自己人一样，但毕竟未曾入帮，在“门槛”外头，所以尊之为“门外小爷”。每逢“开香堂”，亦必有“门外小爷”的一份香火。现在魏老头以此相拟，是引为密友知交之意，特别是尊为“爷叔”，便与魏老头平辈，将来至少在松江地段，必为漕帮奉作上客。初涉江湖，有此一番成就，着实不易。

当然，他要极力谦辞。无奈魏老头在他们帮里，话出必行，不管他怎么说，大家都只听魏老头的吩咐，口口声声喊他“爷叔”。连张胖子那个姓刘的朋友和通裕的顾老板也是如此。

“老五！浙江海运局的王大老爷，还送了一桌席，这桌席是我们松江府送的，王大老爷特为转送了我。难得的荣耀，不可不领情。”魏老头又说，“‘人敬我一尺，我敬人一丈’，你先到船上替我去磕个头道谢。”

“不必，不必！我说到就是。”胡雪岩口里这样客气，心中却十分高兴。不过这话要先跟王有龄说明白，尤老五去了，便不好乱摆官架子，因而又接上一句：“而且敝东家赴贵县大老爷的席去了。”

“那我就明天一早去。”

于是胡雪岩请尤老五派人到馆子里，把那一桌海菜席送到魏家。魏老头已经茹素念佛，不肯入席，由尤老五代表。他跟胡雪岩两人变得都是半客半主的身份，结果由张胖子坐了首席。

一番酬劝，三巡酒过，话入正题。胡雪岩把向魏老头说过的话，重新又讲一遍。尤老五很友好地表示：“一切都好谈，一切都好谈！”

话是如此，却并无肯定的答复。这件事在他“当家人”有许多难处。帮里的亏空要填补，犹在其次；眼看漕米一改海运，使得江苏漕帮的处境异常艰苦，无漕可运，收入大减，帮里弟兄的生计要设法维持，还要设法活动，撤销海运，恢复河运，各处打点托情，哪里不要大把银子花出去？全靠卖了这十几万石的粮米来应付。如今垫了给浙江海运局，虽有些差额可赚，但将来收回的仍旧是米，与自己这方面脱价求现的宗旨完全不符。

胡雪岩察言观色，看他表面上照常应付谈话，但神思不属，便知道他在盘算。这盘算已经不是信用方面，怕浙江海运局“拆烂污[①]”，而是别有难处。

做事总要为人设想，他便很诚恳地说：“五哥，既然是一家人，无话不

① 方言，做事马虎且不负责任，使事情糟到难以收拾。

可谈，如果你那里为难，何妨实说，大家商量。你们的难处就是我们的难处，不好只顾自己，不顾人家。”

尤老五心里想，怪不得老头子看重他，说话真个“落门落槛”。于是他用感激的声音答道：“爷叔！您老人家真是体谅！不过老头子已经有话交代，爷叔您就不必操心了。今天头一次见面，还有张老板在这里，先请宽饮一杯，明天我们遵吩咐照办就是了。”

这就是魏老头所说的“人敬我一尺，我敬人一丈”。胡雪岩在思量，因为自己的话“上路”，他才有这样漂亮的答复。如果以为事情成功了，那就只有这一次。这一次自然成功了，尤老五说过的话，一定算数。但自己这方面，既然已知道他有难处，而且说出了口，却以有此漂亮答复，便假作痴呆，不谈下文，岂非成了“半吊子”？交情当然到此为止，没有第二回了。

“话不是这么说！不然于心不安。五哥！”胡雪岩很认真地说，“我再说一句，这件事一定要你们这方面能做才做，有些勉强，我们宁愿另想别法。江湖上走走，不能做害好朋友的行当。”

“爷叔这样子说，我再不讲实话，就不是自己人了。”尤老五沉吟了一会儿说，“难处不是没有，不过也不是不好商量。说句不怕贵客见笑的话，我们松江一帮，完全是虚好看，从乾隆年间到现在，就是借债度日。不然，不必亟亟乎想卖掉这批货色。现在快三月底了，转眼就是青黄不接的五荒六月，米价一定上涨，囤在那里看涨倒不好？”

“啊，啊，我懂了！”胡雪岩看着张胖子说，“这要靠你们帮忙了。”

他这一句话，连尤老五也懂，是由钱庄放一笔款子给松江漕帮，将来卖掉了米还清。这算盘他也打过，无奈钱庄最势利，一看漕米改为海运，都去巴结沙船帮，对漕帮放款，便有怕担风险的口风。尤老五怕失面子，不肯开口，所以才抱定“求人不如求己的宗旨”，不惜牺牲，脱货求现。

至于张胖子，现在完全是替胡雪岩做“下手”，听他的口风行事，所以这时毫不思索地答道：“理当效劳！只请吩咐！”

一听这话，尤老五跟顾老板交换了一个眼色，仿佛颇感意外，有些不大相信似的。胡雪岩明白，这是因为张胖子话说得太容易、太随便，似乎缺乏诚意的缘故。

于是胡雪岩提醒张胖子。他用杭州乡谈，相当认真地说："张老板，说话就是银子，你不要'玩儿不当正经'！"

张胖子会意了，报以极力辩白的态度："做生意的人，怎么敢'玩儿不当正经'？尤五哥这里如果想用笔款子，数目太大我力量不够，十万上下，包在我身上。尤五哥你说！"

"差不多了。"尤老五半认真、半开玩笑地说，"我们是疲帮，你将来当心吃倒账。"

"笑话！"张胖子说，"我放心得很，第一是松江漕帮的信用、面子；第二是浙江海运局这块招牌；第三，还有米在那里。有这三样担保难道还不够？"

尤老五释然了，人家有人家的盘算，不是信口敷衍，所以异常欣慰地说："好极了，好极了！这样一做，面面俱到。说实在的，倒是爷叔帮我们的忙了，不然，我们脱货求现，一时还不大容易。"说着，向胡雪岩连连拱手。

胡雪岩也很高兴，这件事做得实在顺利。当时宾主双方尽醉极欢，约定第二天上午见了面，随即同船到上海。通裕如何交米，张胖子如何调度现银，放款给松江漕帮，都在上海商量办理。

等尤老五亲自送他们回到秀野桥，他们一看便觉得码头有些异样。原来是个虽不热闹，也不太冷落的码头，大大小小的船，总有十几艘挤在一起，但这时只有他们两只船，船头正对码头石级，上落极其方便，占了最好的位置。

"咦！"张胖子说，"怎的？别的船都走了！莫非这地方有水鬼？"

"没有，没有！"尤老五抢着答道，"这地方干净得很。我是怕船都挤一起，吵得你们大家晚上睡不着，想办法叫他们移开。"

这才看出尤老五在当地运河上的势力，也见得他们敬客的诚意。胡雪岩和张胖子连连道谢。

“今天晚了，王大老爷想来已经安置，我不敢惊扰。明天一早来请安。”说着，他殷殷作别，看客人上了船，方才离去。

阿珠还没有睡，一面替他们绞手巾、倒茶，一面喜孜孜地告诉他们说，松江漕帮送了许多日用之物，一石上好的白米、四只鸡、十斤肉、柴炭油烛，连草纸都送到了。而且还派了人邀他爹和那庶务上岸，洗澡吃饭，刚刚才喝得醉醺醺回来，倒头睡下。

“松江这个码头，我经过十几回，从来没有过这样的事。胡老爷，”阿珠很天真地说，“你一定是‘在帮’的，对不对？”

“对，对！”张胖子笑道，“阿珠，你们这趟真交运了！怎么样谢谢胡老爷？”

“应该，应该。”阿珠笑道，“我做双鞋给胡老爷。”

“哪个稀罕？”

“那么做两样菜请胡老爷。”

“越发不中用了。”

张胖子是有意拿阿珠逗笑，这样不行，那样也不好，最后她无可奈何地说：“那就只有替胡老爷磕头了。”

“不错！”张胖子笑道，“不过也不光是替胡老爷磕，还要给胡老太太、胡太太磕头。”

“这又为什么？”

“傻丫头！”胡雪岩忍俊不禁，“张老板拿你寻开心你都不懂。”

阿珠还是不懂，张胖子就说：“咦！这点你都弄不明白，你进了胡家的门，做胡老爷的姨太太，不要给老太太磕头？”

这一下羞着了阿珠，白眼嗔道：“越胖越坏！”说完掉身就走。

张胖子哈哈大笑：“这一趟出门真有趣！”

“闲话少说。”胡雪岩问道，“你答应了人家放款，有把握没有？江湖上最讲究漂亮，一句话就算定局。你不要弄得‘鸭屎臭’！”

“笑话！”张胖子说，“我有五万银子在上海，再向‘三大’拆五万，马上就可以付现。不过，责任是大家的！”

“那还用说？海运局担保。”

这样说停当了，各自安置。第二天一早，胡雪岩还在梦中，觉得有人来推身子，睁眼一看是阿珠站在床前。

“王大老爷叫高二爷来请你去。”

“噢！”胡雪岩坐起身子，从枕头下取出表来看，不过才七点钟。

这时她已替他把一件绸夹袄披在身上。阿珠身子靠近了，芗泽微闻，胡雪岩一阵心荡，伸手一把握住了阿珠的手往怀里拖。

“不要嘛！”阿珠低声反抗，一面用手指指舱壁。

这不是真的“不要”，无非碍着“隔舱有耳”。胡雪岩不愿逼迫太甚，拿起她的手闻了一下，轻声笑道：“好香！”

阿珠把手一夺，低下头去笑了，接着把他的衣服都抛到床上，管自己走开。她走到舱门口却又转过头来，举起纤纤一指，在自己脸上刮了两下，扮个鬼相，才扭腰而去。

胡雪岩心想：上个月城隍山的李铁口，说自己要交桃花运，看来有些道理。转念却又自责，交运脱运的当口，最忌这些花样。什么叫桃花运？只要有了钱，天天交桃花运！这样一想，立刻便把娇憨的阿珠置诸脑后，穿好衣服，匆匆漱洗，到前面船上去见王有龄。

王有龄在等他吃早饭，边吃边谈，细说昨日经过。王有龄听得出了神，等他讲完，摇着头仿佛不相信似的说：“奇遇何其多也！”

“事情总算顺利，不过大意不得。”胡雪岩问道，“昨天总打听了些消息，时局怎么样？”

“有，有！”王有龄说，“得了好些消息。”

消息都是关于洪、杨的。洪秀全已经开国称王，“国号”名为“太平天国”，改江宁为“天京”。洪秀全的“尊号”称为“天王”，置百官，定朝仪。太平天国有十条禁令，也叫“天条”，据说仿自基督教的“十诫”。

太平天国的军队自然称作“太平军”，有一路由“天官丞相”林凤祥、“地官丞相”李开芳率领，夺镇江，渡瓜洲，陷维扬，准备北取幽燕。

“唷！”胡雪岩吃惊地说，“太平军好厉害！”

“太平军诚然厉害，不过官军也算站住脚了。”王有龄说，“向钦差已经追到江宁，在城东孝陵卫扎营，预备围城。另外一位钦差大臣，就是以前的直隶总督琦善，也率领了直隶、陕西、黑龙江的马步各军，从河南赶了下来，迎头痛击。我看以后的局势，慢慢可以变好，只看练兵筹饷两件大事办得如何。”

“照这一说，粮价一定会看好？”

“那当然。随便哪一朝、哪一代，只要一动刀兵，粮价一定上涨。做粮食生意的，如果囤积得好，能够不受损失，无不大发其财。”

“这就是了。”胡雪岩欣慰地说，“我们现在这个办法，倒真的是帮了松江漕帮的忙。”

王有龄点点头，两眼望空，若有所思，脸上的表情很奇怪，倒教胡雪岩有些识不透。

“雪公！”他忍不住问，“你想到了什么好主意？”

“对了，我有个主意，你看行不行？”王有龄放低了声音说，“与其叫别人赚，不如我们自己赚！好不好跟张胖子商量一下，借出一笔款子来，买了通裕的米先交兑，浙江的那批漕米，我们自己囤着，等价钱好了再卖？”

“主意倒是好主意。不过我们做不得，第一，没地方囤……”

“那不要紧！”王有龄抢着说，“我们跟通裕合伙，借他的地方囤米。”

“这更不好了。雪公！”胡雪岩正色说道，“江湖上做事，说一句算一句，答应了松江漕帮的事，不能翻悔，不然叫人看不起，以后就吃不开了。”

王有龄对胡雪岩十分信服，听他这一说，立刻舍弃了自己的“好主意”，不断说道：“对，对！我依你。”

“还有一层，回头尤老五来了，雪公，请你格外给他一个面子。”

“我知道了。”

不多久，尤老五上船谒见，磕头请安。王有龄十分客气，大大地敷衍了一番。接着就解缆开船，出城沿吴淞江东行，第二天上午就到了上海。

第四章

上海县城筑于明朝嘉靖三十二年，原是用以“备倭”的，城周九里，城墙高二丈四尺。大小六个城门，东南西北四门，名为朝宗、跨海、仪凤、晏海；另外有宝带、朝阳两门，俗称小东门、小南门。他们的船就泊在小东门外。

船刚到就有人在码头上招手，立在船头上的尤老五，也报以手势。跳板还不曾搭妥，那人已三脚两步，走上船来，身手矫捷，如履平地，一望便知是过惯了水上生涯的。

“阿祥！”尤老五问他，“都预备好了？”

“都好了。”阿祥答道，“叫北门高升栈留了屋子，三多堂也关照过了，轿子在码头上。”

“好，你到码头上去招呼，凡事要周到。”

等阿祥一走，尤老五随即回到舱中。胡雪岩正在跟张胖子商量，住哪家客栈，先干什么，后干什么。两个人对上海都不大熟，所以商量了半天，尚未停当。

等尤老五一出现，就不必再商量了。他告诉胡雪岩，已预先派了人来招呼，一切都有预备，不劳大家费心，同时声明，上海县属于松江府，他是地主，所以在上海的一切供应，都由他“办差”。

“这怎么敢当？”胡雪岩说，“尤其是‘办差’两个字，五哥，你是在骂人了！”

尤老五笑笑不响，然后问道：“爷叔，你上海熟不熟？”

“不熟。”

“那就快上岸吧，好白相①的地方多得很，不必耽误工夫了。”

于是，连王有龄在一起，都上了岸，码头上已经有几顶蓝呢轿子停在那里。五口通商不过十年的工夫，上海已变得很奢华了，服饰僭越，更不当回事，所以除却王有龄，大家都生平第一遭坐了蓝呢大轿。

轿子进城，折而往北，停下一看，附近都是客栈，大小不同。大的金字招牌上写的是“仕宦行台”，小的便写“安寓客商”。高升栈自然是仕宦行台，尤老五派人包下一座院落，共有五间房，十分宽敞干净。这时行李也送到了，等安顿妥帖，尤老五把胡雪岩拉到一边，悄悄问道：“王老爷为人是不是很方正？”

这话很难回答，胡雪岩便这样答道：“五哥，你问这句话，总有道理在内，先说来我听听。”

“是这样，我先替大家接风，饭后逛逛邑庙——钱业公所在邑庙后花园，张老板要看同行朋友，也很方便。到了晚上，我请大家吃花酒，如果王老爷不肯去，另作商量。”

原来如此！胡雪岩心想，看样子王有龄也是个风流人物，不过涉足花丛，有玷官常，这非要问他本人不可。

“时候也还早。”尤老五又说，“或者我们先去吃了饭，等下在邑庙吃茶的时候再说。”

“对，对！就这样。”

① 白相：方言，嬉游，玩耍。

尤老五替他们接风的地方，是上海城内第一家本帮馆子，在小东门内邑庙前的花草滨桂圆弄——其实就是馆驿弄。王有龄先就说过，只要小吃，若是整桌的席，他便辞谢。因此尤老五点了本帮菜，糟钵头、秃肺、卷菜之类，味极浓腴。而他们正当“饥者易为食”之时，所以也不嫌腻了。

饭后去逛邑庙，近在咫尺，便都走着去了。邑庙就是城隍庙——城隍这位尊神起于北齐，原是由秦汉的社神转化来的，起初只有江南一带才有，不知是东南人文荟萃之区哪个聪明人想出来的好法子，赋予城隍以一种明确的身份：它是阴间的地方官，都城隍等于巡抚，县城隍便是县令，一般也有三班六房，在冥冥中可以抓人办案。因此，老百姓受了冤屈的，就有了一个最后申诉的地方。县官也承认本地有这么一位地位完全相等的同僚，而这位阴世的县官似乎也管着阳世的县官，是以不能不心存忌惮。有部教人如何做地方官的《福惠全书》，就曾写明，若县官莅境，“于上任前一日，或前三日至城隍庙斋宿”。一则是礼貌上的拜访，先打个招呼，“请多多包涵”；再则是在梦中请教，本地有哪些鱼肉乡里的土豪劣绅，或者悬而未结的冤案，内幕如何之类。

城隍不归朝廷指派，而是老百姓选出来的。就如阳世的选贤与能一般，选出的城隍是“聪明正直之谓神”，不正直则不愿为老百姓伸冤，不聪明则不能为老百姓伸冤。上海县的城隍就是老百姓所选的，他是东南最有名的三位城隍之一。苏州城隍春申君黄歇，杭州城隍文天祥。上海原是春申君的采邑，他被苏州人请了去，上海人只好另选一位城隍。此公叫秦裕伯，大名府人氏，元朝末年当到“福建行省郎中”，因为天下大乱，群雄并起，弃官避难到了上海。明太祖朱元璋得了天下后，将他征辟至朝，授官侍读学士，外放陇州知州。秦裕伯告老以后，不回大名府而回到寄籍的上海，死后屡显灵迹，保障生民。所以上海人选他来做城隍。

上海的城隍庙跟开封的大相国寺一样，是个有吃有玩的闹市：一进头山门，两旁都是杂货铺；二山门正中是个戏台，台下就是通路，过道两旁是卖桂花糖粥、酒酿圆子等等的小吃摊。戏台前面是个极大的广场，西廊是刻字铺，东廊有家茶店，是上海县衙门书办、皂隶的“茶会”，老百姓打官司、托人情都在这里接头。

再往北就是城隍庙的大殿了，两旁石壁拱立四个石皂隶，相传是海上飘来的。大概是秦裕伯在福建的旧属，特地浮东海而来，投奔故主。

一进殿门，面对城隍的门楣上悬一把大算盘，两旁八个大字：人有千算，天有一算。这是给烧香出殿的人的“临别赠言”。正对大算盘，丈许高的神像上面有块匾，题作“金山神主”，是为上海县城隍的正式尊号。再进去就是后殿，供奉城隍及城隍夫人。城隍夫人的寝宫就在西面，寂寂深闺，在她生日那天亦许凡夫俗子瞻仰。

城隍庙的好玩，是在庙后有座豫园，此为上海城内第一名园。此园原是明朝嘉靖年间当过四川布政使的潘允端的产业，明末大乱，自然废圮；乾隆中叶，正值全盛，海内富丽无比，本地人为了使“保障海隅”的城隍有个公余游憩之地，特地集资向潘氏后裔买下这个废园，重新修建，历时二十余年，花了巨万的银子，方始完工。因为地处庙的西北，所以又名为西园，而庙东原有个东园，俗称“城隍庙后花园”。

东园每年由钱庄同业保养修理，只有逢到城隍及城隍夫人生日，以及初夏的“蕙兰雅集”才开放。豫园却是终年洞开，里面有好几家茶店，还有极大的一座书厅。

尤老五招待大家在俗称“桂花厅”的清芬堂喝茶。这天有人在斗鸟，其中颇多尤老五的“弟兄”，他们走来殷殷致意，请尤老五“下场去玩”。这斗鸟就像斗蟋蟀一样，可以博彩，输赢甚大。尤老五便把周、吴两委员和张胖子请了去一起玩，留下胡雪岩好跟王有龄说私话。

“雪公！”他意态闲豫地问道，“今天晚上，逢场作戏，可有兴致？”

王有龄只当要他打牌，摇摇头说：“你们照常玩吧！我对赌钱不内行。”

“不是看竹是看花！”

王有龄懂了，竹是竹牌，花则不用说，当然是“倡条冶叶恣留连，飘荡轻于花上絮”，便即笑道：“看竹看花的话，隽妙得很！”

两人交情虽深，但结伴作狎邪游的话还是第一次谈到。王有龄年纪长些，又去不了一个“官”字的念头，所以内心不免有忸怩之感，只好作这样不着边际的答复。胡雪岩熟透人情，自然了解，知道他心里有些活动，但跟周、吴二人一起去吃花酒，怕他未见得愿意，就是愿意也未见得有乐趣。

这样一想，胡雪岩另有了计较，暂时不响，只谈公事，决定这天休息。第二天起，王有龄去拜客，胡雪岩、张胖子会同尤老五去借款。

“还有件要紧事，”王有龄说，“黄抚台要汇到福建的那两万银子，得赶紧替他办妥。”

“我知道。这件事不在快，要秘密，我自会弄妥当，你不必操心。”说着，便站起身来。

尤老五是耳听六路、眼观八方的角色，见胡雪岩一站起身来，便借故离座。两人会合在一起，低声密语，作了安排。

这天夜里，杭州来的人，便分作各不相关的三起去玩，一起是到三多堂；一起是高升一个人，由尤老五派了个小弟兄陪他各处去逛；等人都走光了，只剩下一个王有龄，他便换了便服，把一副墨晶眼镜放在手边，在船上看书坐等。

天刚刚黑，胡雪岩从三多堂溜了出来，尤老五已有人在等候，坐轿到了小东门外码头上，把王有龄接了出来。陪伴的人吩咐轿夫：“梅家弄。”

梅家弄地方相当偏僻，但曲径通幽，别有佳趣。等轿子抬到，领路的人在一座小小的石库门上，轻叩铜环，随即便有人来开门。应接的是一个四十左右的妇人，说得一口极好听的苏州话。到了客厅里灯光亮处，王有龄从墨晶眼镜里望出去，才发觉这个妇人，秋娘老去，风范犹存；再看客厅里的陈设，布置得楚楚有致，着实不俗，心里便很舒服。

“三阿姨！”领路的人为“本家”介绍，“王老爷，胡老爷，都是贵客，格外招呼！”

三阿姨喏喏连声，神色间不仅驯顺，而且带着些畏惮的意味。等领路的人告辞而去，三阿姨才向王有龄和胡雪岩寒暄，一句接一句。照例有个“客套”，这个套子讲完，便了解了来客的身份。当然，她知道的是他们的假身份——王老爷和胡老爷都是杭州来的乡绅。

摆上果盘献过茶，三阿姨向里喊道：“大阿囡，来见见王老爷跟胡老爷！”

湖色夹纱门帘一掀，闪出来一个丽人。王有龄一见，双眼便是一亮，随手把墨晶眼镜取了下来，盯着风摆柳似的走过来的阿囡，仔细打量。她穿一件雨过天青的绸夹袄，虽然也是高高耸起的元宝领，但腰身却做得极紧，把袅娜身段都显了出来，下面没有穿裙，是一条玄色夹裤，镶着西洋来的极宽的彩色花边；脸上薄施脂粉，头却梳得又黑又亮，髻上插一支翠镶金挖耳，此外别无首饰。在这样的人家，这就算是极素净的打扮了。

走近了越发看得清楚，是一张介乎“鹅蛋”与“瓜子”之间的长隆脸；生得极好的一双眼睛，就如西洋来的闪光缎一般，顾盼之间，一黑一亮，配上那副长长的睫毛，别有一种惊心动魄的媚态；而且正当花信年华，就如秋月将满，春花方盛，令人一见便觉不可错过。

她一面含着笑，一面照着阿姨的指点，大大方方地招呼了贵客。然后说道：“两位老爷，请到房间里坐吧！”

到了里面，又别有一番风光。看不出是风尘人家，却像知书识字的大家小姐的闺房：红木的家具以外，还有一架书，墙上挂着字画，有戴熙的山水和邓石如的隶书，都是近时的名家；多宝架上陈设着许多小摆饰，一具形制极其新奇的铜香炉正烧着香，青烟袅袅，似兰似麝，触鼻心荡。

“王老爷请用茶！”她把盖碗茶捧到王有龄面前，随手在果盘里抓了几颗松仁，两手搓一搓，褪去了衣，一直就送到王有龄唇边。

王有龄真想连她的手指一起咬住，但到底不曾，一把捏住了她的手问道：“大阿囡，你叫什么名字？”

“小名叫畹香。”

“哪两个字？”

"滋兰九畹的畹，王者之香的香。"

"好文雅的谈吐！"王有龄又问，"畹香，你跟谁读的书？"

"读啥个书，读过书会落到这种地方来？"说着，略带凄楚地笑了笑。

王有龄却不知道这是那些"住家"的"小姐"的做作，顿时起了红粉飘零的怜惜，握着她的手，仿佛有无穷感慨不知从何说起似的。

胡雪岩看看已经入港了，便站起身来喊道："雪公，我要告辞了。"

"慢慢，慢慢！"王有龄招着手说："坐一会儿再说。"

"不必了。"胡雪岩一意想躲开，好让他们温存，所以站起来就走，"回头我再来。"

"畹香！我看胡老爷在生你的气。"

听这一说，胡雪岩便站住了脚，畹香上来拉住他说："胡老爷，可曾听见王老爷的话？你请坐下来，陪陪我们这位老爷，要走也还早。"

"我们、你们的，好亲热！"胡雪岩打趣她说，"现在你留我，回头叫我也走不了，在这里'借干铺'！"

"什么'干铺''湿铺'，我不懂！"畹香一面说，一面眼瞟着王有龄，却又立即把视线闪开。

那送秋波的韵味，在王有龄还是初次领略，真有飘飘欲仙之感。"今宵不可无酒！"他用征询的眼光看着胡雪岩，意思问他这里可有"吃花酒"的规矩。

胡雪岩还不曾开口，畹香急忙答道："已经在预备。要不要先用些点心？"说着，不等答话，便掀帘出门，大概是到厨房催问去了。

"想不到有这么个雅致的地方！"王有龄目送着她的背影，十分满意地说。

"雪公！"胡雪岩笑道，"我看你今天想回去也不行。"

"怎么呢？"

"不看见畹香的神气吗？已经递了话过来，要留你在这里住了。"

"哪一句话？"

"'要走也还早'。不就是表示你可以不走吗？"

想一想果然！王有龄倒有些踌躇了。

"我看这样，还是我早些走。"胡雪岩为他策划，"好在我从三多堂出来的时候，只说要陪你去看一位多年不见的亲戚，回头我就对他们说，你的亲戚留你住下，要明天才回去。"

王有龄大为高兴，连连点头："就这样。我是有个表兄在上海，姓梁。"

话刚说完，三阿姨已经带着"大小姐"端了托盘进来，一面铺设席面，一面问贵客喝什么酒，又谦虚家厨简陋，没有好吃的东西款客，应酬得八面玲珑。

四样极精致的冷荤碟子搬上桌，酒也烫了来了，却少了一个最主要的人，胡雪岩便问："畹香呢？"

"来了！"外面答应着，随即看见畹香提着一小锅红枣百合莲子汤进门，说是她亲手煮的。也不知是真是假，反正吃在王有龄嘴里，特别香甜。

吃罢点心再喝酒。畹香不断替他们斟酒布菜，不然就是侧过身子去，伸手让王有龄握着，静静地听胡雪岩说话。看这样子，他觉得实在不必再坐下去，找个适当的时机，说是还要回三多堂，又约定明天上午亲自来接王有龄，然后就走了。

胡雪岩一走出门，心念一动，不回三多堂回到船上，在码头上喊了一声，船家从后舱探头出来，诧异地问道："咦！胡老爷一个人？"

"我陪王大老爷去看他表亲，多年不见，有一夜好谈，今天大概不回来了。"胡雪岩踏上船头，这样回答，又说，"其余的都在三多堂吃酒。我身子不爽，还是回来早早睡觉。"

"胡老爷可曾用过饭？怕各位老爷要宵夜，我叫我女人炖了粥在那里。"

"这不错！我来碗粥，弄点清淡小菜来。"

船家答应着，回到后梢。胡雪岩一个人走入舱中，只见自己铺上，枕套被单都已换过，地板桌椅擦得纤尘不染，桌上一盏洋灯，玻璃罩子也拭得极亮，几本闲书叠得整整齐齐。等坐定了，隐隐觉得香气袭人，四下一看，在枕头旁边发现一串珠兰，拿起来仔细玩赏，穿珠兰的细铜丝上似有油渍，细想一想明白了，必是阿珠头上的桂花油。

阿珠头上戴的花，怎么会在自己枕头旁边发现？这是个很有趣的谜。正在独自玩味，帘钩一响，阿珠来了。

“我没有泡盖碗茶。”她也不加称呼，没头没脑地说，“你的茶瘾大，我索性用茶壶泡了。”

胡雪岩先不答，恣意凝视着，见她双眼惺忪，右颊上一片红晕，便问：“你刚从床上起来？”

“嗯！”阿珠一面替他倒茶，一面娇慵地笑道，“不晓得怎么的，一天都是倦得要命。”

“这有个名堂，叫作春困。你有没有做春梦？”

“做梦就是做梦。”阿珠嗔道，“什么叫春梦？一个你，一个张胖子，说话总是带骨头。不过——”她不说下去了。

“怎么样？”

“总算比什么周老爷、吴老爷好些。动手动脚的，真讨厌。”

“多承你夸奖。”胡雪岩问道，“这串珠兰是不是你的？”

“啊！”她把双眼张得好大，“怎么会在你手里？”

“在我枕头旁边找到的。我就不懂了，是不是特意送我的？”

“哪个要送你？”阿珠仿佛受了冤屈似的分辩，“下半天收拾房间，累了，在你铺上打了个中觉，大概那时候遗落下来的。”

“亏得我回来看见，不然不得了！”

“怎么？”她不服气地问，“这也不是什么大不了的事。”

“你倒真不在乎！”胡雪岩笑道，“你想想看，你头上戴的花，会在我枕头旁边发现，别人知道了会怎么样想？”

“我不晓得。总归不会有好话！”

“在我来说是好话。”

“什么话？”

“你过来，我告诉你！”等阿珠走过去，他低声笑道，“别人是这样想，你一定跟我同床共枕过了。”

“要死，要死！”阿珠羞得满脸通红，咬着牙打了他一下。

不知是她的劲用得太大，还是胡雪岩就势一拉，反正身子一歪，恰好倒在他怀里。

“看你还打不打人？”胡雪岩揽着她的腰说。

“放手，放手！”阿珠这样低声吆喝了两句，腰也扭了两下，却不是怎么使劲挣扎，胡雪岩便不肯放手，只把她扶了在铺上并坐。

“今天没有人，我可不肯放你过门了。”

“你敢！”阿珠瞪着眼，又说，“我爹跟我娘不是人？”

“他们才不来管你的闲事。”

话还没有说完，听得阿珠的娘在喊：“阿珠，你问一问胡老爷要不要烫酒。”

她慌忙跳起身来，胡雪岩一把没有拉住，她已跑到了舱门口，答应一声，转脸问道：“要不要吃酒？”

“你过来！我跟你说。”

“我不来！我又不聋，你在那里，我听得见。”

“本来有些头痛，不想吃，现在好了，自然要吃一杯。”

“哼！”阿珠撇一撇嘴，“本来就是装病！贼头贼脑不知道想做什么。”

说完，她掀帘走了出去，不久便端来了酒菜，安设杯筷。胡雪岩要她陪着一起吃，她不肯，但也不曾离开，倚着舱门，咬着嘴唇，拉过她那条长辫子的辫梢来玩弄着。

胡雪岩一面喝酒，一面看她，看一看，笑一笑，陶然引杯，自得其乐。于是阿珠又忍不住了。

“你笑什么？”她问。

“现在还不能告诉你。”

“要到什么时候？”

“总有那么一天！你自己会晓得。”

“哼！”阿珠冷笑，“不知道在打什么鬼主意，要说就痛痛快快说！”

胡雪岩把她的话，稍为咀嚼一下，就懂了她的意思，招招手说：“这又不是三言两语谈得完的，你这样子，也不像谈正经话的神气。反正又没有外人，难得有个谈天的机会，你坐下来听我说！”

“坐就坐！”她仿佛壮自己的胆似的，又加了一句，“怕什么！”

等她坐了下来，胡雪岩问道：“你今年十几？”

“问这个做啥？”

“咦！谈天嘛本来就是海阔天空，什么话都可以谈的。你不肯说，我说，我今年三十一岁。”

阿珠笑了：“我又不曾问你的年纪。”

“说说也不要紧。我猜你今年二十六。”

“什么？”她又有些诧异，又有些不大高兴，“胡说八道！你从哪里看出我二十六？无缘无故给人加了十岁！难道我真的生得那样子老相？”

“这样说你是十六？”胡雪岩点点头，“那还差不多。”

阿珠恍然大悟，中了他的计：“你们这些做官的，真坏！诡计多端，时时刻刻都要防备。”她使劲摇着头，大有不胜寒心之意，“真难！一不小心，就要上当。”

“不是我坏，是你不老实！”说着，胡雪岩便挟了块茶油鱼干送到她嘴边。

“我不要！”阿珠把头偏了过去，不知是有些不好意思，还是故意不领他的情。

“你尝尝看，变味的鱼干也拿来我吃！”他气鼓鼓地把鱼干往碟子里一扔。

她又上当了，取他的筷子侧过头来，挟着鱼干刚送到嘴里。胡雪岩便变了样子，浮起一脸顽皮而略带得意的笑容。

阿珠又有些生气，又觉得别有滋味，故意嘟着嘴撒娇。于是胡雪岩笑道："阿珠，我劝你趁早老老实实，听我的话。不然，我随便要个花腔，就教你'缸尖上跑马，团团转'！"

这是句无锡谚语，他学得不像，怪声怪气地惹得阿珠大笑，笑停了说："不要现世了！"接着便也说了这一句谚语，字正腔圆，果然是道地的无锡话。

"阿珠！怎么你平时说话，却是湖州口音？"

"我本来就是无锡人嘛！"

"如何变了我们浙江人？"

"六月里冻杀一只老绵羊，说来话长。"阿珠摇摇头有些不大爱说似的。

胡雪岩就是要打听她的身世，怎肯放过，软语央求了一两句，她到底说了出来，声音放得极低，怕她父母听见，她谈的就是她父母的故事。

"我娘是好人家出身。"

故事应该很长，但在阿珠嘴里变短了。她娘是书香人家小姐，家住河岸，自己有条船，探亲访友，上坟收租，都坐了自家船去。

管船的姓张，年纪轻就叫他小张。小姐看中了他为人老实，两下有了私情，怀了阿珠在腹中。这件事闹出来不得了，两个人私下商议，不如双双远走高飞。小张为人老实，不愿"小姐"带她家一草一木，弄上个拐带卷逃的名声，但还是拿了她家样东西，就是那条船。

越过太湖就是吴兴，风波涉险，原非得已，只防着她家会沿运河追了下来。事后打听，他们的路走对了。她从此没有回过无锡，水上生涯只是吴兴到杭州、杭州到上海，算来有十五年了。

讲的是私情，又是她爹娘的私情，所以阿珠脸上一阵阵红，忸怩万状，好不容易讲完了，长长透口气，腰也直了，脸也扬了，真正是如释重负。

"怪不得！"胡雪岩倒是一脸肃穆，"你娘是好出身，你爹是好人，才生下你这么个讨人欢喜的女儿。”

原是句不算什么的赞语，阿珠却把“讨人欢喜”这四个字，听得特别分明，消褪的红晕顿时又泛了上来。

“你爹娘就是你一个？”

“原有个弟弟，五岁那年糟蹋了。”

“这一说，你爹娘要靠你养老？”

阿珠不答，脸色不大好看。谈起这件事她心里就烦，她爹娘商量过她的亲事，有好几个主意，其中之一是招赘一个同行，娶她，也“娶”了这条船。

阿珠从小娇生惯养，而且因为她娘的出身不同，所以她的气质教养，也与别家船上闺女各别，加以她爹的这条“无锡快”，设备精致，招待周到，烹调尤其出名，历来的主顾都是仕宦富家，阿珠从小便把眼界抬得高了，不愿嫁个赤脚摇橹的同行，所以等她爹娘一提到此，她总是板起了脸，脸上绷得一丝皱纹找不出，仿佛拿刀都砍不进去似的。

去年，有天晚上阿珠无意间听得她爹娘在计议。“阿珠十五了，她的生日早，就跟十六一样。”她爹说，“日子过来快得很，耽误不得了！”

她娘不响，好半天才叹口气说：“唉！高不成，低不就。”

“也由不得她！照她的意思，最好嫁个少年公子，做现成少奶奶。这不是痴心妄想？”

一听到这里，阿珠便忍不住淌眼泪，一则气她爹爹冤枉她，她从未这样想过；再则气她爹爹，把她看得这等不值钱，就做了少奶奶也不是什么了不起的事，又不是想做皇后娘娘，如何说是“痴心妄想”？

“若要享福，除非替人做小。”

“那怎么可以？”她娘说，“就是阿珠肯，我也不肯。”

“我也不肯。”她爹立刻接口，“看起来还是寻个老老实实的人，苦就苦一点，总是一夫一妻。”

“阿珠吃不来苦！”

“不是阿珠吃不来苦，是你怕她吃苦。”

“也不是这话，总要有指望、有出息。我帮你摇了一辈子的船，现在叫阿珠也是这样，你想想看，你对不对得起我们母女？”

话说得很重，她爹不作声，似乎内疚于心，无话可答。

“我在想，最好有那么个穷读书人，”她娘的声音缓和了，“人品好，肯上进，把阿珠嫁了他。”

“好了，好了！”她爹不耐烦地打断，“下面我替你说，那个穷读书人，‘三更灯火五更鸡’，刻苦用功，后来考中状元，阿珠做了一品夫人。你真是听‘小书’听入迷了！”

“也不见得没有这样的事！也不要中状元，阿珠做了秀才娘子就蛮好了。”

“你好他不好！男的发达了，就要嫌阿珠了。‘陈世美不认前妻’‘赵五娘吃糠’，你难道不曾听说过？到那时候，你替阿珠哭都来不及！”

受了丈夫一顿排揎，阿珠的娘只是叹气不语。一会儿夫妇俩鼾声渐起，阿珠却是一夜都不曾睡着，至今提起自己的终身，心里便是一个疙瘩。

不管胡雪岩如何机警过人，也猜不透她的心事，见她凝眸不语，便又催问：“咦，怎么不说话？”

阿珠正一腔幽怨，无处发泄，恰好把气出在他头上，恶狠狠地抢白：“没有什么好说的！”

胡雪岩一愣，不知她为什么发这么大的火。但他并未生气，只觉得有些好笑。

她却是发过脾气，马上就知道自己错了。不说别的，只说对客人这个样子，叫爹娘发觉了便非挨骂不可。但也不愿认错，拿起酒壶替胡雪岩斟满，用动作来表示她的歉意。

这下胡雪岩明白了，必是自己这句话触犯了她的心境，应该安慰安慰她。于是他捏住了她的手，她也感觉得出来，这不是轻薄的抚慰，便让他去。

“阿珠！”他用低沉的声音说，“我知道你心里有委屈。做人就是这样，‘不如意事常八九’，有些委屈连自己父母都不好说，真正叫‘有苦难言’。”

一句话不曾完，阿珠的热泪滚滚而下。她觉得他每一个字都打入自己的心坎，“有苦难言”，而居然有个人不必她说就知道她的苦楚，那份又酸又甜的痛快滋味，是她从未经验过的。就这一下，她觉得自己的一颗心踏实了，有地方安顿了。

胡雪岩一看这情形，不免惊异，也有些不安，不知她到底有什么隐痛，竟至如此，一时愣在那里，无法开口。阿珠却不曾看见他发傻的神情，从腋下衣纽上取下一块手绢在抹眼泪。那梨花带雨的韵致，着实惹人怜爱，胡雪岩越发动心了。

“阿珠！”他说，“心里有事，何妨跟我说，说出来也舒服些。”

她的心事怎能说得出口？好半天才答了句：“生来苦命！”

什么叫“生来苦命”？胡雪岩心里在想，阿珠虽是蓬门碧玉，父母一样把她当作掌上明珠，比起那些大家的庶出子女，处处受人歧视，不知要强多少倍。那么苦在何处呢？莫非——

“我知道了。”他想到就说，“大概你爹娘从小把你许了人，那家人家不中你的意？”

“不是，不是！”她急急分辩，灵机一动，就势有所透露，“你只猜到一半！”

“喔！现在正在谈亲事？”

阿珠没有表示，微微把头低着，显然是默认了。

“是怎么样的一家人家？怎的不中你的意？”

“唉！”她不耐烦地说，“不要去讲它了。”

“好！不谈这些，谈别的。”

他那有力的语气，就像快刀斩乱麻，把阿珠的心事一下割断抛开，于是她一颗心都在他身上了。

“你也不要老是问我。”她说，“也谈谈你自己的情形。”

“从何谈起？”胡雪岩笑道，“我也不晓得你喜欢听哪些话，谈公事你又不懂。”

“哪个跟你谈公事？”

这就是要谈私事。他心里在想，她不知是打着什么主意？且先探明了再作计较。

“这样好了，你问，我答，”他说，“我一定说老实话。”

阿珠想问他家里有些什么人，娶了亲没有。这实在不用问的，当然娶了亲。那么太太贤惠不贤惠？这又是不用问的，贤惠又如何，不贤惠又如何？反正就自己愿意跟他，爹娘也不会答应。

她这时又想到那天张胖子跟她开玩笑的话，说“进了胡家的门，自然要替胡老太太、胡太太磕头”，这不是明明已经娶了亲？就不知道有小孩没有。

转念到此，阿珠忽生异想，如果没有小孩，那就好想办法了。尤其是有老太太在堂，急于想抱孙子，而媳妇的肚皮不争气，老人家便会出面说话，要替儿子再娶一房。“不孝有三，无后为大”，这个理由光明正大，哪怕媳妇心里万分不愿，也只好忍气吞声。

至于娶了去，如果不愿意同住，不妨另立门户，“两头大”，原有这个规矩。当然，这一来胡雪岩的开销要增加，但也顾不得他了。

就这一转念间，阿珠打定了主意，如果胡雪岩愿意，就是“两头大”，另外租房子，把爹娘搬了一起去住。不愿意就拉倒！

于是她的脸色开朗了，定一定心，老一老面皮，装作闲谈似的问道：“胡老爷，你有几个小宝宝？”

“两个。”

听说有两个，阿珠的心便一冷了。“都是少爷？”她又问。

“什么‘少爷’？女伢儿！”

“噢！”阿珠笑了，“两位千金小姐！”

“阿珠！”胡雪岩喝着酒，信口问道，“你问这个干什么？”

“随便谈嘛！你不是说，‘谈天嘛，海阔天空随便什么都可以谈的’。”阿珠接着又问，“老太太呢，今年高寿？”

“快六十了。”

她想问：想不想抱孙子？不过这句话问出来未免太露骨，所以踌躇着不开口。

胡雪岩察言观色，又想起上个月杭州城隍山的李铁口，说他要交桃花运的话，看来果然是“铁口”！但是他也有警惕，看阿珠是个痴情的人，除非自己有打算，倘或想偷个嘴，事后丢开，一定办不到。痴情女子负心汉，缠到后来，两败俱伤。不可造次！

为了这个了解，他就越发沉着了。而他越沉着，她越沉不住气，想了又想，问出一句话来：“两位小姐几岁了？”

“一个六岁，一个五岁。”

“胡太太以后没有喜信？”

“没有。”胡雪岩摇摇头，又加了一句，“一直没有。”

“‘先开花，后结子’，老太太总归有孙子抱的。”

这是句试探的话，胡雪岩听得懂。自己的态度如何，便要在此刻表明了，只要说一句：“不错，大家都这么说，我也相信。”就可以封住阿珠的嘴。但是，他不愿意这么说。

那么怎么说呢？正在踌躇，听得岸上有人声，声音似乎熟悉，大概是在三多堂吃花酒的人回来了，两个人便都侧耳静听。

果然，听得那庶务在呼：“喂，船老大！搭跳板。”

“张胖子他们回来了！”阿珠慌忙起身离去。

第一个上船的是张胖子，一看胡雪岩引酒独斟，陶然自得，大为诧异。“咦！”他问，“你怎么不到三多堂来？我以为你一直跟王大老爷在一起。”

接着周、吴二人跟踵而至，都已喝得醉醺醺，说话的舌头都大了。胡雪岩就把预先想好的一套假话搬出来，瞒过了王有龄的行踪，然后回答张胖子的话：“我本来要回到三多堂去的。想想明天还有许多事要办，你们各位尽量敞开来玩，不妨我一个人来仔细筹划一下，这样才不耽误正经！”

“够朋友！”周委员一面打着酒嗝儿，一面跷起大拇指说，“雪岩兄是好朋友，够意思！有什么为难的地方，我替你出头。知恩当报，我们来！是不是，老吴？”

说着，他又拍自己的胸脯，又拍吴委员的肩膀。等阿珠送热茶进来，又拉住她的手，醉言醉语，说些疯话。阿珠哭笑不得，只不断瞟着胡雪岩，那眼色又似求援，又似求取谅解，好像在说：不是我轻狂，实在是拿这两个醉鬼没有法子！

好不容易把周、吴二人弄到前面那条船上去安置，剩下胡雪岩与张胖子，才得清清静静谈话。张胖子报告了吃花酒的经过，形容尤老五是如何竭诚招待，而周、吴是如何丑态百出，把站在一旁的阿珠，听得“格格”地笑个不住。

“你什么时候回来的？”张胖子问到胡雪岩身上。

“好久了。”他信口答说。

“好久了？”张胖子转脸去看阿珠。

阿珠心虚，急忙溜走。这一下张胖子心里越发有数，看着她的背影，又看着胡雪岩含笑不语的神情，他也诡秘地笑了。

“你笑什么？”

“我笑周委员跟吴委员。”张胖子说，“这两个人一路来都在阿珠身上打主意。谁知道‘会偷嘴的猫不叫’！”

“不要瞎说！”胡雪岩指指外面，“当心她听见。”

“那么，你说老实话。”张胖子把颗亮光光的头伸过去，压低了嗓子问，“偷上手没有？”

“没——有！”胡雪岩拉长了声音，“哪有这回事？”

“那么你们谈了些什么呢？”

“随便谈闲天，谈过就丢开，哪记得这许多？”胡雪岩正一正脸色，

“闲话少说，今天你跟尤老五谈了正经没有？”

“对了，我正要告诉你。我已经跟他说好了，明天一起出帖子，请‘三大’的档手吃饭，请你作陪。放款的事，就在席面上谈。”

“好的。”胡雪岩又说，“我还有件事，想跟你谈。不过……”

“咦！”张胖子惯会大惊小怪，睁大眼睛问，“怎么不说下去？”

话到口边，终又咽住，是胡雪岩警觉到张胖子嘴快，黄宗汉的那两万银子，如果托他去汇拨，一定会泄漏出去。不如明天找尤老五商量，比较靠得住。

* * *

第二天一早，胡雪岩悄悄到梅家弄把王有龄接回船。这位王大老爷春风满面，步履轻快，大家都道他异乡遇故，快谈竟夕，才有这份轻松的情绪，谁也不知道他微服私行，比起三多堂的喧闹轰饮，另有一番屋小如舟、春深似海的旖旎风光。

这天开始要办正事了，王有龄把周、吴两委员请了来，连胡雪岩一起，先作个商量。他原定这一天上午去拜客，胡雪岩主张不必亟亟。

“今天中午，尤老五和张胖子出面，请‘三大’的人吃饭，放款的事一谈好，通裕的米随即可以拨借。”他说，“雪公，索性再等一等，也不会太久，一两天工夫，等我们自己这里办妥了再说。”

“这样好！”周委员首先表示赞成，“到明后天，王大人去拜这里的按察使，那就直接谈交兑漕米了，差使显得更漂亮。”

“好！我听你们的主意。”王有龄欣然同意。

“中午的饭局，不请周、吴两公了。”胡雪岩说第二件事，“商人总是怕官的，有周、吴两公在座，怕‘三大’的人拘束……”

“不错，不错！”周委员抢着说道，“你无须解释。”

“不过有件大事要请周、吴两公费心，‘民折官办’的这道手续，马上就要办一办。公事上我不懂，雪公看怎么处置？”

“那要奉托两位了。”王有龄看着他们说，“两位是熟手，一定错不了。该我出面的，尽管请吩咐！”

于是周、吴二人相视沉吟，似乎都有些茫然不知如何着手的样子。

胡雪岩等了一会儿，看他们很为难，忍不住又说了：“我看这件事，公文上说不清楚，得有一位回杭州去当面禀陈。”

“对了！”吴委员拊掌接口，“我也是这么想。当然，公文还是要的，只不过简单说一说，‘民折官办’一案，十分顺手，特饬某某人回省面禀请示云云。这样就可以了。”

“那好！两位之中，哪一位辛苦一趟？”

这一问，周、吴二人又迟疑了。甫到繁华之地，不能尽兴畅游，心里十分不愿。而且这一案的内容十分复杂，上面有所垂询，不能圆满解释，差使就算砸了。畏难之念一起，更不敢自告奋勇。

“怎么？”王有龄有些不悦，“看样子只好我自己回去一趟了。”

“那没有这个道理。”周委员很惶恐地说，“我去，我去！”

看周委员有了表示，吴委员倒也不好意思了。“自然是我去。”他说。

两个人争是在争，其实谁也不愿意去，王有龄不愿硬派，便说：“这样吧，我们掣签！”

“不必了！”周委员很坚决地说，“决定我去。吴兄文章好，留在这里帮大人料理公事。我今天下午就走，尽快回来复命。”

“也不必这么急。”胡雪岩作了个诡秘的微笑，“今天晚上我替周老爷饯行。明天动身好了。”

“雪岩兄的话不错。公事虽然紧要，也不争在这半天工夫。”吴委员也说，“晚上替周兄饯行，我跟雪岩兄一起做主人。”

王有龄也表示从容些的好，并且颇有嘉勉之词，暗示将来叙功的“保案”中，一定替周委员格外说好话，作为酬庸。自告奋勇的收获，可说相当丰富。

为了周委员回杭州，那个庶务却是大忙而特忙。第一要雇船，照周委员的意思，最好坐原来的那只“无锡快”，由阿珠一路伺奉着来回。但那只船名“快”而实不快，只宜于晚开早到，多泊少走，玩赏风景之用，赶路要另雇双桨奇快的“水上飞”。

第二件更麻烦，也是胡雪岩的建议。杭州抚、藩、臬三大宪加上粮道，还有各衙门有关系的文案、幕友，都应该有一份礼。“十里夷场”，奇珍异物无数，会选的花费不多而受者惬意，不会的，花了大价钱却不起眼，变成“俏眉眼做给瞎子看”，因此，备办这十几份礼物，不是一件轻松的差使。胡雪岩出主意，请尤老五派个人，带着那庶务和高升，到“夷场”上外国人所开最大的一家洋行“亨达利”去采办。

这天人人有事，王有龄和周、吴二人在船上办文稿，开节略，把此行的经过，如何繁难吃力，而又如何圆满妥帖，字斟句酌地叙了进去。胡雪岩和张胖子的任务，自然更重要。他们中午与尤老五请“三大”的档手，在英租界的“番菜馆”谈生意。

结果生意不曾在番菜馆谈，因为照例要“叫局”，莺莺燕燕一大堆，不是谈生意的时候。饭罢一起到城隍庙后花园钱业公所品茗，这时张胖子才提到正事。

“三大”之中，大亨钱庄姓孙的档手资格最老，由他代表发言，首先就表示最近银根很紧：“局势不好，有钱的人都要把现银子捏在手里，怕放了倒账。说句实在话，钱庄本来是空的。”

这是照例有的托词，银根紧的理由甚多，不妨随意编造，目的就在抬高利息。张胖子和胡雪岩都懂这个道理，尤老五却以受过上海钱庄的气，怀有成见，大为不快。

“我看不是银根紧，只怕是借的人招牌不硬，”他的话有棱角，态度却极好，是半带着开玩笑的语气说的，“漕帮现在倒霉，要是‘沙船帮’的郁老大开口，银根马上就松了。”

尤老五说的这个人是沙船帮的巨擘，名叫郁馥山，拥有上百艘的沙船。

北走关东，南走闽粤，照海洋的方位，称为“北洋”“南洋”，郁馥山就以走南北洋起家，是上海县的首富。近年因为漕米海运，更是大发利市，新近在小南门造了一所巨宅，崇楼杰阁，参以西法，算是“海天旭日”“黄浦秋涛”等等“沪城八景”以外的另一景。

沙船帮与漕帮，本来海水不犯河水，但漕运改了新章，便有了极厉害的利害冲突，所以尤老五那句话斤两很重，姓孙的有些吃不消。

“啊，尤五哥，”姓孙的惶恐地说，“你这话，我们一个字也不敢承认。客户都是一样的，论到交情，尤五哥的面子更加不同。好了，今天就请尤五哥吩咐！”

像尤老五这样在江湖上有地位的，轻易说不得一句重话，刚才话中有牢骚，已不够漂亮，他此刻听姓孙的这样回答，更显得自己那句话带着要挟威胁的意味，越觉不安，所以急忙抱拳笑道：“言重，言重！全靠各位帮忙。”

张胖子总归是站在同行这方面的，而且自己也有担保的责任，于是他心里在想：姓孙的吃不消尤老五，说到“请吩咐”的话，未免冒失！如果凭一句话草草成局，以后一出麻烦，吃亏的必是钱庄，自己也会连带受累。

由于这样的了解，他不希望他们讲江湖义气，愿意一板一眼谈生意，不过他的话也很圆到：“大家都是自己人，尤五哥更是好朋友，没有谈不通的事，”他说，“‘三大’愿意帮忙，尤老哥一定也不会叫‘三大’吃亏。是不是？”

尤老五当然听得出他话中的意思，立即接口：“一点不错！江湖归江湖，生意归生意。我看这样，”他望着胡雪岩说，“小爷叔，这件事让张老板跟孙老板他们去谈，应该怎么样就怎么样，我无不照办。我们就不必在场了。”

胡雪岩听他这一说，暗暗佩服，到底是一帮的老大，做事实在漂亮，于是欣然答道：“对，对！我也正有事要跟五哥谈。”

说着，两人相偕起身，向那几个钱庄朋友点一点头，到另外一张桌子去吃茶，让张胖子全权跟“三大”谈判。

“小爷叔！”尤老五首先表明，“借款是另外一回事，通裕垫米又是一回事，桥归桥，路归路。米，我已经教通裕启运了，在哪里交兑，你们要不要派人，还是统统由我代办？请你交代下来，我三天工夫替你们办好。”

“好极了！五哥跟老太爷这样放交情，我现在也不必说什么！‘路遥知马力，日久见人心’，将来就晓得了。”胡雪岩接着又说，“在哪里交兑，等我问明白了来回报五哥。要不要另外派人，公事上我不大懂，也要回去问一问。如果我好作主，当然拜托五哥，辛苦弟兄们替我办一办。”

“好的，就这样说定了，我关照通裕老顾去伺候，王大老爷有什么话，尽管交代他。”

一件有关浙江地方大吏前程的大事，就这样三言两语作了了结。胡雪岩还有件要紧事要请尤老五帮忙。

“五哥，我还有个麻烦要靠你想办法。”他放低了声音说，“我有两万银子要汇到福建，不能叫人知道，你有什么办法？”

尤老五沉吟了一会儿问道：“是现银，还是庄票？”

“自然是庄票。”

“那容易得很。”尤老五很随便地说，“你自己写封信，把庄票封在里面，我找个人替你送到，拿回信回来。你看怎么样？”

“那这样太好了。”胡雪岩又问，“不晓得要几天工夫？”

“不过五六天工夫。”

胡雪岩大为惊异：“这么快？”

“我托火轮船上的人去办。”

从道光十五年起，英国第一艘“渣甸号”开到，东南沿海便有了轮船。不久为了禁鸦片开仗，道光二十一年辛丑七月，英国军队攻陷镇江，直逼江宁，运了大炮安置在钟山，预备轰城。朝廷大震，决计议和，派出耆英、伊里布和两江总督牛鉴为“全权大臣”，与英国公使谈和，订立和约十三条，赔军费，割香港，开广州、厦门、福州、宁波、上海为通商口岸，称为“五口通商”。大英公司的轮船，源源而至，从上海到福州经常有班轮，但一路停靠宁波、温州，来回要半个月的工夫，何以说是只要五六天？胡雪岩越发不解。

“我到英国使馆去想办法，他们有直放的轮船。”

“噢！”是一声简单的答语，可是胡雪岩心里却是思潮起伏。第一，他觉得外国人的花样厉害，飘洋过海，不当回事，做生意就是要靠运货方便，别人用老式船，我用新式船，抢在人家前面运到，自然能卖得好价钱。火轮船他也见过，靠在码头上像座仓库，装的东西一定不少，倒不妨好好想一想，用轮船来运货，说不定可以发大财。

其次，他发觉尤老五的路子极广，连外国使馆都能打得通，并且这个人做事爽快，应该倾心结交，将来大有用处。

这样一想，便放出全副本领来跟尤老五周旋，两个人谈得十分投机。他把与王有龄的关系，作了适当的透露。尤老五觉得此人也够得上“侠义”二字，而且肯说到这种情形，完全是以自己人相看，因而原来奉师命接待，这时变成自己愿意帮他的忙了。

这面谈得忘掉了时间，那面的钱庄朋友却已有了成议：由通裕出面来借，“三大”和张胖子一共贷放十万两银子，以三个月为期，到期可以转一转，由尤老五和胡雪岩作保。却有一个条件要王有龄答应：这笔借款没有还清以前，浙江海运局在上海的公款汇划，要归“三大”承办。这是一种变相保证的意思。

“用不着跟王大老爷去说。”胡雪岩这样答复，“我就可以代为答应。”

“利息呢？”尤老五问。

“利息是这样，”张胖子回头看了看那面“三大”的人，低了声说道，“年息一分一照算。”

“这不算贵。”尤老五说。

人家是漂亮话，胡雪岩要结交尤老五，便接口说道：“也不算便宜！”

张胖子很厉害，他下面还有句话，起先故意不说，这时察言观色，不说不可，便故意装作埋怨的神气：“你们两位不要性急！我话还没有完，实在是这个数！”说着伸开食拇两指扬了扬。

“八厘？”胡雪岩问。

“不错，八厘。另外三厘是你们两位作保应得的好处。”

“不要把我算在里头。”胡雪岩抢着说道，“我的一份归五哥。”

“小爷叔，你真够朋友！不过我更加不可以在这上面‘戴帽子’。这样，”尤老五转脸问张胖子，“你的一份呢？”

“我？”张胖子笑道，“我是放款的，与我什么相干？”

“话不是这么说。张老板，我也知道，你名为老板，实在也是伙计。说句不客气的话，‘皇帝不差饿兵’，我要顾到你的好处。不过这趟是苦差使，我准定借三个月，利息算九厘，明八暗一，这一厘算我们的好处，送了给你。”

“这怎么好意思？”

“不必客气了。”胡雪岩完全站在尤老五这面说话，“我们什么时候成契？”

“明天吧！”

就这样说定局，约定了第二天下午仍旧在这里碰面，随即分手。张胖子跟“三大”的人还有话谈，胡雪岩一个人回去，把经过情形一说，王有龄和周、吴二人，兴奋非凡，自然也把胡雪岩赞扬不绝。

避开闲人，胡雪岩又把汇款到福建的事，跟王有龄悄悄说了一遍。他皱着眉笑道：“雪岩，事情这么顺利，我反倒有些担心了。”

“担心什么？”

“担心会出什么意外。凡事物极必反，乐极生悲。”

“那在于自己。”胡雪岩坦率答道，“我是不大相信这一套的。有什么意外，都因为自己这个不够用的缘故。”说着，他敲敲自己的太阳穴。

“不错！”王有龄又说，“雪岩，你的脑筋好，想想看，还有什么该做而没有做的事？”

“你要写两封信，一封写给黄抚台，一封写给何学使。”

“对，我马上动手。”

当夜胡雪岩跟吴委员在三多堂替周委员饯行。他们第二趟来，虽算熟客，但按“长三”的规矩，也还不到“住夜厢”的时候。但因为他们是尤老五的朋友，情形特殊，所以周、吴二人当夜就都做了三多堂的入幕之宾。

第二天王有龄才去拜客。他先拜地主上海知县，打听总办江浙漕米海运，问已由江苏臬司调为藩司的倪良耀，是否在上海。据说倪良耀一直不曾回苏州，公馆设在天后宫，于是转道天后宫，用手本谒见。

倪良耀是个老实人，才具却平常，为了漕米海运虽升了官，却搞得焦头烂额。黄宗汉参了他一本，说他办事糊涂，而且把家眷送到杭州暂住，所以谕旨上责备他说：“当军务倥偬之际，辄将眷属迁避邻省，致令民心惶惑，咎实难解，乃犹以绕道回籍探访老母为词，何居心若是巧诈？”为此，他见了王有龄大发牢骚，反把正事搁在一边。

王有龄从胡雪岩那里学到了许多圆滑的手法，听得他的牢骚，不但没有不豫之色，而且极表同情。提到家眷，他又问住处，拍胸应承，归他照料。

“你老哥如此关顾，实在感激。”倪良耀说的是真话，感激之情，溢于词色，“我也听人说起，你老哥是黄中丞面前一等一的红人，除了敝眷要请照拂以外，黄中丞那里，也要请老哥鼎力疏通。”

“不敢！不敢！”王有龄诚恳地答说，“凡有可以效劳之处，无不如命。”

“唉！”倪良耀安慰之中有感慨，“都像老哥这样热心明白，事情就好办了。”

有了这句话，公事就非常顺手了。提到交兑漕米余额，倪良耀表示完全听王有龄的意思，他会交代所属，格外予以方便。接着，他又大叹苦经，说是明知道黄宗汉所奏，浙江漕米如数兑足这句话不实，他却不敢据实奏复，辩一辩真相，讲一讲道理，原因是惹不起黄宗汉。

“黄中丞这一科——道光十五年乙未，科运如日方中，不说别的，拿江苏来说，何学使以外，还有许中丞，都是同年。京里除了彭大军机，六部几乎都有人。你老哥替我想想，我到哪里去伸冤讲理？”

“大人的劳绩，上头到底也知道的。吃亏就是便宜，大人存心厚道，后福方长。”

倪良耀是老实人，对他这两句泛泛的慰词，亦颇感动，不断拱手说道：“托福，托福！”

主人并无送客之意，这算是抬举。王有龄不能不知趣主动告辞，便又陪着倪良耀谈了些时局和人物。从他口中得知何桂清捐输军饷，交部优叙奖励，也常有奏折建议军务部署，朱笔批示，多所奖许，圣眷正隆。这些情形，在王有龄当然是极大的安慰。

辞出天后宫，王有龄在轿子里回想此行的种种，无一事不是顺利得出乎意料之外，因而心里不免困惑：一个人到底是靠本事，还是靠运气？照胡雪岩的情形来说，完全是靠本事，想想自己的今天，似乎靠运气。

这话也不对！他在想，胡雪岩本事通天，如果没有自己，此刻自是依然潦倒，怀才不遇的人车载斗量。看来他也要靠运气。

至于自己呢？如果不是从小习于吏事，以及这一趟从京师南下，好好看了些经世之学的名著，为黄宗汉所赏识，那么即使有天大的面子，也不过派上个能够捞几个钱的差使，黄宗汉绝不会把浙江漕米海运的重任托付给自己。照此一说，还是要有本事。

有本事还要有机会，机会就是运气。想到这里，王有龄的困惑消失了，一个人要发达，也要本事，也要运气。李广不侯，是有本事没有运气，运气来了，没有本事，不过昙花一现，好景不长。

现在是运气来了，要好好拿本事出来。本事在胡雪岩身上，把胡雪岩收服了，他的本事就变成了自己的本事。这样深一层去想，王有龄欣然大有领悟：原来一个人最大的本事就是能用人，而用人又先要识人。眼光、手腕两俱到家，才智之士乐于为己所用，此人的成就便不得了了。

由于这个了解，王有龄觉得用人的方法要变一变，应该恩威并用，特别是对胡雪岩，在感情以外，更加上权术、笼络之道，无微不至。

* * *

半个月的工夫，一切公事都办得妥妥帖帖，该要回杭州了。王有龄为了犒劳部属，特设盛宴，宴罢宣布："各位这一趟都辛苦了，难得到上海来一趟，好好玩两天！今天四月初四，我们准定初七开船回杭州。"

说完，从靴页子里取出一沓红封袋，上面标着名字，每人一个，连张胖子都不例外。封袋里面是一张银票，数目多寡不等，最多的是周委员那一个，一百两；最少的是那个庶务的，二十两。

"这是'杖头钱'。"他掉了句文，"供各位看花买醉之需。"

说到"看花"，那就是"缠头资"了。周、吴二人已经发觉，阿珠成了胡雪岩的禁脔，不便问津，好在三多堂各有相好，有钱有工夫，乐得去住两天。

"你也去逛一逛。"王有龄又对高升说，"我要到我亲戚那里去两天，放你的假吧！"高升也有一个红包，是二十两银子。

托词到亲戚家住，其实是住在梅家弄。这个秘密，始终只有胡雪岩一个人知道。这一天晚上，王有龄约了他在畹香的妆阁小酌，有公事以外的"要紧话"要谈。

半个月之中，王有龄来过四趟，跟畹香已经打得火热，自己的身份也不再瞒她。这天要谈的话，就是关于畹香的，把她安排好了，王有龄还要替阿珠安排。

他的心思，胡雪岩猜到一半，是关于畹香的。他心里已经有了一个主意，但觉得不宜冒失，先要探探畹香的口气，所以等一端起酒杯就说："畹香，王大老爷要回去了。"

一听这话，她的脸色马上变了，看上去眼圈发红，也不知她是做作还是真心。不过就算做作，也做得极像，离愁别恨霎时间在脸上堆起，浓得化不开。

“哪一天动身？”她问。

“定了初七。”王有龄回答。

“这么急！”畹香失声说道。

“今天初四。”胡雪岩屈着手指说，“初五、初六，还有三天的工夫，也很从容了。你有什么话，尽管跟王大老爷说。”

“我！”畹香把头扭了过去，“叫我说什么？我说了也没有用，办不到的！”

“怎么呢？”胡雪岩逼进一层，“何以晓得办不到？”

畹香把脸转了过来，皱着眉、闭着嘴，长长的睫毛不住眨动，是极为踌躇的样子，几次欲语又休，终于只是一声微喟，摇摇头，把一双耳环晃荡个不住。

“有话尽管说呀！”王有龄拉住了她的手说，“只要我办得到，一定如你的愿；就办不到，我也一定说理由给你听。不要紧，说出来商量。”

“跟哪个商量？只好跟皇帝老爷商量！”

“皇帝老爷”的称呼，在王有龄颇有新奇之感，特别是出以吴侬软语，更觉别有意趣。他便即笑道：“有那么了不起，非要皇帝才能有办法？”

“自然啰！”畹香似乎觉得自己极有理，“除非皇帝老爷有圣旨，让你高升到上海来做官。”

原来千回百折，不过要表明舍不得与王有龄相离这句话。本主儿此时不会有所表示，敲边鼓的开口了。

“畹香！”胡雪岩问道，“你是心里的话？”

“啊呀，胡老爷。”畹香的神色显得很郑重，“是不是要我把心剜出来给你看。”

“我相信，我相信！”王有龄急忙安慰她说。

“我也相信。”胡雪岩笑嘻嘻地接口，“畹香，初七你跟王大老爷一船回杭州，好不好？”

“怎么不好！只怕王大老爷不肯。”

“千肯万肯，求之不得！只有三天工夫了，你预备起来！”

这话连王有龄都有些诧异，为何胡雪岩这等冒失，替人硬作主纳妾？但以对他了解甚深，暂且不响，静观究竟。王有龄尚且如此，畹香自然格外困惑，而且也有些惊惶，怕弄假成真，变得骑虎难下。

“怎么样？是我们当面锣，对面鼓，直接来谈，还是由我找三阿姨去谈？或者请尤五哥出面？”

这是谈“身价”，越发像真了！畹香不断眨着眼，神态尴尬，但她到底不是初出道的雏儿，正一正脸色，坐了下来，带些欣慰的口气答道：“蛮好！我自家的身体，自己来谈好了。我先要请问王大老爷是怎么个意思？”

王有龄怎么说得出来？当然是胡雪岩代答：“王大老爷怎么个意思，你还不明白？”他这样反问，而其实是一句遁词，他最初就是使的一句诈语，目的是要试探畹香对王有龄究有几许感情。经此一番折冲，心中已经有数，这时倒是要问一问王有龄了。

“我当然明白。”畹香接着他的话，“不过我不敢说出来。自己想想没有那么好的福气。”

这一下连王有龄也明白了，如果想把她置于侧室，恐怕未必如愿。他怕谈下去会出现窘境，彼此无趣，便即宕开一句：“慢慢再谈吧！先吃酒。”

这句话与胡雪岩心思正相符，他也觉得畹香的本心已够明白，这方面不须再谈，所以附和着说：“对啊！吃酒，吃酒。有话回头你们到枕上去谈。”

畹香见此光景，知道自己落了下风。看样子王有龄亦并无真心，早知如此，落得把话说漂亮些，如今变得人家在暗处，自己在亮处，想趁这三天工夫敲王有龄一个竹杠，只怕办不到了。

这都是上了胡雪岩的当！畹香委屈在心，化作一脸幽怨，默默无言，使得王有龄大生怜惜之心。

“怎么？”他轻轻抚着她的肩问，“一下子不高兴了？”

这一问，畹香索性哭了，“嗯哼”一声，用手绢掩着脸，飞快地往后房奔了进去，接着便是很轻的“息率、息率”的声音传了出来。

王有龄听得哭声，心里有些难过，自然更多的是感动，要想有所表示，却让胡雪岩阻止住了。“不要理她！”他轻声说道，“她们的眼泪不值钱，一想起伤心的事就会哭一场，不见得是此刻受了委屈！”

听了他的话，王有龄爽然若失，觉得他的持论过苛，只是为了表示对他信服，便点点头，坐着不动。

“雪公！”胡雪岩问道，“你把你的意思说给我听，我替你办。”

“我的意思，”王有龄沉吟了好半天才说出来，“如果把她弄回家去，怕引起物议。”

他对畹香恋恋之意，已很显然。胡雪岩觉得他为“官声”着想，态度是不错的，不过也不妨进一步点破：“畹香恐怕也未见得肯到杭州去，讨回家去这一层，大可不必想它。照我看，雪公以后总常有到上海来的时候，不妨置作外室。春二三月，或者秋天西湖风景好的时候，把她接到杭州去住一阵子，我另外替雪公安排‘小房子’。你看如何？”

“好，好，”王有龄深惬所怀，“就拜托你跟她谈一谈，看要花多少钱。”

“那不过每月贴她些开销。至于每趟来，另外送她钱，或是替她打道饰、做衣裳，那是你们自己的情分，旁人无法过问。”说到这里，胡雪岩向里喊了声：“畹香！”

畹香慢慢走了出来，重新匀过脂粉，但眼圈依旧是红的，一副楚楚可怜的样子，偎坐在王有龄身旁，含颦不语。

“刚才哭什么？”王有龄问道，“哪个得罪你了？”

“嗳！雪公，这话问得多余。”胡雪岩在一边接口，“畹香的心事，你还不明白？要跟你到杭州，舍不得三阿姨，不跟你去，心里又不愿。左右为难，自然要伤心。畹香，我的话说对了没有？”

畹香不答他的话，转脸对王有龄说：“你看你，枉为我们相好了一场，你还不如胡老爷明白。”

“这是旁观者清！”王有龄跟她说着话，却向胡雪岩使了个眼色，意思是要他把商量好的办法提出来。胡雪岩微一颔首，表示会意，同时还报以眼色，请他避开。

“我有些头晕，到你床上去靠一靠。”

等王有龄歪倒在后房畹香床上，胡雪岩便跟畹香展开了谈判，问她一个月要多少开销。

“过日子是省的，一个月最多二三十两银子。”

“倘或王大老爷一个月帮你三十两银子，你不是就可以关起门来过清静日子了？”

“那是再好都没有。不过——”畹香摇摇头，不肯再说下去。

“说呀！”胡雪岩问道，“是不是有债务？不妨说来听听。”

“真的，再没有比胡老爷更明白的人！”畹香答道，“哪个不想从良？实在有许多难处，跟别人说了，只以为狮子大开口，说出来反而伤感情，不如不说。”

听这语气，开出口来的数目不会小，如果说有一万八千的债务，是不是替她还呢？胡雪岩也曾听闻过，有所谓“淴浴”一说。负债累累的红倌人，抓住一个冤大头，枕边海誓山盟，非他不嫁，于是花巨万银子替她还债赎身，真个量珠聘去，而此红倌人从了良。但早则半载，晚则一年，红倌人必定不安于室，想尽花样，下堂求去。原来一开始这就是个骗局。

看畹香还不至如此，但依了她的要求，叫她杜门谢客，怕未见得能言行一致，招蜂引蝶之余，说起来还是“王某某的外室”，反倒坏了王有龄的名声。这不是太傻了吗？

因此，他笑一笑说：“既然你有许多难处，自然不好勉强，不过你要晓得，王大老爷对你，倒确是真情一片。”

“我也知道，人心都是肉做的。而况有尤五少的面子，我也不敢不巴结，只要王大老爷在这里一天，我一定尽心伺候。”

“到底是见过世面的！说出话来与那些初出道的小姑娘不同。”胡雪岩这样赞她，“我也算是个‘媒人’，说话要替两方面着想。畹香，我看你跟王大老爷，一年做两三次短期夫妻好了。”

她大致懂得他的意思，却故意问一句：“怎么做法？”

“譬如说，王大老爷到上海来，就住在你这里，当然，你要脱空身子来陪他。或者，高兴了，接你到杭州去烧烧香，逛逛西湖，不又是做了一阵短期夫妻？至于平常的开销，一个月贴你二十五两银子，另外总还有些点缀，多多少少，要看你自己的手腕。”

这个办法当然可以接受。“就怕一层，万一王大老爷到上海来，我正好不空。”畹香踌躇着说，“那时候会为难。立了这个门口，来的都是衣食父母，哪个也得罪不起。胡老爷，我这是实话，你不要见气。”

“我就是喜欢听实话。”胡雪岩说，“万一前客不让后客，也有个办法，那时你以王太太的身份，陪王大老爷住栈房，这面只说回乡下去了。掉这样一个枪花行不行？”

怎么不行？畹香的难题解决，颇为高兴，娇声笑道：“真正的，胡老爷，你倒像是吃过我们这一行的饭，真会掉枪花！”

“那我替你做‘相帮’，好不好？”

妓家的规矩，女仆未婚的称“大姐”，已婚的称“娘姨”，男仆则叫作“相帮”。听胡雪岩这一说，畹香才发觉自己大大失言了。哪一行的饭都好吃，但说吃这一行饭，无异辱人妻女。遇到脾气不好的客人，尤其是北方人，开到这样的玩笑，当时就可以翻脸。所以她涨得满脸通红，赶紧道歉。

“胡老爷，大人不记小人过，我说错了话，真正该打。”她握着他的手，拼命推着揉着，不断地说，“胡老爷，你千万不能见气，你要如何罚我都可以，只不能生气。”

声音太大，把王有龄惊动了，忍不住走出来张望。只见胡雪岩微笑不语，畹香惶恐满面地在赔罪，越觉诧异。

等到说明经过，彼此一笑而罢。这时畹香的态度又不同了，自觉别具身份，对王胡之间，主客之分，更加明显。王有龄当然能够感觉得到，仿佛在自己家里那样，丝毫不觉拘束，因而洗杯更酌，酒兴越发好了。

“雪岩，我也要问你句话，”他兴味盎然地说，“听说阿珠一颗心都在你身上。到底怎么回事？”

胡雪岩还未开口，畹香抢着问道：“阿珠是谁？”

“你问他自己。”王有龄指着胡雪岩说。

“船家的一个小姑娘。”他说，“我现在没有心思搞这些花样。”

语焉不详，未能满足畹香的好奇心，她磨着王有龄细说根由。他也就把听来的话，加油加酱地说了给她听。中间有说得太离谱的，胡雪岩才补充一两句，作为纠正，小小的出入就不去管他了。

“这好啊！”畹香十分好事，“胡老爷我来替你做媒，好不好？”

此言一出，不独胡雪岩，连王有龄亦颇有匪夷所思之感，“你跟人家又不认识，”他说，“这个媒怎么做法？”

“不认识怕什么？”畹香答道，“看样子，这件好事要阿珠的娘点头，才会成功。而且阿珠好像也有心事，对你们爷们，她是不肯说的，只有我去，才能弄得清楚。”

王有龄觉得她的话很有理，点点头问：“雪岩，你看如何？就让畹香来试一试吧！”

“多谢，多谢！”胡雪岩说，“慢慢再看。”

“我知道了。”畹香故意激他，“‘痴心女子负心汉’，胡老爷一定不喜欢她！”

“这你可是冤枉他了。”王有龄笑着说，“胡老爷一有空就躲在船上，与阿珠有说不完的话。”

“既如此还不接回家去？莫非大太太厉害？”

“那可以另外租房子，住在外面。”

“对啊！”畹香逼视着胡雪岩说，“胡老爷，易求无价宝，难得有情人！”

“我也这么想。”王有龄接着便提高了声音念道，“‘是前生注定事，莫错过姻缘’！”

两个人一吹一唱，交替着劝他。他已打定了主意，但有许多话不便当着畹香说，所以只是含笑摇头。看他既不受劝，畹香也只好废然而罢。

第五章

船到杭州，王有龄回家歇得一歇，随即换了官服，去谒见抚台，当面禀报了此行的经过，同时呈上一封信——黄宗汉老家的回信，两万两银子业经妥收。这趟差使，公私两方面都办得极其漂亮，黄宗汉异常满意。

“你辛苦了！我心里有数。”他说，“我自有打算，几天以内，就有信息。”

“是！”王有龄不敢多问，辞出抚署，接着又去谒见藩司麟桂。

麟桂对王有龄，因为顾忌着黄宗汉难惹的缘故，本来抱的是敬鬼神而远之的态度，好也罢，歹也罢，反正天塌下来有长人顶，自己不求有功，但求无过，凡事不生麻烦就够了。及至看他此行办得圆通周到，而且颇懂“规矩”，已觉喜出望外，加以有周委员替他吹嘘，越发刮目相看。等把手本一递进去，立即便传下话来：“请王大老爷换了便衣，在签押房相见。”

这是接待地位仿佛而交情特深的朋友的方式。王有龄知道，是周委员替自己说了好话的效验，而收服了周委员，又是胡雪岩的功劳。想到他，再想到麟桂的优礼有加，顿时有了一个主意，要请麟桂来保荐胡雪岩。

在签押房彼此以便服相见，旗人多礼，麟桂拉着王有龄的手，从旅途顺适问到“府上安好”，这样亲热了一番，才把他让到西屋去坐。

签押房是一座小院落，一明两暗三间平房，正中算是小客厅，东屋签押办公，西屋才是麟桂日常坐起之处。掀开门帘，就看见红木炕床上，摆着一副烟盘，一个长辫子、水蛇腰的丫头刚点起一盏明晃晃的“太谷灯”。

“请！”麟桂指着炕床上首说。

“大人自己请吧！”王有龄笑道，“我享不来这份福！”

“不会也好。”麟桂不说客套话，“说实在的，这玩意儿益处少，害处多。不过，你不妨陪我躺一躺。”

这倒无妨，能不上瘾，躺烟盘是件很有趣的事，而能够并头隔着荧荧一火说话，交情也就会不同。所以王有龄欣然应诺，在下首躺了下去。那个俏伶伶的丫头，马上走过来捧住他的脚，脱下靴子，拉一张方凳把他的双足搁好，接着拿床俄国毯子为他围住下半身。

另有个丫头已经端来了四个小小的果碟子，两把极精致的小茶壶，在烟盘上放好，随即便坐在小凳子上打烟，装好一筒，把那支镶翠的象牙烟枪往王有龄唇边送了过来。

“请你们老爷抽。我不会。”

麟桂当仁不让，一口气把烟抽完，拿起滚烫的茶壶喝了一口，再拈一粒松子糖塞在嘴里，然后慢慢从鼻孔喷着烟，闭上眼睛，显得飘飘欲仙似的。

“雪轩兄！”麟桂开始谈到正事，“你这一趟，替浙江很挣了面子。公事都像老兄这么顺利，我就舒服了。”

“这也全靠大人的荫庇。”王有龄说，“总要长官信任，属下才好放手去干。”

“也要先放心，才好放手。说老实话，我对你老兄再放心不过，凡事有抚台在那里扛着，你怎么说怎么好。”麟桂又说，“抚台也是很精明的人，将心比心，一定也会照应我。”

说了这一句，他开始抽第二筒。王有龄把他的话在心里琢磨了一阵，觉得他后半段话的言外之意，是要自己在伺候抚台以外，也别忘了该有他应得的一份。其实这话是用不着他说的，胡雪岩早就替他想到了。

不过王有龄做官，已学得一个诀窍，不能为外人所知的事，必须要做得密不通风，所以虽然一榻相对，只因为有个打烟的丫头在，他亦不肯有所表示。

“说得是。”王有龄这样答道，“做事要遇着两种长官，最好当然是像大人这样，仁厚宽大，体恤部属，不得已而求其次，倒宁愿在黄抚台手下，虽然精明，到底好歹是非是极分明的。”

“知道好歹是不错，说‘是非分明’，只怕不见得。”麟桂说了这话，却又后悔，“雪轩兄。”他故意说反话，“这些话，你得便不妨在抚台面前提一提。”

王有龄也极机警。“这可敬谢不敏了！”他笑着回答，“我从不爱在人背后传话。无端生出多少是非，于人有损，于己无益，何苦来哉！”

麟桂对他这个表示，印象深刻，心里便想：此人确是八面玲珑，可以放心。

由于心理上的戒备已彻底解除，谈话无所顾忌，兴致也就越发好了。他谈到京里的许多情形，六部的规矩“则例”，让王有龄长了许多见识。

最后又谈到公事。“今年新漕，还要上紧。江浙的赋额独重，而浙江实在不比江苏，杭、嘉、湖哪里比得上苏、松、太？杭、嘉、湖三府又以湖州为王，偏偏湖州的公事最难办。”麟桂叹口气说，“湖州府误漕撤任，一时竟找不着人去接手。真叫人头疼！”

椿寿一条命就送在湖州，麟桂对此不能不具戒心。王有龄知道其中的症结，但谈下去怕谈到椿寿那一案，诸多未便，所以他只作倾听的样子，没有接口。

“我倒有个主意！”麟桂忽然冒出来这么一句，却又沉吟不语，好半天才自问自答地说，“不行！办不通，没有这个规矩。”

也不知他说的什么。王有龄百思不解，可也不便去问。就这冷场的片刻，麟桂的二十四筒鸦片烟抽完了，吩咐开饭。丫头退了出去传话，眼前别无他人，可以把那样东西拿出来了。

“我替大人带了个小玩意来！”王有龄一面说，一面从贴身衣袋里取出个纸包，隔着烟灯，递了过去。

打开一看，是个极精致的皮夹子，皮质极软，看那花纹就知道是西洋来的。麟桂把玩了外表，要打开看看里面时，王有龄又开口了。

“回头再打开吧！”

显然的，其中别有花样，麟桂笑一笑说声：“多谢！”随即把皮夹子揣在身上。等开饭时，他托故走了出去，悄悄启视，发现皮夹子里是一张五千两的银票。王有龄做得极秘密，麟桂却不避他的底下人，走进来肃客入座，第一句就说：“受惠甚多！粮道那里怎么样？”

“也有些点缀。”

“多少？”

“三数。”这是说粮道那里送了三千两。

麟桂点点头，又问：“送去了？”

“还没有。”王有龄答道，“我自然要先来见了大人，再去拜他。”

“今天是来不及了，明天早些去吧！他在这上面看得很重。”

这完全是自己人关爱的口吻，王有龄觉得麟桂对自己的态度又进了一层，便以感激的声音答道：“多谢大人指点。”

“把‘大人’两个字收起来行不行？”麟桂放下酒杯，皱着眉说，“俗不可耐，败人的酒兴。”

王有龄微笑着答说：“恭敬不如从命，我敬称‘麟公’。请干一杯！”

“好，好！”麟桂欣然引杯，随即又说，“我刚才的话还没有完。你可晓得粮道有个癖好？”

“噢？我倒不知道，得要请教麟公。”

“其实这癖好，人人都有，只以此公特甚。”麟桂笑道，“他好的是‘男儿膝下’！”

王有龄愣住了，不知道他打的是什么哑谜。

“足下才大如海，怎么这句歇后语就把你难住了？”

原来如此！俗语说“男儿膝下有黄金”，隐下的是“黄金”二字。旗人掉书袋，有时不伦不类，王有龄倒真的好笑了。

“所以我劝你不必送银票，兑换了金叶子送去。”麟桂是说笑话的神情，有着忍俊不禁的愉悦，“听说此公每天临睡以前，以数金叶子为快，否则忽忽如有所失，一夜不能安枕。”

“这倒是怪癖！”王有龄问道，“如果出远门怎么办呢？也带着金叶子上路？岂非谩藏诲盗？”

“那就不知道了。”

讲过笑话，又谈正题，麟桂问起上海官场的情形，王有龄把倪良耀的委屈和牢骚，以及答应照料他的眷属的话，都告诉了麟桂。

“这件事我不好说什么！”麟桂这样回答，“甚至倪某的眷属，我也不便去管。你知道，抚台的疑心病很重。”

“是的。”

“所以我劝你，就是照料倪良耀的眷属，也只好偷偷摸摸，别让抚台知道。”麟桂放低了声音又说，“我实在不明白，我们这位黄大人何以如此刻薄？江苏藩司与浙江巡抚何干？把人折腾得那个样子！还有件事，更不应该……”

麟桂说到紧要关头，忽然住口，这自然是因为这句话关系甚重，碍着王有龄是黄宗汉的红人，还有些不放心的缘故。

了解到这一点，王有龄便不加追问，举杯相敬，心里思索着如何把话题扯了开去。

麟桂倒觉得不好意思了。“跟你说了吧！”他说，“他有件损人利己的事。利己应该，损人就要看一看，伤了自己的同年，未免太不厚道了。”

黄宗汉是伤了哪一个同年？他们这一科的飞黄腾达，全靠同年能和衷共济，互相照应。黄宗汉本人，不也靠大军机彭蕴章和何桂清这两个同年替他斡旋掩遮，逼死藩司椿寿一案，才得安然无事？因此，王有龄对麟桂所说的话，有些将信将疑。

“前些日子有道关于江浙防务的上谕，”麟桂问道，“不知你看到了没有？”

“没有。”王有龄说，“我人在上海，好久未见邸抄了。”

“那道上谕是这么说：‘浙江巡抚黄宗汉奏陈，拨兵赴江苏，并防堵浙省情形。’得旨：‘甚妥！现今军务，汝若有见到之处，即行具奏。不必分彼此之见。’”

听他念完这道上谕，王有龄又惊又喜，派兵出省击敌，本是他的建议，原来黄宗汉竟已采纳，更想不到竟蒙天语褒奖！也因为如此，他要辩护：“拨兵出省，似乎也没有什么不对。”

“对呀！没有人说不对。只是你做浙江的官，管浙江的事好了，上谕虽有‘不必分彼此之见’的话，我们自己要有分寸，不可越俎代庖。黄抚台却不问青红皂白，左一个折子、右一个折子，说江苏的军务该如何如何部署，请问，”麟桂凑身向前，“叫你老哥，做了江苏巡抚，心里作何感想？”

王有龄这才明白，黄宗汉为了自己的“圣眷”，不为他的同年江苏巡抚许乃钊留余地，这实在说不过去。而且他这样搞法，似乎是企图调任江苏。果然如此，更为不智，江苏诚然是海内膏腴之地，但一打仗就不好了。遇到机会，倒要劝劝他。

麟桂不知他心中另有想法，见他不即开口，当他不以为然，便坦率问道：“雪轩兄，你觉得我的话如何？”

王有龄这才醒悟，怕引起误会，赶紧答道：“大人存心忠厚，所持的自然是正论。只是我人微言轻，不然倒要相机规谏。”

“不必，不必！”麟桂摇着手说，“这是我把你老哥当作好朋友，说的知心话。不必让第三个人知道。”

“那当然。”王有龄郑重表示，“大人所说的话，我一句不敢外泄。不过既见于明发上谕，就是我跟抚台说了，他也不会疑心到别人头上的。”

“那倒随你。”麟桂又说，“许家虽是杭州巨室，与我并无干涉，我也不过就事论事，说一句公道话而已。”

这个话题就此抛开。酒已差不多了，王有龄请主人“赏饭”，吃完随即告辞。麟桂知道他行装甫卸，家里还有许多事，也不留他，亲自送到中门，尽欢而散。

* * *

第二天又拜了一天客，凡是稍有交情的，无不有“土仪”馈赠。从上海来，所谓“土仪”实在是洋货。海禁初开，西洋的东西，在它本国不值钱，一到了中华，便视为奇珍，哪怕一方麻纱手帕，受者无不另眼相看。因此，这趟客拜下来，王有龄的人缘又结了不少。

到晚回家，胡雪岩正在客厅里，逗着王有龄的小儿子说笑。不过一天不见，王有龄便如遇见多年不晤的知交一般，心里觉得有好些话，亟待倾吐。

“你吃了饭没有？”他问。

“没有。”胡雪岩说，“我原意想邀雪公到城隍山上去吃油蓑饼，现在天晚了，不行了。”

王有龄对这个提议，深感兴趣。“不晚！”他说，“快夏至了，白天正长，而且天也暖和，就晚了也不要紧。怎么走法？”

“总不能鸣锣喝道而去吧！”胡雪岩笑着说。

王有龄也自觉好笑。“当然换了便衣去。”他说，“我的意思是连轿子也不必坐，也不必带人，就安步当车走了去。”

“那也好。戴上一副墨晶眼镜，遇见熟人也可不必招呼。”

于是王有龄换上一件宝蓝缎袍，套一件玄色贡缎背心，竹布袜、双梁鞋，戴上墨晶大眼镜，捏了一把折扇，与胡雪岩两个人潇潇洒洒地，取道大井巷，直上城隍山。

“还是我们第一次见的那地方喝茶吧！”他说，“君子不忘本，今天好好照顾他一下。”这个“他”，自是指那个茶座的老板。

这是他跟胡雪岩第二次来，但处境与心境与第一次有天渊之别。一坐下来，四面眺望，神闲气静，一年不到的工夫，自是湖山不改，但他看出去仿佛改过了，“西子”格外绰约，青山格外妩媚。

“两位吃酒、吃茶？”老板看他们的气派、服饰，不敢怠慢，亲自走来招呼。

“茶也要，酒也要。”王有龄学着杭州腔说，“新茶上市了，你说说看，有点儿啥个好茶叶？”

“太贵重的，不敢预备，要去现买。”

“现买就不必了。”王有龄想了好久说，“来壶菊花。”

那茶座老板看王有龄有些奇怪，先问好茶叶，弄到头来喝壶菊花，看起来是个说大话用小钱的角色。

不但他诧异，胡雪岩也是如此，问道：“怎么喝菊花？”

“我想了半天才想起来，去年就是喝的菊花。”

这话只有胡雪岩心里明白。回首前尘，不免也有些感慨，不过他一向是只朝前看、不暇后顾的性情，所以旋即抛开往事，管自己点菜：“一鸡三吃，醋鱼‘带鬓’，有没有活鲫鱼，斤把重的？”

“我到山下去弄一条。是不是做汤？”

“对，奶汤鲫鱼，烫两碗竹叶青，弄四个小碟子。带几张油酥饼，先吃起来。”

“好的，马上就来。”

等把茶泡了来，王有龄端杯在手，望着暗青淡紫的暮霭，追想去年在此地的光景，忽然感情激动了。

“雪岩！”他用非常有劲道的声音说，“我们两个人合在一起，何事不可为？真要好好干一下。”

“我也这么想，”胡雪岩说，“今天来就想跟你谈这件事。”

“你说，你说！”

“我想仍旧要干老本行。”

“不是回信和吧？”王有龄半开玩笑地，说实在话，他还真怕信和的东家把胡雪岩请了回去。

“我早已说过了，一不做‘回汤豆腐’，二是自己立个门户。”胡雪岩说，“现在因为打仗的关系，银价常常有上落，只要眼光准，兑进兑出，两面好赚，机会不可错过。”

王有龄不响，箸下如雨，只管吃那一碟发芽豆。胡雪岩知道，不是他喜爱此物，而是心里有所盘算。盘算的当然是资本，其实不必他费心思，资本从哪里来，他早就筹划好了，不过自己不便先开口而已。

王有龄终于开口了：“雪岩！说句老实话，我现在不愿意你去开钱庄。目前是要你帮我，帮我也等于帮你自己。你好不好捐个功名，到哪里跟我在一起？抚台已经有话了，最近还有别样安排，大概总是再派我兼一个差，那时我越加要帮手，你总不能看着我顾此失彼，袖手不问吧？”

“这我早就想到了。开钱庄归开钱庄，帮你归帮你，我两样都照顾得来，你请放心好了。”

“当然，你的本事我是再清楚不过，不会不放心。”

看到他口不应心，依旧不以为然的神情，胡雪岩便放低了声音说：“雪公，你现在刚刚得意，但说句老实话，外面还不大晓得，所以此刻我来开钱庄，才是机会。等到浙江官商两方面，人人都晓得有个王大老爷，人人都晓得你我的关系，那时我出面开钱庄，外面会怎么说？”

“无非说我出的本钱！你我的交情，不必瞒人，我出本钱让你开钱庄，也普通得紧。”

“这话不错！不过，雪公，‘不招人妒是庸才’，可以不招妒而自己做得招妒，那就太傻了。到时候人家会说你动用公款，营商自肥，有人开玩笑，告你一状，叫我于心何安？”

这话打动了王有龄的心，觉得不可不顾虑，因而有些踌躇了。

“做事要做得不落痕迹。”胡雪岩的声音越低，“钱庄有一项好处，代理道库、县库，公家的银子没有利息，等于白借本钱。雪公，你迟早要放出去的，等你放出去再来现开一家钱庄，代理你那个州县的公库，痕迹就太明显了。所以我要抢在这时候开。这一说，你懂了吧？”

“啊！”王有龄的感想不同了，“我懂了。”

“只怕你还没有完全懂得其中的奥妙。‘隔行如隔山’，我来讲给你听。”

胡雪岩的计划是，好歹先立起一个门户来，外面要弄得热闹，其实是虚好看，内里是空的，等王有龄一旦放了州县，这家钱庄代理它的公库，解省的公款源源而来，空就变成实的了。

“妙！”王有龄大笑，学着杭州话说，“雪岩，你真会变戏法儿！”

“戏法总是假的，偶尔变一两套可以，变多了就不值钱了，值钱的还是有真东西拿出来。”

“这倒是实实在在的话。”王有龄收敛笑容，正色说道，“我们商量起来，先说要多少资本。”

于是两个人喝着酒，商议开钱庄的计划。主要的是筹划资本的来源，这可要先算“民折官办”的一盘账。胡雪岩的记忆过人，心算又快，一笔笔算下来，要亏空一万四千多两银子，都记在信和的账上。

得了海运局这么一个好差使，没有弄到好处，反闹了一笔亏空，好像说不过去。但王有龄不以为意，这算是下的本钱，以这两个多月的成绩和各方面的关系来说，收获已多。只是有了亏空，还要筹措钱庄的本钱，他觉得有些为难。

“本钱号称二十万，算它实收四分之一，也还要五万，眼前怕有些吃力！”

“用不着五万。”胡雪岩说，“至多二万就行了。眼前先要弄几千银子，好把场面撑起来。”

“几千两银子，随时都有。我马上拨给你。”

“那就行了。”胡雪岩说，“藩台衙门那里有几万银子的差额好领，本来要付给通裕的，现在不妨压一压。”

“对，对！”王有龄想通了，“通裕已经借了十万，我们暗底下替它作了保人，这笔款子压一压也不是说不过去的事。”

“正就是这话。不过这笔款子要领下来，总要好几个月的工夫，得要走走路子。”

这是王有龄很明白的，领到公款，哪怕是十万火急的军饷，一样也要重重勒揹，尤其是藩司衙门的书办，格外难惹。“阎王好见，小鬼难挡！”他说，“麟藩台那里，我有把握，就是下面的书办，还想不出路子。”

“我来！”胡雪岩想说：“你去见阎王，我来挡小鬼。”话到口边，想到“见阎王”三个字是忌讳，便不敢说俏皮话了，老老实实答道：“你那里备公事去催，下面我来想办法，大不了多花些小费就是了。”

这样说停当，第二天王有龄就从海运局公款中，提了五千两银子，交给胡雪岩。钱是有了，但要事情办得顺利，还得有人。胡雪岩心里在盘算，如果光是开家钱庄，自己下手，一天到晚盯在店里，一时找不着好帮手也不碍；而现在的情形是，自己要在各方面调度，不能为日常的店面生意绊住身子，这就一定要托个能干而靠得住的人来做档手。

信和有两个过去的同事，倒是可造之材，不过他不愿去找他们，因为一则是挖了张胖子手下的“好角色”，同行的义气、个人的交情都不容出此；再则是自己的底细，那两个人十分清楚，原是玩笑惯的同事，一下子分成老板、伙计，自己抹不下这张脸，对方也难生敬畏之心。

想来想去，想出来一个人，也是同行，但没有什么交情，这个人就在清河坊一家钱庄立柜台做伙计，胡雪岩跟他打过一次交道，觉得他头脑很清楚，仪表、口才也是庸中佼佼，大可以物色了来。

这件事最好托张胖子。由此又想到一个难题，从在上海回杭州的船上，下决心开钱庄那一刻起，他就在考虑，这件事要不要先跟张胖子谈，还是等一切就绪，择吉开张的时候再告诉他？

其实只要认真去想一想，胡雪岩立刻便会发觉，早告诉他不见得有好处，而迟告诉了必定有坏处。第一，显得不够交情，倒像是瞒着他什么，会引起他的怀疑。在眼前来说，张胖子替他和王有龄担着许多风险，诚信不孚，会惹起不痛快。第二，招兵买马开一爿钱庄，也是瞒不住人的，等张胖子发觉了来问，就更加没意思了。

主意打定，胡雪岩特为到盐桥信和去看张胖子。相见欢然，在店里谈过一阵闲话，胡雪岩便说："张先生，我有件要紧事跟你商量。"说着，望了望左右。

"到里头来说。"

张胖子把他引入自己的卧室，房间甚小，加上张胖子新从上海洋行里买回来的一具保险箱，越发显得狭隘。两个就坐在床上谈话。

"张先生，我决计自己弄个号子。"

"好啊！"张胖子说，声音中有些做作出来的高兴。

胡雪岩明白，张胖子是怕他自设钱庄，影响信和的生意，关于海运局这方面的往来，自然要起变化了。

因此他首先就作解释："你放心！'兔子不吃窝边草'，要有这个心思，我也不会第一个就来告诉你。海运局的往来，照常归信和，我另打路子。"

"噢！"张胖子问，"你是怎么打法？"

"这要慢慢看。总而言之一句话，信和的路子，我一定让开。"

"好的！"张胖子现在跟胡雪岩的情分关系不同了，所以不再说什么言不由衷的门面话，很坦率地答道，"你为人我相信得过。你肯让一步，我见你的情，有什么忙好帮，只要我办得到，一定尽心尽力。你说！"

"当然要请张先生帮忙。第一，开门那天，要捧捧我的场。"

"那还用得着说？开门那天，我约同行来'堆花'，多没有把握，万把两现银子是有的。"

"好极！我先谢谢。"胡雪岩说，"第二件，我立定宗旨，信和的好手，决不来挖。我现在看中一个人，想请张先生从中替我拉一拉。"

"哪个？你说说看！"

“清河坊大源，有个小朋友，好像姓刘，人生得蛮‘外场’的。我想约他出来谈一谈。”

“姓刘，蛮‘外场’的？”张胖子皱着眉想了一会儿想起来了，“你的眼光不错！不过大源的老板、档手，我都很熟，所以这件事我不便出面，我寻个人替你把他约出来见面，将来谈成了，你不可说破是我替你拉拢的！”

“晓得，晓得。”

张胖子没有说假话，他帮胡雪岩的忙，确是尽心尽力，当时就托人把姓刘的约好。这天晚上快到二更了，有人到胡家去敲门，胡雪岩提盏“油灯照”去开门，把灯提起来往来人脸上一点，正是那姓刘的。

“胡先生，信和的张先生叫我来看你。”

“不错，不错，请里面坐。”

请进客厅，胡雪岩请教名字。姓刘的名叫刘庆生，胡雪岩就称他“庆生兄”。

“庆生兄府上哪里？”

“余姚。”

“噢，好地方，好地方。”胡雪岩很感兴趣地说，“我去过。”

于是谈余姚的风物，由余姚谈到宁波，再谈回绍兴。海阔天空，滔滔不绝，把刘庆生弄得莫名其妙，好几次拉回正题，动问有何见教，而胡雪岩总是敷衍一句，又把话扯了开去。倒像是长夜无聊，有意找个人来听他讲“山海经”似的。

刘庆生的困惑越来越深，而且有些懊恼，但他也是极坚忍的性格。胡雪岩与王有龄的一番遇合，当事人都从不跟别人谈，但张胖子了解十之五六，闲谈之中，加油加酱地渲染着，所以同行都知道胡雪岩是个神秘莫测的“大好佬”。刘庆生心里在想：“找我来，必有所为，倒偏要看看你说些什么。”就由于这一转念，他能够忍耐了。

胡雪岩就是要考验他的耐性。空话说了一个钟头，刘庆生毫无愠色，认为满意，第一关，实在也是最难的一关，算是过去了。

这才谈到刘庆生的本行。胡雪岩是此中好手，借闲谈作考问，出的题目都很难。刘庆生照实回答，大都不错，第二关又算过去了。

“庆生兄，”他又问，“钱庄这一行，我离开得久了，不晓得现在城里的同业，一共有多少家？”

“大同行八家，小同行就多了，一共有三十三家。”

“噢！哪三十三家？”

这下才显出刘庆生的本事，从上城数到下城，以兑换银子、铜钱为主的三十三家“小同行”的牌号，一口气报了出来，一个不缺。这份记性，连胡雪岩都自叹不如。

到此地步，他差不多已决定要用此人了，但是还不肯明说出来，“宝眷在杭州？”他问。

“都在余姚。”刘庆生答。

“怎么不接出来呢？”

“还没有力量接家眷。”

“想来你已经讨亲了？”

“是的。”刘庆生说，“伢儿都有两个了。”

“府上还有些什么人？”

“爷娘都在堂。还有个兄弟，在蒙馆里读书。”

“这样说，连你自己，一家七口，家累也够重了！”

“是啊！所以不敢搬到杭州来。”刘庆生说，“在家乡总比较好寻生路。”

“倘或说搬到杭州，一个月要多少开销？”胡雪岩说，“不是说过苦日子，起码吃饭嘛一荤一素，穿衣嘛一绸一布，就是老婆嘛，一正一副也不算过分。”

刘庆生笑道：“胡先生在说笑话了。”

“就当笑话讲好了。你说说看！”

“照这样子说，一个月开销，十两银子怕都不够。”

“这也不算多。”胡雪岩接着便说，“杭州城里钱庄的大同行，马上要变九家了。”

“喔！”刘庆生很注意地问，“还有一家要开出来？”

“不错，马上要开出来。”

“叫啥字号，开在哪里？”

“字号还没有定，也不知道开在哪里。”

“这……这是怎么回事？”

胡雪岩不答他的话。“庆生兄，”他问，“如果这家钱庄请你去做档手，大源肯不肯放？”

“什么？”刘庆生疑惑自己听错了，“胡先生请你再说一遍。”

这一次他听清楚了，却又有些不大相信。细看胡雪岩的脸色，不像是在开玩笑，刘庆生才知道自己的运气来了。

“大源没有不肯放的道理。我在那里感情处得不错，倘或有这样的好机会，同事听了也高兴的。”

“那好！我请你，我请你做这家新开钱庄的档手。”

“是胡先生自己要开钱庄？”刘庆生略有些讶异。

“老板不是我，也好算是我，总之，一切我都可以作主。庆生兄，你说一个月至少要十两银子的开销，一年就是一百二十两，这样，我送你二百两银子一年，年底另有花红。你看如何？”

这还有什么话说？但太慷慨了，却又有些令人不信。胡雪岩看他的神情，猜到他心里，告个便到里面取了五十两一锭的四锭银子出来，放在他面前。

“这是今年四月到明年三月的，你先开了去。”

“不要，不要！”刘庆生激动不已，吵架似的把银子在外推，“胡先生，你这样子待人，说实话，我听都没有听见过。铜钱银子用得完，大家是一颗心，胡先生你吩咐好了，怎么说怎么好！”

他激动，胡雪岩却冷静，很恳切地说：“庆生兄，这二百两头，你今天一定要带回去。钱是人的胆，你有这二百两银子在手里，心思可以定了，脑筋也就活了，想个把主意，自然就会高明。”

“不是这话，不是这话……”

“你不必再客气了，是你分内应得之财，客气什么？你不肯收，我反倒不便说话了。”

“好，好，这先不谈。谈正经！”

“对啊，谈正经。”胡雪岩说，“你今天回去，最好就把在大源经手的事，料理料理清楚。第一桩要寻店面，房子要讲究、漂亮，出脚要方便，地点一定要在上城。寻‘瓦摇头’多看几处，或买或典，看定了来告诉我。”

“是的。第二桩？”

“第二桩要寻伙计，你看中了就好了。”

“是。第三桩？”

“以后无非装修门面、买木器之类，都是你办，我不管。”

刘庆生想了想答道：“我晓得了！胡先生请你明天立个一千两的折子，把图章交给我，随时好支用。”

“不错！你替我写张条子，给信和的张先生。请他垫支一千两，立个折子。”

这又是考一考他的文墨。刘庆生倒也应付裕如，把条子写好，胡雪岩看过不错，便画了花押，连同那二百两现银，一起让刘庆生带了回去。

刘庆生是就在这一夕谈中，完全为胡雪岩降服了。他本来一个人住在店里，这夜为了有许多事要筹划，特意到客栈去投宿。找了间清静客房，问柜上借了副笔砚，讨两张“尺白纸”，一个人在油灯下把自己该做的事，一条一条记下来。等到写完，鸡都叫了。

他和衣躺了一会儿，天亮起身。虽然睡得极少，却是人逢喜事精神爽，他提了银包，直回大源。同事见他一夜不回来，都道他狎妓去了，纷纷拿他取笑。刘庆生的为人，内方外圆，笑笑不响，动手料理自己经手的账目，一把算盘打得飞快，到日中都已结算清楚。吃过午饭，说要去收账，出店去替胡雪岩办事。

第一件就是寻房子，这要请教“瓦摇头”。到了“茶会”上寻着熟人，说了自己所要的房子的格局，附带有个条件：要在“钱庄”附近，替他租一所小小的住屋。刘庆生的打算是要把家眷接了来，住得离钱庄近了，随时可以到店里去照应。

约定了听回话的时间，然后要去寻伙计。人来人往，总要有个起坐联络的地方，离开大源他得有个住处，好得手里有二百两银子在，刘庆生决定去借客栈。他包了一座小院子，共有三个房间，论月计算。接着到“荐头行”去挑了个老实勤快的“打杂”，当天就叫他到客栈来上工。

看看天快黑了，大源的档手孙德庆已经回家。刘庆生办了四样很精致的水礼，登门拜访。

“噢！”孙德庆大惑不解，“无缘无故来送礼，这是啥缘故？”

“我有件事，要请孙先生栽培。”

“我晓得，我晓得！”孙德庆抢着道，“我已经跟东家说过了，一过了节就要加你工钱。你何必还要破费？庆生，挣钱不容易，这份礼起码值四两银子，你两个月的工钱，何苦？”

他完全弄错了！但这番好意，反使得刘庆生难以启齿，笑一笑答道：“看来我要替孙先生和老板赔不是了！”

“怎么？”孙德庆一惊，“你闯了什么祸？是不是吃进了倒账？”

“不是！”他把随身所带的账簿，往孙德庆面前一放，“账都结清楚了，没有一笔账收不到的。孙先生，我要走了。”

“走到哪里去？”

“说出来孙先生一定替我高兴，有个朋友要弄个号子，叫我去做档手。”

“唷！恭喜，恭喜！”孙德庆换了副怀疑的面孔又说，“不过，你倒说说看，是怎么样一个朋友？何以事先一点风声都不露？”

“我也是昨天才撞着这么个难得的机会。”刘庆生说，“有个人，孙先生总晓得：胡雪岩！”

“是从前信和的那个胡雪岩？他是你的新东家？”

听到“新东家”三字，可知孙德庆已经答应了，刘庆生宽心大放，笑嘻嘻地答道：“大概是的。”

“这就不对了！东家就是东家，什么大概小概？胡雪岩这个人，我也见过，眉毛一动，就是一计。我看——”孙德庆终于很率直地说了出来，“有点不大靠得住！”

“靠得住。”刘庆生说，“真的靠不住，我再回来，孙先生像我的长辈一样，也不会笑我。”

这两句话很动听，孙德庆点点头：“水往低处流，人往高处爬，你一出去就做档手，也是大源的面子，但愿不出笑话。如果真的靠不住，你千万要当心，早早滑脚，还是回大源来。”

过去也有过虚设钱庄，吸进了存款，一倒了事的骗局。孙德庆“千万要当心”的警告，就是怕有此一着，将来“东家”逃走，做档手的要吃官司。这是绝不会有的事，但说这话总是一番好意。刘庆生本来还想表示，等钱庄开出来，跟大源做个“联号”，现在当然也不必送这个秋波。答应一声：“我一定听孙先生的话。”随后便告辞了。

离了孙家，来到胡家，他把这一天的经过，扼要报告了胡雪岩。听说他在客栈里包了一个院子，胡雪岩就知道他做事是放得开手的，原来还怕他拘谨，才具不够开展，现在连这最后一层顾虑也消除了。

“好的，你尽管去做。该你作主的，尽管作主，不必问我。”

“有件事，一定要胡先生自己作主。”刘庆生问道，“字号不知道定了没有？定了要请人去写，好做招牌。”

“对，这倒是要紧的。不过，我也还要去请教高明，明天告诉你。”

第六章

他请教的不是别人，是王有龄。

“题招牌我还是破题儿第一遭。”王有龄笑道，“还不知怎么题法，有些什么讲究？”

“第一要响亮，容易上口。第二字眼要与众不同，省得跟别家搅不清楚。至于要跟钱庄有关，要吉利，那当然用不着说了。”

“好，我来想想看。”

他实在有些茫然，随便抽了本书，想先选几个字写下来，然后再来截搭选配。书架上抽出来的那本书是《华阳国志》，随手一翻，看了几行，巧极了，现成有两个字。

“这两个字怎么样？”王有龄提笔写了《华阳国志》上的两句话，“世平道治，民物阜康”，在“阜康”上面打了两个圈。

“阜康，阜康！”胡雪岩念了两遍，欣然答道，“好极！既阜且康，就是它。”

说着，他就要起身辞去，王有龄唤住他说：“雪岩，我有个消息告诉你，我要补实缺了。”

“喔！哪个州县？”

“现在还不晓得。抚院的刘二来通知我，黄抚台约我今天晚上见面，他顺便透露的消息。照我想，也该补我的缺了。”

就这时只见窗外人影闪过，脚步极其匆遽。胡雪岩眼尖，告诉王有龄说：“是吴委员。”

门帘掀处，伸进一张笑脸来，等双脚跨进，吴委员就势便请了个安，高声说道：“替大人道喜——真正大喜！”

“喔，喔，”王有龄愣了一下，旋即会意，吴委员跟藩署接近，必是有了放缺的消息，便站起身来，连连拱手，“多谢，多谢！”

“我刚从藩署来，”他走近两步说，“确确实实的消息，委大人署理湖州府。”

这一说，连不十分熟悉官场情形的胡雪岩都觉得诧异。候补州县，“本班”的实缺不曾当过一天，忽然一跃而被委署知府，这不是太离谱了吗？

王有龄自然更难置信。“这，这似乎不大对吧？”他迟疑地问。

“绝不错！明天就‘挂牌’。”

王有龄沉吟了一会儿，总觉得事有蹊跷，便央求吴委员再去打听究竟，一面又叫高升到刘二那里去问一问，或者倒有确实消息。

消息来得太突兀，却也太令人动心，王有龄患得患失之心大起，在海运局签押房坐立不宁。胡雪岩便劝他说：“雪公，你沉住了气！照我想，就不是知府，也一定是个大县。到晚上见了抚台就知道了。”

“我在想，”王有龄答非所问，“那天藩台说的话，当时我没有在意，现在看来有点道理。”

“麟藩台怎么说？”

“他先说湖州知府误漕撤任，找不着人去接替，后来说是‘有个主意’，但马上又觉得自己的主意不好，自言自语在说什么‘办不通’‘不行’‘没有这个规矩’。莫非就与刚才这个消息有关？”

“那就对了！”胡雪岩拍着自己的大腿说，“不是藩台保荐，抚台顺水推舟，就是抚台交下来，藩台乐得做人情。现在等高升回来，看刘二怎么说，如果藩台刚上院见过抚台，这消息就有八成靠得住了。”

“说得有理。”王有龄大为欣慰。

“不过，雪公！”胡雪岩说，“湖州大户极多，公事难办得很。”

“就是这话啰！所以，雪岩，你还是要帮我，跟我一起到湖州去。”这句话胡雪岩答应不下，便先宕开一句：“慢慢再商量。雪公，倒是有件事，不可不防！这里的差使怎么样？”

“这里”自是指海运局。一句话提醒了王有龄，“坐办”的差使要交卸了，亏空要弥补，经手的公事要交代清楚。后任有后任的办法，倘或海运局的公款不再存信和，关系一断，替松江漕帮借款担保这一层，就会有很大的麻烦，真个不可不防。

“是啊！”王有龄吸着气说，“这方面关系甚重，得要早早想办法，我想——跟抚台老实说明白，最好仍旧让我兼这个差使。就怕他说，人在湖州，省城的公事鞭长莫及，那就煞费周章了。”

“雪公，我倒要问一句，到了鱼与熊掌不可兼得的那一步，你怎样打算？”

“我情愿不补实缺，把这里先顾住。”王有龄说，“我靠朋友帮忙，才有今天，不能留下一个累来害你和张胖子、尤老五！”

“雪公！”胡雪岩深深点头，一个字一个字地说道，“有了这个念头，就不怕没有朋友。”

经此一番交谈，王有龄彻底了解了自己的最后立场，心倒反而定下来了。两个人接着便根据不同的情况，商量在见黄宗汉时如何措词。这样谈了有半个时辰，高升首先回来复命，如胡雪岩所意料的，这天一早，黄宗汉特为把麟桂找了去，有所密谈，可见得吴委员的消息，不是无因而至。不久，吴委员带回来更详细的喜信，王有龄是被委署为乌程县知县，兼署湖州府知府。事到如今，再无可疑。海运局上上下下也都得到了消息，约齐了来向坐办贺喜，又商量凑公份办戏酒，为王有龄开贺。

这太招摇了！王有龄一定不肯，托吴委员向大家道谢疏通，千万不可有此举动。扰攘半日，莫衷一是，他也只得暂且丢下不问，准时奉召去看黄宗汉。

“今年的钱粮，一定要想办法征足。军费浩繁，催京饷的部文，接二连三飞到，你看，还有一道上谕。”

王有龄起身从黄宗汉手中上谕来看，只见洋洋千言，尽是有关筹饷和劝谕捐输的指示，最后一段说：“户部现因外省拨款，未能如期解到，奏请将俸银分别暂停一年。朕思王公大臣，俸人素优，即暂停给发，事尚可行，其文职四品以下，武职三品以下各员，仍着户部将本年春季暂停俸银，照数补行给领。并着发内库帑银五十万两，交部库收存，以备支放俸饷要需。”王公大臣的俸银，岂肯长此停发？当然要严催各省解款。王有龄心有警惕，今年的州县官对于征粮一事，要看得比什么都重。

“本省的钱粮，全靠杭、嘉、湖三府，湖州尤其是命脉所在。我跟麟藩台商量，非你去不可。时逢二百年来未有之变局，朝廷一再申谕，但求实效，不惜破格用人。所以保你老兄署湖州府，我想不至于被驳。”

王有龄是早就预备好了的，听黄宗汉一口气说下来，语声暂停之际，赶快起身请安：“大人这样子栽培，真是叫人感激涕零，惶恐万分，不知如何报答。”

“要谈报答，只要把公事办妥了就是报答。湖州地方，与众不同，雪轩兄，你要把全副本事拿出来。”

“是！”王有龄紧接着说，“不过我有下情，还要大人格外体恤。”

“你说。只要于公事有益，无不可通融。”

“就是海运局的公事。”王有龄说，“我接手还不久，这次‘民折官办’一案，其中委曲，无不在大人洞鉴之中。如今首尾未了，倘或后任不明究竟，遇事挑剔，且不说赔累的话，只往来申复解释，就极费工夫。大人请想，那时我人在湖州，如何得能全副心思去对付钱粮？这后顾之忧，我斗胆要请大人作主。”

“你要我如何替你作主？”黄宗汉问。

“请大人许我在这一案了结以后再交卸。”

黄宗汉沉吟了，两眼望空，似乎有所盘算。这一个便也猜他的心思，莫非这个差使已经许了别人，所以为难？

“答应你兼差，原无不可。”黄宗汉慢慢把视线落在他脸上，“只是你兼顾得来吗？”

这一问在王有龄意料之中，随即答道：“请大人放心，一定兼顾得来。因为我部下有个人非常得力，这一次‘民折官办’，如果没有他多方联络折冲，不能这么顺利。”

“喔，这个人叫什么名字？是什么出身？几时带来我看看。”

“此人叫胡光墉，年纪甚轻，虽是阛阓①中人，实在是个奇才。眼前尚无功名，似乎不便来谒见大人。”

“那也不要紧。现在有许多事要办，只要是人才，不怕不能出头。”黄宗汉问，“你说他是阛阓中人，做的什么买卖？”

“他，”王有龄替胡雪岩吹牛，“他是钱业世家，家道殷实，现在自己设了个钱庄。”

“钱庄？好，很好，很好！”

一连说了三个“好”字，语气奇怪，王有龄倒有些担心，觉得皮里阳秋，用意难测，不能不留神。

“提起钱庄，我倒想起一件事来了。”黄宗汉问，“现在京朝大吏，各省督抚，纷纷捐输军饷，我亦不能不勉为其难，想凑个一万银子出来，略尽绵薄。过几天托那姓胡的钱庄，替我汇一汇。”

“是！”王有龄答道，“理当效劳，请大人随时交下来就是了。”

一听这话，黄宗汉便端茶碗送客，对他兼领海运局的事，并无下文。王有龄心里不免焦急，不上不下，不知再用什么方法，方能讨出一句实话来。

① 阛阓：街市的意思。这里指胡雪岩是生意人，没有功名在身。

因此，他一出抚台衙门，立刻嘱咐高升去找胡雪岩。等他刚刚到家，胡雪岩跟着也就来了。王有龄顾不得换衣服，便拉了他到书房里，关起房门，细说经过。

“现在海运局的事，悬在半空里，该怎么打算，竟毫无着手之处，你说急人不急人？”王有龄接着又说，“索性当面告诉我不行，反倒好进一步表明决心，此刻弄得进退维谷了。”

“不要紧，事情好办得很。”胡雪岩很随便地说，“再多花几两银子就行了。”

“咦！”王有龄说，“我倒不相信，你何以有此把握？再说，花几两银子是花多少，怎么个花法？”

“雪公！你真正是聪明一世，懵懂一时。‘盘口’已经开出来了，一万银子！”

“啊！”王有龄恍然大悟，“怪不得，怪不得！”

他把当时的情形又回想了一遍。只因为自己不明其中的奥妙，说了句等他“随时交下来”，黄宗汉一听他不识窍，立刻就端茶送客，真个翻脸无情，想想也不免寒心。

“闲话少说，这件事办得要快，‘药到病除’，不宜耽误！”

“当然，当然。”王有龄想了想说，“明天就托信和汇一万银子到部里去。”

“慢一点，这一万银子交给我，我另有用处。”

这话似乎费解，但王有龄看他不说，也就不问。这是他笼络胡雪岩的方法之一，表示彻底信任，所以点点头说：“明天上午请你到局里来取。”

“不！明天雪公一定很忙，我不来打搅，请派个人把银票给我送来，尽上午把它办好，中午我们碰头。”

“慢慢，我想一想。”王有龄猜度明天的情况，“算它一早‘挂牌’，立刻就要到藩署谢委，跟着上抚台衙门。”

“不！”胡雪岩打断他的话，摇着手说，“雪公，抚台那里下午去。你从藩署回局里，有件要紧事办，把局里的人找了来，透露点意思给他们，海运局的差使不动。为什么呢？是要把人心稳住。拿钱庄来说，如果档手一调动，伙计们就会到外面去瞎讲，或者别人问到，不能不回话，这样一来，内部许多秘密，就会泄漏出来。我想官场也是一样，所以只要这样一说，人心定了，就不会有风言风语、是是非非。雪公，你看可是？”

“怎么不是？”王有龄笑道，“我的脑筋也算很快，不过总比你慢了一步。就这样吧，别的话明天中午碰了头再说。”

* * *

到了第二天十点多钟，海运局的庶务奉命去打了一张信和的银票送来。胡雪岩随即去找刘庆生——他是这样打算，刘庆生是个可造之材，但是立柜台的伙计，一下子跳成档手，同行难免轻视，要想办法提高他的身份，培养他的资望。现在让他替黄宗汉去办理汇款，可显得来头不小。以一省来说，抚台是天字第一号的主顾，有这样的大主顾在手里，同行对刘庆生自然会刮目相看。

等他说明了这番意思，刘庆生高兴得不得了，但是他倒不尽是为自己高兴。

“真正是意想不到的漂亮！”他收敛笑容说，“胡先生，实不相瞒，有句话，我现在可以说了。大源的孙先生，对你老人家的后台、实力，还有点将信将疑。我心里懊恼，苦于无法分辩，空口说白话，毫无用处，不如不说，我现在到大源去办了这笔汇款，他们就晓得你老人家的手面了！”

“还有这一层？”胡雪岩笑道，“等招牌挂了出来，看我再要点手面给他们看看。”

“事不宜迟，我此刻就去办。等下我把票据送到府上。”

刘庆生的身价已非昔比了。他穿上盐大街估衣铺买来的绸缎袍褂，簇新的鞋袜，雇了一乘小轿，抬到大源。

大源的伙计无不注目，以为来了个大主顾，等轿帘打开，一看是刘庆生，个个讶然，自也不免妒羡。刘庆生略略有些窘态，幸好他天生一张笑脸，所以大家也还不忍去挖苦他。

见了孙德庆，稍稍有一番寒暄，随即谈入正题："我有笔款子，想托大源汇到京里，汇到'日升昌'好了，这家票号跟户部有往来，比较方便。"

"多少两？"孙德庆问，"是捐官的银子？"

"不是。黄抚台报效的军饷，纹银一万两。"

听说是黄抚台的款子，孙德庆的表情立刻不同了。"咦！"他惊异而重视，"庆生，你的本事真不小，抚台的线都搭上了。"

"我哪里有这样的本事，另外有人托我的。"

"哪个？"

刘庆生故意笑笑不响，让他自己去猜，也知道他一定一猜便着，偏要叫他自己说出来才够味。

"莫非胡雪岩？"

"是的。"刘庆生看着他，慢慢地点一点头，好像在问：这一下你知道他了吧？

孙德庆有些困惑而艳羡的表情，把银票拿了出去交柜上办理汇划，随即又走了进来问道："你们那家号子，招牌定了没有？"

"定了，叫'阜康'。"

"阜康！"孙德庆把身子凑了过来，很神秘地问道，"阜康有黄抚台的股子？"

他的想法出人意外。刘庆生心想，这话关系甚重，说出去变成招摇，不要惹出是非来，所以立即答道："我不晓得，想来不会，本省的抚台，怎么可以在本省开钱庄？"

"你当然不会晓得，这个内幕——"孙德庆诡秘地笑笑，不再说下去，脸上是那种保有独得之秘的矜持。

刘庆生是真的不知道阜康有没有黄抚台的股份在内，所以无法代为辩白，但总觉得心里有些不安。

等把汇票打好，刘庆生离了大源，坐轿来到胡家，一面交差一面把孙德庆的猜测据实相告。胡雪岩得意地笑了。

“让他们去乱猜。市面‘哄’得越大，阜康的生意越好做。”

这一说刘庆生才放心，欣然告辞。胡雪岩随即也到了海运局，只见好几乘轿子在门口。钱塘县——杭州府所治两县为钱塘、仁和，钱塘是首县——县里的差役正在驱散闲人，维持交通，胡雪岩知道贺客正多，便不走大门，从夹弄中的侧门进去，悄悄溜到签押房旁边他平日起坐的那间小屋里。

“胡老爷！”伺候签押房的听差李成，笑嘻嘻地报告消息，“我们老爷高升了。”

“喔！怎么样？”

“补了乌程县，署理湖州府，仍旧兼局里的差使。我们老爷官运亨通，做下人的连带也沾了光。胡老爷，”李成说道，“我有件事想求胡老爷。”

“你说，你说！”

“我有个表叔，笔下很来得，只为吃了一场官司，光景很惨。我想请胡老爷说说，带了到湖州去。”

“噢！”胡雪岩问道，“你那表叔笔下来得，是怎么个来得呢？”

“写封把应酬信，都说好。也会打算盘记账。”

胡雪岩想了想说：“我倒要先试试他看。你几时叫他来看我？”

“是！”李成很兴奋地说，“不知道胡老爷什么时候有空，我叫他来。”

胡雪岩刚要答话，只听靴声橐橐，王有龄的影子已在窗外出现。李成急忙迎了出去打帘子，把主人迎了进来。王有龄却不回签押房，一直来到胡雪岩的那间小屋。只见他春风满面，步履安详，气派似乎大不相同了。

“恭喜，恭喜！”胡雪岩含笑起身，兜头一揖。

“彼此，彼此！”王有龄拉住他的手说，“到我那里去谈。”

他把胡雪岩邀到签押房的套间，并坐在他歇午觉的一张小床上，有着掩抑不住的兴奋。“雪岩！”他说，“一直到今天上午见了藩台，我才能相信。一年工夫不到，实在想不到有今日之下的局面。福者祸所倚，我心里反倒有些嘀咕了。”

“雪公，你千万要沉住气！今日之果，昨日之因，莫想过去，只看将来。今日之下如何，不要去管它，你只想着今天我做了些什么、该做些什么就是了。”

王有龄听他的话，克制着自己，把心静下来。“第一件事我要跟你商量，”他说，“藩台催我赶快到任，另外有人劝我，赶在五月初一接印，先有一笔现成的节敬好收，你看怎么样？”

这一问，把胡雪岩问住了。他细想了想答道：“官场的规矩我不懂，不过人同此心，捡现成要看看，于人无损的现成好捡，不然就是抢人家的好处。要将心比心，自己设身处地，为别人想一想。”

“我踌躇的就是这一层。节敬只有一份，我得了，前任署理的就落空了。”

“这就决不能要！”胡雪岩打断他的话说，“人家署理了好些日子，该当收此一份节敬，不该去抢他，铜钱银子用得完，得罪一个人要想补救不大容易。”

“好，你不必说了。”王有龄也打断了他的话，“我决定端午以后接印。”

“那就对了！雪公，你鸿运当头，做事千万要漂亮。”胡雪岩一面说，一面把那张汇票交了给他。

“这是要紧的，我吃了饭就上院。只怕手本递进去，他没工夫见！”王有龄很认真地说，“这件事非要从速有个了断不可！”

“也不一定要见你。‘火到猪头烂’，只要他见了汇票就好了，不妨先写好一封信摆着，见不着人就递信。顺便把抚台衙门节下该开销的，早早开销，那就放心好了，自会有人送消息来。”

“不错，准定这么办。”王有龄略停一下又说，“雪岩，这一补了实缺，起码又要万把银子垫进去，窟窿越扯越大，我有点担心呢！”

“不要怕，有我！”胡雪岩催他，“事不宜迟，最好趁黄抚台不曾打中觉以前就去一趟。”

王有龄依他的话办，写好一封短简，把汇票封在里面，又备好节下该开发的赏号，一一用红封套套好，一大叠揣在靴页子里，然后传轿到抚台衙门。

刘二一见，赶来道喜。王有龄今非昔比，不免要摆一摆架子，但架了摆在脸上，赏封捏在手里，一个二十两银票的红封套塞了过去，那就架子摆得越足，刘二便越发恭敬。

“王大老爷！”刘二用那种极显决心的语气说，“今天是不是要见抚台？要见，我一定让你老见着！”

“怎么呢？抚台极忙？”

“是啊！不是极忙，我怎么说这话？”刘二低声说道，“京里来了人，在签押房里关上门谈了一上午了。将军也派了‘戈什哈’来请，说有军务要商量，这一去，说不定到晚才能回来。如果王大老爷一定要见，我此刻就上去回，掉个枪花，总要让你老见着。不过，就见了也谈不到多少时候。”

“那么，抚台去拜将军之前，可有看封信的工夫？”

“这一定有的。你老把信交给我，我伺候在旁边，一定让他拆开来看。”

王有龄便把信交了给他：“那就拜托你了。抚台有什么话，劳驾你跑一趟，给我个信。”

“那不用说的，我自然晓得。”

“再托你一件事。”王有龄把靴页子里一大把红封套掏出来交给刘二，“节下的小意思，请你代为送一送。”

这自是刘二乐于效劳的差使，喏喏连声地把王有龄送上了轿。等回到海运局，只见大门口越发热闹，挤满了陌不相识的人，看见大轿，都站了起来，注目致敬。王有龄端坐轿中，借一副墨镜遮掩，打量着那些人。一望便知，他们多数是来觅差使的，王有龄心内不免发愁，只怕粥少僧多，应酬不到，难免得罪人。

果然，等他刚在签押房中坐定，门上立刻递进一大捧名帖和“八行”来。这就是做官的苦楚了，一个个要应付，看来头的大小，或者亲自接谈，或者请周委员等人代见，要想出许多力不从心的客气话来敷衍。这样忙到夕阳衔山，方始告一段落，王有龄这才想起刘二，何以未见有信息送来?

等到上灯，依然音信杳然，王有龄有些沉不住气了！他照胡雪岩的话做，这天上午从藩司衙门回来，立即宣布，仍旧兼着海运局坐办的差使，希望发生“稳定军心”的作用，倘或事有变卦，拆穿了西洋镜，传出去为人当笑话讲，这个面子可丢不起。

正在这样嘀咕，胡雪岩来了，问知情形，也觉得事不可解，不过他信心未失，认为虽无好信息，但也没有坏消息，不必着急。

“就算如此，刘二也该先来告诉我一声。”

“这是刘二不知道你的用意，倘或他知道你这么着急，当然会先来说一声。”胡雪岩想了一下说，“雪公，你不妨先回府。一面让高升把刘二请了来问一问看，看黄抚台是怎么个表示。”

“这话有理。就这么办！”

高升这一去，又好半天没有信息。王有龄在家跟胡雪岩两个人对饮坐等，直等到钟打九下，才看见高升打着一盏灯笼把刘二照了进来。

人已到了，王有龄便从容了，先问刘二吃过饭没有。刘二说是早已吃过，接着便说：“高二爷来的那一刻，我正在上头回公事，交代的事很多，所以耽误了。你老这封信，抚台早就看过，直到此刻才有话。”

“噢！”王有龄见他慢条斯理的，十分着急，但急也只能急在心里，表面上一点不肯摆出来。

“上头交代：请王大老爷到湖州接了印，一等有了头绪，赶快回省。这里的公事也很要紧！”

“这里”当然是指海运局。王有龄喜心翻倒，与胡雪岩相视而笑，尽在不言。

这下刘二才恍然大悟，心里懊悔，原来他海运局的差使，直到此刻，才算定局。早知如此，这个消息真是奇货可居，应当另有一番丑表功的说法。不过此刻也还不晚。

于是他立即蹲下身子来请了个安：“恭喜王大老爷！我晓得你老急着等信息，伺候在我们大人身边，一步不敢离开，到底把好消息等到了。”

“承情之至。”王有龄懂他的意思，封了十两银子一个赏封，把刘二打发了走。

“总算如愿以偿，各方面都可以交代了。”胡雪岩开玩笑地说，“王大老爷！我要讨桩差使，到湖州上任的船，由我替你去雇。”

这自然是要照顾阿珠家的生意。王有龄便也笑道：“别的差使，无有不可，就是这桩不行。”

两人哈哈大笑，把王太太惊动了，亲自出来探问，这是一个因头，其实她是要来听听消息，分享这一份她丈夫大交官运的喜悦。好在彼此已成通家之好，她也不避胡雪岩，坐在一起，向他谢了又谢，然后问道：“胡少爷，你怎么不捐个官？”

“对了！”王有龄立即接口，“这实在是件要紧大事。雪岩，你有个功名在身上，办事要方便得多。譬如说海运局，你如果也是个州县班子，我就可以保你当委员，替我主持一切。事情不就好办了吗？”

“话是不错。不过老实说，我现在顶要紧的一件事，是先要把阜康办了起来。”说着，向王太太看了一眼。

王有龄会意，有些话他当着王太太不肯说，便托故把他妻子调了开去。

“阜康要早早开张。藩台衙门那几万银子，得要快领下来作本钱。雪公，你明天再去催一催，我这里已经托了人了。”

“这好办。”王有龄说，“我现在心里乱得很，不知道该先办何事，后办何事。”

“官场的规矩我不十分在行。大家慢慢商量，尽这一夜工夫，理出个头绪来。”

一宵细谈，该办的事，孰先孰后，一条一条都写了下来。胡雪岩是忙着去筹备阜康，王有龄的第一件大事，是要去物色幕友。

* * *

幕友的名堂甚多，刑、钱两席以外，还有管出纳的“账房”、写信的“书启”，以及为子弟授书的“教读”、帮忙考试的“阅卷”、征收地丁的“征比”等等。当然最重要的还是“刑名”和“钱谷”。臬司衙门的俞师爷，是早就答应过王有龄，为他好好物色的，所以第二天他专程去拜访俞师爷。来意不道自明，“刑名”一席，俞师爷已经替王有龄准备好了，就是他的学生。

俞师爷的这个学生，名叫秦寿门，名为学生，其实年龄与俞师爷相差无几，当然也不是初出茅庐。大致走上幕宾这条路子，虽说“读书不成，去而学幕”好像是末路，但却是“神仙、老虎、狗”的生涯。名幕的声光，十分煊赫，此辈不但律例烂熟，文笔畅达，而尤贵乎师承有自，见多识广。所以学幕的过程，十分重要。

秦寿门跟随俞师爷多年，由州县开始，历经府、道，一直学到臬司衙门，了解地方上整套司法的程序，以及每一级的职权范围和特性，是谓“能得其全”，比那仅仅于州县，或是臬司衙门的，自然高明得多。

他在十年前就已出道，馆地一职从来没有间断过，但前年因为父母双亡，回到原籍绍兴奔丧，接着又生了一场病。最近他身体复元来投靠老师，俞师爷正好把他荐给王有龄。当时请了王有龄、秦寿门来彼此见面，一谈之下，相当投机。王有龄心想，幕友除了自己来的以外，还要讲关系、通声气，否则本事虽大，也事倍功半。现在秦寿门是俞师爷介绍的人，将来不管什么案子，由县里申详到省，俞师爷当然要尽力维持。这就等于出一份“修金”，聘了两位幕友，岂不划算？

于是即时下了口头聘约，彼此都很满意。王有龄对于另一位钱谷师爷，也是如法炮制，请藩署最出名的王师爷介绍。他介绍的是他的一个名叫杨用之的师兄弟，言明在先，人是勤恳老实，本事并不怎么样了不起。好在王有龄所重视的是借此拉上王师爷的关系，钱谷一道，他自己也懂得很多，幕友弱一些也不要紧。

回到海运局，王有龄亲自动笔准备聘书，用大红全帖，面写“关书”二字，里面写的是“敦聘寿门秦老夫子，在署理乌程县知县兼署湖州府知府任内，办理刑名事件，月奉修金纹银七十两，到馆起修。三节另奉贽敬纹银八两。谨订”。下面署款“教弟王有龄顿首拜”。不用官印，也不用私章，封入红封套内，加个签条，写的是“秦老夫子惠存”。

杨用之的那份关书，款式也是一样，不过修金每月只有五十两，并且写明“不另致送节敬”。这是因为钱谷师爷在每地丁钱粮征收完毕，另有好处的缘故。

等把关书送了去，王有龄随即又下帖子请客。幕友虽无官职，但地位与他的“东翁”相同，尤其是刑钱两席，有一定的称呼。州县称“大老爷”，所以秦寿门和杨用之，都该称为“师大老爷”。

两位“师大老爷”是分开来请的，因为幕友最讲究礼数，他们在衙里自成天地，长官有事，要移樽就教。初一、十五就像衙参那样，要恭具衣冠去拜访问好。岁时佳节，特为设宴奉请，平时请客一定要请幕友坐首座，否则就不必奉邀。现在虽还未到馆，已要按规矩办事，怕秦、杨二人，哪个坐首座，哪个坐次席，难以安排，所以索性分开来请，两个都是首座。陪客自然是胡雪岩和周、吴两委员。

第一天请的是刑名师爷秦寿门，帖子发了出去，这位贵宾专函辞谢，理由是他吃长素，不便叨扰。这也好办，杭州四大丛林的素斋，无不精致万分。雷峰塔下的净慈寺，方丈心悟是王有龄的同乡，素有往还，更加方便，于是另外备了个“洁治素斋候光”的请柬送出去。秦寿门复信，欣然应诺。

到了那天，轿子出清波门，由“柳浪闻莺”下船，先逛西湖，后吃素斋。净慈寺的方丈心悟以半主半客的身份作陪，席间问起秦寿门吃长素的原因，他回答得很坦率。

“有老和尚在，不敢打诳语，我是忏悔宿业。”寿门说，“前两年我在顺天府衙门‘作客’办一件案子，误信人言，以致‘失出’。虽无责任，此心耿耿不安，不久，先父先母，双双弃世，我辞馆回乡，料理完了丧事，自己又是一场大病，九死一生。病中忏悔，倘能不死，从此长斋念佛，一点诚心，居然蒙菩萨鉴怜，一天好似一天，如今是我还愿的时候。”

“诚则灵！”心悟不断点头，“种瓜得瓜，种豆得豆，因果不可不信。”

“我本想从此封笔，无奈家累甚重，不得不‘重作冯妇’。公门之中，容易作孽，多蒙东翁台爱，我别无所报，为东翁种些福田。”

“是，是！”王有龄很诚恳地答道，“我所望于老夫子的，也就是如此。”

“公门之中也好修行。”胡雪岩安慰他说，“秦老夫子无心中积的德，一定不少。”

“这自然也有。我们这一行，多少年来师弟相传的心法：‘救生不救死’，就是体上天好生之德。然而说句老实话，也是‘乐’在其中。”

这句话很含蓄，但在座的人无不明白，救了“生”才有红色收入，一味替死者伸冤，除了苦主，谁来见情？

“话又说回来。干我们这一行，到底积德的多，造孽的少，不比刑官狱吏，造孽容易积德难。”

“这又是为什么呢？”胡雪岩很感兴味地问。

“此无他，到底自己可以作主！譬如像雪公这样的东家，自然不许我们造孽，即使所遇非人，我们只要自己把握得定，东家也不能强人所难。狱里就不同了，真正是暗无天日！”

“怎么呢？”

“一句话，非钱不行。没有钱，那地方比猪圈都不如；有钱的，跟自己家里一样，不但起居饮食舒服，甚至妻妾可以进去伴宿。”

“我也听说过。”王有龄问道，“真有这样的事？”

“当然有！我说个故事为诸公下酒，就出在我们浙江，那是道光年间的事——”

据说，道光年间有个富家子弟，犯了命案，情节甚重。由县、府、道，一直到省里，都维持“斩立决”的罪名，只待刑部公文下来，便要处决。这个富家子弟是三世单传，所以他家上下打点，只想救出一条命来。无奈情真罪实，遇着的又都是清官，以致钱虽花得不少，毫无作用，只都便宜了中间经手的人。

那富家翁眼睁睁看着要绝后，百万家财，身后将为五服以外的族人所瓜分，无论如何于心不甘。于是经人指点，备了一份重礼去请教一个以善于出奇计、外号“鬼见愁”的刑名师爷，不得已而求于次，只想他那在狱中的儿子能够留下一点骨血，哪怕是个女孩子也好，问那刑名师爷，可有办法？

办法是有，但不能包养儿子，因为这是任何人所无能为力的。但就照“鬼见愁”的办法，已能令人满意。他答应可以让那富家子多活三个月，在这三个月中，以重金觅得数名宜男的健妇，送到狱中为富家子荐寝。当然，狱中是早已打点好的，出入无阻，每天黎明有人在监狱后门迎接，接着健妇送到家供养。事先已讲明白，要在他家住几个月，若无喜信，送一笔钱放回；有了喜信就一直住下去，直到分娩为止，那时或去或留，另有协议。

这样过了十几天，刑部的复文到了，是“钉封文书”，一望便知是核准了“斩立决”。

“慢来，慢来！”胡雪岩打断秦寿门的话问道，“不是说可以活三个月？何以前后一个月不到？”

“少安毋躁，”秦寿门笑道，“当然另有道理，不然何以鬼见了都愁？”他接着又讲——

既称“斩立决”，等“钉封文书”一到，就得“出红差”，知县升堂，传齐三班六房和刽子手，把犯人从监狱里提了出来，当堂开拆文书。打开来一看，知县愣住了，封套上的姓名不错，但里面的文书完全不对。姓名不对，案情不对，地方也不对，应该发到贵州的文书，发到浙江来了。

没有核准斩立决的文书，如何可以杀人？犯人依旧送回监狱，文书退了回去。杭州到京师，再慢也不过二十天，但是要等贵州把那弄错了的文书送回刑部，“云贵半爿天”，一来一往就三个月都不止。便宜了贵州的那犯人，平白多活了几个月。

“这不用说，当然是在部里做了手脚？”王有龄问。

“是的。”秦寿门答道，“运动了一个刑部主事。这算是疏忽，罚俸三个月，不过几十两银子，但就这样一举手之劳的‘疏忽’，非一吊银子不办。”

“这是好事！为人延嗣，绝大阴功，还有一千两银子进账。”胡雪岩笑道，“何乐不为？”

“其奈坏法何？”秦寿门说，“倘或查封、抄家的文书也是这么横生枝节，国库的损失，谁来认赔？”

“若有其事，也算疏忽？”

“此是何等大事，不容疏忽也不会疏忽。国法不外乎人情，所以听讼执法，只从人情上去揣摩，疑窦立见。譬如说某人向来精细，而某事忽然疏忽，此一疏忽又有大出入，其事便可疑了。又譬如‘例案’，向来如此办理，而主管其事的忽然说，这么办是冤枉的，驳了下来，甚至已定谳的案子，把它翻案。试问，这一案冤枉，以前同样的案子就不冤枉？何以不翻？只从这上面去细想一想，其中出了什么鬼，不言可知。”

听这番话，足见得秦寿门是个极明白事理的人，王有龄当然觉得欣慰。但刑名一道对县官的前程关系太大，老百姓对父母官的信服与否，首先也就是从刑名上看。只要年成好，地方富庶，钱粮的浮收及各种摊派稍微过分些，都还能容忍；若是审理官司，有理的一方受屈，无理的一方赢了，即或是无心之失，也会招致老百姓极大的不满，说起来必是“贪赃枉法”。所以王有龄对秦寿门看得比杨用之重，事先跟胡雪岩说好了的，自己不便频频质疑，要他借闲谈多发问，借以考一考秦寿门的本事。此时王有龄便又递了个眼色过去。

于是胡雪岩装得似懂非懂的样子，用好奇而仰慕的语气问道："都说刑名老夫子一支笔厉害，一个字的出入，就是一家人的祸福，又说'天下文章在幕府'，我问过人，也说不出个所以然。今天遇见秦老夫子，一定可以教一教我了！"

又捧刑名师爷又捧他本人，这顶双料的高帽子，秦寿门戴得很舒服，而且酒到半酣，谈兴正好，便矜持地笑道："'读书万卷不读律，致君尧舜知何术？'所谓'天下文章，出于幕府'，言其实用而已，至于一个字的出入，关乎一家人祸福，这话倒也不假。不过，舞文弄墨，我辈大忌。总之，无事不可生事，有事不可怕事。"

在座的人连连点头，吴委员肚子里有些墨水，尤其觉得"舞文弄墨，我辈大忌"八个字，近乎见道之言，因而说道："我也要请教！"

"先说无事不可生事——"

秦寿门讲了个故事作例证。曾有一省的巡抚与藩司不和，巡抚必欲去之而后快，苦于那藩司既清廉又能干，找不着他的错处。后来找到一个机会，文庙丁祭，那藩司正好重伤风，行礼的时候咳个不停，巡抚抓住他这个错，跟幕友商量。那幕友顺从东家的意思，舞文弄墨，大张旗鼓，奏劾那藩司失仪不敬。

凡有弹劾，朝廷通常总要查了再说，情节重大则由京里特派钦差，驰驿查办。类此事件，往往交"将军"或者"学政"查报。那一省没有驻防的将军，但学政是每一省都有的。这位学政文庙丁祭也在场，知道藩司的失仪情非得已；就算真的失仪，至多事后教训一顿，又何至于毛举细故，专折参劾？

由于这一份不满的心情，那学政不但要帮藩司的忙，还要给巡抚吃点苦头。但是他不便公然指摘巡抚，让朝廷疑心他有意袒护藩司，所以措词甚难。

这位学政未曾中举成进士以前，原学过刑名。他想了半天，从巡抚原奏的“亲见”二字中，欣然有悟，随即提笔复奏。他说他丁祭那天，虽也在场，但无法复查这一案，因为他“位列前班，理无后顾”，不知道藩司失仪了没有。

就这轻描淡写八个字，军机大臣一看便知道，是巡抚有意找藩司的麻烦。因为行礼时巡抚也是跪在藩司前面，如何知道后面的藩司失仪？照此说来，是巡抚先失仪往后面看了，才发现藩司失仪。结果两个人都有处分。

原被告各打五十板，自然是原告失面子。被告虽受罚，心里是痛快的。

“这真是‘世上本无事，庸人自扰之’。”吴委员说，“坏在那巡抚的幕友不能痛切规劝。”

“这话说中了症结所在。”秦寿门向王有龄看了一眼，“我辈既蒙东家不弃，处事自有必不可摇的宗旨，一时依从，留下后患，自误误人，千万不可。只是忠言往往逆耳，难得有几位东家没有脾气。”

“老夫子请放心！”王有龄急忙表明态度，“我奉托了老夫子，将来刑名方面，自然都请老夫子作主。”

“有东翁这句话，我可以放心放手了。今天我借花献佛，先告个罪，将来要请东翁恕我专擅之罪。”

说着他举杯相敬，王有龄欣然接受，宾主如鱼得水，在座的人亦都觉得很愉快，轰然祝饮，闹过一阵，重拾中断的话题。

“现在要谈有事不可怕事。”吴委员提高了声音说道，“索性也请老夫子举例以明之。”

秦寿门略略沉吟了一下说：“有事不可怕事者，是要沉得住气，气稳则心定，心定则神闲，死棋肚里才会出仙着。大致古今律法，不论如何细密，总有漏洞。事理也是一样，有时道理不通，大家习焉不察，也就过去了；而看来不可思议之事，细想一想竟是道理极通，无可驳诘。所以只要心定神闲，想得广、想得透，蹈瑕乘隙，避重就轻，大事化小，小事化无，亦并不难。刚才提到‘钉封文书’，我就说个钉封文书的妙事。在座各位，”他看着王有龄问道，“想来东翁一定见过这玩意？”

“见过。”王有龄答道，“原来钉封文书，用意在示机密，亦不光是州县处决犯人非受领钉封文书不可，访拿要犯也用钉封文书。久而久之，成为具文[1]，封套上钉个‘瓣’，用细麻绳一拴，人人可以拆开来看。最机密变成最不机密，真正是始料所不及！”

“一点都不错。这件妙事，毛病就出在‘人人可以拆开来看’上面。钉封文书按驿站走，每经一县，都要加盖大印。公事过手，遇着好事的县太爷，就拆开来看一看依旧封好。有这么一位县太爷，鸦片大瘾，每天晚上在签押房里，躺在烟铺上看公事。这天也是拆了一封钉封文书看，迷迷糊糊，把那通文书在烟灯上烧掉了——”

这一下，那县太爷才惊醒过来，烧掉了钉封文书，是件不得了的事，急忙移樽就教，到刑名师爷那里求援。

“封套在不在？”那刑名师爷问。

“封套还在。”

“那不要紧！请东翁交了给我，顺便带大印来。”

县太爷照办不误，等封套取到，那刑名师爷取张白纸折好，往里一塞，拴好麻绳，盖上大印，交了回去。

“交驿递发下一站！”

“老夫子，”县太爷迟疑地问道，“这行吗？下一站发觉了怎么办？”

“东家，请你自己去想。”那刑名师爷说，“换了你是下一县，打开来一看，里头是张白纸，请问你怎么办？”

秦寿门把那个故事讲到此处，不需再往下说，在座的人应都明白。显然的，有人发现了是张白纸，也不敢声张，更不敢多事退回去。因为倘或如此，便先犯了窃视机密文书的过失，这与那学政的“位列前班，理无后顾”八字，有异曲同工之妙。

---

① 具文：徒具形式而不起实际作用的规章制度。

“刑名虽是‘法家’，也要多读老庄之书，才能有些妙悟。”王有龄感叹着说，“人不能有所蔽，有所蔽则能见秋毫，不见舆薪。世上明明有许多极浅显的道理，偏偏有人看不破，这是哪里说起？”

这番议论一发，便把话题引了开去，闲谈到夕阳衔山，方始散席，依旧荡桨回城。第二天请钱谷师爷杨用之，在西湖里的一条画舫上设席，陪客依旧是胡雪岩和周、吴两委员。

由于阜康钱庄创设以后，预计是要用湖州府和乌程县解省的公款作为资本，这与钱谷师爷有密切的关系，因此胡雪岩对杨用之特别笼络。杨用之赋性忠厚老实，是最容易对付的人，以胡雪岩的手腕，把他摆布得服服帖帖，令他对胡雪岩颇有相见恨晚之感。

其实胡雪岩的手腕也很简单，凡是忠厚老实的人，都喜欢别人向他请教，而他自己亦往往知无不言，言无不尽。胡雪岩会说话，更会听话，不管那人是如何的语言无味，他能一本正经，两眼注视，仿佛听得极感兴味似的。同时，他也真的是在听，紧要关头补充一两语，引申一两义，使得滔滔不绝者，有莫逆于心之快，自然觉得投机而成至交。

杨用之的本事不怎么好，但以他的性格随和，所以交游甚广，加以遇着胡雪岩，不知不觉地提起了谈兴，讲了许多时人的轶闻，最后谈到湖州府的人物，他提起一个人叫钱江，问王有龄认不认识。

“我听说过他，是湖州府长兴县人，曾跟我们福建的林文忠公，一起遣戍伊犁，由此出名。听说他是个奇士，想来林文忠公所赏识的人物，总不会错的。”王有龄问道，“怎么老夫子忽然提到这个人，莫非有他的新闻？”

“也好说是新闻。不过这条新闻，与各州县利害关系甚大，还不知道朝廷的主张如何。”

“喔，要请教。”

“这要从一位达官谈起。雷以诚其人，东翁总知道？”

“知道。”王有龄说，“此公湖北人，以左副御史会同河道总督巡视黄河口岸。前些日子看邸抄，说他自请讨贼，现在募了一万人，驻军江北高邮，扼守扬州东南，很打了几场胜仗。”

“是的，钱江就在他幕府里。”杨用之说，“有兵无饷，仗是打不下去的。朝廷的宗旨，反正只要你能募兵筹饷，自己去想办法，无不赞成的。听说钱江现在为雷军画一策，在水陆要冲，设局设卡，凡行商经过，看他所带货物，估价抽税，大致千取其一，称为‘厘捐’，除了行商，当地店铺亦照此抽税。收入颇为可观，听说各省都有仿照的意思。只是此法病商，朝廷或者不许。”

杨用之所谈的新闻，以及认为在创议中的“厘捐”会“病商”的见解，恰好给了王有龄一个机会聘用刑、钱两幕友。王有龄跟胡雪岩曾仔细谈过，刑名是外行，非倚托秦寿门不可，所以先要考一考他的本事。钱谷一道王有龄自己就很精通，但幕友的传统，向来独立办事，不喜东家干涉。平和的还表面上有所敷衍，专断的根本就置之不理。所以胡雪岩设计，由他自己用感情来笼络杨用之，而王有龄则要拿点本事给他看看。这样双管齐下，让杨用之怀德畏威，把他收服，才能指挥如意。所以王有龄听了他的话，觉得不妨趁此机会，展示所学。

“‘病商’恐未必！”他一开口就是辩驳语气，“本朝的赋税制度，异于前代，一遇用兵之时，必须另筹军费。依我看，开办‘厘捐’，比较起来，还不失为利多害少的好办法。”

这笼统一句话，是做文章的一个“帽子”，王有龄既有炫耀之意，便得从头讲起。自古以来，国家岁收的主要项目，就是地丁与钱粮，明朝末年不断“加派”，搞得民不聊生，庄稼人苦得要死，到最后只好弃地而逃，此为“流寇”猖獗，终以亡明的一大关键。

清兵入关，到圣祖平定三藩之乱，始得奠定国基。鉴于前朝之失，颁发“永不加赋”的诏令，此为清朝的一大仁政，亦为异族得以入主中原的一大凭借。后世诸帝，对圣祖的这个诏谕信守不坠。此外国家岁收，还有关税、盐课两项，但地丁占岁收总额的三分之二，既有永不加赋的限制，则岁收就有了定额。风调雨顺、刀兵不起的太平岁月，固然可以支应，但一遇用兵，额外的军费负担即无着落，倘或水旱年荒，一面要减免丁漕，一面要办赈济，收入减少，支出增加，又如何应付？再加刀兵水旱一齐来，火上加油，两面发烧，更是件不得了的事。

“这有两个办法弥补，一靠平时蓄积。”王有龄从容议论，“虽然天子富有四海，但国家收入与宫廷收入，还是有区分的。这个制度从汉朝就很完备了，‘大司农’掌国家度支，‘少府’管天子的私财。私财有余，国币不足，国家必乱。宋太祖平服十国，所得金银珍宝虽输于内府，但另行封存，称为‘封桩银’。他的打算是积到相当数目，要把‘燕云十六州’买回来。可惜徽宗不肖，以内府所积，用来起‘艮岳’[①]，才有金兵入寇之事。前明更不必说，户部穷得要命，宫内蓄积如山，到最后，白白便宜了‘流寇’。本朝就不同了，蓄积于国库而非内务府。”

接着王有龄便举了几个户部存银的数目。康熙四十八年到过五千万两，最后剩下八百万两，但雍正十三年的极力整顿，到乾隆即位时，库存到了前所未有的六千万两的巨数。以后乾隆四十六年，到过七千万两。但嘉庆以后就不行了，到道光朝更是每况愈下。

“先帝崩逝当时，户部存银八百万两。这三年来的数目不详。洪杨军兴以来，用财如流水，想来现在正是开国以来最穷的时候。”

这一番夹叙夹议的谈论，不但周、吴等人有茅塞顿开之感，就是杨用之也觉得长了一番见闻。钱谷一道虽是他的专业，却只了解一隅之地的财政，对朝廷大藏十分隔膜。现在听王有龄讲得头头是道，心里便有这样一个想法：这位东翁，莫道他是捐班出身，肚子里着实有些货色。

他想到了王有龄的出身，王有龄恰好也要谈到捐班。“弥补国用不足，再有一个办法是靠捐纳的收入。”他说，“捐官的制度，起于汉朝，即所谓‘纳赀为郎’。此后历代都有，但不如本朝的盛行。”

---

① 艮岳：中国宋代的著名宫苑。宋徽宗政和七年（1117）兴工，宣和四年（1122）竣工。

接着，王有龄便细谈清朝捐纳制度演变的经过，以及对中枢岁收的关系。捐纳实缺虽由康熙为三藩之乱，筹措军费而起，但至雍正朝即成为“常例”，捐纳收入几为国家岁收的一部分，只是比例不大，平均总在百分之十五左右。

捐例之滥，始于嘉庆朝，它的收入常为岁收的一半。嘉庆七年那一年，捐纳收入更高达岁收总额的百分之八十以上。

“捐例一滥，其弊不可胜言。”王有龄泰然说道，“我自己虽是捐班出身，但也实在叫我无法看得起捐班的。只要有钱，不管什么胸无点墨的人，都可以做官。做官既要先花本钱，那就跟做生意一样，一补上实缺，先要捞回本息。请问吏治如何澄清得来？”

“这也不可一概而论。”吴委员说，“赴试登进，自是正途，但‘场中莫论文’，要靠‘一命、二运、三风水’，所以怀才不遇的也多的是。捐例开了方便之门，让他们有个发挥机会，不致埋没人才，也是莫大功德之事。”

这是在暗中恭维王有龄，他当然听得懂，而且也不必客气。“像兄弟这种情形到底不多。”他说，“纵有一利，奈有百害何？如今为了军费，越发广开已滥的捐例，搞得满街是官，那还成何话说！”

“东翁见得极是。”杨用之倒是真的心悦诚服，所以不自觉其矛盾地改了论调，“本朝的商税，原就不重，杂赋中的牙帖税、当税、牲畜税以外，买卖的商税，只有买别地货物到店发卖的‘落地税’，也就是‘坐税’。至于货物经过的‘过税’，只有关税一种，如今酌增厘捐，亦不为过。”

“就是这话啰！”王有龄口中这样在说，心中却已想到厘捐是否亦可在浙江开办。

一场议论，算是有了结果。胡雪岩换了个话题，他很佩服钱江，所以这样发问：“杨老夫子可识得那位钱先生？”

“你是说钱江？”杨用之答道，“我们不但认识，而且还沾些亲。他字秋平，又字东平。祖上曾做过山东巡抚，他老太爷也在山东做过官，此人从小不凡，样样聪敏，就是不喜欢做八股文章。”

“那怎么称作‘奇士’呢？”吴委员笑道，“像这样的人，必是不中绳墨、别有抱负的。”

“他还有一策，现在各省都已仿行。”杨用之忽然看着胡雪岩说，“雪岩兄大可一办！”

“请问，办什么？”胡雪岩愕然相问。

“也是钱东平的主意，请旨预领空白捐照，随捐随发，人人称便，所以‘生意’好得很。”杨用之笑道，“本省亦已照样进行。雪岩兄大可捐个前程。”

这话倒把胡雪岩说动了。这几个月他在官场打了几个滚，深知“身份”二字的重要。倒不是为了炫耀，而是为了方便，无论拜客还是客人来拜，彼此请教姓氏时，称呼照规矩来，毫无窒碍。若是个“白丁”，便处处有格格不入之感。熟人无所谓，大家可以称兄道弟，若是陌生的官儿，称呼上不是委屈了自己，就是得罪了别人，实在是一大苦事。

因此，这天晚上他特地跟王有龄去商量。王有龄自然赞成：“我早就劝你快办了！我真不知道你什么意思，一直拖着。”

“都是为了没工夫，”胡雪岩说，“这件事麻烦得很，费辰光不说，还有层层挑剔需索，把人的兴致都消磨光了。像现在这样，随捐随发，一手交钱，一手取照，自然又当别论。”

“需索还是会有的。讲是讲‘随捐随发’，到底也没有那么快。不过，部照不必到部里去领，当然快得多。”

“于此可见，凡事总要动脑筋。说到理财，到处都是财源。”胡雪岩又得到启示，“一句话，不管是做官的对老百姓，做生意的对主顾，你要人荷包里的钱，就要把人伺候得舒服，才肯心甘情愿掏荷包。”

“这话有道理。”王有龄深深点头，“我这趟到湖州，也要想办法把老百姓‘伺候’得舒舒服服，好叫他们高高兴兴来交完钱粮。”

“其实老百姓也很好伺候，不打官腔，实事求是，老百姓自会说你是好官。”胡雪岩又谈到他自己的事，“雪公，你看我捐个什么班子？”

“州县。”王有龄毫不考虑地答说，“这件事你托杨用之好了。”

胡雪岩受了他的教，第二天特地具个柬帖，把杨用之请了在馆子里小酌。酒过三巡，谈起正事，杨用之一诺无辞，而且声明：“报捐向来在正项以外，另有杂费，经手的人都有好处，我的一份扣除，杂费还可以打个七折。”

“这不好。君子爱财，取之有道，该当你老夫子的，自然当仁不让。”

“那还叫朋友吗？”杨用之摇着手说，“你不必管这一层了。我且问你的意思，光是捐个班呢，还是要捐‘花样’？”

捐官的花样极多，最起码的是捐个空头名义，凭一张部照，就算是有了身份，可以光大门楣，炫耀乡里。如果要想补实缺，另有种种优先次序、补缺省份的花样。胡雪岩别有奥援，也不想进京到吏部报供候选，捐官不过捐个“胡老爷”的尊称，依旧开自己的钱庄，那就无须多加花费、另捐花样了。

于是胡雪岩说：“我只要有张‘部照’就可以了。难道真的去做官？”

“你要做官也不难，而且必是一等一的红员。不过人各有志。你明天就送银子来，我替你‘上兑’，尽快把捐照领下来。”

“拜托，拜托！”

胡雪岩道过谢，就不再提这事了，殷殷劝酒，一面拉拢杨用之，一面向他讨教州县钱谷出入之际，有些什么“花样”。杨用之人虽老实，而且也觉得他极够朋友，但遇到这些地方，他也不肯多说。好在胡雪岩机警，举一反三，依旧“偷”到不少“诀窍”。

第二天他从准备开钱庄的五千两银子中，提出一笔捐官的钱来，“正项”打成票子，“杂费”是现银，一起送到杨用之那里。杨用之果然不肯受好处，把杂费中他应得的一份退了回来。

这时已是四月底，王有龄要打点上任，忙得不可开交。胡雪岩当然更忙，既要为王有龄参赞，又要忙自己的钱庄。亏得刘庆生十分得力，在运司河下典了一幢极体面的房子，油漆粉刷，自己督工，此外做招牌、买家具、请伙计，里里外外一手包办。他每天起早落夜，累得人又黑又瘦，但人逢喜事精神爽，丝毫不以为苦。

上任的黄道吉日挑定了，选定五月初九。这一下设宴饯行的帖子也纷纷飞到。做事容易做官难，应酬不能不到。王有龄时间不够，大感苦恼，等看到张胖子也来了一张请帖，就想躲懒了。

“你看，”他对胡雪岩苦笑，“张胖子也来凑热闹！算了吧，托你替我去打个招呼，留着他那顿酒，等我上省再叩扰。”

胡雪岩心想，张胖子的情分不同，利害关系格外密切，王有龄实在不能不给他一个面子，不过排排他的帖子，一天总有两三处应酬，也实在为难。

想了一下，他有了个主意：“本来我也要意思意思……”

“自己弟兄，”王有龄抢着说道，“大可免了。”

“雪公，你听我说完。”胡雪岩又说，“本来我想把我的‘档子’让给张胖子，张胖子人不错，应该要买买他的账。现在既抽不出工夫，就这样办，让张胖子那桌酒摆在船上，雪公，你看好不好？”

“我，我还不大懂你的意思。”

“我是说，我和张胖子随你一起上船，送你一程，在船上吃了张胖子的饯行酒，我们第二天再回来。”

“这倒不错！雪岩，”王有龄笑道，“其实你也不要回来了，索性一路送到湖州，那又多好呢！”

“雪公，请你体谅我，我等把阜康的事弄舒齐了，马上赶了来。现在你也还没有到任，湖州怎么个情形，两眼漆黑，我想帮忙也帮不上。再说，海运局这面也是要紧的。”

“对了！”王有龄矍然问道，“你的部照什么时候可以拿下来？”

“大概快了。”

“得要催一催杨用之，赶快办妥。我已经跟麟藩台说过了，等你部照下来，立刻委你为海运局的押运委员。这样，你才好替我照料一切。”

“这不好！”胡雪岩说，“名义上应该让周委员代理坐办。反正他凡事会跟我商量，误不了事。占了他的面子，暗中生出许多意见，反为不妙。”

想想他的话不错，王有龄也同意了。不过他又说：“不管怎么样，此事总以早办妥为宜。”

“是的。也不尽是这一桩。等把你送上了任，我这里另外有个场面，搬个家，略略摆些排场，从头做起。”

“这也好！”王有龄笑道，“到那时候，你是阜康钱庄的胡大老爷了。”

这话虽带着调侃的意味，其实是说中了胡雪岩的心意。他现在对外不大作活动，就是要等官捐到了，钱庄开张了，场面摆出来了，示人以簇新的面目，出现了不凡的声势，做起事来才有得心应手、左右逢源之乐。

出了海运局到信和，张胖子正要出门，看见胡雪岩便即改变了原意。张胖子有许多话要跟胡雪岩谈，却不容易找得着他，难得见他自己上门，不肯轻易放过这个可以长谈的机会。

“雪岩，你是越来越忙、越来越阔了，要寻你说两句话，比见什么大官儿都难。”

“张先生！”胡雪岩听出他的口风不大对劲，赶紧辩白，“我是穷忙，哪里敢摆架子？有事你叫‘学生子’到我家里通知一声，我敢不来？”

“言重，言重！”张胖子知道自己的话说得过分了些，也忙着自我转圜，“自己弟兄，说句把笑话，你不能当真。”

“哪里会当真？不过，今天是无事不登三宝殿……”

接着，他把张胖子为王有龄饯行，希望改换一个方式的话一说，张胖子欣然表示同意。

“雪岩，”他又说，“听说你捐了个州县班子？”

“是的。”胡雪岩不等他再问，把这件事的来龙去脉，原原本本告诉了他。

如果说张胖子对他还有些芥蒂，看他这样无话不谈的态度，心里也释然了。“雪岩，”他是真的觉得高兴，“将来你得发了，说起来是我们信和出身，我也有面子。”

胡雪岩笑笑不答，站起身说：“刚才看你要出门，我不耽搁你的工夫了，改天再谈。”

“喔！”张胖子突然说道，“老张来过了！”

“哪个老张？”

“你看你！只记得他女儿，不记得她老子。”

“噢……”胡雪岩笑了，“是阿珠的爹！”

“对了，也不知道老张怎么打听到我这个地方，他说他刚从上海回来，听说王大老爷放了湖州府，上任要船，要我无论如何要挑挑他。我说我不清楚这事，要问你。我把你府上的地址告诉他了。”

“我也帮不得他的忙。人家新官上任，自有人替他办差，像这种小事情我也要插手，那不给人骂死？”

“我不管了。”张胖子笑道，“反正老张会去看你，只要你不怕阿珠‘骂死’，你尽管回他好了。”

“要么这样。”胡雪岩灵机一动，“我们不是要送雪公一程，第二天回来不也要船吗？那就用老张的船。”

“对，对！这样子在阿珠面上也可以交代。”

张胖子开口阿珠，闭口阿珠，倒勾起了胡雪岩的旧情。想想那轻颦浅笑，一会儿悲、一会儿喜的神态，着实有些回味。因而第二天上午胡雪岩特意不出门，在家里等阜康开张以后，预备要去兜揽的客户名单，借此等老张上门，好订他的船。

谁知老张没有来，他老婆来了。新用的一个小丫头阿香来报，说有位“张太太”要见他。骤听之下，莫名其妙，随后才想到可能是阿珠的娘，他从玻璃窗望出去，果然！

张太太就张太太吧！胡雪岩心想，她也是好人家出身，再则看阿珠的份上，就抬抬她的身份，于是迎出来招呼一声："张太太？"

"不敢当，不敢当，胡老爷！"说着，她把手上提着的礼物放在一旁，裣衽为礼，"老早想来给胡太太请安，一直穷忙。胡太太呢？"

女眷应该请到后厅相会，但胡雪岩顾虑他妻子还不明究竟，先要向她说清楚，所以故意把话扯了开去，"在里头。"他指着礼物又说，"何必还要带东西来？太客气了！"

"自己做的粗东西，不中吃，不过一点心意。"

她一面说，一面把纸包和篾篓打了开来，顿时香味扑鼻，那是她的拿手菜，无锡肉骨头，再有就是薰青豆、方糕和粽子，那是湖州出名的小吃。

"这倒要叨扰你，都是外面买不到的。你等等！"他很高兴地说，"我去叫内人出来。"

胡雪岩到了后厅，把这位"张太太"的真正身份向妻子说明白——当然不会提到阿珠，只说她也是书香人家的小姐，又说这天的来意是兜生意。但既然登门拜访，总是客人，要他妻子出去敷衍一下。

于是胡太太跟张太太见了礼。主人看客人觉得很对劲，客人看主人格外仔细，彼此紧瞪着，从头看到脚，让旁观的胡雪岩觉得很刺目。

女眷总有女眷的一套家常，一谈就把他搁在一边了。胡雪岩没有多少工夫，只好硬打断她们的话。"张太太！"他说，"你来晚了一步，王大老爷到湖州上任的船早就雇好了。"

听他们谈到正事，胡太太不必再陪客，站起身，说两句"宽坐""在这里吃便饭"之类的客套话，退了进去。

"胡老爷，你好福气！胡太太贤惠，看来脾气也好。"阿珠的娘又盯着问，"胡太太脾气很好，是不是？"

不谈正事谈这些不相干的话，胡雪岩不免诧异。"还好！"他点点头说，"张太太，你的船，短程去不去？"

"怎么不去？到哪里？"

"只到临平。"胡雪岩将何以有此一行的原因告诉了她。

“那再好都没有了。请胡老爷跟张老板说一说，他也不必费事备席，就用我们船上的菜好了。”阿珠的娘说，“鱼翅海参，王大老爷一定也吃得腻了，看我想几个清淡别致的菜，包管贵客赞好，主人的开销也省。”

“替我们省倒不必，只要菜好就是了。”

“是的。我有数。”

正事已经谈妥，照道理阿珠的娘可以满意告辞，却是坐着不走，仿佛还有话不便开口似的。

胡雪岩看出因头，却不知道她要说的是什么话，于是便问：“可还有什么事？”

问到她，自不能不说，未说之前，先往屏风后面仔细张望了一下，是唯恐有人听见的样子。这一来，胡雪岩就越发要倾身凝神了。

“胡老爷！”她略略放低了声音说，“我们的船就停在万安桥，请过去坐坐！”

这一说，胡雪岩恍然大悟，老张来也好，她来也好，不是要兜揽生意，只是为了阿珠要他去见面。去就去，正中心怀，不过现在还不能走，一则要防他妻子生疑心，再则一上午未曾出门，下午有许多事不料理不行。

“好的！”他点点头，“我下半天来。”

“下半天啥辰光[①]？”

“今朝事情多，总要太阳落山才有工夫。”

“那么等胡老爷来吃晚饭。”她起身告辞，又低声叮嘱一句，“早点来！”

等她一走，胡雪岩坐在原处发愣。想不到阿珠如此一往情深，念念不忘，看来今天一去，又有许多牵惹。转念到此，忽生悔意，自己的前程刚刚跨开步子，正要加紧着力，哪来多余的工夫去应付这段情？

悔也无益！已经答应人家，决不能失信。于是他又想，既然非去不可，

① 啥辰光：什么时候。

就要搞得皆大欢喜。回到自己“书房”里，打开柜子——里面还存着些上海带回来、预备王有龄送官场中人的“洋货”。翻了翻，巧得很，有几样带了要送黄抚台小姐的“闺阁清玩”。王有龄回到杭州才听说黄小姐感染时气，香消玉殒了，要送的东西没处送，留在胡雪岩这里，如今正好转赠阿珠。

于是他把那些玩意寻块布包袱包好，吃过午饭带出去。他先到海运局，后到阜康新址，只觉得油漆气味极浓。从外到里看了一遍，阜康布置得井井有条。后进接待客户的那座厅，也收拾得富丽堂皇，很够气派。但是胡雪岩看来看去，总觉得有些美中不足。

“庆生！”他说，“好像少了样把什么东西？”

“字画。”

“对，对，对！字画，字画！”胡雪岩很郑重地说，“字画这样东西，最见身份，弄得不好，就显原形！你不要弄些‘西贝货’来，叫行家笑话。”

“假货是不会的，不过名气小一点。”

“名气小也不行，配不上‘阜康’这块招牌。你倒说说看，是哪些人的字画？”

于是刘庆生把他所觅来的字画，说了给胡雪岩听。胡雪岩亦不见得内行，但书家画师名气的大小是知道的，觉得其中只有一幅杭州本地人、在籍正奉旨办团练的戴侍郎戴熙的山水，和王梦楼的四条字，配得上阜康的招牌。

不过胡雪岩也知道，要觅好字画，要钱或许还要面子，刘庆生不能把开钱庄当作开古玩铺，专门在这上面用功夫。所以他反用嘉慰的语气，连声说道：“好，好！也差不多了。我那里还有点路子，再去觅几样来。你事情太多，这个客厅的陈设我来帮你的忙。”

刘庆生当然也懂得他的意思，不过他的话听来很入耳，所以并无不快之感，只说：“好的！客厅的陈设，我听胡先生的招呼就是了。”

话谈得差不多了，看看时候也差不多了，胡雪岩离了阜康，径到万安桥来赴约。这座桥在东城，与运河起点北新关的拱宸桥一样，高大无比，是城内第一个水路码头。胡雪岩进桥弄下了轿，只见人烟稠密，桅杆如林，一眼望去，不知哪条是张家的船，踌躇了一会儿，缓步踏上石级，预备登高到桥顶去瞭望。刚走到一半，听见有人在后面高声喊道："胡老爷，胡老爷！"回身一看，是老张气喘吁吁赶了上来。

"你的船呢？"胡雪岩问。

"船不在这里。"老张答道，"阿珠说这里太闹，叫伙计把船撑到城河里去了。叫我在码头上等胡老爷！"

第七章

这是胡雪岩第一次听见老张谈到他女儿。“叫”这个如何，“叫”那个如何，口气倒像是佣人听小姐的吩咐，胡雪岩不免有些诧异，但也明了阿珠在他家真正是颗掌上明珠，她父母对她是无话不听的。

“胡老爷，”老张又说，“我备了只小划子，划了你去。这里也实在太闹了，连我都厌烦，城河里清静得多。”

于是他们下桥上船，向南穿过万安桥，折而往东。出了水关，就是极宽的护城河，一面城墙，一面菜畦，空阔无人。端午将近的黄梅天，蒸闷不堪，所以一到这地方，胡雪岩顿觉精神一爽，脱口赞了句：“阿珠倒真会挑地方！”

“喏！”老张指着胡雪岩身后说，“我们的船停在那里。”

船泊在一株柳树下面。那株杨柳极大，而且斜出临水，茂密的柳绿覆盖了大半条船，不仔细看，还真不大容易发现。

胡雪岩未到那条船上，已觉心旷神怡，把一脑子的海运局、钱庄之类的念头，忘了个干净。他倒转身来，一直望着柳下的船。

那面船上也有人在望，自然是阿珠。越行越近，看得越清楚，她穿一件浆洗得极挺括的月白竹布衫，外面套一件玄色软缎的背心。一根漆黑的长辫子，仍然是她改不掉的习惯。她把辫梢捞在手里捻弄着。

小船划近，船上的伙计帮忙把他扶上大船，只见阿珠回身向后梢喊道：“娘，好难请的贵客请到了！”

阿珠的娘在后梢上做菜，分不开身来招呼，只高声带笑地说：“阿珠，你说话要摸摸良心，胡老爷一请就到，还说‘好难请’！”

“也不知道哪个没有良心？”阿珠斜睨着胡雪岩，“人家的船是长途，我们的船就该是短程。”

阿珠的娘深怕她女儿得罪了“贵客”，随即用呵斥的声音说道：“说话没轻没重，越说越不好了。”接着，她放下锅铲，探身出来，一面在围裙上擦着双手，一面向胡雪岩含笑招呼：“胡老爷，你怎么这时候才来？阿珠一遍一遍在船头上望。”

这句话羞着了阿珠，原是白里泛红的一张脸，越发烧得如满天晚霞，抢着打断她的话说：“哪个一遍一遍在船头上望？瞎说八道！”话一完，只见长辫子一甩，她扭身沿着船舷，往后舱就走。

水上女儿走惯了，看似风摆杨柳般摇摇欲坠，其实安然无事。但胡雪岩大为担心，慌忙喊道：“阿珠，阿珠，你当心！不要掉到河里！”

阿珠没有理他，不过听他那发急乱叫的声音，心里觉得很舒服，不由得就把脚步放慢了，一步一步很规矩地走着。

“胡老爷，你看！”阿珠的娘仿佛万般无奈地，“疯疯癫癫，拿她真没法子。”

“你也少啰唆了！”老张这样埋怨他老婆，转脸又说，“胡老爷，你请舱里坐。”

进舱就发现，这条船油漆一新，收拾得比以前更加整齐，便点点头说：“船修理过了？”

“老早就要修了，一直凑不出一笔整数，多亏胡老爷上次照顾。”

“以后机会还有。”胡雪岩说，“王大老爷放了湖州府，在杭州还有差使，常来常往，总有用得着你船的时候。”

“那要请胡老爷替我们留意。”

“本来，这种事不该我管。不过，你的船另当别论，我来想个办法。”胡雪岩沉吟着，想把老张的这条无锡快，当作海运局或者湖州府长期租用的“官船”，让他按月有一笔固定的收入。

沉吟未定，阿珠又出现了，打来一盆脸水。这下提醒了老张，站起身说：“胡老爷先宽宽衣，洗洗脸，吃碗菜。哪天到临平，要吃些什么菜，等下叫阿珠的娘来跟胡老爷商量。”

等老张一走，胡雪岩就轻松了，起身笑道：“阿珠，你的脾气好厉害！”

“还要说人家！你自己不想想，一上了岸，把人家抛到九霄云外。平常不来还不要去说它，王大老爷到湖州上任，明明现成有船，你故意不用。你说说看，有没有这个道理？”

她一面说一面替胡雪岩解钮扣卸去马褂、长衫，依偎在身边，又是那种无限幽怨的声音，胡雪岩自然是“别有一般滋味在心头”。

等她低头去解他腋下的那颗钮扣，他不由得就伸手去摸她的如退光黑漆般的头发。阿珠把头再往下低，避开了他的手，同时抗议：“不要动手动脚，把我头发都弄毛了！”

“你的头发是自己梳的？”

“自然啰！我自己梳，我娘替我打辫子。我们这种人，难道还有丫头、老妈子来伺候的福气？”

“也不见得没有。”胡雪岩说，“丫头、老妈子又何足为奇？”

这话一说完，阿珠立刻抬起眼来，双目流转，在他的脸上绕了一下，马上又低下头去，捞起他的长衫下摆，解掉最后一个扣子，卸去外衣，然后绞一把手巾送到他手里。

他发现她眼中有期待的神色。不用说，那是希望他对他刚才所说的那句话，有个进一步的解释。但是他已悔出言轻率，便装作不解，很快地扯到别的事。

这件事，足以让阿珠立刻忘掉他刚才的那句话。他解开他带来的那个包袱，里面是一个小小的箱子，仿照保险箱的做法，用铁皮所装，漆成墨绿色，也装有暗锁。

“这是什么箱子？”

“‘杜十娘怒沉百宝箱’的百宝箱。”

他把暗锁打开，箱内却只有“四宝”：一瓶香水，一个八音盒，一把日本女人插在头上当装饰的象牙细篦，一只景泰蓝嵌珠的女表。

阿珠惊多于喜，看看这样，摸摸那样，好半天说不出话。胡雪岩先把牙篦插在她头发上，接着把那只表用钥匙上足了弦，以自己的金表校准了时刻，替阿珠挂在钮扣上，再把八音盒子开足了发条，让它叮叮当当响着。最后他拿起那瓶香水，阿珠忽然失声喊道：“不要，不要！”

胡雪岩愕然：“不要什么？”

“傻瓜！”阿珠嫣然一笑，“不要打开来！”

这时老张和那船伙计，为从未听过的叮叮当当的声音所招引，都在船舱外探望，要弄明白是什么东西在响。阿珠却不容他们看个究竟，一手八音盒，一手香水，头插牙篦，衣襟上晃荡着那只表，急忙忙走向后梢，到她娘那里“献宝”去了。

于是只听得她们母女俩赞叹说笑的声音，最后是做娘的在告诫：“好好去放好。有人的地方少拿出来，胡家的阿毛手脚不干净，当心她顺手牵羊。”

“怕什么！我锁在‘百宝箱’里！”

“什么‘百宝箱’？”

“喏，”大概是阿珠在比划，“这么长，这么宽，是铁的，还有暗锁，怎么开法只有我一个人晓得，偷不走的。”

“原来是首饰箱！”阿珠的娘说，“傻丫头，人家不会连箱子一起偷？”

“啊！”阿珠醒悟了，接着便又重新出现在中舱，高兴之外，似乎还有些忧虑的神色。

为了知道她的忧虑想安慰她，胡雪岩招把手说：“阿珠，你过来，我有话说。”

“你说好了！”她这样回答，一面打开那只百宝箱，除了头上的那把篦以外，其余“三宝”都收入箱内，却把个开了盖的箱子捧在手里，凝视不休。

“你到底想不想听我的话？”

“好，好！我听。”阿珠急忙答应，锁好箱子，走到胡雪岩对面坐下，右手支颐，偏着头等他开口。

这又是一个极动人的姿态，胡雪岩也偏着头紧盯着她看。阿珠大概心思还在百宝箱里，以致视而不见。

她不作声，他也不开口。好久，她方省悟，张皇而抱歉地问道：“你，你刚才说什么？”

“咦！”胡雪岩故意装作十分诧异地，“我说了半天，你一句都没有听进去？”

阿珠为他一诈，歉意越发浓了，赔着笑说：“对不起！我想起一桩要紧事情。”

“什么要紧事？”

原是托词，让他盯紧了一问，得要想几句话来圆自己的谎，偏偏脑筋越紧越笨，越笨越急，涨红了脸，好半天说不出一句话来。

“好了，好了！”胡雪岩大为不忍，“不便说就不说。”

“是啊，这桩事情不便说。”阿珠如释重负似的笑道，“现在，你有什么话，请你尽管说，我一定留心听。”

“我劝你，不要把你娘的话太当真！”他放低了声音说，“身外之物要看得开些。”

他讲了一套“身外之物”的道理。人以役物，不可为物所役，心爱之物固然要当心被窃，但为了怕被窃，不敢拿出来用，甚至时时忧虑，处处分心，这就是为物所役，倒不如无此一物。

“所以，”他说，“你的脑筋一定要转过来。丢掉就丢掉，没有什么了不得！不然，我送你这几样东西，倒变成害了你了。”

他把这番道理说得很透彻，无奈阿珠大不以为然。“你倒说得大方，‘丢掉就丢掉’！你不心疼我心疼。”她忽有怨怼，“你这个人就是这样，说丢掉就丢掉，一点情分都没有。对人对东西都一样！”

“你说‘对人对东西都一样’，这个‘人’是哪个？”

“你还问得出口？”阿珠冷笑，“可见得你心里早没有那个‘人’了！”

“亏你怎么想出来了？”胡雪岩有些懊恼，“我们在讲那几样东西，你无缘无故会扯到人上面！我劝你不必太看重身外之物，正是为了看重你，你连这点道理都想不明白？再说，我那么忙法子，你娘来一叫我就来，还要怎么样呢？至于王大老爷上任要雇船，你也得替我想想，照我在王大老爷面前的身份，好不好去管这种小事情？”

“我晓得，都归庶务老爷管，不过你提一声也不要紧啊！”

“这不就是插手去管吗？你总晓得，这都有回扣的，我一管，庶务就不敢拿回扣了。别人不知道用你家的船另有道理，只说我想要回扣。我怎么能背这种名声？”

阿珠听了这一番话，很快地看了他一眼，把眼皮垂下去，长长的睫毛闪动着，好久不作声。

那是石火电光般的一瞥，但包含着自悔、致歉、佩服、感激，以及求取谅解的许多意思在内，好像在说：“你不说明白，我哪里知道？多因为我的见识不如你，想不到其中有这么多道理。我只当你有意不用我家的船，是特意要避开我，其实你是爱莫能助。一请就来，你也不是有意避我。看来是我错怪了人！也难为你，一直逼到最后你才说破！我不对，你也不对，你应该晓得我心里着急，何不一来先就解释这件事？倘或你早说明白，我怎会说那许多教人刺心的话？也许你倒不在乎，但是你可知道我说这些话心里是如何懊悔？”

女儿家的曲曲心事，胡雪岩再机警也难猜透，不过她有愧歉之意，却是看得出来的。他的性情是最不愿意做煞风景的事，所以自己先就一下撇开，摇着手说：“好了，好了，话说过就算数了，不要去东想西想。喂，我问你！”最后一句声音大了些，仿佛突如其来似的。阿珠微吃一惊，抬起头来睁大了双眼看着他。

“你娘今天弄了些什么菜给我吃？”

“我还不晓得。”

“咦！”胡雪岩说，“这就怪了，你怎么会不晓得？莫非——”

他本来想取笑她，说：“莫非一遍一遍在船头上望？”话到口旁，警觉到这个玩笑开不得，所以缩住了口。

话是没有说出口，脸上那诡秘的笑容却依然在。阿珠也是极精灵的人，顿时就逼着问：“莫非什么？”

“莫非，”胡雪岩随口答道，“你在生我的气，所以懒得去问？”

“你这话没有良心！”她说，也不见得生气，却转身走了出去。

很快地，她又走了回来，手里多了一个托盘，里面一只盖碗。揭开碗盖来看，是冰糖煮的新鲜莲子、湖菱和芡实，正是最时新、最珍贵的点心。另外有两只小碟子，一黄一红，黄的是桂花酱，红的是玫瑰卤，不但香味浓郁，而且鲜艳夺目。

“一天就替你弄这一碗点心，你还说我懒得管你，是不是没有良心？”

胡雪岩看碗中的莲子等物，剥得极其干净，粒粒完整，这才知道她花的工夫惊人，心里倒觉得老大不过意。

“吃啊！”阿珠说，“两样卤子随你自己调，我看玫瑰卤子好。”

“我实在舍不得吃，留着闻闻看看。”

“咄！”阿珠笑了，“跟伢儿一样。”说着用小银匙挑了一匙玫瑰卤调在碗里，然后往他面前一推，“冷了不好吃了。”

“你自己呢？”

“我啊！我自己才懒得弄呢。倒是我爹叨你的光，难得吃这么一碗细巧点心。”

“真正是细巧点心！皇帝在宫里，也不过如此。对不？”胡雪岩又说，“宫里虽然四时八节有各地进贡的时鲜货，到底路远迢迢，哪里一上市就有得吃？”

阿珠听了他的话，十分高兴。“这样说起来，你的福气比皇帝还好？”她拿手指刮着脸羞他，“说大话不要本钱，世上再没有比你脸皮厚的人！”说完，自己倒又笑了，接着扭身往后，到后梢去帮忙开饭。

胡雪岩倒不是说大话，真的自觉有“南面王不易之乐”[1]，一人坐在爽气扑人的船窗边，吃着那碗点心，眼望着平畴绿野，心境是说不出的那种开阔轻松。

当然，阿珠仿佛仍旧在他眼前，只要想到便看得见、听得到，一颦一笑，无不可人。他开始认真考虑他与她之间的将来了。

想不多久，思路便被打断，阿珠来开饭了，抹桌子，摆碗筷，一面告诉他说：“四菜一汤，两个碟子，够你吃的了。今天有黄花鱼，有莼菜。”

话没有说完，阿珠的娘已端了菜来，密炙火方，新鲜荷叶粉蒸肉、卤香瓜蒸黄花鱼、炸响铃，另外两个下酒的冷碟，虾米拌黄瓜、卤时件。然后自己替胡雪岩斟了杯“竹叶青”，嘴里说着客气话。

“多谢，多谢！”胡雪岩指着桌面说，“这么许多菜，我无论如何吃不下。大家一起来！”

“从没有这个规矩！”阿珠的娘也知道他的弦外之意，所以接着又把话拉回来，“不过一个人吃闷酒也无趣，让阿珠敬胡老爷一杯。”

阿珠是巴不得她娘有这一句，立刻掉转身子，去拿了一小酒杯，同时把

① 南面王不易之乐：就算是南面称王也不愿意交换某件事物。语出自《聊斋志异·青凤》中“得妇如此，南面王不易也！”。

她的那双银筷子也捏了在手里。

“胡老爷，到底哪天要用船？”

“五月初七一早动身。”他说，“来去总得两天。”

“宁愿打宽些。”阿珠在旁接口，“两天不够的。”

“也对。”胡雪岩说，“这样，加一倍算四天好了。”

“菜呢？”

“随你配，随你配！”胡雪岩是准备好了，从小褂口袋里取出一张银票，递了过去，“你先收了，不够我再补。”

阿珠的娘是识得字的，看那银票是二十两，连忙答道：“有得多！哪里用得着这许多？”

“端午要到了。多了你自己买点东西吃，节礼我就‘折干’了。”

阿珠的娘想了想说：“好，多的银子就算存在我这里。好在胡老爷以后总还有坐我们船的时候。”说完，她就退了出去。

胡雪岩顾不得说话，一半也是有意如此。不喝酒先吃菜，而实在也是真正的享用，连着吃了好几筷鱼，才抬头笑道：“阿珠，我有个办法，最好有这样一位丈母娘，那我的口福就好了！”

表面上是笑话，暗地里是试探，遇着情分还不够的女孩子，这就是唐突，会惹得对方生气，非挨骂不可。但在阿珠听来，又不以为是试探，竟是他吐露真意，作了承诺，顿时脸也红了，心也跳了，忸怩万分，恨不得就从窗口“扑通”一声跳到河里去泅水，躲开他那双眼睛。

幸好，胡雪岩只说话时看了她一眼，说完依旧埋头大嚼。不过阿珠眼前的羞窘虽无人得见，心里的波澜却连自己都觉得难以应付。她霍地一下站起来就跑。

这不暇考虑的一个动作，等做出来了，心里却又不安，怕他误会她生了气，所以顺口说了句：“我去看看，汤好了没有。”

原是句托辞。一脸的红晕，她也羞于见娘，回到自己的铺上，抚着胸，摸着脸，只是对自己说：把心定下来！

她心一定又想起她爹娘那天晚上的话。那晚老夫妇没有防到隔舱有耳，说来一无顾忌："女大不中留，我看阿珠茶不思，饭不想，好像有点……"她爹没有再说下去。

"有点什么？"

"好像害相思病。"

"死鬼！"她娘骂他，"自己女儿，说得这样难听！"

"我是实话。你说，我是不是老实话？"

她娘不响，好半天才问："你看，那位胡老爷人怎么样？"

"这个人将来一定要发达的。"

"我不是说他发达不发达。"她娘抢着又说，"我是说，你看他有没有良心？"

"你怕他对阿珠没有良心？我看，这倒不会。不过，你说的，不肯阿珠给人家做小。何以现在又问这话？"

"我不肯又怎么样？阿珠喜欢他，有什么办法？"

"怎么样呢？我只看她茶不思，饭不想，从来没有在我面前提过胡老爷。"

"在你面前当然不会。"阿珠的娘说，"在我面前，不晓得提过多少回了，无缘无故就会扯到姓胡的头上，这一趟到上海的客人，不是很刮皮吗？阿珠背后说起来，总是'人家胡老爷不像他''人家胡老爷才是好客人'，你听听！"

"那么，你现在到底是怎么个意思呢？"

"我也想穿了，只要小两口感情好，做大做小也就不管它了！不过，"她娘换了种敬重丈夫的语气，"这总要做老子的作主。"

"也由不得我作主。我老早说过，照我的意思，最好挑个老实的，一夫一妻，苦就苦一点。只是你不肯，她不愿。那就你们娘儿俩自己去商量好了。"

"女儿不是我一个人的，你不要推出不管。"阿珠的娘说，"你也去打听打听，到底胡老爷住在哪里，信和的张老板一定晓得，你去问他！”

“问到了做什么？你要去看他？”

“一则看他，二则看他太太，如果是只雌老虎，那就叫阿珠死了这条心吧！”

这是十天前的话，果然寻着了“胡老爷”，而且一请就来。就不知道她娘看见了胡太太没有，为人如何，阿珠心里这样在转着念头。

唉！她自己对自己不满，这样容易明白的事，何以好久都猜不透？只要到了胡家，自然见着了胡太太，如果胡太太真个是只“雌老虎”，从娘那里先就死了心，决不肯承揽这笔短途的生意，更不会待他这样子的殷勤亲热。照此看来，娘不但见着了胡太太，而且看得胡太太十分贤惠，有气量，将来女儿嫁过去，有把握不会吃亏受气，所以今天完全是像“毛脚女婿”上门一般待他。这不是明摆着的事，为何自己思前想后一直想不通？

这下倒是想通了，但刚有些定下来的心，却越发乱了。

“阿珠啊！”她听得她娘在喊，“来把汤端了去！”

这一叫使得阿珠大窘，自己摸一摸脸，简直烫手，料想脸色一定红得像岸上的榴花一样。但不答应也不行，便高声先答一句：“来了！”

“快来啊！汤要冷了。”

万般无奈，只好这样答道：“娘，你自己端一端，我手上不空。”

“你在做啥？”

什么也不做，只像一碗热汤一样，摆在那里，等自己的脸冷下来。她又用凉水洗了一把脸，脱去软缎背心，刚解衣钮，听得一声门响，吓一大跳，赶紧双手抱胸，掩住衣襟。

“走进来也不说一声！”她埋怨她娘，“吓得我魂灵都出窍了。”

“你也是，这时候擦什么身？”她娘催她，“快点！你也来帮着招呼招呼。”

这一下妙极，“手上不空”的原因也有了，脸上的颜色也遮掩了。阿珠大为得意，把手巾一丢，扣好衣钮，拿下摆抹一抹平，重新走到了前舱。

胡雪岩已经在吃饭了，一碗刚刚吃完，她伸手去接饭碗，他摇摇头说：“吃得太饱了！”

“那么你多吃点汤。这碗三丝莼菜汤，是我娘的拿手菜。”

“没有一样不拿手，请王大老爷那天，大致就照这个样子，再添两个炒菜，弄只汽锅鸡。”

“什么叫汽锅鸡？”阿珠笑道，“江西人补碗，‘叽咕叽’！”

胡雪岩忍不住笑了，笑停了说：“原来你也有不晓得的菜！汽锅鸡是云南菜。王大老爷是福建人，生长在云南，所以喜欢云南口味。汽锅鸡我也是在他家头一回吃，做法我也学会了，等下我再传授给你娘。”

“不要，不要，你教我好了。”阿珠往后看了看，“不要给我娘晓得。”

“咦！这为啥？”

“我娘总说我笨手笨脚，没有一样菜烧得入味的。我现在也要学一样她不会的，只怕见都没有见过，那就尽由得我说了。”

“好，我教你！”胡雪岩把汽锅鸡的做法传授了她。

“这并不难嘛！”

“本就不难，只是那只锅不容易找，我送你一个。”胡雪岩又说，“我倒要尝一尝你这个徒弟的手艺，看比我另外一个徒弟是好是坏？”

“另外一个徒弟是哪个？”

胡雪岩笑笑不响。阿珠也猜到了是谁，心里顿起一种异样的感觉，好像有些不舒服，但又不能不开心。

她又想，不问下去倒显得自己有什么忌讳似的，十分不妥，于是问道：“是胡太太？”

“当然是她。”

“胡太太的这样菜，一定做得道地。”

“也不见得。”胡雪岩说，“她不大会做菜，也不大喜欢下厨房。”

“那么喜欢什么呢？”

胡雪岩有些猜到，她是在打听他太太的性情，因而想到她娘那天也可能借送食物为名，特意来观望风色。如果自己的猜想不错，只怕今天就要有个了断。

这是个难题，在自己这方面来说，对于阿珠的态度，根本还未到可以作最后决定的时候，那就得想个什么好办法来搪塞，既要达到自己的目的，又要不伤阿珠的感情。

“咦！怎么了，忽然变哑巴了？”阿珠见他久久不语，这样催问。

“我忽然想起一桩要紧事。”胡雪岩顺口掩饰着，“刚才谈到什么地方了？”

阿珠倒又不关心他太太的爱好了，咬着嘴唇，微垂着眼，死瞪住他看。

“我要说你了，”胡雪岩笑道，“莫非你也变了哑巴？”

“我也忽然想起一桩事，我要看你刚才说的话是真是假。”

“你以为我说有要紧事是骗你？”

“不是什么骗我，你在打主意要走了！”

“你的心思真多。不过，”胡雪岩望着窗外，“天快黑了，这地方上岸不便，而且看样子要下雨。我说句实话，你不说我倒记不起，你一说正好提醒我，我该走了。”

阿珠心里十分生气，明明早就想走了，还要说便宜话，于是转身向外，故意拉长了声音喊船伙计：“阿四——搭跳板——送客！”

“还早呢！”她娘马上应声，“胡老爷再坐一歇。”

“不要留他！天黑了，要下雨了，路上不好走，等下滑一跤，都怪你！”

明明负气，偏是呖呖莺声，入耳只觉好听有趣。胡雪岩无论如何忍不下心来说要走，笑笑答道：“我不走，是阿珠在赶我。”

“阿珠又没规矩了。胡老爷，你不要理她！等我收拾桌子泡茶来你吃。”

等收拾了桌子，重新泡上一碗上品龙井新茶来，天气果然变了，船篷上滴滴答答响起了雨声。

“黄梅天，说晴就晴，一下工夫，天又好了。”

阿珠的娘说这话的用意，胡雪岩当然知道，是唯恐他要走，或者虽不走而记挂着天黑雨滑，道路泥泞，不能安心坐下来。他向来不肯让人有这种悬揣不安的感觉，心想既来之则安之，真的要走，哪怕三更半夜，天上下冰雹、总也得想出办法来脱身，那就不如放大方些。

于是他说：“随它下好了，反正不好走就不好走，你们船上我又不是没有住过。”

这一说，她们母女俩脸上的神色，立刻就都不同了。“是啊！”阿珠的娘说，“明天一早走也一样。”

“不过我今天晚上实在有件要紧事。也罢，”他慨然说道，“我写封信，请你们那位伙计，替我送一送。”

“好的！”阿珠的娘要吩咐她女儿去取笔砚，谁知阿珠的心思来得快，早就在动手了。

打开柜子取出一个红木盘，文房四宝，一应俱全。原是为客人预备的，只是久已不用，砚墨尘封。阿珠抹一抹干净，随手伸出春葱样的一只指头，在自己的茶碗里蘸了几滴水珠，注入砚中，替他磨墨。

她磨墨，他在腹中打草稿。此是胡雪岩的一短，几句话想了好半天，把张信纸在桌上抹了又抹，取支笔在砚台中舐了又舐，才算想停当。

信是写给刘庆生的，请他去通知自己家里，只说：今夜因为王有龄有要紧公事，要彻夜会商，不能回家。其实这么两句话，叫船伙计阿四到自己家去送个口信，反倒简便，只是胡雪岩怕阿四去了，会泄漏自己的行踪，所以特意转这样一道手。

办了这件事，胡雪岩就轻松了，但阿珠看在眼里，却又不免猜疑：胡雪岩怕是个怕老婆的人？转念又想，这正是胡雪岩的好处，换了那些浪荡子弟，自己在外面花天酒地，把太太丢在家，独守空房，哪怕提心吊胆，一夜坐等，也不会放在他心上。

“好了！”他喝着茶说，“有事，你就谈吧！”

明明有终身大事要谈，说破了，阿珠反倒不愿。“你这个人！”她说，“一定要有事谈，才留你在这里么？”

“就是闲谈，总也要有件事。”胡雪岩问道，“阿珠，你在湖州住过几年？”

“那怎么说得出？来来去去，算不清楚了。”

“湖州地方你总很熟是不是？”

“当然不会陌生。不过也不是顶熟。”阿珠又说，“你问它做什么？”

“王大老爷放了湖州府，我总要打听打听那里的情形。”

“我倒问你。”阿珠忽然很注意地，“你是不是也要到湖州去做官？”

这话让胡雪岩很难回答，想了一会儿答道：“湖州我是要常去的。不过，至多是半官半商。”

“怎么叫‘半官半商’？又做官又做生意？”阿珠心中灵光一闪，就像黑夜里在荒野中迷路，忽然一道闪电，恰好让她辨清了方向，不由得精神大振，急急问道，“你要到湖州做啥生意？是不是开钱庄？”

“不是开钱庄。”胡雪岩答说，“我想做丝生意。”

“这就一定要到湖州去！”阿珠很高兴，也很骄傲地说，“我们湖州的丝，天下第一！”

“是啊！因为天下第一，所以外国人也要来买。”

阿珠说的“天下”，是照多少年来传统的定义，四海之内，就是天下。胡雪岩到过上海，晓得了西洋的情形，才知道天外有天，人外有人，所以他口中的天下，跟阿珠所想的不同。

“原来你买了丝要去‘销洋庄’！”阿珠说道，“销洋庄的丝，一直都是广帮客人的生意。”

“别人好做，我也好做。”胡雪岩笑道，“阿珠，看样子，你倒不外行。”

“当然啰，”她扬着脸，把腰一挺，以致一个丰满的胸部鼓了起来，显得很神气地，“你想想，我是什么地方人？”

“那好！你把你们湖州出丝的情形倒讲给我听听看。”

阿珠知道，这不是闲谈，胡雪岩既然要做这行生意，当然要先打听得越清楚越好，她怕自己说得不够明白，甚至说错，因而把她娘也去搬请了来，一起来细谈。

“这个，”阿珠的娘说，“我们无锡乡下也养蚕的，不过出的多是‘肥丝’，不比湖州多是‘细丝’。”

“怎么叫‘肥丝’？”胡雪岩打断她的话问。

“丝分三种，上等茧子缫成细丝，上、中茧缫成肥丝，下等茧子缫成的就是粗丝。粗丝不能上织机，织绸一定得用肥丝和细丝，细丝为经，肥丝为纬。”

这一说，胡雪岩立即就懂了细丝质地高于肥丝的道理。因为杭州的“织造衙门”，下城一带，“机坊”林立，他也听人说过，一定要坚韧光亮的好丝，才能作“经丝”。

“在湖州，女孩子十一二岁就懂养蚕，养蚕实在辛苦。三四月称为‘蚕月’，真正是六亲不认，门口贴张红纸就是‘挡箭牌’，哪怕邻舍都不往来。”

“听说还有许多禁忌，是不是？”

“禁忌来得个多。”阿珠的娘说，“夫妇不能同房，也不能说什么风言风语，因为‘蚕宝宝’最要干净。”

接下来，她细谈了养蚕的过程。蚕由初生到成茧，经过“三眠”，大概要二十八天到四十天的工夫。喂蚕有定时，深更半夜，都得起身饲食，耽误不得一刻。育蚕又最重温度，门窗紧闭，密不通风，如果天气骤变，觉得冷了，必须生火，常有些养蚕人家，不知不觉间倦极而眠，以致失火成灾。

育蚕当然要桑叶，空有桑树，固然无用，蚕多桑少，也是麻烦，有时不得不把辛苦养成一半的蚕弃置。这是养蚕人家最痛苦的事。

这一谈，把胡雪岩记忆中的关于蚕丝的知识勾了出来，便即问道：“最好的丝，是不是叫‘缉里丝’？”

“大家都这么说。”阿珠的娘答道，“那地方离南浔七里路。”

“原来是‘七里丝’，不是‘缉里丝’。”胡雪岩欣然领悟，“真是凡事要请教内行。”

“七”与“缉”字异而音似，所以阿珠听得莫名其妙，在旁笑他：“什么‘七里丝’不是‘七里丝’？姓胡的不姓胡！这叫什么怪话？”

胡雪岩笑笑不答，这时没有心思来跟她斗嘴开玩笑，他脑中有七八个念头在转，自己静一静，略略理出了一个头绪，才重拾中断的话题。

“养蚕我是明白了。怎么样缫丝，丝做出来，怎么卖出去，我还不大懂。”

于是阿珠的娘，把土法缫丝的方法讲给他听：用一口大锅，烧滚了水，倒一升茧下去，用根木棍子搅着，锅上架两部小丝车，下面装一根竹管；等把丝头搅了出来，通过竹管，绕小车一匝，再引入地上的大丝车；抽尽了丝，蚕蛹自然出现，如果丝断了再搅，搅出丝头来，抽光了为止。

“缫丝也辛苦。”阿珠的娘说，“茧子不赶紧缫出丝来，里头的蛹咬破了头，茧子就没有用了。所以缫丝一定是一家大小动手，没日没夜赶完为止。胡老爷你想想看，站在滚烫的小锅旁边，不停手地搅，不停手地抽丝，加以蚕蛹烫死了的那股气味，真正是受罪。倘或遇着茧子潮软，抽丝不容易，那就越发苦了。还有搅了半天，抽不出头的，那叫‘水茧’，只好捞出来丢掉，白费心血。”

“苦虽苦，总也有开心的时候。”

“当然啰，一直是苦的事情，天下没有人去做的。到缫成丝，丝客人一到镇上，那就是开心的时候到了。丝价年年在涨，新丝卖来的钱，着实可以派点用场。”

这触及到胡雪岩最需要了解的地方了。

“丝客人”这个名称，他是懂的，带了大批现银到产地买丝的，称为“丝客人”；开丝行代为搜购新丝，从中取利的称为“丝主人”。每到三四月间，钱庄放款给丝客人是一项主要的业务。他在想，与其放款给丝客人去买丝，赚取拆息，何不自己做丝客人?

“我也想做做丝客人。不知道其中有什么诀窍？”

“这我就不晓得了。”阿珠的娘说，“照我想，第一，总要懂得丝好坏。第二，要晓得丝的行情，丝价每年有上落，不过收新丝总是便宜的。”

“丝价的上落，是怎么来的呢？出得少，价钱就高，或者收的人多，价钱也会高。是不是这样子？”

“我想做生意总是这样。不过，”阿珠的娘又说，“丝价高低，我听人说，一大半是‘做’出来的，都在几个大户手里。”

听得这话，胡雪岩精神一振，知道丝价高低决于大户的操纵，这个把戏他最在行。

阿珠的娘这时越谈越起劲了，而且所谈的也正是胡雪岩想知道的——茧与丝的买卖。

“如果人手不够，或者别样缘故，卖茧子的也有。”她说，“收茧子的有茧行，要官府里领了‘牙帖’才好开。同行有‘茧业公所’，新茧上市，同行公议，哪一天开秤，哪一天为止。价钱也是议好的，不准自己抬价。不过乡下人卖茧子常要吃亏，除非万不得已，都是卖丝。”

“为什么要吃亏？”

“这一点你都不懂？”阿珠插嘴，“茧行杀你的价，你只好卖，不卖摆在那里，里头的蛹咬破了头，一文不值！”

“对，对！我也搅糊涂了。”胡雪岩又问，“那么茧子行买了茧子，怎么出手呢？”

“这有两种，一种是卖给缫丝厂，一种是自己缫了丝卖。”

“喔，我懂了。你倒再说说丝行看，也要向部里领牙帖，也有同业公所？”

“当然啰。丝行的花样比茧行多得多，各做各的生意，大的才叫丝行，小的叫‘用户’，就是当地买、当地用。中间转手批发的叫‘划庄’。还有‘广行’‘洋庄’，专门做洋鬼子的生意，那是越发要大本钱了，上万‘两’的丝摆在手里，等价钱好了卖给洋鬼子。你想想看，这要压多少本钱？洋鬼子也坏得很，你抬他的价，他不说你贵，表面跟你笑嘻嘻，暗底下另外去寻路子，自有吃本太重、急于想脱手求现的，肯杀价卖给他。你还在那里老等，人家已经塌进便宜货，装上轮船运到西洋去了……”

“慢，慢来！”胡雪岩大声打断，“等我想一想。”

她们母女俩都不晓得他要想什么。只见他皱紧眉头，偏着头，双眼望着空中，是极用心的样子——他在想赚洋鬼子的钱！做生意就怕心不齐，跟洋鬼子做生意，也要像茧行收茧一样，就是这个价钱，愿意就愿意，不愿意就拉倒。那一来洋鬼子非服帖不可。不过人心不同，各如其面，但也难怪，本钱不足，周转不灵，只好脱货求现，除非……

他豁然贯通了！除非能把所有的“洋庄”都抓在手里。当然，天下的饭，一个人是吃不完的，只有联络同行，要他们跟着自己走。

这也不难！他在想，洋庄丝价卖得好，哪个不乐意？至于想脱货求现的，有两个办法。第一，你要卖给洋鬼子，不如卖给我；第二，你如果不肯卖给我，也不要卖给洋鬼子，要用多少款子，拿货色来抵押，包你将来能赚得比现在多。这样，此人如果还一定要卖货色给洋鬼子，那必定是暗底下受人家的好处，有意自贬身价，成了吃里扒外的半吊子，可以鼓动同行，跟他断绝往来，看他还狠到哪里去？

“对啊，对啊！”他想到得意之处，自己拍着手掌笑，仿佛痰迷心窍似的，把阿珠逗得笑弯了腰。

阿珠的娘到底不同，有几分猜到，便即笑着问道：“胡老爷是想做丝生意？”

“我要做丝客人。”

“果不其然！”阿珠的娘得意地笑了，“胡老爷要做丝生意。”

阿珠当然更是喜心翻倒，不仅是为了这一来常有跟胡雪岩聚会的机会，而且也因为自己的心愿，居然很快地就达成，所以有着近乎意外的那种惊喜。

“不过，干娘——”胡雪岩这样叫阿珠的娘。

那是杭州人习用的一种称呼，还是南宋的遗风：义母叫干娘，姑母也叫干娘，凡是对年纪比自己大的妇人而自愿执后辈之礼的，都可以这样称呼。因此这一叫，叫得阿珠的娘受宠若惊。

“不敢当，不敢当！”她连连逊谢，近乎惶恐了，“胡老爷千万不要这样叫！”

她在谦虚，阿珠却在旁边急坏了！这一声“干娘”，在她听来就如胡雪岩跟她开那个玩笑，说要叫娘为“丈母娘”是差不多的意思，所以表面没有什么，心一直在跳。她想：人家要来亲近，你偏偏不受，这算什么意思呢？

因此，胡雪岩还没有开口，她先发了话：“人家抬举你，你不要不识抬举！”

知女莫若母，胡雪岩的“干娘”立即有所意会，她自己也觉得大可不必如此坚辞不受。不过也不便把话拉回来，最好含含糊糊过去，等他再叫时不作声，那一下“干娘”就做定了。

于是她笑着骂阿珠：“你看你，倒过来教训起我来了！”

她们母女俩的语气眼风，胡雪岩一五一十都看在眼里，此时忙着要谈正经，没有工夫理这回事。“干娘！”他说，“我做丝客人，你做丝主人好不好？”

“胡老爷在说笑话了。”做“丝主人”就是开丝行，阿珠的娘说，“我又不开丝行，哪里有丝卖给你？”

“不要紧！我来帮你开。”

“开什么？”阿珠又插嘴，“开丝行？”

“对！”答得非常爽脆。

阿珠的娘看看他，又看看女儿，这样子不像说笑话。但如果不是笑话，则更让她困惑。“胡老爷，”她很谨慎地问，“你自己为什么不来开？”

“这话问得对了！”胡雪岩连连点头，“为什么我自己不来开呢？第一，我不是湖州人，做生意，老实说，总有点欺生的；第二，王大老爷在湖州府，我来做‘客人’不要紧，来做‘主人’，人家就要说闲话了。明明跟王大老爷无关，说起来某某丝行有知府撑腰，遭人的忌，生意就难做了。”

这一说阿珠的娘才明白。一想到自己会有个现成的“老板娘”做，笑得眼睛眯成两条缝。“原来胡大老爷要我出出面。不过，”她的心又一冷，“我女人家，怎么出面？”

“那不要紧，请你们老张来出面领帖，暗底下，是你老板娘一把抓，那不也一样吗？”

“啊唷！老板娘！”阿珠甩着辫子大笑，“又是干娘，又是老板娘，以后我要好好巴结你了！”

那笑声有些轻狂，以至于把她爹招引了来，探头一望，正好让胡雪岩发觉，随即招着手说：“来，来，老张！正有事要跟你谈。”

老张是个老实人，见了胡雪岩相当拘谨，斜欠着身子坐在椅子上，仿佛下属对上司似的，静听吩咐。胡雪岩看这样子，觉得不宜于以郑重的态度来谈正经，就叫阿珠说明因由。

“胡老爷要挑你做老板！”阿珠用这样一句话开头，口气像是局外人，接着把胡雪岩的意思仔仔细细地说了一遍。

老张也是做梦都没有想到，听了妻子的话，为打听胡雪岩的住址到信和去了一趟，撞出这么一件喜事来。不过，他也多少有些疑惑，觉得事太突兀，未见得如阿珠所说的那么好。

因此，他说话就有保留了。“多谢胡老爷，”他慢吞吞地，“事情倒是件好事，我也有一两个丝行里的朋友，只怕我做不好。”

“哪个生来就会的？老张，你听我说，做生意第一要齐心，第二要人缘。我想你人缘不坏的，只要听我话，别的我不敢说，无论如何我叫你日子比在船上过得舒服。”胡雪岩接着又说，“一个人总要想想后半世，弄只船飘来飘去，不是个了局！”

就这一句话，立刻打动了老张的心，他妻子和女儿当然更觉得动听。

“胡老爷这句话，真正实在！”他妻子说，“转眼五十岁的人，吃辛苦也吃不起了，趁现在早早作个打算。我们好歹帮胡老爷把丝行开起来，叶落归根总算也有个一定的地方。”

“不是你们帮我开丝行，是我帮你们开丝行！”胡雪岩很郑重地说，“既然你们有丝行里的朋友，那再好不过。老张，我倒先要问你，开丝行要多少本钱？”

“那要看丝行大小。一个门面，一副生财，两三百两银子现款，替客户代代手，也是丝行；自己买了丝囤在那里，专等客户上门，也是丝行。”

“照这样说，有一千两银子可以开了？”

“一千两银子本钱，也不算小同行了。”

“那好！”胡雪岩把视线扫过他们夫妻父女，最后落在老张脸上，“我不说送，我借一千两银子给你！你开丝行，我托你买丝。一千两银子不要利息，等你赚了钱就还我。你看好不好？”

“那怎么不好？”老张答道，“不过，胡老爷，做生意有赚有蚀，万一本钱蚀光了怎么办？”

“真正是！”他妻子大为不满，“生意还没有做，先说不识头的话。”

“不！干娘，”胡雪岩却很欣赏老张的态度，“做生意就是要这个样子。顾前不顾后，一门心思想赚，那种生意做不好的。这样，老张，我劝你这条船不要卖，租了给人家，万一丝行‘倒灶’，你还可以靠船租过日子。”

老张怔怔地不作声，他有些心不在焉，奇怪“胡老爷”怎么一下子叫她妻子为“干娘”。

“爹！”阿珠推着他说，“人家在跟你说话，你在想啥心事？”

“喔，喔！”老张定定神，才把胡雪岩的话记起来，“胡老爷，”他说，“今年总来不及了！”

“怎么呢？”

“开丝行要领牙帖，听说要京里发下来，一来一往，最快也要三个月工夫，那时候收丝的辰光早过了。”

“收丝也有季节的么？”

“自然啰！”阿珠的娘笑了，“胡老爷，你连这点都不明白？”

“隔行如隔山。我从来没有经手过这行生意。不过，”胡雪岩说，“我倒想起来了，钱庄放款给做丝生意的，总在四五月里。”

“是啊，新丝四五月里上市，都想早早脱手。第一，乡下五荒六月，青黄不接的当口，都等铜钿用；第二，雪白的丝，摆在家里黄了，价钱就要打折扣。也有的想摆一摆，等价钱好了再卖，也不过多等个把月。丝行生意多是一年做一季。”

胡雪岩听得这话踌躇了，因为他有一套算盘。王有龄一到湖州，公款解省，当然由他阜康代理“府库”来收支。他的打算是：在湖州收到的现银，就地买丝，运到杭州脱手变现，解交“藩库”——这是无本钱的生意，变戏法不可让外人窥见底蕴，所以他愿意帮老张开丝行。现在听说老张的丝行一时开不成功，买丝运杭州的算盘就打不通了。

“有这样一个办法，”他问老张，“我们跟人家顶一张，或者租一张牙帖来做。你看行不行？”

“这个办法，听倒也听人说过。就不知道要花多少钱，说不定顶一年就要三五百两银子！”

“三五百两就三五百两。”胡雪岩说，“小钱不去，大钱不来！老张，你明天就到湖州去办这件事！”

想到就做，何至于如此性急？而且一切都还茫无头绪，到了湖州又如何着手？所以老张和他妻儿，都不知如何作答。

“胡老爷，”还是阿珠的娘有主意，“我看这样，王大老爷上任，你索性送了去，一船摇到湖州就地办事，你在那里，凡事可以作主，事情就妥当了。”

“妥当是妥当，却有两层难处。第一，大家都知道王大老爷跟我与众不同，我要避嫌，不便送他上任。第二，我有家钱庄，马上要开出来，实在分不开身。”

“喔，胡老爷还有家钱庄？”

“是的。”胡雪岩说，“钱庄是我出面，背后有大股东。”

这一来，阿珠的娘越发把胡雪岩看得不同了，她看了他丈夫一眼，转脸问胡雪岩：“那么送到临平……”

“那还是照旧。”胡雪岩抢着说，“明天我打一张一千两的银票，请老张带到湖州去，一面弄牙帖，一面看房子，先把门面摆开来。我总在月半左右到湖州来收丝。我想，这船上，老张不在也不要紧吧？”

“那要什么紧？”阿珠的娘说，“人手不够，临时雇个短工好了。”

谈到这里，便有“不由分说”之势了。老张摇了几十年的船，一下子弃舟登陆，要拿着上千两银子，单枪匹马回湖州开丝行，自有些胆怯，但经不住他妻儿和胡雪岩的鼓励推动，终于也有了信心，打算着一到湖州，先寻几个丝行朋友商量。好在自己在江湖上走了几十年，纵非人情险巇，一望而知，人品好歹总识得的，只要这一层上把握得住，就不会吃亏。

就这样兴高采烈地谈到深夜，阿珠的娘又去弄了消夜来让胡雪岩吃过。阿珠亲手替他铺好了床，道声“安置”，各自归寝。她心里有好些话要跟他说，但总觉得半夜三更，孤男寡女在一起，是件“大逆不道”的事，所以万般无奈地回到了她自己的铺上。

这一夜船上五个人，除了伙计阿四，其余的都有心事在想。所想的也都是开丝行的事，而且也都把阿珠连在一起想，只是各人的想法不同。

最高兴的是阿珠的娘，一下子消除了她心里的两个“疙瘩”。第一个疙瘩是老张快五十岁了，《天雨花》《再生缘》那些唱本儿上说起来，做官的“年将半百”便要“告老还乡”，买田买地做“老员外”享清福，而他还在摇船；现在总算叶落归根，可以有个养老送终的“家”了。

第二个疙瘩是为了阿珠。把她嫁给胡雪岩，千肯万肯，就怕“做小”受气，虽说胡太太看样子贤惠，但“老爷”到底只有一个，这面恩恩爱爱，那面就凄凄凉凉，日久天长，一定会有气怄。现在把阿珠放在湖州，又不受

“大的”气，自己又照顾得到，哪还有比这再好的安排？她一想到此，心满意足。

阿珠是比她娘想得更加美。她觉得嫁到胡家，怄气还在其次，“做小”这两个字，总是委屈，难得他情深意重，想出一条“两头大”的路子来！眼前虽未明言，但照他的体贴，一定是这么个打算。他现在是先要抬举她爹的身份，做了老板，才好做他的丈人。将来明媒正娶，自己一样凤冠霞帔，坐了花轿来“拜堂”。人家叫起来是“胡太太”，谁也不晓得自己只是“湖州的胡太太”！

她那里一厢情愿，另一面胡雪岩也在自度得计。帮老张开丝行，当然也有安置阿珠的意思在内。他也相信看相算命，不过只相信一半。一半天意，一半人事，而人定可以胜天。脱运交运的当口，走不得桃花运，这话固然不错，却要看桃花运是如何走法。如果把阿珠弄回家去，倘或大小不和，三日两头吵得天翻地覆，自己哪里还有心思来做生意？像现在这样，等于自己在湖州开了个丝行，阿珠和她父母会尽力照应。自己到了湖州，当然住在丝行里，阿珠也不算大，也不算小，是个外室，将来看情形再说。果然丝行做得发达了，阿珠就是胡家有功之人，那时把她接回家去，自己妻子也就不好说什么了。

他这个念头，看起来面面俱到，事事可行，真正是一把“如意算盘”。但是，他再也想不到，老张的心思却变了。

他虽是摇船出身，也不识多少字，倒是个有骨气的人。阿珠愿意嫁胡雪岩，自己肯委屈“做小”，他妻子又极力赞成，既然母女俩一条心，他也不反对。照他的想法，将来阿珠到了胡家，不管是大小住在一起，还是另立门户，总归是在杭州，自己做自己的生意，眼不见为净，旁人也不会说什么闲话。

此刻不同了。开丝行，做老板，固然是一步登天，求之不得。但旁人不免要问：“摇船的老张，怎么会一下子做了老板？”这话谈下去就很难听了！总不能逢人去分辩：“阿珠给胡某人做小，完全是感情，阿珠自己喜欢他。开丝行是胡某人自己为了做生意方便，就是没有这桩亲事，他依然要开，依然要叫我出面做现成老板！”这话就算自己能够说，别人也未见得相信。所以他这时打定主意，开丝行与阿珠嫁胡雪岩，这两件事绝不可夹杂在一起。

“喂！”躺在铺上的老张，推推他妻子，低声问道，“阿珠的事，你们谈过了？”

“没有。”

“那‘他’怎么叫你‘干娘’？”

“这是人家客气，抬举我们。”

“抬举是不错。不过‘冷粥冷饭好吃，冷言冷语难听’。”

“什么冷言冷语？”他妻子很诧异地问，“哪个在嚼舌头？”

“也没有人在嚼舌头。是我心里在想。”

“好了，好了！”她不耐烦地打断他的话说，“你不要得福不知！该想想正经，到了湖州，寻哪几个朋友，房子看在什么地方？”

老张对他妻子，七分敬爱三分怕。听她这语气，如果自己把心里的想法说出来，当夜就会有一场大吵，因而隐忍未言。

一宵无话。第二天一早胡雪岩起身，阿珠服侍他漱口洗脸，由于急着要上岸办事，他连点心都顾不得吃，就起身去了。临走留下话，中午约在盐桥一家叫“纯号”的酒店见面，又说，如果阿珠和她娘有兴致，也一道来逛逛。

母女俩的兴致自然极好。盐桥大街多的是布店和估衣店，阿珠跟她娘商量：“爹要做老板了，总不能再穿‘短打’，先到估衣店去买件长衫，再自己剪布来做。”

“好啊！”她娘欣然同意，“我们早点去！”

她们母女俩高高兴兴在收拾头面，预备出门。老张一个人坐在船头上闷闷不乐，心里在想，中午一见了面，胡雪岩当然会把银子交过来，只要一接上手，以后再有什么话说，就显得不够味道了。要说，就说在前面，或者今天先不接银子，等商量停当了再说。

他要跟他妻子商量，无奈有阿珠在，不便开口。他心里踌躇无计，而一妻一女倒已经头光面滑，穿上“出客”的衣服，预备动身了。

“该走了吧！”阿珠的娘催促老张。

“爹！”阿珠又嫌她爹土气，“你把蓝布小衫换一换，好不好？寿头寿脑的，真把人的台都坍光了！”

由于宠女儿的缘故，老张一向把她这些没规没矩的话当作耳边风。话虽不理，却该有行动，但老张望着她们母女，怔怔地好像灵魂出窍了似的，好半天不开口。

“呀！”他妻子不胜讶异地，“怎的？”

老张摇摇头，接着说了句：“你们娘儿俩去好了。我不去了。”

“咦！为啥？”

老张想了想说：“我要帮阿四把船摇回万安桥去。”

这是不成理由的理由，阿珠和她娘的脸上顿时像眼前的天气一样，阴晴不定了。

“你在想什么古里古怪的心思？”阿珠的娘脸板得一丝笑容都没有，眼圈都有些红了，“生来是吃苦的命！好日子还没有过一天，就要‘作’了！”

“作”是杭州话，通常只用来骂横也不是，竖也不是，不讨人喜欢的孩子，用来责备老张，便有“自作孽不可活”的意思。话重而怨深，他不能不作个比较明白的表示了。

“你不要一门心思只想自己！”他说，“人家白花花一千两银子，不是小数目，把它蚀光了怎么办？”

“你啊，‘树叶儿掉下来怕打开头’，生意还没有做，开口闭口蚀本！照你这样子说，一辈子摇船好了，摇到七老八十，一口气不来，棺材都用不着买，往河里一推，喂鱼拉倒！”

爹娘吵架，遇到紧要关头，阿珠总是站在她爹这面，这时便埋怨着说：

"娘！何苦说这些话？爹不肯去，让他不去好了。"

"对！"阿珠的娘真的生气了，"枉为他是一家之主。我们敬他，他不受敬，随他去，我们走！"

听得这负气的话，阿珠又觉得不安，想了想只好这样说："怎么走？路好远到那里。"

路不但好远，而且郊野小径，泥泞不堪，就能走进城，脚上的鞋袜亦已不成样子。不过，这也难不倒她娘，高声喊道："阿四，阿四！"

"阿四到万安桥去了。"老张说。

亏得他接了这句口，局面才不致僵持。他妻子气消了些，声音却依旧很大："我们今天把话说说清楚，你到底是怎么个意思？"

"等下再说。"老张这样回答，一面看了阿珠一眼。

这一下她们母女俩都懂了他的意思。阿珠有些羞，有些恼，更有些焦忧，看爹这神气，事情怕要变卦。

"阿珠！你到后面去看看，炖在炉子上的蹄筋怕要加水了。"

借这个因由把她支使了开去，夫妻俩凑在一起谈私话。老张第一句话就问："人家姓胡的，对阿珠到底是怎么个主意？你倒说说看！"

"何用我说？你还看不出来？"

"我怎么看不出？不过昨天看得出，今天看不出了。"

"这叫什么话？"

"我问你，"老张想了想说，"他到底是要做丝生意，是要我们阿珠，还是两样都要？"

"自然两样都要。"

"他要两样，我只好做一样，他要我们阿珠，开丝行请他去请教别人；要我替他做伙计来出面，娶阿珠的事就免谈。"

"这为啥？"他妻子睁大了眼问，"你倒说个道理我听听看。"

他的道理就是不愿意让人笑他，靠裙带上拖出一个老板来做。"一句话，"他很认真地说，"我贫虽贫，还不肯担个卖女儿的名声！"

人人要脸，树树要皮！他妻子在想，也不能说他的话没有道理。但事难两全，只好劝他委屈些。

“你脾气也不要这么倔，各人自扫门前雪，没有哪家来管我们的闲事。”

“没有？”老张使劲摇着头，“你女人家，难得到茶坊酒肆，听不到。我外头要跑跑的，叫人家背后指指点点，我还好过日子？好了，好了，”他越想越不妥，大声说道，“我主意打定了。你如果一定不肯依我，我也有我的办法。”

“什么办法？”她不安地问。

“丝行你去开，算老板也好，算老板娘也好，我不管。我还是去做我的老本行，做一天吃一天，有生意到了湖州，我来看你们娘儿两个。”

听他这番异想天开的话，居然说得像煞有介事，她失笑了，便故意这样问：“那么，你算是来做客人？”

“是啊！做客人。”

“照这样说，你是没良心把我休掉了？”

虽是半带玩笑，这“没良心”三个字，在老张听来就是劈脸一个耳光，顿时觉得脸上火辣辣的。他极力分辩着：“怎么说我没良心？你不好冤枉我！”

“我没有冤枉你！如果你有良心，就算为我受委屈，好不好呢？”

他不作声了。她看得出，自己真的要这么做，也可以做得到，但是他嘴上不说，心里不愿，到底是夫妇的情分，何苦如此？想想还是要把他说得心甘情愿，这件事才算“落胃”。

于是她想着想着，跟她女儿想到一条路上去了。“这样行不行呢？”她说，“你无非怕人家背后说闲话，如果人家在湖州照样请过客，见过礼，算是他在湖州的一房家小，这总没有话说了吧？”

见他妻子让步，他自然也要让步，点点头：“照这样子还差不多。”

“那好了，我来想法子。萝卜吃一截剥一截，眼前的要紧事先做。你换换衣裳，我们也好走了。”

老张换好一套出客穿的短衣，黑鞋白袜扎脚裤，上身一件直贡呢的夹袄。正好阿四划了一只小船，买菜回来。老张留他看船，自己把妻儿划到盐桥上岸，从河下走上熙熙攘攘的盐桥大街。

水上生涯的人家，难得到这条肩摩毂接的大街上来。阿珠颇有目迷五色之感，顾上不顾下，高一脚低一脚地不小心踩着了一块活动的青石板。泥浆迸溅，弄脏了新上身的一条雪青百褶裙，于是阿珠失声而喊，顿时引得路人侧目而视。

“唷，唷，走路要当心！”有个二十来岁的油头光棍，仿佛好意来扶她，趁势在她膀子上捏了一把。

阿珠涨红了脸，使劲把膀子一甩，用力过猛，一甩上去，正好打了他一个反手耳光，其声清脆无比。

“唷，好凶！”有人吃惊，也有人发笑。

这一下使得被误打了的人，面子上越发下不来，一手捂着脸，跳脚大骂。阿珠和她娘吓得面色发白。老张一看闯了祸，赶紧上前赔笑道歉：“对不起，对不起，无心的！”

杭州人以掴脸为奇耻大辱，特别是让妇女打了，认为是“晦气”，而那个油头光棍又是杭州人所谓“撩鬼儿”的小流氓，事态便越发严重了，立刻便有五六个同党围了上来。其中一个一面口沫横飞地辱骂，一面劈胸一把将老张的衣服抓住，伸出拳来就要打。

“打不得，打不得！有话好讲。”阿珠的娘大喊。

“讲你娘的——”

一拳伸了过来，老张接住，下面一腿又到，老张又避开。他打过几个月的拳，也练过“仙人担”，抛过“石锁”，两条膀子上有一两百斤力气，这五六个人还应付得了，不过一则是自己的理屈，再则为人忠厚，不愿打架，所以只是躲避告饶。

拉拉扯扯，身上已经着了两下，还有趁火打劫的，挨挨蹭蹭来轻薄阿珠。就在这她眼泪都快要掉下来的当儿，来了个救星。

“三和尚！啥事体？”

叫得出名字就好办了，那人手上的劲，立刻就松。阿珠的娘如逢大赦，赶紧抢上来说：“张老板，张老板，请你来说一句！本来没事……”

“没事？”被打的那人也要抢着来做原告，指着阿珠说，“张老板，请你老人家评评理看，我看她要掼倒，好意扶她一把，哪晓得她撩起一个嘴巴！端午脚边，晦气不晦气？”

张胖子肚里雪亮，这自然是调戏人家，有取打之道。他心里却有些好笑，故意问道：“阿珠，你怎么出手就打人？”

一听他叫得出阿珠的名字，就知道原是熟人。抓住老张的那个人，不自觉地就把手松开了。

又羞又窘、脸色像块红布样的阿珠，这才算放了心，得理不让人，挺起了胸说：“我也不是存心打他，是他自己不好。”

“好了，好了！”她娘赶紧拦她，“你也少说一句。”

“看我面子！是我侄女儿。”张老板对被打的那人说，“等下我请你们吃老酒。”

一场看来不可开交的纠纷，就此片言而决。老张夫妇向张胖子谢了又谢，阿珠心里却是连自己都辨不出的滋味，仿佛觉得扫兴，又仿佛觉得安慰，站在旁边不开口。

“这里不是说话之处。”张胖子说，“你们不是约了在‘纯号’碰头？喏，那里就是。”

纯号这家酒店，出名的是绍烧。纯号是双开间门面，一半为一座曲尺形的柜台所隔断。柜台很高，上面放着许多直径一尺多的大瓷盘，盛着各种下酒菜，从最起码的发芽豆到时鲜海货，有十来样之多。这时已有好些人在吃“柜台酒”。早市已毕，菜市上的小贩、盐桥河下的脚夫到这里来寻些乐趣，一碗绍烧、一碟小菜，倚柜而立，吃完走路。其中不少是老张的熟人，看到他穿得整整齐齐，带着妻子女儿在一起，不免有一番问询。等他应付完了，张胖子和两个“堂客”，已经在里面落座了。

里面是雅座，八仙桌子只坐了两面，阿珠和她母亲合坐一张条凳。老张来了，又占一面，留着上首的座位给胡雪岩。

“真碰得巧！”张胖子说，“我也是雪岩约我在这里，他一早到我店里来过了，现在回局里有事，等一下就来，我们一面吃，一面等。”

于是呼酒叫菜，喝着谈着。“堂客”上酒店是不大有的事，阿珠又长得惹眼，所以里里外外都不免要探头张望一番。她又局促又有些得意，但心里只盼望着胡雪岩。

胡雪岩终于来了。等他一入座，张胖子便谈阿珠误打了“撩鬼儿”的趣事，因为排解了这场纠纷，他显得很得意。

“阿珠！”胡雪岩听完了笑道，“我们还不知道你这么厉害。”

听他的口气，当她是“雌老虎”，阿珠便红着脸分辩：“他是有心的，大街上动手动脚像啥样子？我一急一甩，打到他脸上，什么厉害不厉害？厉害也不会让人欺侮了！”

胡雪岩笑笑不响。张胖子听她对胡雪岩说话的态度，心里明白，两个人已到了不需客气、无话不谈的地步，不妨开个玩笑。

“老张，”他把视线落在阿珠和她娘脸上，“什么时候请我吃喜酒？”

老张无从置答，阿珠羞得低下了头，她娘却正要拜托张胖子，随即笑孜孜地答道：“这要看张老板！”

“咦！关我什么事？”

阿珠的娘话到口边，又改了一句：“张老板府上在哪里？我做两样菜请张老板、张太太尝尝。”

在座的人只有胡雪岩懂她的意思，是要托张胖子出来做媒，心想透过熟人来谈这件事也好，便提醒张胖子：“只怕有事情托你！”

“喔！喔！”张胖子会意了，“我住在‘石塔儿头’到底，碰鼻头转弯，‘塞然弄堂’，坐北朝南倒数第二家。”

这个地址一口气说下来，仿佛说绕口令似的，阿珠忍不住“扑哧”一声笑了出来。

张胖子又逗着阿珠说了些笑话，便适可而止，把话风一转，看着胡雪岩说："我们谈正经吧！"

一听他用"我们"二字，便知湖州的丝生意，张胖子也有份。胡雪岩已经跟他谈妥当了，目前先由信和在湖州的联号恒利钱庄放款买丝，除了照市拆息以外，答应将来在盈余中提两成作为张胖子个人的好处。他愿意出这样优厚的条件，一则是为了融通资金方便；其次是他自己怕照顾不到，希望张胖子能替他分劳；再有一层就是交情了，信和钱庄虽然做着了海运局的生意，但张胖子自己没有什么利益，胡雪岩借这个机会"挑"他赚几文。

"老张！我今天有两件事交代你。第一，一千两银子在这里，你收好。"说着，胡雪岩取出一个毛巾包来，打开来看，里面是五百两一张的两张银票，"张老板那里出的票子，在湖州恒利照兑。"

"恒利在城隍庙前。"张胖子说，"老张，你在那里立个折子好了，随用随提，方便得很。"

"是的。"老张很吃力地回答。

"第二件，张老板荐了个朋友替你做帮手……"

"噢！"老张很高兴地抢着说，"那就好！我就怕一个人'没脚蟹'似的，摆布不开。"

"不过，老张，有一层你一定要弄清楚。"胡雪岩看一看张胖子，很郑重地说，"丝行是你开，主意要你自己拿，荐来的人给你做伙计，凡事他听你，不是你听他。这话我今天要当着张老板交代清楚。"

"不错，不错。"张胖子接口说道，"那个小伙子姓李，是我的晚辈亲戚，人是蛮能干的，丝行生意也懂，不过年轻贪玩，要托你多管管他。"

老张把他们两个人的话体味了一遍，点点头说："生意归生意，朋友归朋友，我晓得了。"

"对啊！"胡雪岩很欣慰地说，"老张，你说得出这一句话，生意一定会做得好。尽管放手去做！还有一句话，你一到湖州，马上就要寻个内行。

眼光要好，人要靠得住，薪水不妨多送，一分价钱一分货，用人也是一样的。”

老张受了鼓舞，大有领会，不断点头。“那么，这位姓李的朋友，我们什么时候见见面？”他问。

“吃完了到我店里去。”张胖子答道，“我派人把他去叫了来见你。”

因为有许多正经事要办，这一顿酒草草终场。出了纯号，五人分成两拨——张胖子带着老张到信和，阿珠和她娘到估衣铺去替老张办“行头”。剩下胡雪岩一个，阿珠总以为他一定也到信和，谁知他愿意跟她们作一路。

这是求之不得的事，阿珠心里十分高兴，不过在大街上不肯跟他走在一起，搀扶着她娘故意远远地落在后面。胡雪岩却是有心要讨阿珠的好，走到一家大布庄门口，站住了脚等她们。

“这里我很熟，包定不会吃亏。要剪些什么料子，尽量挑，难得上街一趟，用不着委屈自己。”

越是他这么说，她们母女俩越不肯让他破费，略略点缀了一下，便算了事。胡雪岩要替她们多剪，口口声声“干娘这块料子好”“这块颜色阿珠可以穿”，但那母女俩无论如何不要。为了不肯直说“舍不得你多花钱”这句话，阿珠便故意挑剔那些衣料，不是颜色不好，就是花样过时，不然就是“门面”太狭、下水会缩之类的“欲加之罪”，昧着良心胡说，把布店里的伙计气得半天不开口。

布店隔壁就是估衣店，到替老张买衣服，胡雪岩当仁不让了。“这要我来作主！”他说，“现在做生意不像从前了——打扮得越老实越好。上海的‘十里夷场’你们见过的，哪一行走出来不是穿得挺挺括括？佛要金装，人要衣装，你看我把老张打扮起来，包他像个大老板。”

听他说得头头是道，阿珠抿着嘴笑了，推一推她娘小声说道：“你也要打扮打扮，不然不像个老板娘！”

真的要做老板娘了！阿珠的娘心里在想，昨天还只是一句话，到底不知如何，这现在可是踏踏实实再无可疑。别样不说，那一千两银子总是真的。

这样一想，就想得远了，只是想着怎样做老板娘和做老板娘的滋味，忘掉了自己身在何处。

等她惊醒过来，胡雪岩已经替老张挑了一大堆衣服，长袍短套，棉夹俱备。胡雪岩还要替老张买件“紫羔”的皮袍子，阿珠的娘不肯，说是：“将来挣了钱做新的！”才算罢手。

结了账，一共二十多两银子。胡雪岩掏出一大把银票，拣了一张三十两的，交了过去。找来的零头，他从阿珠手里取了手巾包过来，把它包在里面。

“这算啥？”她故意这样问。

“对面就是‘戴春林’分号，”胡雪岩说，“胭脂花粉我不会买，要你自己去挑。”

阿珠果然去挑了许多，而且很舍得花钱，尽拣好的买。除了“鹅蛋粉”之类的本地货以外，还买了上海来的水粉、花露水、洋肥皂。她要用这些东西打扮出来，博得胡雪岩赞一声“好”！

* * *

在老张动身到湖州的第二天，阿珠的娘弄了几样极精致的菜，起个大早，雇了顶小轿到石塔儿头去看张胖子。

见了张太太，少不得有阵寒暄，但很快地便由她所送的那四样菜上，转入正题。张太太在表示过意不去，张胖子却笑了。“‘十三只半鸡’，着实还有得吃！”他说。

据说做媒的男女两家跑，从“问名”开始到“六礼”[1]将成，媒人至少要走十三趟。主人家每一趟都要杀鸡款待，到“好日子”那天还有一只鸡好

① 六礼：指从议婚至完婚过程中的六种礼节，即纳采、问名、纳吉、纳征、请期、亲迎。

吃。不过新娘子要上轿，不能从容大嚼，至多只能吃半只，合起来便是十三只半。这是贫嘴的话，久而久之便成了做媒的意思。张太太一听这话，便极感兴趣地问他丈夫："我们这位阿嫂是男家还是女家？"

"女家。"

"喔，恭喜，恭喜！"张太太向客人笑着道贺，然后又问她丈夫，"那么男家呢？"

"你倒猜猜看！"张胖子道，"你也很熟的。"

于是张太太从信和钱庄几个得力而未曾成家的伙计猜起，猜到至亲好友的少年郎君，说了七八个人，张胖子便摇了七八次头。

"好了，好了！你猜到明天天亮都猜不着的。"他将他妻子往里面推，"闲话少说，你好到厨房里去了，今天有好菜，我在家早早吃了中饭，再到店里，等下我再跟你说。"一面推着，一面向他妻子使了个眼色，意思是关照她一进去便不必再出来了。

这就是张胖子老练圆滑之处。因为第一，胡雪岩跟阿珠的这头姻缘，究还不知结果如何，也不知胡雪岩是不是要瞒着家里，此时需要保守秘密。他妻子最近常到胡家去做客，万一不小心漏了口风，影响到他跟胡雪岩的交情，而胡雪岩现在是他最好、最要紧的一个朋友，绝不能失掉的。

其次他是为阿珠的娘设想。女儿给人做妾，谈起来不是什么光彩之事，怕她有初见面的人在座，难于启齿。这一层意思，阿珠的娘自然了解，越觉得张胖子细心老到，自己是找对了人。

"张老板，"她说，"我的来意，你已经晓得了。这头亲事，能不能成功，全要靠你张老板费心。"

"那何消说得？"张胖子很诚恳地答道，"雪岩是我的好朋友，就是你们两家不托我，我也要讨这杯喜酒来吃。"

"噢！"阿珠的娘异常关切地问，"胡老爷也托过你了，他怎么说？"

"他没有托我。我说'两家'的意思是，随便你们男女两家哪一家，不都一样的吗？"

“不一样，不一样。”阿珠的娘摇着头说，“胡老爷是你的好朋友，不错！不过今天我来求张老板，你张老板答应了，就是我们女家的大媒，总要帮我们阿珠说话才对。你想是不是呢？”

张胖子笑了。“阿嫂！我服你。”他说，“到底是书香人家出身，说出话来，一下子就扎在道理上。好，好，你说，我总尽心就是了。”

“多谢大媒老爷！”她想了想说，“我也不怕你笑话，说句老实话，我们阿珠一片心都在胡老爷身上，完全是感情，绝不是贪图富贵。”

“这我知道。”

“大家爱亲结亲，财礼、嫁妆都不必去谈它。胡老爷看样子也喜欢我们阿珠，想来总也不肯委屈她的。”

张胖子心里有些嘀咕了，既非贪图将来的富贵，又不是贪图眼前的财礼，那么所谓“不肯委屈”阿珠，要怎么样办呢？

“我实话直说。这名分上头，要请张老板你给阿珠争一争。”

这怎么争法？张胖子心想，总不能叫胡雪岩再娶！“莫非，”他忽然想到了，“莫非‘两头大’？”

阿珠的娘反问一句：“张老板，你看这个办法行得通行不通？”

张胖子不愿作肯定的答复，笑说：“如果换了我，自然行得通。”

这表示在胡雪岩就不大可能。原因何在？阿珠的娘当然要打听。张胖子却又说不上来，他只是怕好事不谐，预留后步。其实他也不了解胡雪岩的家庭，不知道这桩好事会有些什么障碍。不过，他向她保证，一定尽力去做这头媒，不论如何，最短期间内，必有确实的答复。同时他也劝她要耐心，事缓则圆，心太急反倒生出意外的障碍。他说像阿珠这样的人才，好比奇货可居，最好要让胡雪岩万般难舍，自己先开口来求婚，那样事情就好办了。

阿珠的娘先有些失望，听到最后几句话，觉得很在道理。心里在想，阿珠也不可太迁就胡雪岩，这些事上面，真像做生意一样，太迁就顾客，反显得自己的“货色”不灵光似的，因而深深受教，但依旧重重拜托，能够早日谈成，早了一件心事，总是好的。

于是张胖子一到店里，立刻打发一个小徒弟到胡家去说，请胡雪岩这天晚上到信和来吃饭，有要紧事要谈，不论迟早，务必劳驾。

快到天黑，张胖子备了酒菜专程等候。直到八点钟左右，胡雪岩才到。他见面连声道歉，说王有龄那里有许多公事。

“不是我的事情，是你的，这件事要一面吃酒一面谈，才有味道。”

张胖子肃客入座，关照他店里的人不喊不要进来，然后，把杯说媒，将阿珠的娘这天早晨的来意，原原本本告诉了胡雪岩。

“事情当然要办的，不过我没有想到她这么心急。”

“我也这么劝她。”张胖子说到此，忽然露出极诡秘的笑容，凑近了低声问道，“雪岩，我倒要问你句话，到底你把阿珠弄上手没有？”

“干干净净，什么也没有。”

“那她娘为什么这么急？”张胖子是替他宽慰的神气，“我还当生米已成熟饭，非逼你吃了下去不可呢！”

“要吃也吃得下。不过现在这个当口，我还不想吃，实在也是没有工夫去吃，生意刚刚起头，全副精神去对付还不够，哪里有闲心思来享艳福？”

张胖子心里明白，胡雪岩逢场作戏，寻些乐趣则可，要让他立一个门户，添上一个累，尚非其时。彼此休戚相关，他当然赞成胡雪岩把精力放在生意上，所以这时候忘掉女家的重托，反倒站在胡雪岩这面了。

“那么，你说，你是怎么个意思？我来帮你应付。”

胡雪岩有些踌躇了，阿珠的一颦一笑，此时都映现在脑子里，实在不忍心让她失望。

“照我看，只有一个字：拖！”张胖子为他设谋。

“拖下去不是个了局！”胡雪岩不以为然，“话要把它说清楚。”

“怎么说法？”

胡雪岩又踌躇了：“这话说出来，怕有人会伤心。”

那当然是指阿珠。“你先说来听听，是怎么句话？”张胖子说，“我是站在旁边的，事情看得比较清楚。”

"我在想，生意归生意，感情归感情，两件事不能混在一起。"

"对啊！"张胖子鼓掌称善，"你的脑筋真清楚。不过我倒要问你，你在湖州开丝行，既然不是为了安顿阿珠，又何必找到老张？他又不是内行。"

"他虽不是内行，但是老实、勤恳，这就够了。"胡雪岩问，"难道你我生来就会在'铜钱眼里翻跟头'的？"

"这话也不错，只是现在已经有感情夹在里面，事情就麻烦了。"

"麻烦虽麻烦，有感情到底也是好的。有了感情，老张夫妇才会全心全意去做生意。"

"话又兜回来了。"张胖子笑说，"我们在商量的，就是怎么才能够不把感情搞坏，可又不叫感情分你的心。"

"正就是这话，所以不宜拖。拖在那里，老张夫妇心思不定，生意哪里做得好？而且拖到后来，因情生恨，搞得彼此翻脸，那又何苦？"

张胖子心想，翻来覆去都是胡雪岩一个人的话，自己脑筋也算清楚，嘴也不笨，就是说不过他，倒不如听他自己拿定了主意，该怎么办怎么办，自己只听他的好了。

"张先生，"胡雪岩看他闷声不响，只管端杯挟菜，便即问道，"你是不是觉得这个媒不做成功，在阿珠的娘面上不好交代？"

"这倒也不是。"张胖子答道，"能够做成功了，总是件高兴的事。"

"做是一定做得成功的，不过媒人吃十三只半鸡，没有一趟头就说成功的。"胡雪岩笑道，"阿珠的娘拿手菜好得很，你一趟说成功，以后就没有好东西吃了。"

张胖子也笑了，觉得胡雪岩的话，也颇有些滋味好辨。"那么，我这样子去说，你看行不行？"他说，"我告诉阿珠的娘，既然是'两头大'，不能马马虎虎，先把八字合一合，看看有没有什么冲克。然后再跟老太太说明白，原配太太那里也要打个招呼。这两关过去，再排日子。这一来就是年把过去了，还是我说的话，一个'拖'字。"

“这一拖跟你所说的‘拖’不同。你的拖是没有一句准话，心思不定，我的拖是照规矩一定要拖，就算将来不成功，譬如八字犯冲之类，那是命该如此，大家没话好说。”

张胖子想一想果然。“雪岩！”他举杯相敬，“随便你做啥，总是先想到退步。这一点我最佩服你，也是人家放心愿意跟你打伙的道理。”

胡雪岩笑笑不答，只这样问道：“你什么时候去回报女家？”

“我看她明天来不来，不来也不要紧，她在后天总见得着面。”

后天就是王有龄荣行上任的日子，胡雪岩和张胖子要坐张家的船送到临平。阿珠的娘得预备一桌好菜，一点空都抽不出来，所以她心里虽急着想听回音，却跟张胖子的打算一样，只能等到他们上船的那天再说。

那天王有龄在运司河下船，胡雪岩和张胖子在万安桥下船，约在拱宸桥的北新关前相会。两人一到船上，只见阿珠打扮得艳光照人，笑嘻嘻地把他们迎入舱中。胡雪岩和张胖子都注意到她的脸色，毫无忸怩不自然的神态，心里便都有数，她还不知道她娘在提亲。胡雪岩即时对张胖子使了个眼色，示意他不必说破。

“胡老爷，张老板！”阿珠的娘出来打招呼，“你们请宽坐，我不陪你们。”

打招呼是表面文章，实际上是来观望气色。不过胡、张两人都是很深沉的人，自然不会在脸上让她看出什么来，张胖子只是这样回答：“你尽管去忙，回头等你闲一闲再谈。”

有了这句话，阿珠的娘便回到船梢去忙着整治筵席，船也解缆往北面去。张胖子乘胡雪岩跟阿珠谈笑得起劲的那一刻，托词要去看看准备了些什么菜，一溜溜到船梢上。

“阿嫂，恭喜你！”张胖子轻声说着，拱拱手道贺。

就这一句话，把阿珠的娘高兴得眉开眼笑，除却连声“多谢”以外，竟不知道说什么好。

“一切照你的意思。”张胖子紧接着说，“不过这不比讨偏房，要规规矩矩、按部就班来做，你们肯马虎，我媒人也不肯。阿嫂，这话是不是？”

“是啊，一点不错。张老板，请你吩咐。”

“那么我先讨个生辰八字，阿珠今年十几？”

“道光十八年戊戌生的，今年十六。”

“那是属狗，雪岩属羊，羊同狗倒可以打伙，不犯冲的。”张胖子又问，“阿珠几月里生日？”

犯冲不犯冲这句话提醒了她。媒人讨了八字去，自然要去请教算命的，拿胡雪岩的八字合在一起来排一排，倘或有何冲克，胡雪岩自己或许不在乎，但他堂上还有老亲，不能不顾忌。最好预先能够把胡雪岩的八字打听清楚，自己先请人看一看，如果有什么合不拢的地方，可以把阿珠生日的月份、日子、时辰改一改，叫乾坤两造合得拢。

这样打定了主意，她便不肯先透露了。“张老板，准定这样办！”她说，“等我回到杭州，请人写好了送到府上去。”

“好，好，就这样。”

就这样三言两语，张胖子对女家的重托，算是圆满地交了差，走回中舱，避开阿珠的视线，向胡雪岩笑一笑，表示事情办得很顺利。

于是船到了北新关前。等候王有龄的官船一到，讨关过闸，就把王有龄和秦寿门、杨用之一起请到张家的船上，一面在水波不兴的运河中缓缓行去，一面由阿珠伺候着，开怀畅饮。

因为有秦、杨两师爷在座，既不能一无顾忌、畅抒肺腑，也不便放浪形骸、大谈风月，所以终席只是娓娓清谈。

这席酒从拱宸桥吃到临平，也就是从中午吃到晚上。宴罢又移到王有龄船上去品茗闲话。到了起更时分，秦、杨二人告辞回自己的船，张胖子跟着也走了，只有胡雪岩为王有龄留了下来话别。

虽只有几个月的相聚，而且也只是一水可航、两天可达的暌隔，但王有龄的离愁无限，除了感情以外，他还有着近乎孤立无倚的恐惧。因为这些日子来，他倚胡雪岩如左右手，已养成“一日不可无此君”的习惯。

不过他也知道，要胡雪岩舍却自己的事业，到他衙门中去当遇事可以随时商议的客卿，不但办不到，就算办到了，又置秦、杨二人于何地？因此，这条心他是死了，退而求其次，唯有希望常见见面。

于是他问："雪岩，你什么时候到湖州来？"

"不会太远。"他算了算日子，等阜康开了张，立即就要到湖州去看老张这方面的情形。"快则半个月，迟则月底。"他说。

"我倒想起来了。"王有龄说，"前两天忙得不可开交，没有工夫问你。你要在湖州开丝行，是怎么回事？"

"这件事，我本来想到了湖州再跟你谈。此刻不妨就说给你听。"

他把前后经过细细讲了一遍，包括阿珠的亲事。事情相当复杂，王有龄一时抓不着头绪，只是深感兴味地说："你搞的花样真热闹。"

"雪公，热闹都从你身上来的。"胡雪岩放低了声音说，"丝行当然有你一份。"

"这不必，怕外面知道了，名声不好听。反正你我之间，无事不可商量，这些话现在都不必去谈它。倒是杨用之那里，你得想办法下些功夫。不然，他有他的主张，在公款的调度上，不无麻烦。"

"我早已想到了。不过，我仍旧要用雪公你的名义来办。"

"怎么办？"王有龄问。

"秦、杨两家的眷属，住在哪里，我都打听清楚了。我会派人照应，到时候该送东西送东西，该送钱送钱，他们家里自会写信到湖州，秦、杨两位知道了，当然会见你的情。那时候一切都好办了。"

"对，对！"王有龄欣然嘉许，"这样最好！我也不必先说破，等他们来跟我道谢时，我自会把交情卖到你身上。"

胡雪岩笑着说了句杭州的俗语："花花轿儿人抬人！"

"那么，"王有龄突然露出顽皮的笑容，"你什么时候让阿珠坐花轿？"

"现在还谈不到。走到哪里算哪里。"

“你太太知道这件事不？”

胡雪岩摇摇头：“最好不要让她知道。”

“这一点我不赞成。”王有龄说，“你是绝顶聪明的人，总该晓得这两句话：糟糠之妻不下堂，贫贱之交不可忘。如今虽非停妻再娶，也得跟你太太商量一下才好。”

胡雪岩默然，觉得王有龄的话，有点打官腔的味道。

第八章

阜康钱庄开张了。门面装修得很像样，柜台里四个伙计，一律簇新的洋蓝布长衫，笑脸迎人。刘庆生是穿绸长衫纱马褂，红光满面，精神抖擞地在亲自招呼顾客。来道贺的同行和官商两界的客人，由胡雪岩亲自接待。信和的张胖子和大源的孙德庆都到了。大家都晓得胡雪岩在抚台那里也能说得上话，难免有什么事要托他，加以他的人缘极好，所以同行十分捧场，“堆花”的存款好几万，刚出炉耀眼生光的“马蹄银”“圆丝”随意堆放在柜台里面，把过路的人看得眼睛发直。

中午摆酒款客，吃到下午三点多钟，方始散席。胡雪岩一个人静下来在盘算，头一天的情形不错，不过总得扎住几个大户头，生意才会有开展。第一步先要做名气，名气一响，生意才会热闹。

忽然间，灵光闪现，他把刘庆生找了来说：“你替我开张单子。”

他随身有个小本子，上面记着只有他自己认识的符号，里面有往来的账目、交往的人名，还有哪位大官儿和他老太太、太太、姨太太、少爷、小姐的生日。这时翻开来看了看，他便报出一连串户名，“福记”“湘记”“和记”“慎德堂”等等。

刘庆生写好了问道：“是不是要立存折？”

“对了。”胡雪岩问道，“一共多少个？”

刘庆生用笔杆点了一遍：“一共十二个。”

“每个折子存银二十两。一共二百四十两，在我的账上挂一笔。”

等刘庆生办好手续，把十二个存折送了来，胡雪岩才把其中的奥妙告诉他。那些折子的户名，都是抚台和藩台的眷属，立了户头，垫付存款，把折子送了过去，当然就会往来。

“太太、小姐们的私房钱，也许有限，算不了什么生意。”胡雪岩说，“可是一传出去，别人对阜康的手面，就另眼相看了。”

“原来如此！”刘庆生心领神会地点着头，“这些个折子，怎么样送进去？”

“问得好！”胡雪岩说，“你明天拿我一张片子去看抚台衙门的门上的刘二爷，这个‘福记’的折子是送他的，其余的托他代为转送。那刘二，你不妨好好应酬他一番，中午去最好，他比较清闲，顺便可以约他出来吃个馆子，向他讨教讨教官场中的情形。我们这行生意，全靠熟悉官场、消息灵通。”

刘庆生一迭连声答应着。胡雪岩让他出面去看刘二，正是信任的表示，所以刘庆生相当高兴。

第二天中午，刘庆生依照胡雪岩的嘱咐，专程去看刘二。因为同姓的关系，他管刘二叫“二叔”，这个亲切的称呼，赢得了刘二的好感，加以看胡雪岩的面子，所以接待得很客气。

能言善道的刘庆生，说过了一套恭维仰慕的话，谈到正事，把“福记”那个折子取了出来，双手奉上。刘二打开来一看，已经记着存银二十两，很诧异地问道：“这是怎么说？”

“想二叔照顾阜康，特为先付一笔利息。”

刘二笑了，“你们那位东家想出来的花样，真正独一无二。”他又踌躇着说，“这一来，我倒不能不跟阜康往来了。来，来，正好有人还了我一笔款子，就存在你们那里。”

于是刘二掀开手边的拜盒，取出两张银票交到刘庆生手里。入眼便觉有异，不同于一般票号、钱庄所出的银票，刘庆生再仔细一看，果不其然。

那是皮纸所制的票钞，写的是满汉合璧的“户部官票”四字，中间标明“库平足色银一百两”，下面又有几行字：“户部奏行官票，凡愿将官票兑换银钱者，与银一律。并准按部定章程，搭交官项，伪造者依律治罪。”

刘庆生竟不知道有此官票，因而笑道：“市面上还没有见过，今天我算开了眼界。”

“京里也是刚刚才通行。”刘二答道，“听说藩署已经派人到京里去领了，不久就会在市面上流通。”

这还不曾流通的银票，一张是一百两，一张是八十两，刘庆生便在折子上记明收下。接着把其余几个折子取了出来，要求刘二代递。

“这好办，都交给我好了。”刘二问道，“你说，还有什么吩咐？”

“不敢当，二叔！就是这件事。”

“那我就不留你了，自己人说老实话，上头还有公事要回，改天再叙吧！”

刘庆生出了抚台衙门，先不回阜康，顺路到大源去看孙德庆。刘庆生把那两张“户部官票”取了出来供大家赏鉴，同时想打听打听这件事的来龙去脉。

“隐隐约约听见过要发官票，也没有什么动静，官票居然就发了出来了，上头做事情好快！”

“军饷紧急，不快不行。”另有个大源的股东说，“我看浙江也快通行了。”

“这种官票也不晓得发多少，说是说‘愿将官票兑换银钱者，与银一律”，如果票子太多，现银不足，那就——”孙德庆摇摇头不再说下去。

刘庆生懂他的意思，心生警惕。回到店里，他看胡雪岩还在，便将去看刘二的经过说了一遍，最后又提到“户部官票”。

胡雪岩仔细看了看说："生意越来越难做，不过越是难做，越是机会。庆生，这官票上头，将来会有好多花样，你要仔细去想一想。"

"我看，将来官票一定不值钱。"

胡雪岩认为他的话太武断了些。信用要靠大家维持，如果官票不是滥发，章程又定得完善，市面使用，并无不便，则加上钱庄、票号的支持，官票应该可以维持一个稳定的价值，否则，流弊不堪设想。他要刘庆生去"仔细想"的，就是研究官票信用不佳时，可能会发生的各种毛病，以及如何避免，甚至如何利用这些毛病来赚钱。

"你要记住一句话，"他说，"世上随便什么事，都有两面，这一面占了便宜，那一面就要吃亏。做生意更是如此，买卖双方，一进一出，天生是敌对的，有时候买进占便宜，有时候卖出占便宜。会做生意的人，就是要两面占它的便宜。涨到差不多了，卖出；跌到差不多了，买进，这就是两面占便宜。"

刘庆生也是很聪明的人，只是经验差些，所以听了胡雪岩的指点，心领神会，自觉获益不浅。但如何才知道涨跌呢？当然要靠自己的眼光了，而这眼光又是哪里来的呢？

他把他的疑问提出来请教，胡雪岩的神色很欣慰。"你这话问得好。"他说，"做生意怎么样的精明，十三档算盘，盘进盘出，丝毫不漏，这算不得什么！顶要紧的是眼光，生意做得越大，眼光越要放得远。做小生意的，譬如说，今年天气热得早，看样子这个夏天会很长，早早多进些蒲扇摆在那里，这也是眼光。做大生意的眼光，一定要看大局，你的眼光看得到一省，就能做一省的生意；看得到天下，就能做天下的生意；看得到外国，就能做外国的生意。"

这番话在刘庆生真是闻所未闻，所以在衷心钦佩之外，不免也有些困惑。"那么，胡先生，我倒要请教你，"他说，"你现在是怎么样个看法呢？"

"我是看到天下！"胡雪岩说话一向轻松自如，这时却是脸色凝重，仿佛肩上有一副重担在挑着，“‘长毛’不成大事，一定要完蛋。不过这不是三年两年的事，仗有得好打，我做生意的宗旨，就是要帮官军打胜仗。”

“胡先生，”刘庆生微皱着眉，语音嗫嚅，“你的话我还不大懂。”

“那我就说明白些。”胡雪岩答道，“只要能帮官军打胜仗的生意，我都做，哪怕亏本也做，你要晓得这不是亏本，是放资本下去，只要官军打了胜仗，时世一太平，什么生意不好做？到那时候，你是出过力的，公家自会报答你，做生意处处方便。你想想看，这还有个不发达的？”

这一说，刘庆生随即想到王有龄。胡雪岩就是有眼光，在王有龄身上“放资本下去”，才有今天，于是欣然意会：“我懂了，我懂了！”

因为有此了解，他对“户部官票”的想法就不同了。原来是料定它会贬值，最好少碰它；这时则认为官票一发出来，首先要帮它站稳。真如胡雪岩所说的“信用要靠大家来维持”，自己既能够作阜康的主，便在这一刻就下了决心，要尽力支持官票。

过了两天，钱业公所发“知单”召集同业开会，要商量的就是官票如何发行。实际上也就是如何派销。除了“户部官票”以外，还有钱票。公所值年的执事取来了几张样本，彼此传观。钱票的形式跟银票差不多，平头横列四个字“大清宝钞”，中间直行写明“准足制钱××文”，两边八个字“天下通宝，平准出入”，下方记载“此钞即代制钱行用，并准按成交纳地丁钱粮，一切税课捐项，京外各库，一概收解”。

“现在上头交下来，二十万两银票，十万千钱票。规定制钱两千抵银一两，十万千就等于五万两银子，一共是二十五万两。”值年的执事停了一下说，“大小同行，如何派销，请大家公议。”

“部里发下来的票子，市面上不能不用。不过这要靠大家相信官票才好。顾客如果要现银，钱庄不能非给他票子不可。我看这样，”张胖子说道，“公所向藩库领了银票和钱票来，按照大小同行，平均分派，尽量去用，或者半个月，或者十天结一次账，用掉多少，缴多少现款进去。钱庄不要好处，完全白当差。”

虽无好处，但也不背风险，所以张胖子的办法，立刻获得了同业的赞许，纷纷附和。

“这办不到。”值年的执事大摇其头，“上头要十足缴价，情商了好半天，才答应先缴六成，其余四成分两个月缴清。”

这话一说，彼此面面相觑。大家都知道，那值年的执事，素来热心维护同业的利益，能够争到有利条件，他一定会出死力去争，他争不到，别人更无办法。现在就只有商量如何分派了。

谈到这一层，又有两派意见，大同行主张照规模大小，平均分派，小同行则要求由大同行先认，认够了就不必再分派给小同行。

你一言，他一语，相持不下。刘庆生以后辈新进，不敢率先发言，等那些同业中有面子的人，都讲过了还未谈出一个结果，他觉得该自己当仁不让了。

“我倒有个看法，说出来请同行老前辈指教。”他说，“缴价六成，领票十足，等于公家无息贷款四成，这把算盘也还打得过。再说，官票刚刚发出来，好坏虽还不晓得，不过我们总要往好的地方去想，不能往坏的地方去想。因为官票固然人人要用，但利害关系最密切的是我们钱庄。官票信用不好，第一个倒霉的是钱庄，所以钱庄要帮官票做信用。”

“唷！”张胖子心直口快，惊异地接口，“看不出小刘倒还有这番大道理说出来！”

“道理说得对啊！”值年的执事，大为赞赏，望着刘庆生点点头说，“你这位小老弟，请说下去。”

受了这番鼓励，刘庆生越发神采飞扬了：“阜康新开，资格还浅，不过关乎同行的义气，决不敢退缩。是分派也好，是认也好，阜康都无不可。”

“如果是认，阜康愿意认多少？”值年的执事，看出刘庆生的态度，有意要拿他做个榜样，便故意这样问。

刘庆生立即作了一个盘算。大同行本来八家，现在加上阜康是九家，小同行仍旧是三十三家。如果照大同行一份，小同行半份的比例来派销那二十五万银子的票钞，每一份正差不多是一万两银子。

他的心算极快，而且当机立断，所以指顾之间，已有了肯定的答复："阜康愿意认销两万。"

"好了！"值年的执事很欣慰地说，"头难、头难，有人开了头就不难了。如果大同行都像阜康一样，就去掉十八万，剩下七万，小同行分分，事情不就成功了。"

"好嘛！"孙德庆捧刘庆生的场，"大源也认两万。"

捧场的还有张胖子。不过他的捧法跟孙德庆不同，特意用烘云托月的手法来抬高阜康的地位："信和认一万五。"他大声喊着。

于是有人认一万五，有人认一万，小同行也两千、三千地纷纷认销。总结下来，二十五万的额子还不够分派，反要阜康和大源匀些出来。

那值年的执事姓秦，自己开着一家小钱庄，年高德劭，在同业中颇受尊敬，由于刘庆生的见义勇为，使得他能圆满交差，心里颇为见情。而刘庆生也确是做得很漂亮，同业都相当佩服。因此，阜康这块招牌，在官厅、在同行，立刻就很响亮了。

这些情形很快地传到了胡雪岩耳朵里，深感欣慰。"庆生！"他用很坦率的语气说，"我老实跟你说，阜康新开，情形还不知道怎么样，所以我不敢离开，照现在的样子，我可以放心到湖州去了。"

"我也说实话，胡先生，不是你那天开导我，眼光要放得远，我对认销官票，还真不敢放手去做！"

* * *

一切都安排好了，自然是坐张家的船，行李都已经发到了船上，只待胡雪岩一下船就走。突然来了个意外的消息：麟桂调任了！

消息是海运局的周委员特地来告诉他的。"麟藩台的兄弟在当'小军机'，特地专人送信，调署江宁藩司，上谕也快到了。不过，"周委员神色严重而诡秘地，“有件事，无论如何要请老兄帮忙！”

只要帮得上忙，胡雪岩无不尽力，当时便用很恳切的语气答道：“你尽管说！”

“麟藩台私人有两万多银子的亏空，这本来算不了什么，不过，黄抚台的为人，你是晓得的，落不得一点把柄在他手里，所以藩台的意思，想托你替他借一笔钱，先垫补了亏空再说。江宁的缺比浙江好得多，等他一到了任，总在半年以内，一定可以还清。雪岩兄，”周委员的声音越发低了，“这完全是因为麟藩台晓得你有肝胆，做事妥当隐秘，才肯说这话。一切都‘尽在不言中’了！”

“请问，这笔款子什么时候要用？”

“总在十天以内。”

“好的，一句话。”

答应得太爽快，反使得周委员将信将疑，愣了一会儿才问出一句话：“那么，利息呢？”

胡雪岩想了一下，伸出一个指头。

“一分？”

“怎么敢要一分？重利盘剥是犯王法的。”胡雪岩笑道，“多要了，于心不安；少要了，怕麟大人以为我别有所求，所以只要一厘。”

“一厘不是要你贴利息了吗？”

“那也不尽然。兵荒马乱的时候，尽有富家大户愿意把银子存在钱庄里，不要利息，只要保本的。”

“那是另一回事。”周委员很激动地说，“雪岩兄，像你这样够朋友的，说实话，我是第一次遇见。彼此以心换心，你也不必客气，麟藩台的印把子，此刻还在手上，可以放两个起身炮，有什么可以帮你忙的，惠而不费，你不必客气，尽管直说。”

说到这样的话，胡雪岩还要假撇清高就变得做作而见外了。于是他沉吟了一会儿答道：“眼前倒还想不起，不过将来麟大人到了新任，江宁那方面跟浙江有公款往来，请麟大人格外照顾，指定交阜康汇兑，让我的生意可以做开来，那就感激不尽了。”

“这是小事，我都可以拍胸脯答应你。”

等周委员一走，胡雪岩立刻把刘庆生找了来，告知其事，要凑两万五千银子给麟藩台送了去。

“银子是有。不过期限太长怕不行。”刘庆生说，“销官票的一万二千，已经打了票子出去，存款还有限，凑不出两万五。除非动用同业的‘堆花’，不过最多只能用一个月。”

“有一个月的期限，还怕什么？萝卜吃一节剥一节，‘上忙’还未了，湖州的银粮地丁还在征，十天半个月就有现款到。庆生，”胡雪岩说，“我们的生意一定要做得活络，移东补西不穿绷，就是本事。你要晓得，所谓‘调度’，调就是调动，度就是预算。预算什么时候有款子进来，预先拿它调动一下。这样做生意，就比人家走在前面了。”

刘庆生也懂得这个道理，不过自己不是老板，魄力方面当然差些，现在听胡雪岩这么说，他的胆也大了。“既然如此，我们乐得做漂亮些。”他说，“早早把银子送了去。”

“这话不错。你去跑一趟，以后凡是像这样的情形，都是你出面。你把空白票子和书柬图章带了去，问周委员怎么开法，票子多带几张。”

“好的。”刘庆生又问，“借据呢？”

“随他怎么写法。哪怕就麟藩台写个收条也可以。”

这样的做法，完全不合钱庄的规矩，背的风险甚大。不过刘庆生早就看出这位老板与众不同，所以并不多说。当时带着书柬图章和好几张空白票子去看周委员，胡雪岩也收拾收拾随身日用的什物，预备等刘庆生一回来，问清楚了经过情形，随即上船到湖州。

这一等等了许久，直到天黑，才看见他回店，脸上是那种打牌一吃三，大赢特赢的得意之色。

一看他的神态，胡雪岩便已猜到，或有什么意外的好消息，而他此行的圆满，自更不待言。为了训练他的沉着，胡雪岩便用提醒他的语气说：“庆生！有话慢慢说！”

刘庆生也很机警，发觉他的语气和态度是一面镜子，照见自己不免有些飞扬浮躁，所以惭愧地笑了一下，坐下来把个手巾包放下，抹一抹汗，才从容开口。

“我见着了麟藩台，十分客气。事情已经办妥了，由麟藩台的大少爷出的借据，周委员的中保。”说着他把借据递了给胡雪岩。

“我不必看！”胡雪岩摆一摆手说，“麟藩台可有什么话？”

“他说很见阜康的情。又说，有两件事已经交代周委员了，这两件事，实在是意外之喜。”

说着，刘庆生的神色又兴奋了。这也难怪他，实在是可以令人鼓舞的好消息。据周委员告诉刘庆生，钱业公所承销官票，已禀复到藩台衙门，其中对阜康踊跃认销，特加表扬。麟藩台因为公事圆满，相当高兴，又因为阜康的关系不同，决定报部，奏请褒奖，刘庆生认为这在同业中是很有面子的事。

“这是你的功劳。”胡雪岩说，“将来褒奖又不只面子好看，生意上亦大有关系。因为这一来，连部里都晓得阜康的招牌，京里的票号对我们就会另眼相看，以后有大宗公款汇划，就吃得开了。”

这又是深一层的看法，刘庆生记了在心里，接着又说第二件事。

“这件事对我们眼前的生意，大有帮助。”刘庆生忽然扯开话题问道，“胡先生，我先要请教你，什么叫‘协饷’？”

这个名称刚行了不久，胡雪岩听王有龄和杨用之谈过，可以为刘庆生作很详细的解释：“户部的岁入有限，一年应该收四千万，实际上收不到三千万，军饷不过维持正常额数，现在一打长毛，招兵募勇，平空加了十几万兵，这笔军费哪里来？照明朝的办法，凡遇到这种情形，都是在钱粮上按亩‘加派’。大清朝是‘永不加赋’的，那就只有不打仗、市面比较平定的省份多出些力，想办法帮助军饷，就称为‘协饷’。协饷不解部，直接解到各大营粮台。”

“这就对了。”刘庆生说，“浙江解‘江南大营’的协饷，麟藩台已经吩咐，尽量交阜康来汇。”

“那太好了！”这一下连胡雪岩都不由得喜形于色，“我正在筹划，怎么样把生意做到上海和江苏去，现在天从人愿，妙极，妙极！”

“不过胡先生，这一来，湖州你一时不能去了，这方面我还没有做过，要请你自己出马。”

“好的。等我来料理，我也要请张胖子帮忙，才能把这件事办通。”他说，“第一步先要打听江南大营的粮台是驻扎在苏州，还是哪里。”

当时站起身来就想到盐桥信和，转念一想，这么件大事，究竟还只是凭刘庆生的一句话，到底款数多少，汇费如何，暗底下还有没有别的花样，都还一无所知，此时便无从谈起。至少要等跟周委员见了面，把生意敲定了再去求教同行。万一不成，落个话柄在外面，对阜康的信誉大有影响。

于是他定定心坐了下来。“湖州是一定要晚几天才能走了。”他说，“事情是件好事，不过要慎重，心急不得。而且像这样的事，一定会遭同行的妒，所以说话也要小心。”

这是告诫刘庆生，不可得意忘形。对刘庆生来说，恰是一大警惕，从开业以来，事事顺利，刘庆生的态度，不知不觉间总有些趾高气扬的模样。这时听得胡雪岩的提醒，自己平心静气想一想，不由得脸上发热，敛眉低眼，很诚恳地答道：“胡先生说得是。”

看他这样的神态，胡雪岩非常满意。“庆生！”他也有些激动，拍着他的肩说，“我们的事业还早得很呢！刚刚才开头，眼前这点点算不了什么。我就愁一天十二个时辰不够用。有个好帮手，你看我将来搞出什么样一番市面。我的市面要摆到京里，摆到外国，人家办不到的我办得到，才算本事。你好好做，有我一定有你！”

* * *

胡雪岩不但觉得一天十二个时辰不够用，而且幻想着最好分身有术。眼前就有两处地方都需要他即时亲自去一趟，才能铺排得开。

一处当然是湖州。不但老张开丝行要他实地去看了作个决定，王有龄也让专人送了信来问：“‘上忙’征起的钱粮，到底是交汇，还是使个手法就地运用？”因为王有龄奉了委札，要到浙皖交界之处去视察防务，不能久待，要他赶紧到湖州会面。

一处是上海。他已经跟周委员见过面，据说，浙江的协饷，原是解缴现银，但以江南大营围金陵，江北大营围扬州，水陆两路都怕不安靖，所以最近跟江南大营的粮台商议决定，或者汇解上海，或者汇解苏州，视需要随时通知。江南大营的粮台，现在派了委员驻上海，要求由浙江承汇的钱庄，有个负责人跟他去协商细节。这件事刘庆生办不了，就算办得了，一个到湖州，一个到上海，杭州本店没人照料也不行。

筹思了好一会儿，胡雪岩叹口气对刘庆生说：“人手不够是顶苦恼的事。从今天起，你也要留意，多找好帮手。像现在这样，好比有饭吃不下，你想可惜不可惜？”

“吃不下怎么办？”

“那还有什么办法，只好请人来帮着吃。江南大营的协饷——”胡雪岩沉吟了一下问道，“大源老孙为人如何？”

刘庆生懂得他的意思，“孙先生人是再规矩扎实都没有。不过，”他说，“阜康跟信和的关系不同，胡先生，你为何不分给信和来做？”

“你不是想跟大源做联号吗？这道理很容易明白，要想市面做得大，自然要把关系拉得广。”胡雪岩说，“下次如果有别样要联手的生意，我们另外再找一家。这样子下去，同行都跟阜康的利害相关，你想想看，我们的力量，会大到怎么样一个地步？”

胡雪岩最善于借助于他人的力量，但因为他总是在两利的条件下谈合作，所以他人亦乐为所用。大源的孙德庆就是如此。对于阜康愿意与他合做承汇江南大营协饷的生意，他十分感激，而让他出面到上海去接头，他更觉得是胡雪岩给他面子，因而死心塌地支持阜康，自动表示要把那一万二千两银子的“堆花”改为同业长期放款。于是阜康放给麟桂的那笔款子的一半就有了着落；另一半是得到了一笔意想不到的存款——就在胡雪岩动身到湖州的前一天，傍晚时分来了一名军官，手里提着一个很沉重的麻袋，指名要看“胡老板”。

“请坐，请坐！”刘庆生亲自招待，奉茶敬烟，“敝东因为要到湖州，已经上船了。有话跟我说，也是一样。”

“不！我一定要当面跟胡老板说。能不能请他回来一趟，或者我到船上去看他。”

既然如此，没有不让他去看胡雪岩的道理。事实上胡雪岩也还不曾上船，是刘庆生的托词，这时候便说：“那么，我去把敝东请了来。请问贵姓？”

那人把姓名官衔一起报了出来：“我叫罗尚德，钱塘水师营十营千总。”

“好！罗老爷请坐一坐，我马上派人去请。”

刘庆生把胡雪岩从家里找了来。胡雪岩动问来意，罗尚德把麻袋解开。只见里面是一堆银子，有元宝，有圆丝，还有碎银子，土花斑斓，仿佛是刚从泥土里掘出来的。

胡雪岩不解，他是不是要换成整锭的新元宝？那得去请教“炉房”才行。

正在这样疑惑，罗尚德又从贴肉口袋里取出来一沓银票，放在胡雪岩面前。

“银票是八千两。”他说，“银子回头照秤，大概有三千多两。胡老板，我要存在你这里，利息给不给无所谓。”

“噢！”胡雪岩越发奇怪，看不出一个几两银子月饷的绿营军官，会有上万银子的积蓄。他们的钱来得不容易，出息不好少他的，所以这样答道：

“罗老爷，承蒙你看得起小号，我们照市行息，不过先要请问，存款的期限是长是短？”

“就是这期限难说。”罗尚德紧皱着他那双浓密的眉毛，一只大手不断摸着络腮胡子，仿佛遇到了极大的难题。

“这样吧，是活期。”胡雪岩谈生意，一向派头很大，“不论什么时候，罗老爷要用，就拿折子来取好了。”

“折子倒不要了。我相信你！”

事情愈出愈奇，胡雪岩不能不问了：“罗老爷，我要请教，你怎么能存一万多银子，连个存折都不要？”

“要跟不要都一样。胡老板，我晓得你的为人，抚台衙门的刘二爷是我同乡，我听他谈过你。不过你不必跟他提起我的存款。”

听他这几句话，胡雪岩立即便有两个感想。一个感想是，罗尚德对素昧平生的他，信任的程度，比相交有年的小同乡还来得深；一个感想是以罗尚德的身份、态度和这种异乎寻常的行为，这可能不是一笔生意，而是一种麻烦。

他是不怕麻烦的，只觉得罗尚德的对他信任，便是阜康信誉良好的明证，因而对其人其事，都颇感兴趣。看看天色不早，原该招待顾客，于是用很亲切随便的语气说道：“罗老爷，看样子你也喜欢‘摆一碗’，我们一面吃酒一面谈，好不好？”

这个提议，正投其所好。“要得！”罗尚德是四川人，很爽快地答应，“我不会假客气，叨扰你！酒要高粱，菜不在乎，多给我辣子，越辣越好。”

“对路了！”胡雪岩笑道，“我有两瓶辣油，辣得喉咙会冒烟，实在进不了，今天遇见识家了。”说着，便喊小徒弟到“皇饭儿”去叫菜。酒是现成有的，黄白俱全，整坛摆在饭厅里。再有一样“辣子”，他告诉小徒弟说：“阿毛！你到我家里跟胡太太说，有人送的两瓶平望辣油，找出来交给你。”

等小徒弟一走，胡雪岩照规矩行事。他把刘庆生请来，先招呼两名伙计，用天平秤称麻袋里的银子，当着罗尚德的面点清楚，连银票两共一万一千两挂零。胡雪岩建议，存个整数，零头由罗尚德带回，他同意了。

银票收拾清楚，酒菜已经送到，拉开桌子，连刘庆生一共三个人小酌，不一会儿阿毛把两瓶辣油取了来。这种辣油是吴江附近一个平望镇的特产，能够制得把红辣椒溶化在菜油中，其辣无比。胡雪岩和刘庆生都不敢领教，罗尚德却是得其所哉，大喊“过瘾”不止。

“胡老板，”罗尚德开始谈他自己，“你一定没有遇到过我这样的主顾，说实话，我自己也觉得我这样做法，不免叫人起疑。”

“不是叫人起疑心。”胡雪岩纠正他的说法，“叫人觉得必有一番道理在内。”

“对了，就是有一番道理在内。”

据罗尚德自己说，他是四川巴县人，家境相当不坏，但从小不务正业，嫖赌吃着，无所不好，是个十足的败家子，因而把高堂父母气得双双亡故。

他从小订过一门亲，岳家也是当地乡绅，看见罗尚德不成材，虽未提出退婚的要求，却是一直不提婚期。罗尚德对于娶亲倒不放在心上，没有赌本才是最伤脑筋的事，不时向岳家伸手告贷。最后一次，他那未来的岳父托媒人来说，罗尚德前后用过岳家一万五千银子，这笔账可以不算，如果罗尚德肯把女家的庚帖退还，他另外再送一千银子，不过希望他到外县去谋生，否则会在家乡沦为乞丐，替他死去的父母丢脸。

这对罗尚德是个刻骨铭心的刺激，当时就当着媒人的面，撕碎了女家的庚帖，并且发誓：做牛做马，也要把那一万五千银子的债务了清！

“败子回头金不换！”胡雪岩举杯相敬，“罗老爷，一个人就怕不发奋。”

“是啊！”罗尚德大口喝着酒说，“第二天我就离了重庆府，搭了条便船出川。在船上心想，大话是说出去了，哪里去找这一万五千两银子？到了汉口有人就说，不如去投军，打了胜仗有赏号，若能图个出身，当上了官儿，就有空缺好吃。我心想反正是卖命了，这条命要卖得值，投军最好。正好那时候林大人招兵——”

林大人是指林则徐。道光二十年五月，英国军队集中澳门，计划进攻广州。两广总督林则徐大治军备，在虎门设防，两岸列炮二百余门，并有六十艘战船，同时招募新兵五千。罗尚德就是这样辗转投身水师的。

但是他并没有在广东打仗，因为林则徐备战的声势甚壮，英军不敢轻犯，以二十六艘战舰，改道攻定海，分路内犯，浙江巡抚和提督束手无策。朝命两江总督伊里布为钦差大臣，赴浙江视师，福建提督余步云驰援。在广东新募的水师，亦有一部分调到了浙江。

“我就是这么到了杭州的。”罗尚德说，“运气还不坏，十三年工夫，巴结上了一个六品官儿，也积蓄了上万银子。胡老板，我跟你说老实话，这些银子有来得艰难的，也有来得容易的。”

来得艰难是省吃俭用，一文钱一文钱地累积；来得容易是吃空缺，分贼赃，不然积蓄不来一万一千银子。

绿营军官，暮气沉沉，无不是没有钱找钱，有了钱花钱。只有罗尚德别具一格，有钱就埋在地下，或者换成银票藏在身上，不嫖不赌不借给人。有人劝他合伙做贩私盐之类的生意，可以赚大钱，他亦不为所动。因此，在同事之中，他被目为怪物。

“他们说他们的，我打我自己的主意。我在打算，再有三年工夫，一万五千银子大概可以凑满了，那时候我就要回川去了。”

“到那一天可就扬眉吐气了！”胡雪岩颇为感动，心里在想，有机会可以帮他挣几文。但转念又想，此人抱定宗旨不做生意，自己的一番好意，说出口来碰个钉子可犯不上，因而欲言又止。

“不过胡老板，现在怕不行了。”

“怎么呢？”

“上头有命令下来，我们那一营要调到江苏去打长毛。”罗尚德的神情显得抑郁，“不是我说句泄气的话，绿营兵打土匪都打不了，打长毛怎么行？这一去实在不太妙，我得打算打算。”

“喔！”胡雪岩很注意地问，“怎么个打算？”

“还不是这一万一千多银子？我在这里无亲无眷，抚台衙门的刘二爷人倒也还不错，可是我不能托他。他是跟着黄大人走的，万一黄大人调到偏远省份，譬如说贵州巡抚、四川总督，或者到京里去做官，刘二爷自然跟了去。那时候，几千里路，我怎么去找他？”

“这也说得是。阜康是开在杭州不会动的，罗老爷随时可以来提款。”

“一点不错！”罗尚德很舒畅地喝了一大口酒，“这一下，胡老板你懂我的意思了。”

“我懂，我懂！”胡雪岩心里盘算了一会儿，接下来说，“罗老爷，承蒙你看得起阜康，当我一个朋友，那么，我也很爽快，你这笔款子准定作为三年定期存款，到时候你来取，本利一共一万五。你看好不好？”

“这，这怎么不好？”罗尚德惊喜交集，满脸的过意不去，“不过，利息太多了。”

“这也无所谓，做生意有赚有蚀，要通扯算账。你这笔款子与众不同，有交情在内。你尽管放心去打仗，三年以后回重庆，带一万五千两银子去还账。这三年，你总另外还有收入，积下来就是盘缠。如果放在身边不方便，你尽管汇了来，我替你入账，照样算利息给你。”

这番话听入罗尚德耳中，就好比风雪之夜，巡逻回营，濯足上床，只觉四肢百骸，无不熨帖。想到三年以后，自己携金去访旧时岳家的那一刻，真正是人生得意之秋，越觉陶然。

“胡老板，怪不得刘二爷提起你来，赞不绝口，跟你结交，实在有点味道。”

“我的宗旨就是如此！”胡雪岩笑道，“俗语道得好，‘在家靠父母，出外靠朋友’，我是在家亦靠朋友，所以不能不为朋友着想。好了，事情说定局了。庆生，你去立个折子来。”

“不必，不必！”罗尚德乱摇着手，“就是一句话，用不着什么折子，放在我身上，弄掉了反倒麻烦。”

“不是这样说！做生意一定要照规矩来，折子还是要立，你说放在身上不方便，不妨交给朋友。”

“那我就交给你。”

“也好！”胡雪岩指着刘庆生说，“交给他好了。我这位老弟，也是信义君子，说一句算一句，你放心。”

“好极！那就重重拜托了！”罗尚德站起身来，恭恭敬敬作了个揖，接着告辞而去。

等客人一走，刘庆生再也无法强持，兴奋之情，溢于词色，忙不迭地要谈他心中的感觉。

“胡先生，我们的生意，照这样子做下去，用不着半年，基础就可以打稳了。”

“慢慢来！”胡雪岩的神色依然十分沉着，“照我的预料，罗尚德今天回去，会跟他的同事去谈这回事，看样子‘兵大爷’的存款还会得来。不管多少，都是主顾，你关照伙计们，千万要一样看待，不可厚此薄彼。态度尤其要客气，这些‘兵大爷’，好讲话比什么人都好讲话，难弄起来也比什么人都难弄。”

“是，是！我晓得。”

于是胡雪岩当夜就上了船。因为天气太热，特地跟阿珠的娘商量好，夜里动身，泊在拱宸桥北新关下，等天一亮就“讨关”，趁早风凉尽力赶一程，到日中找个风凉地方停泊，等夜里再走。这样子，坐船的和摇船的，大家都舒服，所以不但阿珠和她母亲乐从，连阿四和另外雇来的一个伙计也都很高兴。

* * *

橹声欸乃中，胡雪岩和阿珠在灯下悄然相对。她早着意修饰过一番，穿一条月白竹布的散脚裤，上身是黑纺绸窄腰单衫。黑白相映，越显肤色之美。船家女儿多是天足，而且赤脚的时候多，六寸圆肤趿一双绣花拖鞋。胡雪岩把她从上看到下，一双眼睛瞪住了她的脚不放。

“你不要看嘛！”她把一双脚缩了进去。

“我看你的拖鞋。来，把脚伸出来！”

有了这句话，阿珠自觉不是刚才那样忸怩难受了，重新伸足向前让他细细赏鉴。

“鞋面是什么料子？”他伸手下去，摸一摸鞋面，顺便握了握那双扁平白皙的脚，“替我也做一双。肯不肯？”

“不肯！”她笑着答了这一句，站起来走了进去，捧出一册很厚很大的书来。

翻开一看，里面压着绣花的花样和五色丝线。胡雪岩挑了个“五福捧寿”的花样，指定用白软缎来绣。

“白缎子不经脏，用蓝的好了。”

“不要紧，不会脏的。”

“又来骗人了！”阿珠说，“天天在地上拖，怎么不会脏？”

“你当我真的要穿？我还舍不得呢，做好了摆在那里，想你的时候，拿出来看看。”

一句话把阿珠说得满脸通红，但心里是高兴的，窘笑着骂了句：“你的脸皮真厚！”

那份娇媚的神态，着实教胡雪岩动情，真想一把将她搂在怀里。但窗开两面，前后通风，怕船梢上摇橹的阿四看见了不雅，只得强自忍耐着。

阿珠也不开口，把胡雪岩的拖鞋当作一件正经大事，立刻就翻书找丝线、配颜色，低着头聚精会神地，忘了旁边还有人在。

“此刻何必忙着弄这个？”胡雪岩说，“我们谈谈。”

“你说，我在听。”

“好了，好了。”胡雪岩把她那本书合拢，“我讲件妙事给你听。”

他讲的就是罗尚德的故事，添枝加叶，绘声绘影，阿珠把每一个字都听了进去了。

“那么，”阿珠提出疑问，“那位小姐怎么样？是不是她也嫌贫爱富？或者恨罗尚德不成材，不肯嫁他？”

“这，”胡雪岩一愣，“我倒没有问他。”

“为啥不问？”

问得无理！胡雪岩有些好笑：“早知道你关心那位小姐，我一定要问他。”

“本来就该问的。他不讲，你也不问，好像那位小姐根本就不是人。”阿珠撇着嘴说，“天下的男人，十个倒有九个没良心。”

“总还有一个有良心的。”胡雪岩笑道，“我不在那九个之内。”

“也不见得。”

“不见得坏。是不是？”

“厚皮！”她刮着脸羞他。

为此又勾起阿珠的满腹心事。她娘把托张胖子做媒的事，都瞒着她，她脸皮嫩也不好意思去问，只是那天“纯号”小聚，隐隐约约看出她娘有意托张胖子出面来谈这场喜事，但到底怎么了呢？月下灯前，一个人悄悄地不知思量过多少遍，却始终猜不透其中的消息。

眼前是个机会，但她踌躇无法出口，第一是不知用怎样的话来试探；第二又怕试探的结果完全不是那么一回事，这个打击受不起，反倒是像现在这样混沌一团，无论如何还有个指望在那里！

一个人这样想得出了神，只见她睫毛乱闪，双眉低敛，胡雪岩倒有些猜不透她的心事，只觉得一个男人，辛苦终日，到晚来这样灯下悄然相对，实在也是一种清福。

因此，他也不肯开口说话，静静坐着，恣意饱看秀色。这样也不知过了多少时候，阿珠终于如梦方醒似的，茫然四顾，仿佛不知身在何处。

看到胡雪岩诡秘的笑容，她有些不安，不知道自己有什么秘密被他看穿了，因而嗔道："贼秃嘻嘻的，鬼相！"

"咦！"胡雪岩笑道，"我什么地方冒犯你了？我又不曾开口。"

"我就恨你不开口！"

这句话意思很深，胡雪岩想了想问道："你要我开口说什么？"

"我怎么晓得？嘴生在你身上，有话要你自己说。"

"我要说的话很多，不晓得你喜欢听哪一句？"

这回答很有点味道，阿珠细细咀嚼着，心情渐渐舒坦，话很多，就表示日久天长说不完，那就不必心急，慢慢儿说好了。

"我们谈谈生意。"胡雪岩问，"你爹带回来的口信怎么说？"

"房子寻了两处，人也有两个，都要等你去看了，才好定局。"

"房子好坏我不懂——不是房子好坏不懂，地点好坏我不晓得，总要靠近水陆码头才方便。人呢，如果两个都好就都用。"

"那两个人一个姓王，一个姓黄，都是蛮能干的，可惜只能用一个。"

"为啥？"

"他们心里不和。"阿珠答道，"'一山不能容二虎'这句话，你都不知道？"

"我自然知道。"胡雪岩说，"不会用人才怕二虎相争，到我手里，不要说两只老虎，再多些我也要叫他服帖。"

阿珠心里在想，照他的本事，不见得是吹牛，不过口中却故意要笑他："说大话不要本钱！"

"不相信你就看着好了。"胡雪岩笑笑又说，"我就怕两只雌老虎，那就没本事弄得她们服帖了。"

阿珠心想，这不用说，两只雌老虎一只是指胡太太，一只是指自己。她恨不得认真辩白一声：我才不是雌老虎！最好再问一句：你太太凶不凶？但这些话既不便说，也不宜装作不懂。她这一阵子已学得了许多人情世故，懂得跟人说话，有明的、暗的各种方法，而有时绝不能开口，有时却非说不可，现在就是这样，不能不说话。

这句话要说得半真半伪、似懂非懂才妙，所以她想了想笑道："你这个人太厉害，也太坏，是得有雌老虎管着你才好。"

"口口声声说我坏，到底我坏在什么地方？"

"你啊！"阿珠指着他的鼻尖说，"尽在肚子里用功夫。"

"你说我是'阴世秀才'？"

为人阴险，杭州人斥之为"阴世秀才"，特征是沉默寡言，喜怒不形词色。这两点胡雪岩都不像，他是个笑口常开极爽朗的人，说他"阴世秀才"，阿珠也觉得诬人忒甚，所以摇摇头说："这倒不是！"

"那么我是草包？"

"这更不是。啊！我想到了！"阿珠理直气壮地，"这就是你最坏的地方，说话总是说得人左也不是，右也不是，不好接口。"

听得这两句话，胡雪岩倒是一愣，因为在他还是闻所未闻。细想一想，自己确是有这样在辞令上咄咄逼人的毛病，处世不大相宜，倒要好好改一改。

"我说对了没有？"阿珠又问。

"一个人总有说对的时候。"胡雪岩很诚恳地问，"阿珠，你看我是不是肯认错改过的人？这句话，你要老实告诉我。"

阿珠点点头："你的好处，我不会抹煞你的。"

"我的坏处你尽管说。我一定听。"

他自然而然地把手伸了过去，阿珠就让他握着，双颊渐渐泛起红晕，加上那双斜睇着的水汪汪的眼睛，平添了几分春色。

夜深了，野岸寂寂，只听见"吱呀、吱呀"和"刷喇、刷喇"摇橹破水的声音，阿珠也还听得见自己的心跳，终于忍不住问了一句："到湖州，你住在哪里？"

"我想住在王大老爷衙门里。"

"嗯！"阿珠很平静地说，"那应该。"

"我在想，"胡雪岩又想到了生意上面，"房子要大，前面开店，后面住家，还要多备客房，最好附带一个小小花园，客房就在小花园里。”

“要这样讲究？”

“越讲究越好！”胡雪岩说，“你倒想想看，丝的好坏都差不多，价钱同行公议，没有什么上落，丝客人一样买丝，为什么非到你那里不可？这就另有讲究了，要给客人一上船就想到，这趟到了湖州住在张家。张家舒服，住得好，吃得好，当客人像自己亲人一样看待，所谓‘宾至如归’。那时候你想想看，生意还跑得了？”

其实，胡雪岩所说的也是很浅的道理，但阿珠休戚相关，格外觉得亲切动听，脑中顿时浮现出许多“宾至如归”的景象。这些景象在平日也见过，就在她家的船上，并不觉得有什么了不起，而此时想来，却有一种说不出的向往之情。

“别的不敢说，丝客人住在我们家，起码吃得会比别家舒服。”她说，语气是谦抑的。

“那还用得着说？你娘做的菜，还不把他们吃得下巴都掉了下来。”

“你也是！”阿珠笑着抢他的话，“什么话到了你嘴里，加油加酱，死的都能说成活的。”

其词有憾，其实深喜，胡雪岩适可而止，不再说恭维的话了。“阿珠，”他说，“要讲究舒服，讲究不尽，将来丝行开起来，外场我还可以照应你爹，里面就全靠你们娘儿俩。而且里面比外场更要紧！”

“这我懂。”阿珠答道，“不过，我又不能像在船上一样，哪晓得丝客人喜欢什么？”

“这就两样了。在船上，客人作主，怎么说怎么好。住到店里来的外路客人，要你作主，他不会说话的。”

“他说是不说，心里晓得好歹。”

“就是这话啰！”胡雪岩深深点头。

这对阿珠是绝好的鼓励，因而心领神会，颇有妙悟。“我只当来了一份亲眷。”她从容自若地，“该当照应他的照应他。他不要人家照应的，总有他的花样在内，我们就不去管他。”

“对啊！”胡雪岩轻轻拍着桌子说，“你懂诀窍了！有的人不懂，不是不体谅客人，就是体谅得过了分，管头管脚都要管到，反害得客人拘束，吓得下次不敢来了。”

阿珠是很豁达的性情，但不知怎么，跟胡雪岩说话，心思就特别多，这里便又扯到自家头上。

“你这一说，我倒明白了。”她说，“一定是我娘太亲热，你怕管头管脚不自由，所以吓得不敢来。可是与不是？”

“你啊！”胡雪岩指一指她，不肯再说下去。

明明是有指责的话，不肯说出来，阿珠追问他还是不说，于是半真半假地，又像真的动气，又像撒娇，非要胡雪岩说不可。

说也不妨，胡雪岩有意跟她闹着玩，故意漏这么一句半句去撩拨她。阿珠不知是计，越逼越近，“问罪”问到他身边，动手动脚，恰中心意，终于让他一把抱住，在她脸上“香”了一下。

这下阿珠才发觉自己上了当。这回她真的有些动气了，背着灯，也背着胡雪岩，垂着头，久久不语。

先当她是有意如此，他故意不去理她，但渐渐发觉不妙。他走过去想扳过她的身子来，她很快地一扭，用的劲道甚大。这就显然不是撒娇了，胡雪岩心中一惊，走到她正面定睛一看，越发吃惊。

“这，这是为啥？”他结结巴巴地问。

阿珠一看胡雪岩那惶恐的神色，反倒觉得于心不忍，同时也颇有安慰，看出自己在他心目中的分量极重，因而破涕而笑。当然，还有些不自然的表情。

已生戒心的胡雪岩，不敢再说笑话去招惹她，依然用极关切的神色问道：“到底为啥？吓我一大跳。有什么不如意，或者我说错了什么话，尽管说啊！”

“没有事！”她收敛了笑容，揩揩眼泪，恢复了神态。

由于这个小小的波折，胡雪岩变得沉默了，但却一直窥伺着她的眼波，深怕一个接应不到，又惹她不满。

“时候不早了。”船舱外有声音，是阿珠的娘在催促。她没有进舱，而阿珠却深怕她有所发觉，赶紧向胡雪岩递个眼色，意思是不要说出她曾哭过。

“干娘！”胡雪岩一面向阿珠点头，一面迎了出去，“进来坐！”

她没有不进来的道理，坐定了问道：“胡老爷到湖州去过没有？”

“胡老爷”三个字听来刺耳，他不假思索地答道：“干娘，叫我雪岩好了。”

这句话碰在阿珠心坎上便是一震！就这句话中，名分已定。她像吃了颗定心丸，通体舒泰，笑吟吟地望着她母亲，要看她如何回答。

阿珠的娘依然谦虚。“不敢当！”她也是眉开眼笑地，“我还是——”

“还是”如何呢？连她自己都不知道该持何态度。阿珠的警觉特高，不肯放过这个机会，脱口说道：“还是叫雪岩！”话一出口，发觉过于率真，便又补了一句：“恭敬不如从命！”

亏她想得出这样一句成语，虽用得不很恰当，但也算一个很有力的理由。阿珠的娘便说：“这话也是，我就放肆了。”

口说“放肆”，却依然不直喊出来。阿珠心想一不做，二不休，敲钉转脚，把事情做牢靠些。“娘！”她说，“那么你叫一声看！”

这反像有些捉弄人似的，阿珠的娘微感窘迫，白了她一眼说：“要你来瞎起劲！”

这母女俩微妙的神态，胡雪岩看得十分清楚，心里觉得好笑。自己的话是说得冒失了些，但悔亦无用，事到如今，索性讨阿珠一个欢心，于是在脸上堆足了笑容说道：“干娘，大家同一家人一样，你早就该叫我的名字了。阿珠，是不是？”

这一下轮到阿珠受窘了，红着脸说：“我不晓得！你同我娘的事，不要来问我。”

为了替女儿解围，阿珠的娘终于叫了声："雪岩！你说得不错，大家同一家人一样，以后全要靠你照应。"

"那自然。"胡雪岩有心要看阿珠的羞态，便又转脸问了句，"阿珠，我们是不是一家人？"

"我不晓得！"阿珠又羞又喜，也还有些恼，恼他促狭，故意叫人下不得台。

因为如此，她便赌气不肯跟胡雪岩在一起。但他的念头比她更快，刚一转身，阿珠便被喊住："阿珠，不要走！我有话谈。"

"我困了。有话明天再说。"她这样回答，而脚步却停在原处。

"我说个笑话，保管你不困。"

"睡也还早。"她娘也说，"你就再坐一坐。"

这一下阿珠便又回身坐了下来，看胡雪岩却不像是说笑话的神情。果然，他拍拍她的手背，作了个示意"少安毋躁"的姿势，转脸向他"干娘"说道："我刚刚在跟阿珠谈，一样开丝行，为啥丝客人非要跟你们打交道不可？其中有许多道理。"

"是啊！"提到这一层，阿珠的娘大感兴趣，眼睛都发亮了，"我要听听这些道理看。"

"叫阿珠讲给你听。"

阿珠的兴趣也来了，细细讲了一遍，胡雪岩又加以补充。阿珠的娘听得津津有味，她自然也有许多连胡雪岩都未想到的意见。

"雪岩，不是我说，你实在是能干！"她停了一下，看一看女儿，终于毅然决然地说了句："总算是阿珠的命好，将来一定有福享！"

当面锣、对面鼓地说了出来，把阿珠羞得耳根子都红了，偏偏胡雪岩又似笑非笑地直盯着她看。不但看，还来摸她的手，这一下把她窘得坐不住了。

"哪个要享他的福！"她霍地站了起来，扭身就走，把条长辫子甩得几乎飞到胡雪岩脸上。

“你到底要不要享我的福？”胡雪岩摸着她的脸，用低得仅仅只有他自己和阿珠才听得见的声音问。

阿珠的脸就伏在他的胸脯上，但是，她听见的是自己的心跳，而且自己觉察到脸上在发烧。幸好灯大如豆，不畏人见，所以能够从从容容地说话。

“我自然要！”她说，“你的福我不享，哪个来享？”

“那好。总有福让你享就是了。”

“我倒要问你了，”她把脸仰起来说，“我娘怎么跟你说的？”

“什么事怎么说？”

“你还要问？”

“当然要问。”胡雪岩振振有词地说，“事情太多，我晓得你指的是哪一桩？”

“你顶会‘装佯’！”阿珠恨声说道，“恨不得咬你一口。”

“我‘装佯’，你吹牛！”胡雪岩笑道，“你敢咬，我就服了你。”

“你真当我不敢？”她比齐了四颗细小平整的门牙，轻轻咬住了他的耳垂，然后一点一点地劲道加上去，终于把胡雪岩咬得喊出声来才松口。

“你服不服？”她问。

“你要说怕不怕？”胡雪岩一把将她抱得紧紧的。

在他看来，“时机”已经成熟。一只手抱住她的上半身，另一只手更不规矩。阿珠不辨心里是何滋味，也不知道如何才是最好的应付，只抓着他那只“不规矩”的手，似告饶、似呵斥地连声轻喊：“不要，不要！”

为了阻止她的啰唆，胡雪岩嘴找着嘴，让她无法说话，但那只不规矩的手毫无进展。阿珠的那条裤带，后面一半缝在裤腰上，前面两端打成死结，带头塞入裤腰，而那条裤带勒得极紧，切入肉里，连根手指都插不进去。

这不是可以用强的事，胡雪岩见机而作，把手缩了回来，恨声说道：“恨不得有把剪刀！”

见他这样，她不但把心定了下来，而且颇为得意，哧哧笑道：“早知你不安好心！果然让我料中了。”

“我就不懂，”胡雪岩说，“勒得这样子紧，你自己怎么解开呢？”

“我当然有我的办法。”

“说说看！”

“我把肚皮一吸，找着带头，”她捧着胡雪岩的双手做手势，“这么一绕，再这么一绕，跟着一抽就解开了。”

“我倒不信。”胡雪岩说，“你的腰细，带子勒得又紧，肚皮哪里还有地方可缩？”

阿珠刚想试给他看，转念省悟，撇着嘴说：“你一肚皮的诡计，我才不上你的当！”

胡雪岩骗不了她，也就一笑而罢。“我又要问你，”他说，“这是谁教你的？”

“一个跑马卖解的姑娘，山东人，长得很漂亮。有一次他们坐我家的船，她跟我一起睡。晚上没事谈闲天，她跟我说，江湖上什么坏人都有，全靠自己当心。她穿的裤子就是这样子，我照样做了两条穿。”

“你有没有跟她学打拳？”

“没有。”阿珠说，“她倒要教我，我想船上一点点大，也不是学打拳的地方，没有跟她学。”

“她要教你什么拳？”

“叫什么‘擒拿手’。如果哪个男的想在我身上起坏心思，就可以要他的好看。”

“还好，还好！”胡雪岩拍拍胸口说，“亏得没有跟她学，不然我跟你在一起，就时时刻刻要当心了。”

“你看得我那么凶？”阿珠半真半假地问。

“你自己说呢？”

阿珠不响，心里有些不安，她一直有这样一个感觉，胡雪岩把她看成一个很难惹的人。有了这样的存心，将来感情会受影响。然而她无法解释，最好的解释是顺从他的意思。因而心里又想，反正迟早有那么一天，又何必争此一刻？她心思一活动，态度便不同了，靠紧了胡雪岩，口中发出“嗯，嗯”的腻声，而且觉得自己真有些透不过气来，必得他搂紧了，一颗心才比较有着落。

胡雪岩也是心热如火，但他的头脑却很冷静。这时他有两种想法。第一是要考一考自己，都说“英雄难过美人关”，倒要看看自己闯不闯得过这一关；第二是有意要叫阿珠受一番顿挫，也不是杀杀她的威风，是要让她知道自己也是个规规矩矩的君子，什么“发乎情，止乎礼”，自己照样也做得到。

于是他摸着她的脸说：“好烫！”

这就像十分春色尽落入他眼中一样，阿珠把脸避了开去，但身子却靠得更紧了。

于是他又摸着她的胸说：“心跳得好厉害！”

阿珠有点不大服帖。她不相信这样昏灯淡月之夜，男贪女爱之时，他的心会不跳，因而也伸手按在他胸前，针锋相对地说：“你的心不也在跳？”

“我是碰到你这地方才心跳的。”他轻声笑着，把手挪动了一下，盈盈一握，滑腻非凡。

“快放手！我怕痒。”语气中带着告饶的意味。

再要捉弄她，便迹近残忍了。他放开了手说：“阿珠，倒碗茶我喝。”

“茶凉了。”

“就是凉的好。”

阿珠一骨碌下床，背着他捻亮了灯，纽好了那件对襟的绸衫，从茶壶里倒出一碗凉透了的龙井茶，自己先大大地喝了一口。茶沁人脾胃，阿珠顿觉心底清凉，摸一摸自己发烫的脸，想到刚才与胡雪岩缠在一起的光景，又惭愧，又安慰，但是再不敢转过脸去看床上的那个人。

“怎么回事？”胡雪岩催促着。

想了想，她倒好了茶，顺手又把那盏“美孚”油灯，捻得豆大一点，然后才转身把茶捧了给胡雪岩。

他翻身坐了起来，接住茶碗也拉住了手问："心还跳不跳？"

阿珠很大方，也很有把握地答道："你再用手试试看！"

"不能再摸了。"胡雪岩笑道，"一摸，你的心不跳，我的心又要跳了。"

"原来你也有不敢的时候。"阿珠用讥嘲的声音说，"我只当你天不怕地不怕，什么坏事都做得出来！"

"这会儿有得你说嘴了！"胡雪岩又笑，笑停了说，"既然不做坏事，何苦把灯弄得这样暗？去捻亮了，我们好好儿说说话。"

她怕捻亮了灯为他看出脸上的窘态，便说："行得正，坐得正，怕什么！"

"还有一正：睡得正！"

"当然啰。"阿珠很骄傲地说，"不到日子，你再也休想。"

"日子？"胡雪岩故意装作不解，"什么日子？"

他装得很像，倒弄得阿珠迷迷糊糊，不知道他是真的不懂，还是有意"装佯"。

"你不晓得拉倒！"她有些气了，"再没有见过像你这样难弄的人，一会儿真，一会儿假，从不把真心给人看！"

这话说得很重，胡雪岩不能再出以嬉皮笑脸的态度，然而他亦不愿接受阿珠的指责。"你自己太傻！"他用反驳的语气说，"我的真心难道你还看不出来？你要晓得，跟你在一起，为的就是寻快活，难道要像伺候大官儿，或者谈生意一样，一本正经，半句笑话都说不得？那样子不要说是我，只怕你也会觉得好生无趣。"

阿珠受了一顿排揎，反倒服帖了，咬着嘴唇把胡雪岩的话，一句一句想过去，心里觉得很舒坦，同时也领悟出一个诀窍，反正胡雪岩喜欢"装佯"，自己就以其人之道，还治其人，也跟他装就是了。

"好了，我晓得你的脾气了。"她又笑道，"反正我也不怕你骗我，我的脾气你也晓得，好说话就好说话，不好说话，看我的手段，你当心点好了。”

胡雪岩笑笑不答。对付女人和对付顾客一样，他宁愿遇到一个厉害而讲理的，不愿与看来老实无用而有时无理可喻的人打交道。

第九章

一到湖州，胡雪岩就被王有龄接到知府衙门去住。虽只是小别重逢，但以二人交情太深，彼此都有无法言喻的喜悦。他们心里各有好些话，却还没有工夫深谈。为了礼貌，也为了切身利害关系，胡雪岩先要去拜两位“师大老爷”。

幕友照例有自己的小天地，秦寿门和杨用之各占一座院落，办公住家都在一起。王有龄陪着胡雪岩，先去拜访秦寿门，秦寿门欢然道故之余，向胡雪岩深深致谢。端午节前，胡雪岩有一份极丰富的节礼，包括两石白米、一担时新蔬果，还有十吊钱，送到秦家。秦太太已经从杭州写信告诉了秦寿门，所以这时对胡雪岩的态度，比以前更不同了。

“我发湿气戒酒。”秦寿门说，“今天要开戒了，陪雪岩兄痛饮一番。”

“好极了！”王有龄接口问道，“老夫子，你看我们在哪里替雪岩接风？”

以常理来说，第一天自然是他自己做东道主，问到这话，秦寿门便知有深意在内，想了想笑道：“东翁莫说出口，我们各自一猜，看看是不是一条路。”

于是秦寿门取管笔，撕张纸，背转身去，悄悄写好。王有龄如法炮制。把纸条伸开来一看，一个写着“则行”，一个写着“木易”，两人哈哈大笑。

“木易”是杨，“用之则行”这句成语胡雪岩也知道，就是不明白到杨用之那里去喝酒，有何可笑。

“我来告诉你。”王有龄说，“杨老夫子有极得意之事，到湖州不多几天，已经纳了宠了。这位如夫人生得宜男之相，而且贤惠能干，我们今天就扰他去。”

口说“扰他”，其实还是王有龄做东。他叫伺候签押房的听差李成，备一桌翅席，抬一坛好酒，送到杨用之那里。胡雪岩却是别有用心，此刻正是用得着杨用之的时候，有结纳示惠的机会当然不肯放过。找个空隙，胡雪岩把王有龄拉到一边有话说。

“杨老夫子纳宠，该送礼吧？”

“我送过了。”王有龄说，“你可以免啦！”

“礼不可废。”胡雪岩说，“而且礼不可轻。”

王有龄略想了想，懂了他的用意，点点头说：“也好。你打算送什么？”

“总以实惠为主，我想送一副金镯子，趁早去办了来。”

“不必这么费事，我那里现成有一副，你拿去用。不过，”王有龄放低了声音，指指里面，“可不能让他知道！”

这是指秦寿门，胡雪岩报以领会的眼色。于是王、胡二人托词换衣服，暂且告别，与秦寿门约好，准六点钟在杨用之那里会面。

而胡雪岩五点钟就由李成引领着，到了杨用之那里。人逢喜事精神爽，杨用之那番红光满面、春风得意的神情，看来着实令人羡慕。

“啊，老兄！”杨用之拉着他的手，亲热非凡，“不敢说是‘一日思君十二时’，一静下来就会想到你，倒是一点不假。如何，宝号开张，营业鼎盛？”

“托福，托福！”胡雪岩特意很仔细地看了他一眼，“老夫子的气色好极了！想来宾主都很对劲？”

“那还用说。我与雪公，真正是如鱼得水。”

“对，对！如鱼得水。”胡雪岩笑道，“听说老夫子另外还有鱼水之欢？”

杨用之哈哈大笑，向里喊道：“锦云，锦云，你出来！”

不用说，锦云就是他的新宠。门帘启处，走出来一个面团团如无锡大阿福，年可二十的姑娘，她很腼腆地向客人笑了笑。

“锦云，这位就是我常跟你提起的胡老爷，见一见！”

“啊，胡老爷！”锦云把双眼睁得滚圆，将胡雪岩从上看到下，然后裣衽为礼。

“不敢当！”胡雪岩朝上作了个揖，顺势从袖子里取出一个红纸包递了给杨用之，“一点点薄礼，为如夫人添妆！”

“不，不！没有这个规矩。”杨用之极力推辞。

“若是嫌菲薄，老夫子就不收。再说，这是送如嫂夫人的，与老夫子无关。”

这一说，杨用之不能不收。他捏在手里，才发觉是一副镯子，却不知是金是银，只好再叫锦云道谢。

“礼太菲薄，老夫子暂且不必打开，也不必说起，免得叫人笑话。”

这一说杨用之也有数了，把那个红纸包拿在手里，显得为难而感激。“惠我甚厚，真正是受之有愧！我就恭敬不如从命了。”说罢，他深深一揖，把红纸包塞入衣袋。

这番揖让折冲刚刚完毕，王有龄和秦寿门相偕到了。少不得又有一番以锦云作话题的调侃戏谑，然后开席。胡雪岩首先声明，他不算是客，仍奉王有龄首座，而王有龄又要逊两位幕友居上席。谦让了半天，还是王有龄居首，胡雪岩其次，杨用之坐了主位，同时也叫锦云入席。

宾主的交情都够了，不妨脱略形迹。锦云的脾气极好，说话总是带着一团甜笑，而且温柔殷勤，所以这一席酒，吃得秦寿门醺醺大醉。王有龄心想，这是个机会，由阜康代理府库的事，他已经跟杨用之提过，此时正好让他们去深谈，因此他起身告辞。

“你们谈谈吧！”他说，“我有些困了，先走一步。”

“只怕雪岩兄也困了。”杨用之的话，出人意外，竟无留客之意，好在下面还有表示，“明天早晨，奉屈雪岩兄来吃点心，湖州的点心着实讲究，来试试小妾的手段。”

“好好！一定来叨扰。”

“东翁有兴也请过来。”杨用之又说。

“谢谢！”王有龄当然不肯来，而且也正好有事，“东乡出了命案，我明天一早就要下乡验尸，不来了。”

第二天一早，胡雪岩应邀赴约。锦云的手段真个不坏，有样“千张包子”煮线粉，加上平望的辣油，胡雪岩在张家的船上亦未曾吃过，连尽两器，赞不绝口。吃完了泡上茶来，开始谈判。

“东翁关照过了，湖州府库跟乌程县库，都托阜康代理，一句话！”杨用之问道，“老兄在湖州可有联号，或者是将来要设分号？”

“分号是一定要设的。目前托恒利代收。”

“恒利信用还不错。”杨用之站起身来说，“请到我书房里来！”

名为书房，却闻不出一丝书卷气。当窗一张五斗桌，铺着蓝布，除去笔砚，便是算盘、账簿。桌旁边有一具极厚实的木柜，杨用之打开来取出一只拜盒，又从拜盒取出一张纸递给胡雪岩。

“我都替老兄预备好了，填上恒利的名字，敲一个保，做个样子，就叫恒利来收款。”

胡雪岩接过那张纸看，是一张承揽代理公库的“禀帖”。此事他还是初次经手，不由得问了句：“这样子递了进来，就算数了？”

“是啊！衙门里给你个批，就算数了。”

“那么，”胡雪岩知道，凡有公事，必有花费，所以很恳切地说，“老夫子，该当多少费用，交到哪里，请吩咐了，我好照办。”

“说句老实话，别人来，花上千银子，未见得能如此顺利。老兄的事，没有话好说。不过，我为老兄设想，以后要诸事方便，书办那里不可不点缀点缀。我为你引见一个人，你邀他出去吃个茶，说两句客气话，封一个数给他好了。”说着，伸了一个指头。

这一个指头当然不是代表一千两，那么是十两呢，还是一百两呢？想一想是宁可问清楚为妙。

“好的。我封一百二十两银子好了。”他这样旁敲侧击地说，如果是十两，杨用之当然会纠正他。

“不必，不必！一百两够了，统统在里头，你另外不必再花冤枉钱。”

于是杨用之派人去找了户房一个书办来。这书办五十多岁，衣着相当够气派。书办的官称为“书吏”，大小衙门基层的公务，只有书办才熟悉，这一点就是他们的“本钱”，其中的真实情况以及关键、诀窍，皆为不传之秘。因此书办虽无“世袭”的明文，但无形中父子相传，有世袭的惯例。

府、县衙门“三班六房”，六房皆有书办，而以“刑房”的书办最神气，“户房”的书办最阔气。户房书办简称“户书”，他之所以阔气，是因为额征钱粮地丁，户部只问总数，不问细节。当地谁有多少田、多少地，坐落何方，等则如何，只有“户书”才一清二楚。他们所凭借的就是祖传的一本秘册，称为“鱼鳞册”。没有这本册子，天大的本事，也征不起钱粮。有了这本册子，不但公事可以顺利，户书本人也可以大发其财。多少年来钱粮地丁的征收，是一盘混账，纳了钱粮的，未见得能收到“粮串”，不纳粮的却握有纳粮的凭证，反正“上头”只要征额够成数，如何张冠李戴，是不必管也无法管的。

因此，钱谷老夫子必得跟户书打交道。厉害的户书可以控制钱谷老夫子，同样地，厉害的钱谷老夫子也可以把户书治得服服帖帖。一般而论，总是和睦相处，情如家人，杨用之跟这个名叫郁四的户书就是这样。

"老四！"杨用之用这个昵称关照，"这位是王大老爷的，也是我的好朋友，胡老爷！"

书办的身份本低，郁四见这位胡老爷的来头不小，要行大礼。但胡雪岩的动作快，刚看他弯膝，便抢上去扶住他说："郁四哥！幸会，幸会！"

"胡老爷，这个称呼万万不敢当，你叫我郁四好了。"

杨用之也觉得他不必如此谦虚，便说："你也叫他老四好了。"接着又对郁四说，"老四，你请胡老爷去吃碗茶！他有点小事托你。"

"好的，好的！我请胡老爷吃茶。"

于是他带胡雪岩上街。就在县前有家茶馆，招牌名叫"碧浪春"，规模极大，三开间的门面，前面散座，后面是花木扶疏，另成院落的雅座。郁四不把他带到雅座，却在当檐正中一张竖摆的长桌子上首一坐。

胡雪岩一看便懂了。这张茶桌，名为"马头桌子"，只有当地漕帮中的老大才有资格朝外坐。胡雪岩虽是"空子"，却懂这个规矩，而且也明白郁四的用意——这是要向大家表明，他有这样一位贵客。

不过，胡雪岩心里感他的情，却不宜说破。"开口洋盘闭口相"①，说破了反难应付，只是神色间摆出来，以有郁四这样的朋友为荣。

果然，郁四的威风不小，一坐定，便陆续有人走来，含笑致候。有的叫他"四哥"，有的叫他"四叔"。叫他"老四"的极少几个人，那当然不是"同参"，就是交情够得上的平辈。

这些人不管叫郁四什么，对胡雪岩都非常尊敬。郁四一一为来人引见，其中有几个人便介绍给胡雪岩，他心里有数，这都是够分量的人物，也是自己在湖州打天下必不可少的朋友。

人来人往，络绎不绝，还有许多送来点心，摆满了一桌子。这样子根本无法谈正事，同时郁四觉得为大家介绍这个朋友，到这地步也就够了。所以

① 开口洋盘闭口相：上海话，意思是开口说话容易暴露出外行或是不懂事，闭着嘴不吭声倒能装出一副有派头的样子。

招手把茶博士喊了过来问道：“后面有地方没有？要清静一点的。”

“我去看了来回报你老人家。”

不多片刻，茶博士说是有了座位。引进去一看，另有个伙计正在移去僻处一张桌上的茶具。显然地，茶博士是说了好话，要求雅座上的客人腾让了出来的。这是一件小事，胡雪岩的印象却极深刻，郁四的“有办法”，就在这件小事上，表现得清清楚楚。

“胡老爷，你有话请说。”

“郁四哥！”胡雪岩又改回最早的称呼，“自己人这样叫法，显得生分了。你叫我雪岩好了。”

“没有这个规矩。”郁四又说，“我们先不讲这个过节，你说，有什么事要吩咐？”

“是这样——”胡雪岩说明了来意。

“那么，你有没有保呢？”

“我托恒利去找。”

“那不必了。”郁四说道，“你把禀帖给我，其余的你不必管了。明天我把回批送到你那里！”

这样痛快，连胡雪岩都不免意外，拱拱手说：“承情不尽。”他接着又说，“杨师爷原有句话交代，叫我备一个红包，意思意思。现在我不敢拿出来了，拿出来，倒显得我是半吊子。”

郁四深深点头，对胡雪岩立即另眼相看。原来的敬重，是因为胡雪岩是杨师爷和王大老爷的上宾，现在郁四才发觉胡雪岩是极漂亮的外场人物。

于是他在斟茶时，用茶壶和茶杯摆出一个姿势。这是在询问，胡雪岩是不是“门槛里的”。如果木然不觉，便是“空子”，否则就会照样用手势作答。此姿势名为“茶碗阵”。

“茶碗阵”胡雪岩也会摆，只是既为“空子”，便无须乎此。但郁四已摆出点子来，再假装不懂，事后发觉便有“装佯吃相”之嫌。他在想，漕帮的规矩，原有“准充不准赖”这一条——这个“赖”字，在此时来说，不是身在门槛中不肯承认，是自己原懂漕帮的规矩，虽为空子，而其实等于一条线上的弟兄，这一点关系，要交代清楚。

于是他想了想问道："郁四哥，我跟你打听一个人，想来你一定认识。"

"喔，哪一位？"

"松江的尤五哥。"

"原来你跟尤老五是朋友？"郁四脸有惊异之色，"你们怎么称呼？"

"我跟尤五哥就像跟你郁四哥一样，一见如故。"这表明他是空子，接着又回答郁四的那一问，"尤五哥客气，叫我'爷叔'，实在不敢当。因为我跟魏老太爷认识在先，尤五哥敬重他老人家，当我是魏老太爷的朋友，自己把自己矮了一辈，其实跟弟兄一样。"

这一交代，郁四完全明白。难得"空子"中有这样"落门落槛"的朋友，真是难得！

"照这样说，大家都是自己人，不过，你老是王大老爷的贵客，我实在高攀了。"

"哪有这话？"胡雪岩答道，"各有各的交情，说句实话，我跟做官的，不大轧得拢淘。"

江湖中人，胸襟有时候很放得开。看胡雪岩这样表示，郁四便想进一步交一交，改口称为："胡老板，这趟到湖州来，专为办这桩公事？"他指着那张禀帖问。

"这是一桩。"胡雪岩想了一下，决计跟他说实话，"再想帮朋友开一家丝行，我自己也想买点丝。"

他一说，郁四便已会意，收了湖州府和乌程县的公款，就地运用，不失为好算盘。"不过，"郁四问道，"丝的行情，你晓不晓得？"

"正要向郁四哥讨教。"

"丝价大跌，买进倒正是时候，不过，要当心脱不得手。"

"喔！"胡雪岩说，"隔行如隔山，郁四哥这两句话，我还不懂得其中的道理。”

“这容易明白——”

湖州的生丝有个大主顾，就是“江南三局”——江宁、苏州、杭州三个织造局。三局规模相仿，各有织机七八百张，每年向湖州采购的生丝，数量相当可观。等洪杨战事一起，库款支绌，交通不便，三局的产量已在减少。江宁一失，织机少了三分之一，苏州临近战区，织造局在半停顿之中，就算杭局不受影响，通扯计算，官方购丝的数量，也不过以前的半数。加以江宁到苏州，以及江北扬州等地，老百姓纷纷逃难，果腹亦不易，如何穿绸着缎？所以生丝滞销，价格大跌，进了货不易脱手，新丝泛黄，越发难卖。

“真是！”胡雪岩笑道，“我只会在铜钱眼里翻跟斗，丝方面的行情一窍不通，多亏郁四哥指点，不然冒冒失失下手，‘湿手捏着干燥面’，弄不清楚了。”

“我也不十分内行。不过这方面的朋友倒有几个可以替你找来谈谈。”郁四略停一下又说，“他们不敢欺你外行。”

“那真正千金难买。”胡雪岩拱手道谢，“就托郁四哥替我约一约。”

“自己人说话，我晓得你很忙，请你自己说，什么时候有空？我替你接风，顺便约好了他们来。”

“明天晚上吧！”胡雪岩又说，“我想请郁四哥约两位懂‘洋庄’的朋友。”

郁四心一动。“胡老板，你的心思好快！”他由衷地说，“我实在佩服。”

“你不要夸奖我，还不知道洋庄动不动。如果动洋庄，丝价跌岂不是一个机会？郁四哥，我们联手来做。”

“好的！”郁四欣然答道，“我托你的福。”

“哪里？是我靠你帮忙。”

“自己人都不必客套了。”郁四有点兴奋，“要做，我们就放开手来做一票。”

在别人，多半会以为郁四的话，不是随口敷衍，就是故意掉枪花，但胡雪岩不是这么想。江湖中人讲究“牙齿当阶沿石”，牙缝中一句话，比有见证的亲笔契约还靠得住。郁四的势力地位，已经表现得很清楚，论他的财力，即使本身并不殷实，至少能够调度得动，这样不就可以做大生意了？这个大生意有两点别人所没有的长处——自己的头脑和郁四的关系，两者配合得法，可以所向无敌。

因此，胡雪岩内心也很兴奋。他把如何帮老张开丝行的事，大致说了一遍，但没有提到其中关键所在的阿珠。

而郁四却是知道老张，并且坐过张家的船的。“原来是老张！”他说，“这个人倒是老实的。他有个女儿，长得很出色。”

既说到这上面，胡雪岩不能再没有表示，否则就不够意思了。但这个表示也很难，不便明说，唯有暗示，于是他笑一笑说：“开这个丝行，一半也是为了阿珠。”

“噢！”真所谓“光棍玲珑心”，郁四立刻就懂了，“你眼光真不错！”

“这件事还有点小小的麻烦，将来说不定还要请郁四哥帮忙，这且不谈。郁四哥，你看这个丝行，我们是合在一起来做，还是另设号子？”

“也不必合开丝行，也不必另设号子。老张既是你面上的人，便宜不落外方，将来我们联手做洋庄，就托老张的丝行进货好了。”

老张的丝行连招牌都还未定，已经有了一笔大生意，不过胡雪岩的手段也很漂亮。“既然如此，将来我叫老张在盈余当中，另提一笔款子来分。”他说。

“这是小事。”郁四说，“胡老板，你先照你自己的办法去做，有什么办不通的地方，尽管来找我。等明天晚上约了人来谈过，我们再商量我们合伙的事。”

就这样素昧平生的一席之谈，胡雪岩找到了一个最好的合伙人。离了碧浪春，不远就是恒利，那里的档手赵长生早就接到了张胖子的信，知道胡雪岩的来头，接了进去，奉如上宾。

谈到本行，胡雪岩可就不如谈丝行那样事事要请教别人，略略问了些营业情况，就已了然。恒利的生意做得很规矩，但规模不大，尚欠开展。照自己做生意锐意进取的宗旨来说，只怕恒利配合不上。

做生意最要紧的是，头寸调度得灵活。他心里在想，恒利是脚踏实地的做法，不可能凭自己一句话，或者一张字条，就肯多少多少先付了再说，这样子万一呼应不灵，关系甚重。那么，阜康代理湖州府库、乌程县库，找恒利做汇划往来的联号，是不是合适，倒要重新考虑了。

由于有此一念，他便不谈正题，而赵长生却提起来了。“胡老板，”他说，“信和来信，说是府、县两库，由胡老板介绍我们代收代付，承情之至。不知道这件事，其中有什么说法，要请教。”

胡雪岩心思极快，这时已打定了一个于己无损、于恒利有益，而在张胖子的交情方面，足以交代得过去的折衷办法。“是这样的，”他从容不迫地答道，“本地府、县两库，王大老爷和杨师爷商量结果，委托阜康代理。不过阜康在湖州还没有设分号，本地的支付，我想让给宝号来办。一则是老张的交情，再则是同行的义气，其中毫无说法。”

所谓“毫无说法”就是不必谈什么条件，这真是白占便宜的帮忙。赵长生既高兴、又感激，不断拱手说道：“多谢，多谢！”

“长生兄不妨给我个可以透支的数字，我跟里头一说，事情就算成功了。改一天，我请客，把杨师爷和户书郁老四找来，跟长生兄见见面。”

府、县衙门的师爷，为了怕招摇引起物议，以致妨碍东家的“官声”，无不以在外应酬为大忌。郁四在湖州的手面，赵长生亦是深有所知的，现在听胡雪岩是招之即来的语气，而且对郁四用稔友知交的称呼，便越发又加了几分敬重。于是他的态度也不自觉的不同了。

“当然是恒利请客。胡老板！”他双手放在膝上，俯身向前，用很清楚的声音问道，“我先要请问一声，不晓得府、县两库，有多少收支？”

“这我倒还不大清楚。照平常来说，本地的收支虽不多，不过湖州富庶，又是府、县两衙门，我想经常三五万银子的进出总有的。”

“那么，”赵长生想了想，带些歉意地说，“恒利资本短，我想备两万银子的额子，另外我给宝号备一万两的额子，请胡老板给我个印鉴式样。”

“好的！”胡雪岩原不想要他那一万银子的透支额，但谢绝好意，一定会使赵长生在心里难过，所以平静地又说，“至于阜康这方面跟宝号的往来，我们另外订约，都照长生兄的意思好了。”

“是！是！我听胡老板的吩咐。”

“一言为定。”胡雪岩站起来说，“我告辞了。”

赵长生要留他吃午饭，情意甚殷，无奈胡雪岩对恒利的事，临时起了变化，急于要去安排妥帖，所以坚辞不肯，只说相处的日子正长，不必急在一时。然后定下第二天上午再见面的后约，他离了恒利。

从恒利又回到了碧浪春，胡雪岩俨然常客，立刻便有好些人来招呼。胡雪岩直言问道："我有要紧事，要看郁四哥，不晓得到哪里去寻找他呢？”

“有地方寻找，有地方寻找。”有个姓钱的招呼一个后生，“小和尚！你把胡先生带到‘水晶阿七’那里去！”

胡雪岩道过谢，跟着小和尚出店向西，心里在想：“水晶阿七”不知道是个什么人物呢？先得弄清楚了再说。

等他一问，小和尚调皮地笑了。“是个‘上货’！”小和尚说，“郁四叔的老相好，每天在她那里吃中饭、打中觉。”

原来是个土娼，郁四哥看中的，当然是朵名花。“怎么叫‘水晶阿七’呢？”他又问。

“水晶就是水晶。”小和尚笑道，“莫非胡先生连女人身上的这个花样都不知道？”

一说破，胡雪岩自己也觉得好笑，便不再多问，只跟着他曲曲折折进了一条长巷。将到底时，小和尚站定了脚说：“胡先生，你自己敲门，我不进去了。”

“为什么？”

小和尚略有些脸红。“郁四叔不准我跟水晶阿七见面。”他说。

“原来如此！”胡雪岩拱拱手说，“劳步，劳步！”等小和尚走远了，他才敲门。应门的是个小姑娘，等他说了来意，立刻被引进。刚刚上楼，就闻得鸦片烟的香味，他揭开门帘一看，郁四正在吞云吐雾。大红木床的另一面，躺着一个花信年华、极其妖艳的少妇，自然是水晶阿七了。

郁四因为烟枪正在嘴里，只看着他招手示意，阿七替他捧着烟斗也不能起身，只抛过来一个媚笑。胡雪岩不由得心中一荡，怪不得郁四不准小和尚上门！他在想，这个媚眼勾魂摄魄，有道行的老和尚都不能不动心，何况“小和尚”？

一口气把一筒烟抽完，郁四抓起小茶壶喝了口茶，急急起身问道：“你怎么来的？来，来，躺一躺。”

等他说到这句话，水晶阿七已经盈盈含笑，起身相让。胡雪岩觉得不必客气，便也含笑点头，撩衣上了烟榻。

“阿七！这是胡老板，贵客！”

“郁四哥，”胡雪岩纠正他说，“你该说是好朋友！”

“对，对。是贵客也是好朋友。”

于是阿七一面行礼，一面招呼，然后端张小凳子坐在床前替郁四装烟。

“你怎么来的？”郁四又问。

“先到碧浪春，有个后生领了我来的。”胡雪岩特意不提小和尚的名字。

“想来还不曾吃饭？就在这里将就一顿。阿七，你去看看，添几个中吃的菜！”

等阿七去照料开饭，胡雪岩和郁四便隔着烟灯，低声交谈。胡雪岩直道来意，说要抽回禀帖，重新写过。

“怎么写法？”

“恒利的规模不大，我想分开来做，本地的收支归恒利，汇到省里的款子，另外委托别家。”

“你想托哪一家？”

“这就是我要跟你商量的了。”胡雪岩问，“郁四哥，你有没有熟的钱庄？”

“有！”郁四一面打烟，一面不知在想些什么，好久，他才问道，“你的意思要我替你找一家？”

“是啊！”

“假使换了别人，我马上就可以告诉你，哪一家靠得住；现在是你托我，话当另说。做钱庄你是本行，无须找我，找到我总有说法。自己人，你尽管实说，看我替你想得对不对？”

听这番话，胡雪岩便知道郁四已经胸有成竹，为自己打算好了一个办法。这当然要开诚布公来谈，但以牵连着王有龄和杨用之，措词必须慎重，所以胡雪岩这样答道：“什么事都瞒不过你郁四哥。我跟王大老爷有一段特别的交情，杨师爷也相处得不借，不过公事上要让他们交代得过去。决不能教帮忙的朋友受累，这是我在外面混，铁定不移的一个宗旨。郁四哥，你说是不是？”

当然是啰！胡雪岩说这段话的用意，一则是为王有龄和杨用之“撇清”，再则也是向眼前一见成为知交的朋友表明，他不会做出什么半吊子的事来。郁四懂得这意思，所以虽未开口，却是不断点头。

“钱庄代理公库的好处，无非拿公款来调度，不过这又不比大户的存款，摆着不动，尽可以放出去吃利息。公款只有短期调动，倘或一时无法运用，那就变成白当差了。”

“嗯，嗯！”郁四说道，“我的想法跟你差不多。请再说下去。”

“我的意思是想在这里买丝，如果行情俏，一转手有顶‘帽子’好抢。不过现在看起来不行了，而且既然跟你联手，我的做法要改一改，怎么改，要请教你。”

“老实说，我也有家钱庄，我是三股东之一，教我兄弟出面。本地府、县两库，我如果想代理，早就代理了，就怕外头说闲话。所以我这家钱庄，现在也不能跟你做联号，公款汇划我决不能沾手。我在想，你何不在湖州设阜康分号？”

这原是胡雪岩的希望，但此时脚跟未稳，还谈不到，因而踌躇着不知如何作答。

“你是怕人地生疏？”郁四转过脸来，看着他问。

由这个动作，见得他很认真。胡雪岩心想，钱庄设分号不是一件说开张就开张，像摆个菜摊那么容易的事，既然郁四也是内行，其间的难处，他当然想过，倒要先听听他的再说。

“地是生疏，人倒不然，别的不说，光说有你郁四哥，我还怕什么？现在我跟郁四哥还是同行，我要请教，阜康这个分号，应该如何开法？”

“你这个分号与众不同。只为两件事，第一件代理公库，第二件是为了买丝方便，所以样子虽要摆得够气派。人倒用得不必多，你自己有人最好，不然我替你找。这是第一件。”

“第二件呢？”

“第二件当然是本钱。”郁四说，“你这个分号本钱要大，一万、两万说要就要。但不做长期放款，总不能备足了头寸空等，所以我替你想，你索性不必再从杭州调头寸过来了，除掉府、县公款，另外要多少，由我那里拨。”

这是太好了！胡雪岩大喜：“承郁四哥帮忙，还有什么话说？我照同行的拆息照算。”

“不，你不能照同行拆息。”郁四说，“这一来你就没好处了。我们另外定一个算法。”

郁四所提的办法是有伸缩的，也就是提成的办法。如果阜康放款给客户，取息一分，郁四的钱庄就收半分；是八厘，便取四厘。总而言之，两家对分。换句话说，阜康转一转手，便可取得一半的利益。

世上真难得有这样的好事！但细想一想，阜康也不是不劳而获，要凭关系手腕，将郁四的款子用出去，否则他的钱再多，大钱不会生小钱，摆在那里也是“烂头寸”。

话虽如此，无论如何还算是胡雪岩占便宜，所以他连连道谢，但也放了两句话下来。

“自己人不必假客气，光棍眼里更是揉不得沙子，我老实跟郁四哥说，钱庄这一行，我有十足的把握。我敢说一句，别人的生意一定没有我做得活。既然郁四哥你挑我，我也一定会替郁四哥挣面子。”

“你这两句话倒实惠。”郁四慢吞吞答道，“我也跟你说句老实话，我自己的这班老弟兄，‘小角色’，做什么都行，就是做生意，没有像你老兄这样一等一的能干朋友。就有几个门槛外头的朋友，也算是好角色，但比起你来，还差一截。再说，也没有跟你这样投缘。”

这完全是托以腹心的表示，胡雪岩倒不便再作泛泛的谦逊之词了，只答了两个字：“我懂！”

“你当然懂！我这双眼睛看人也是蛮‘毒’的。”

交情到此，已无须客套。这时水晶阿七已领着人来开饭，靠窗红木桌子上，摆满了一桌子的菜。宾主二人，相向而坐，水晶阿七打横相陪，胡雪岩戏称她为“四嫂”。

“胡老板吃啥酒？”阿七指着郁四说，“他是个没火气的人，六月里都吃‘虎骨木瓜烧’。”

“今天不吃这个了。”过足了瘾的郁四，从烟榻上一跃而起，伸腿踢脚，仿佛要下场子练武一般，然后把两手的骨节，捏得“咯啦、咯啦”地响。他耸耸肩，扭扭腰，看着是非常舒服的样子。

“说嘛！”阿七催他，“吃啥酒？”

“把那瓶外国酒瓶子装的药酒拿来。”

“哪一瓶？”阿七略显迟疑，“顶好的那一瓶？”

“自然是顶好的那一瓶！”郁四狠狠瞪了她一眼。

阿七这才明白，胡雪岩是郁四真正看重的一个好朋友，急忙赔笑：“胡老板，不是我小气，我不知道。”

“好了，好了！”郁四拦着她说，“越描越黑。快拿酒来！”

这瓶酒实在名贵。据郁四自己说，是照大内的秘方，配齐道地药材，用上等的汾酒泡制而成的。光是向御医买这张方子，就花了一百两银子，一剂药配成功，也得花到二百多两。已经泡了三年，郁四还舍不得喝。“倒不是铜钿银子上的事，”他说，“有几样药材，有钱没处买。”

“原来说过，要到五十岁生日那天打开来。”阿七笑道，“今天叨胡老板的光，我也尝一尝这瓶宝贝酒，不晓得怎么好法。”

“怎么好法？你到了晚上就知道了！”

郁四说了这一句，与胡雪岩相顾而笑。讲到风情话，阿七即使视如常事，也不能表现得无动于衷，白了郁四一眼，嗔道：“狗嘴里长不出象牙！”

说笑过一阵，肃客入厅，尝那瓶名贵的药酒，胡雪岩自然说好，郁四便要把方子抄给他。这样应酬过了，便须重新谈入正题。事情很多，一时有无从谈起之苦，所以胡雪岩举杯沉吟着。

郁四当他有何顾忌，便指着阿七说：“她没有别样好处，第一是口紧，听了什么话，从来不在外面说一句。第二是真心真肚肠，一眼就看得清清楚楚，所以叫作‘水晶’。”说完，斜睨着阿七笑了。

这一笑便大有狎昵之意，阿七似乎真的着恼了。“死鬼！”她低声骂道，“什么水晶不水晶，当着客人胡说八道！”

郁四有些轻骨头，阿七越骂他越笑。当然，她也是骂过算数，转脸向胡雪岩和颜悦色地说：“胡老板，你不要笑话我，老头子一天不惹我骂两声，不得过门。”

“原是要这样子才有趣。”胡雪岩笑着答道，“要是我做了郁四哥，也要你每天骂两句才舒服。”

阿七笑了，笑得极甜，加上她那水银流转似的秋波，春意盎然。胡雪岩心中一荡，但立刻就有警觉，江湖道上，最忌这一套，所以赶紧收敛心神，把视线移了开去。

“我们先谈钱庄。”郁四迎着他的眼光问道，“我那爿钱庄叫聚成，也在县前，离恒利不远。”

“郁四哥，”胡雪岩问道，“你看，我阜康分号就在聚成挂块牌子如何？”

“也未尝不可，不过不是好办法。第一，外面看起来，两家是一家；第二，你迟早要自立门户的，将来分了出去，跑惯的客户会觉得不便。”

这两层道理胡雪岩自然都知道，但他实在是缺少帮手，一个人办不了那么多事，打算着先“借地安营”，把阜康招牌挂了出来，看丝行生意是否顺手，再作道理。现在因为郁四不以为然，只好打消了这个念头。

“我也晓得，你一定是因为人手不够。这一点，我可以帮你的忙，不过只能派人替你跑跑腿，档手还是要你自己去寻。”

“这不一定。”胡雪岩把他用刘庆生的经过，说了一遍，“我喜欢用年纪轻、脑筋灵活的人，钱庄这一行不大懂，倒没有关系，我可以教他。”

“这样的人，一时倒还想不出。”郁四转脸问阿七，“你倒想想看！”

“有是有一个，说出来一定不中听，还是不说的好。”

“说说也不要紧。”

“年纪轻，脑筋灵活，有一个：小和尚。”

这话一出口，郁四未有表示，胡雪岩先就心中一动，双眼不自觉地一抬。郁四是何等角色，马上就发觉了。“怎么？”他问，“你晓得这个人？”

“刚才就是他陪我来的。”胡雪岩泰然自若地回答。

“咦！”阿七诧异地问，“他为什么不进来呢？”

从这一问中，可知郁四不准小和尚到这里来，阿七并不知道，如果照实回答，西洋镜拆穿，说不定他们俩便有一场饥荒好打。就算郁四驾驭得住阿七，这样不准人上门，也不是什么漂亮的举动，所以胡雪岩决定替郁四隐瞒。

“我倒是邀他一起进来的。”胡雪岩说，“他在碧浪春有个朋友等着，特地抽工夫来领我的路，领到了还要赶回去陪朋友。”

这番谎编得点水不漏，连郁四都信以为真，看他脸色便知有如释重负之感。“小和尚的脑筋倒是好的，”他说，“不过……”

“什么不过！”阿七抢着说道，“把小和尚荐给胡老板，再好都没有。人家‘四叔，四叔’，叫得你好亲热，有机会来了，你不挑挑小角色？”

绷在场面上，阿七说的又是冠冕堂皇的话，郁四不便峻拒，只好转脸对胡雪岩说：“你先看看人再说。如果你合意就用，不然我另外替你找。”

其实胡雪岩对小和尚倒颇为欣赏，他虽不是做档手的材料，跑跑外场，一定是把好手。不过其中有那么一段暧昧的心病在内，他不能不慎重考虑，所以点点头答道：“好的！等我跟他谈一谈再说。”

“我也想寻你这面一个人谈一谈。”郁四突然问道，“老张这个人怎么样？”

“忠厚老成。”胡雪岩说，“做生意的本事恐怕有限。将来我们联手来做，郁四哥，你派个人来‘抓总’。”

“不好，不好！”郁四使劲摇着头，“已成之局不必动，将来还是老张‘抓总’，下面的‘做手’我来寻。我想跟老张谈一谈，就是想看他是哪一路人，好寻个脾气相配的人给他。现在你一说我晓得了，这件事等过了明天晚上再说。此刻我们先办你钱庄的事，禀帖我先压下来，随时可办，不必急，第一步你要寻人寻房子。回头我陪你到‘混堂’泡一泡，要找什么人方便得很。”

于是停杯吃饭，饭罢到一家名叫“沂园”的浴室去洗澡。郁四每日必到，有固定的座位，那一排座都给他留着招待朋友。一到坐定，跟在碧浪春一样，立刻有许多人上来招呼。这一回郁四又不同了，不管来人身份高低，一律替胡雪岩引见，应酬了好一会儿，才得静下来。

“小和尚这一刻在哪里？”他就这么随便看着人问，“有人晓得没有？”

“还会在哪里？自然是王家赌场。”有人回答。胡雪岩明白郁四的意思，是要找小和尚来谈，便拦阻他说：“郁四哥，慢一慢！”

“怎么样？”

胡雪岩想了一会儿问道：“不晓得他肯不肯跟我到杭州去？”

“咦！”郁四不解，“你怎么想的，要把他带到杭州去？”

“我在杭州，少这么一个可以替我在外面跑跑的人。”胡雪岩这样回答。

“他从没有出过湖州府一步，到省城里，两眼漆黑，有啥用处？”

胡雪岩没有防到郁四会持反对的态度，而且说的话极在理，所以他一时无法回答，不由得愣了一愣。

这一愣便露了马脚，郁四的心思也很快，把从阿七提起小和尚以后，胡雪岩所说的话，合在一起想了一下，断定其中必有不尽不实之处。如果不想交这个朋友，可以置诸不问，现在彼此一见，要往深里结交，就不能听其自然了。

“小和尚这个人滑得很，”他以忠告的语气说，“你不可信他的话。”光棍“一点就透”，胡雪岩知道郁四已经发觉，小和尚曾有什么话，他没有告诉他。有道是“光棍心多”，这一点误会不解释清楚，后果会很严重；便是解释也很难措词，说不定就是一出“乌龙院”，揭了开来，郁四脸上会挂不住。

再想想不至于，阿七胸无城府，不像阎婆惜，郁四更不会像宋江那么能忍，而小和尚似乎也不敢。果有其事，便决不肯坦率自道郁四不准他上阿七的门。不过阿七对小和尚另眼相看，那是毫无可疑的，趁此机会说一说，让郁四有个警觉，也不算是冒昧之事。

于是他说：“郁四哥，我跟你说实话。小和尚这个人，我倒很中意。不过他说你不准他上门，所以我不能在湖州用他。你我相交的日子长，我不能弄个你讨厌的人在眼前。我带他到杭州就无所谓了。”

这才见得胡雪岩用心之深！特别是当着阿七，不说破他曾有不准小和尚上门的话，郁四认为他为朋友打算，真个无微不至。照此看来，他要带小和尚到杭州，多半也是为了自己，免得阿七见了这个“油头小光棍”，心里七上八落。

心感之下，郁四反倒觉得有劝阻他的必要："不错，我有点讨厌小和尚。不过，讨厌归讨厌，管我还是要管。这个人太滑，吃玩嫖赌，无一不精，你把他带了去要受累。"

"吃玩嫖赌，都不要紧。"胡雪岩说，"我只问郁四哥一句话，小和尚可曾有过吃里扒外的行为？"

"那他不敢！要做出这种事来，不说三刀六洞，起码湖州这个码头容不得他。"

"既然如此，我还是带了他去。就怕他自己不肯，人，总是在熟地方好。"

"没得这话！"郁四摇摇头，"你真的要他，他不肯也得肯。再说，跟了你这样的'爷叔辈子'，还有什么话说？我刚才的话，完全是为你着想。"

"我知道，我知道。"胡雪岩说，"我不怕他调皮。就算我自己驾驭不了，有你在那里，他敢不服帖？"

这句话恭维得恰到好处，郁四大为舒服。再想一想，这样子"调虎离山"，而且出于阿七的推荐，轻轻易易地去了自己心中一个"痞块"，岂非一件极痛快的事？

"不过，这也不必急。"郁四从从容容地说，"这件事等你回省城以前办妥就可以了。等闲一闲，我先把小和尚找来，你跟他好好谈一谈。果真中意了，你不必跟他说什么，你把你的意思告诉我，带到杭州派他啥用场，等我来跟他说好了。"

"好极，好极！"胡雪岩要用小和尚，本就是一半为了郁四，乐得听他安排，"我就拜托郁四哥了。"

到沂园来"孵混堂"，主要的就是避开阿七谈小和尚。既有结果，不必再"孵"，胡雪岩穿衣告辞，急着要跟老张去碰头。

"你一个人去，陌陌生生，怎么走法？"郁四把沂园的伙计喊了来说，"你到轿行里去喊顶轿子，说是我要的。"

很快地，簇新的一顶轿子抬到，三个年轻力壮的轿夫，态度非常谦恭，这自然是郁四吩咐过了的缘故。胡雪岩说了地址，上轿就走。

张家住在城外，就在码头旁边一条小巷子里，轿子一抬进去就塞住了。这条巷子，实在也难得有轿子经过，所以路人不但侧身而让，并且侧目而视，其中一个就是阿珠。

胡雪岩没有看见，阿珠却发现了。“喂，喂！”她望着抬过门的轿子喊，“你们要抬到哪里去？”

轿夫不理她，胡雪岩却听出是阿珠的声音，急忙拍拍扶手板，示意停轿。

“怎么到这时候才来？”一见面就是埋怨的口气，显见得是“一家人”，让左邻右舍发觉了，会引起诧异。阿珠自觉失言，立刻红晕上脸，强笑道：“我们这条巷子里，难得有坐轿来的贵客！请进来，请进来。”

“你先进去。”胡雪岩心细，看轿子停在门口，妨碍行人会挨骂，所以先关照轿夫，把轿子停在巷口，然后进门。

进门就是客堂。里面说话，大门外的人都听得见，自然不便，阿珠把他领到后面，隔着一个小小的天井。东面两间，看样子是卧室；西面也是两间，一间厨房，炖肉的香味四溢，一间堆着什物。

“只有到我房间里坐了！”阿珠有些踌躇，“实在不大方便。”

不方便是因为她父母都不在家。“到哪里去了？”胡雪岩问。

“还不是伺候你胡老爷！”阿珠微带怨怼地答道，“爹到衙门看你去了，娘在河滩上，看有什么新鲜鱼买一条，好等你来吃。”

“那么，你呢？你在门口等我？”

“哪个要等你？我在等我娘。”

“闲话少说。”胡雪岩说，“要去通知你爹一声，不要教他空等了。”

“不用。说好了的，等不到就回来，也快到家了。”

说着，阿珠推开房门，只见屋中刚刚裱糊过，四白落地，十分明亮。一张床，一张梳头桌，收拾得很洁净，桌上还有只花瓶，插着几朵荷花。

“地方太小了！”阿珠不好意思地说。

"小的好！两个人一张床，最妙不过。"

"说说就没有好话了。"她白了他一眼。

"来，来，坐下来再说。"

他拉着她并坐在床沿，刚要开口说话，阿珠像是突然想起了什么，跳起身来奔了出去。在客堂里打了个转，又回了进来。

"你做什么去了？"

"闩门。"她说，"大门不关上，客堂里的东西叫人偷光了都不晓得。"

这是托辞，胡雪岩心里明白，她是怕她爹娘突然闯了进来，诸多不便，因而笑笑答道："现在你可以放心了。"

说完，将她一把捺住，吻她的脸，她嘴里在说："不要，不要！"也挣扎了一会儿，但很快地就驯服了，任他恣意爱抚。

"你的肚兜扎得太紧了。只怕气都透不过来！"

"要你管？"

"我是为你好。"胡雪岩去解她的钮扣，"我看看你的肚兜，绣的是什么花？"

"不可以！"阿珠抓住了他的手，"没有绣花，有什么好看？"

看她峻拒，他便不愿勉强，把手移到别处。"你会绣花，何不绣个肚兜？"他怂恿她说。

"懒得动。"

"你好好绣一个。绣好了，我有奖赏。"

"奖赏！"阿珠笑道，"奖什么？"

"奖你一条金链条。"他用手比着说，"吊肚兜用的。你看好不好？"

这怎么不好？阿珠一双俏眼，直勾勾地看着他："这样子讲究？"

"这算得了什么？将来有得你讲究。"

"好！一言为定。"阿珠很起劲地说，"我好好绣个红肚兜。你看，绣什么花样？"

“自然是鸳鸯戏水。”

阿珠一下子脸又红了，低着头不作声。

“怎么样？”他催问着，“这个花样好不好？”

她点点头，又看了他一眼，脉脉含情，令人心醉。他把她抱得更紧，接着，身子往后一倒，一只手又去解她的钮扣。

这一下她没有作声，但外面有了声音，“砰砰”然敲了两下，接着便喊：“阿珠，阿珠！”

“我娘回来了！”阿珠慌忙起身，诸事不做，先照镜子。镜子里一张面泛桃花的脸，鬓边也有些乱。她着急地说：“都是你害人！这样子怎么走得出去？”

“白天不做虚心事，夜半敲门心不惊！怕什么？我去开门，你把心定下来。”

胡雪岩倒真沉得住气，把长衫抹一抹，泰然自若地走了出去，开开门来，笑嘻嘻地叫了一声：“干娘！”

“咦！”阿珠的娘惊喜地问，“什么时候来的？”

“刚来不多一息。”

“阿珠呢？”

“在后面。”胡雪岩知道阿珠红晕未褪，有心救她一救，便问这样问那样，绊住了阿珠的娘，容不得她抽身。

而她记挂着拎在手里的一条活鳜鱼——“桃花流水鳜鱼肥”，春天不稀罕，夏天却难得，而且鳜鱼往往出水就死，这却是一条活的，更为名贵，急于想去“活杀”，偏偏胡雪岩絮絮不休，只好找个空隙，向里大喊：“阿珠啊！”

阿珠已经心定神闲，把发鬓梳得整整齐齐地走了出来。她娘便吩咐她去剖鱼，剖好了等她来动手，又问胡雪岩喜欢清蒸，还是红烧。

“活鳜鱼不容易买到，自然是清蒸。”阿珠替他作了主。胡雪岩还有许多事要办，只待见老张一面，交代几句话就要走，现在看样子，这顿饭是非吃不可了，这就索性在这里，跟老张把事情都商量好了再说。

“干娘！”他说，“吃饭是小事，越简单越好，等老张回来，我有许多话说。市面要弄得很热闹，大家都有得忙，工夫不能白糟蹋！”

阿珠的娘知道他是实话，好在她手下快，等老张从县衙门回家，饭菜都已齐备，四个人团团坐下，边吃边谈。

“一家人，我先要说句老实话。”高踞上座的胡雪岩说，“明天一早，第一件事就是搬家！不管什么地方，搬了再说，这里实在太小了。”

老张夫妇面面相觑，他们的感想一样，搬家是件大事，要看房子，拣黄道吉日，家具什物虽不多，收拾起来也得两三天。

胡雪岩一看他们的脸色就知道他们的心思，数着手指说：“第一，房子明天一大早去看，像个样子就可以，先租下来住了再说，好在自己要买房子，不过一个短局，好歹都无所谓；第二，这些家具将来也用不着，不如送了左邻右舍，做个人情，另外买新的；第三，拣日不如撞日，说搬就搬，明天一天把它都弄舒齐。”

“明天一天怕来不及。”阿珠的娘踌躇着说。

“那就两天。”胡雪岩很“慷慨”地放宽了限期，但又重重地叮嘱了一句，“后天晚上，我到你们新搬的地方来吃饭。”

“哪有这么快？”阿珠提出抗议，“你只管你自己说得高兴，不想想人家。”

“来得及，来得及！”阿珠的娘不愿违拗胡雪岩的意思，但只有一点顾虑，叫阿珠去拿皇历来看。

刚好，第二天、第三天都是宜于迁居的好日子，那就连最后一点顾虑都消除了。她决定吃完晚饭，连夜去找房产经纪觅新居。

“不要怕花钱！”胡雪岩取出一张二百两的银票，放在她面前，“先拿这个去用。我在湖州还要开钱庄，另外也还有好些生意要做，只怕事情做不完，不怕没有钱用。你们照我的话做，没有错！”

这句话为他们带来了满怀的兴奋，但他们都矜持着，只睁大了眼，迷惘地看着这位“娇客”。

喝了几杯的胡雪岩，回想这两天的经历，也是满心愉悦，得意非凡，因而谈兴大发。“说句实话，我也没有想到，今年脱运交运，会走到这样一步！”他说，“哪个说‘福无双至’？机会来起来，接二连三，推都推不开。我现在最苦的是人手不足，一个人当两个人，一天当两天，都还不够，实实在在要三头六臂才好。”

“这就是所谓‘能者多劳’！”阿珠的娘到底是大小姐出身，这样掉了一句文。

“说到‘能’，那倒不必假客气，我自己晓得我的本事，不过光是我一个人有本事也不行，‘牡丹虽好，绿叶扶持’。干娘，你说是不是？”

“是啊！不过你也不是‘光杆儿牡丹’，我们大家齐心合力，帮你来做。”

“就是这话。大家帮我来做！再说句实话，帮我就是帮自己。”胡雪岩看着老张说，“县衙门的户书郁四，你总晓得？”

“晓得！”老张答道，“码头上就凭他一句话。”

“那么我告诉你，郁四要跟我联手做丝生意。老张，你想想看，我在湖州，上有王大老爷，下有郁四，要钱有钱，要路子有路子，如果说不好好做一番市面出来，自己都对不起自己了。”

老张老实，越是这样说，他越觉得不安，怕生意做得太大，自己才具不胜，所以踌躇着说：“只怕我挑不动这副担子！”

“这话也是，”阿珠的娘也有些惴惴然，“市面太大，他应付不来。再说，郁四手下有的是人，未见得……”

“未见得什么？”胡雪岩抢过她的话来说，“郁四是怎么样的人，你们总也晓得。光棍做事，只要是朋友，只有拉人家一把，没有踹人家一脚的道理。他也晓得我们的交情不同，怎么好说不要老张？你们老夫妇俩放心，丝行开起来，你们只要把店里管好，坐在那里就有进账。总而言之一句话，要勤、要快，事情只管多做，做错了不要紧。有我在，错不到哪里去的。”

老张一面听，一面点头，脸上慢慢不同了，是那种有了把握的神气。等扒完一碗饭，他拿筷子指一指胡雪岩说："你慢慢吃！我出去一趟。"

"这么晚了！"阿珠接口问道，"到哪里去？"

"我去看房子。我想起有个地方，前后两进，好像大了点，不管它，先租下来再说。"

"对啊！"胡雪岩大为高兴，"你请，你请！如果回来得快，我还好在这里等你听回音。"

等老张一走，阿珠下逐客令了："我看你也早点吃完饭走吧，一则你忙；二则，你走了，我们好收拾。不然明天怎么搬？"

"这倒是老实话。"她娘也这样说。

胡雪岩深感安慰，这一家三个人，就这一顿饭的工夫，脑筋都换过来了。如果手下每个人都是这样子勤快，何愁生意不发达？

* * *

到第二天，大家都忙，老张夫妇忙着搬家，胡雪岩忙着筹划设立阜康分号，跟杨用之商量了一上午。到了日中，依旧到水晶阿七家去访郁四。

谈完正事，谈到小和尚，却是阿七先提起来的。"胡老板，"她问，"你想把小和尚带到杭州去？"

"是啊，还不知道他自己的意思怎么样。"

"他自然肯的。"阿七又问，"我倒不懂胡老板为啥要把他带到杭州？"

这话在郁四问，不足为奇，出于阿七之口，就得好好想一想。或许她已经疑心是郁四的指使，先得想办法替他解释这可能已有的误会。

"老实跟四嫂说，我看人最有把握。"他从从容容地答道，"小和尚人最活络，能到大地方去历练历练，将来是一把好手。我不但要带他到杭州，还想带他到上海。"

“上海十里夷场，他一去，更不得了。”阿七以一种做姊姊的口吻拜托，“胡老板要好好管一管他。”

“是啊！”胡雪岩趁机说道，“郁四哥劝我，还是把小和尚放在湖州，多几个‘管头’，好教他不敢调皮。调皮不要紧，只要‘上路’，我有办法管他。”

这一说，阿七释然，郁四欣然。事实上阿七确有些疑心，让胡雪岩把小和尚带到杭州，是郁四的授意，现在才知道自己的疑心是多余的。

“小和尚是我从小的邻居。”阿七显然也想到了，自己对小和尚这么关心，须有解释，“他姊姊是我顶顶好的朋友，死了好几年了。小和尚就当我是他的姊姊，他人最聪明，就是不务正业，好赌，赌输了总来跟我要。所以，”她愤然作色，“有些喜欢嚼舌头的，说我跟他怎么长，怎么短，真气人！说句难听的话，我是……”

“好了，好了！”郁四真怕她口没遮拦，自道“身份”，因而赶紧拦住她说，“只要我没嚼你的舌头就好了，旁人的闲话，管他呢！”

“你也敢！”阿七戟手指着，放出泼妇的神态，但随即又笑了，笑得极其妩媚。

胡雪岩倒是欣赏她这样爽朗的性情，但因她是郁四的禁脔，唯有收摄心神，视如不见。转念想到小和尚，既然话已说明，便无须有所顾忌。此刻正在用人之际，应该谈定了，马上拿他来派用场。

于是他说：“郁四哥，此刻能不能跟小和尚见个面？”

“怎么不能？”郁四站起身说，“走！”

两个人又到了沂园。郁四派人把小和尚去找了来，招呼过后，他问：“四叔寻我有话说？”

郁四先不答他的话，只问：“你的赌，戒得掉戒不掉？”

小和尚一愣，笑着说道：“四叔要我戒赌？”

“我是为你好。你这样子天天滥赌，哪一天才得出头？”郁四又说，“靠赌吃饭没出息，你晓不晓得？”

小和尚不答，只看看胡雪岩，仿佛已知道郁四的意思了。

于是郁四又问：“你想不想出去闯闯码头呢？”

一听这话，小和尚的眼神变得很专注。而从他眼中看得出来，这是憧憬大地方热闹的神色，就像小孩听说能跟大人去看戏的那样。

“胡老板想带你到杭州去。”郁四说道，“我已经答应胡老板了，但要问问你自己的意思。”

“四叔已经答应了，我不愿意也要办得到呀！”

“小鬼！”郁四笑着骂道，“我不见你这个空头人情。你自己说一句，到底愿意不愿意呢？胡老板的脾气，不喜欢人家勉强。”

“愿意！”小和尚很清楚地表示，同时向胡雪岩点点头。

“那好了。你现在就跟胡老板去办事，胡老板的事就是我的事。”

有这句话交代，什么都在里头了。胡雪岩辞别郁四，找了个清静酒店，先要了解了解小和尚的一切。

小和尚名叫陈世龙，孑然一身，身无恒业，学过刻字店的生意，因为没有终日伏案的耐性，所以半途而废。

“这样说，你认得字？”

“认得几个。”小和尚陈世龙说，“‘百家姓’最熟。”

“你说话倒有趣。”胡雪岩答道，“会不会打算盘？”

“会。不过不大精。我在牙行帮过忙。”

“牙行”是最难做的一种生意，就凭手里一把秤，要把不相识的买卖双方撮合成交易，赚取佣金。陈世龙在牙行帮过忙，可知能干，胡雪岩越发中意了。

“听说你喜欢赌，是不是？”

“赚两个外快用。”陈世龙说，“世界上好玩的花样多得很，不一定要赌。”

“说得对！你这算是想通了。你去过上海没有？”

“没有。”

“你去过上海就知道了。光是见见世面就很好玩，世界上的事，没有一样不好玩，只看你怎么样想。譬如说，我想跟你交朋友，交到了，心里很舒服，不就很好玩吗？”

这话是陈世龙从未听过的，有些不懂，却似乎又有些领悟，所以只是看着他发愣。

“世龙，我再问你一句话——”

看他不说下去了，陈世龙不由得奇怪，刚喊得一声“胡老板”，胡雪岩打断了他的话。

“你叫我胡先生。”

这就有点收他作学生的味道在内，陈世龙对他很服帖，便改口说道：“胡先生，你要问我句什么话？”

“我这句话，如果问得不对，你不要摆在心上，也不必跟人说起。我问你，阿七到底对你有意思没有？”

“这我哪里晓得？”

“你难道看不出来？”

“我看不出来。我只晓得我自己，郁四叔疑心病重，我哪里会对阿七动什么脑筋？”陈世龙停了一下又说，“赌输了跟她伸伸手是有的，别的没有。”

胡雪岩用他，别的都不在乎，唯一顾虑的就是他跟阿七的关系，这一点非弄得清清楚楚不可，因而又向下追问：“你动不动歪脑筋是一回事，动不动心又是一回事。你说，你心里喜欢不喜欢阿七？”

陈世龙到底资格还嫩，不免受窘，犹豫了一会儿答道：“男人总是男人嘛！”

这句话就很明白了，胡雪岩对他的答复很满意，因为他说了实话。不过，接下来的却是告诫。

“你也怨不得你四叔疑心病重。有道是‘麻布筋多，光棍心多’，你年轻力壮，跟阿七又是从小就认识的，常来常往，人家自然要说闲话。”胡雪岩停了一下又说，“照我看，你郁四叔少不得阿七，你就做得格外漂亮些。”

“怎么做法？”

“从此不跟阿七见面。”

“这做得到。我答应胡先生。”陈世龙放出很豁达的神态，扬着脸说，“天下漂亮女人多的是！”

“这话说得好！”胡雪岩心想得要试一试他，从身上取出来五十两一张银票，“这点钱，你先拿去用。”

陈世龙迟疑了一下，接过银票道了谢。

“再有件事，你替我去办一办，我在沂园等你回话。”

他说了老张的地方，要陈世龙去看搬了家没有、搬在何处。陈世龙答应着走了。胡雪岩也重新回到沂园，把他们谈话的情形略略说了些给郁四听。

很快地，陈世龙有了回话，说老张正在搬家，也说了新址所在，然后问道：“胡先生，今天还有什么事交代我做？”

“没有了。你去做你自己的事。明天早晨，我在碧浪春吃茶。”

“那么明天一早，我到碧浪春去碰头。”

等陈世龙一走，胡雪岩才跟郁四说，给了他五十两银子。“你要他戒赌，他自己也跟我说，不一定要赌。”胡雪岩说，“喜欢赌的人，有钱在身上，手就会痒。你倒不妨派人去打听一下看。”

“不错！倒要看看这个小鬼，是不是口不应心？”

于是郁四找了个人来，秘密叮嘱了几句，去打听陈世龙的影踪，约定明天上午回话。

当夜郁四请了两个南浔镇上的朋友跟胡雪岩见面。这两个人都懂洋文，跟外国商人打过交道，谈起销洋庄的丝生意，认为应以慎重为是，因为上海有“小刀会”闹事，市面不太平静，将来夷场上会不会波及，尚不可知，最好看看风色再说。

席间胡雪岩不多开口，只是静静听着。当夜无话，第二天一早到碧浪春，陈世龙已经等在那里了。胡雪岩心想，他光棍一条，有了五十两银子在身上，如果不是送在赌场里，一定会买两身好衣服，新鞋新帽，打扮得十分光鲜，而此刻看他，依旧是昨天那一身衣服，心里便嘀咕：只怕靠不住，口不应心了！

不过胡雪岩口中不作声，只叫他到老张新搬的地方去看一看，可曾搬定。

接着郁四也到了，依旧在当门的“马头桌子”上一坐，同时把胡雪岩请了来，在左首第一位上坐下。少不得又有一阵忙乱，等清静下来，才见郁四昨天派去访查陈世龙行动的那个人悄悄走了过来。

“小和尚真难得！”他根本不知道胡雪岩给了陈世龙一笔钱，而陈世龙应诺戒赌的情形，所以一开口就这样说，“居然不出手。”

郁四跟胡雪岩对看了一眼，彼此会意，虽然不曾出手，赌场还是去了。“他昨天身上的钱很多，不晓得什么道理，看了半天，不曾下注，后来就走了。”

“是不是到别家赌场去了？”郁四问。

“没有，”那人答道，“后来跟几个小弟兄去听书。听完书吃酒，吃到半夜才散，睡在家里的。”

“好！”郁四点点头，“辛苦你！你不必跟小和尚说起。”

“晓得了。”

等他一走，胡雪岩便笑道：“我没有料中。看起来他倒是说话算话。”

“还好。”郁四也表示满意，“没有坍我的台。”

“郁四哥，我昨天晚上想了一夜，”胡雪岩说，“销洋庄的生意，还是可以做，大家怕小刀会闹事，不敢做，我们偏偏要做，这就与众不同，变成独门生意了。”

“喔！”郁四想了想，不断颔首，“你的想法，总比别人来得深一层。你再说下去看。”

“凡事就是起头难，有人领头，大家就跟着来了。做洋庄的那些人，生意不动，就得吃老本，心里何尝不想做？只是胆子小，不敢动，现在我们想个风险不大的办法出来，让大家跟着我们走。”胡雪岩问道，“郁四哥，那时候，你想一想，我们在这一行之中，是什么地位？”

“对！”郁四拍案激赏，“人家根深蒂固多少年，我们只要一上手就是头儿、脑儿！这种好事情，天下哪里去找？”

“我就是这个意思。‘胆大做王’！再说，别人看来危险，照我看，风险不大。第一，夷场上，人家外国人要保护他自己的人，有大兵船停在黄浦江，小刀会也要看看风色，小刀子到底比不得洋枪洋炮。”

“这话也不错。”郁四看看四周，凑过头去低声说道，“我现在还不大清楚上海的情形，不过照我想，小刀会里，一定有尤老五的弟兄，不妨打听打听看。”

“我正就是这个意思。”胡雪岩也低声答道，“我们也不是跟小刀会走到一条线上，他们造反，我们是安分老百姓，打听消息，就是要避开他们，省得走到一条线上。”

郁四深深点头：“他们闹事，我们不动；他们不动，我们抢空当把货色运到上海去。”

“郁四哥，”胡雪岩笑道，“不是我恭维你，你这两句话，真正是在刀口上。”

“好了！”郁四抬起头来，从容说道，“回头我们到阿七那里细谈。”接着便谈到陈世龙。胡雪岩的意思，看他年轻聪明、口齿伶俐，打算让他去学洋文，因为将来销洋庄，须直接跟洋人交往，如果没有一个亲信的人做“通事”，请教他人传译，也许在语言隔阂之中，为人从中做了手脚，自己还像蒙在鼓里似的，丝毫不知，这关系太重大了。

“这个主意很好。”郁四说道，“不过学洋文要精通，不是一年半载的事，眼前得先寻一个人。”

“我也是这么想。这个人，第一，要靠得住；第二，要有本事；第三，脾气要好。就叫世龙跟他学。不晓得郁四哥有没有这样的人呢？”

“当然有。还不止一个。”

“好极了。”胡雪岩很高兴地说，“那就请来谈谈。”

“我托人去约。今天晚上或者明天中午碰头好了。”

这天晚上，胡雪岩在老张的新居吃饭，座间还有陈世龙。

陈世龙跟老张也认识。平常“老张、老张”叫惯的，但这时不能不改改口。他是极机警的人，两次到张家，把胡雪岩和老张的关系，看出了一半。等看到了阿珠对胡雪岩，在眉梢眼角，无时不是关切的样子，更料中了十之八九。既然自己叫他为“胡先生”，对老张就不能不客气些，改口叫他“张老板”，阿珠的娘便成了“张太太”，而阿珠是“张小姐”。

阿珠还是第一次被人叫作“小姐”，心里有种说不出的喜悦，因而对陈世龙也便另眼相看了。

“世龙！”阿珠的娘——张太太则是看在胡雪岩的份上，而且也希望这个年轻力壮的小伙子能帮丈夫的忙，所以加意笼络，“都是一家人，你不必客气。我这里就当你自己家里一样，你每天来吃饭，有啥衣服换洗，你也拿了来，千万不要见外。”

“是啊！”胡雪岩也说，“这不是客气话。”

“我懂，我懂。”陈世龙连连点头，“我要客气，做事就不方便了。”

于是一面吃，一面谈生意。有陈世龙在座，事情就顺利了，因为老张所讲的情形，他差不多都知道，可以为胡雪岩作补充。像老张所说的那两个懂丝行生意的朋友，陈世龙就指出姓黄的那个比姓王的好，后者曾有欺骗东家、侵吞货款的劣迹，是老张所不知道的。

“世龙！”胡雪岩对在湖州的一切安排，大致都已作了决定，“明天我们就动手，把阜康分号和丝行开起来。到事情差不多了，你要替我跑一趟松江。”

“松江？”陈世龙颇感意外，“我还没有去过。”

“没有去过不要紧，去闯一闯。”胡雪岩一件事没有谈定规，又谈第二件，“我再问你一句话，你肯不肯学洋文？”

陈世龙更觉意外。“胡先生，”他嗫嚅着说，“我还弄不懂是怎么回事。”

“那自然是要你做‘丝通事’。”阿珠接口说道。

“连她都懂了！”胡雪岩又对陈世龙说，“将来我不止于丝生意，还有别样生意也想销洋庄。你想，没有一个懂洋文的人，怎么行？”

陈世龙的脑筋也很快，根据他这一句话，立刻就能为自己的将来画出许多景象，不管丝生意还是别样生意，在上海必是他“坐庄”，凡跟洋人打交道，都是自己一手主持。南浔的那些“丝通事”，他也知道，一个个坐收佣金，附带做些洋货生意，无不大发其财。起居饮食的阔绰，自然不在话下，最令人羡慕的是，还有许多新奇精巧的洋货可用。如果自己懂了洋文，当然也有那样的一天。

转念到此，他毫不犹豫地答道：“胡先生叫我学洋文，我就学。我一定要把它学好！”

“有志气！”胡雪岩把大拇指一跷，很高兴地说，“学一样东西就要这样子，不学拉倒，要学就要精。世龙，你跟我跟长了就知道了，我不喜欢‘三脚猫’的人。”

一知半解叫作“三脚猫”，年轻好胜的人最讨厌这句话，所以陈世龙立刻答道：“胡先生放心，我不会做‘三脚猫’。”

“我想你也不会。”胡雪岩又说，“我再问你一句话，松江有个尤五，你知道不知道？”

漕帮里的大亨，陈世龙如何不知道？不过照规矩，在这方面他不能跟“空子”多说，即使“胡先生”这个“空子”比“门槛里”的还要“落门落槛”也不行，所以他只点点头作为答复。

胡雪岩却不管这些，率直问道：“你跟他的辈分怎么排？应该叫他爷叔？”

“是的。”

“尤五管我叫‘小爷叔’。”胡雪岩有意在陈世龙面前炫耀一番，好教这个小伙子服帖，“为什么呢？因为他老头子看得起我，尤五敬重他老头子，所以也敬重我。他本人跟我的交情，也就像你郁四叔跟我的交情一样。你说松江没有去过，不要紧，有我的信，你尽管去，没有人敢拿你当‘洋盘’。”

“我晓得，我晓得。”陈世龙一迭连声地说，显得异常兴奋。他也真没有想到，胡雪岩这样一个“空子”，有这么大的来头！顿时眼中看出来的“胡先生”，便如丈六金身的四大金刚一般高大了。

“现在我再告诉你，你到了松江，先到一家通裕米行去寻他们的老板，寻到了，他自会带你去见尤五。你把我的信当面交给他，千万记住，要当面交给他本人，这封信不能落到外人手里。”

很显然的这是封极机密的信，陈世龙深深点着头问：“要不要等回信？”

“当然要。回信也是紧要的，千万不能失落。”胡雪岩又说，“或许他不会写回信，只是带回来口信。他跟你说什么，你都记住，说什么你记住什么，不要多问！”

“也不要跟旁人说。”陈世龙这样接了一句。

“对！”胡雪岩放心了，“你懂我的道理了。”

陈世龙这里倒交代清楚了，但写这封信却成了难题。胡雪岩的文墨不甚高明，而这封信又要写得含蓄，表面没有破绽，暗中看得明白。他没有这一份本事，只好去请教郁四。

郁四是衙门里的人，对于“一字入公门，九牛拔不转”这句话特持警惕，认为这样的事不宜在信中明言，万一中途失落了这封信，会惹出极大的麻烦。

“你我都无所谓，说句老实话，上上下下都是人，总可以洗刷干净。”郁四很诚恳地说，“不过，你无论如何也要替王大老爷想想，事情弄到他头上，就很讨厌了！”

这个警告，胡雪岩十分重视，翻然变计，决定让陈世龙当面跟尤五去谈。

“是这样的，”他第二天悄悄对陈世龙说，“我们的丝要运上海，销洋庄，只怕小刀会闹事，碰得不巧，恰恰把货色陷在里面。尤五说不定知道小刀会的内情，我就是想请教他一条避凶趋吉的路子。你懂了吧？”

“懂了！”

“那么，你倒想想看，你该怎么跟他说？”

陈世龙思索了一会儿答道：“我想这样子跟他说：‘尤五叔，胡先生和我郁四叔，叫我问候你，请老太爷的安。胡先生有几船丝想运上来，怕路上不平静，特地叫我请示你老人家，路上有没有危险？运不运，只听你老人家一句话。’”

胡雪岩想了想，点点头说：“好！就是这样子说。”

“不过胡先生，你总要给我一封引见的信，不然，人家晓得我是老几？”

“那当然！不但有信，还有水礼让你带去。”

名为“水礼”，所费不赀，但数量来得多。光是出名的“诸老大”的麻酥糖就是两大篓，另外吃的、穿的、用的，凡是湖州的名产，几乎一样不漏，装了一船，直放松江。

“这张单子上是送尤五本人的，这张是送他们老太爷的，这张送通裕的朋友。还有这一张上的，你跟尤五说，请他派人带你去。”

接过那张单子来看，上面写着“梅家巷畹香”五字，陈世龙便笑了。

“你不要笑！”胡雪岩说，“不是我的相好！你也不必问是哪个的。见了她的面，你只问她一句话，愿意不愿意到湖州来玩一趟。如果她不愿意，那就算了；愿意，你原船带了她来。喏！一百两银子，说是我送她的。”

“好！我晓得了。”

第十章

半个月以后，陈世龙原船回湖州，没有把畹香带来，但一百两银票却已送了给畹香。她也听说王有龄放了湖州府，愿意到湖州来玩一趟，只是要晚些日子。陈世龙急于要回来复命，无法等她，“安家费”反正要送的，落得漂亮些，就先给了她。

“做得好！这件事不去管它了。尤五怎么说法？”

“他说他不写回信了。如果胡先生要运丝到上海，最好在七月底以前。”

“七月底以前？”胡雪岩很认真地追问了一句。

“是的。尤五说得很清楚，七月底以前。他又说，货色运过嘉兴，就是他的地段，他可以保险不出乱子。”

“嗯，嗯！”胡雪岩沉吟着，从两句简单的答语中，悟出许多道理。

“胡先生！”陈世龙又说，“小刀会的情形，我倒打听出来许多。”

“喔！”胡雪岩颇感意外，“你怎么打听到的？”他告诫过陈世龙，不许向尤五多问什么。真怕他多嘴多舌，向不相干的人去打听，这语言不谨慎的毛病，必须告诫他痛改。

陈世龙看出他的不满，急忙答道：“我是在茶店里听别的茶客闲谈，留心听来的。”

他听来的情形是如此：前几年上海附近，就有一股头裹红巾的暴民作乱，官府称之为“红头造反”，其中的头脑叫作刘丽川，本来是广东人，在上海做生意，结交官场，跟洋商亦颇有往来。最近因为洪秀全在金陵“建都”，彼此有了联络，刘丽川准备大干一番。上海的谣言甚多，有的说青浦的土匪头目周立春，已经为刘丽川所勾结，有的说，嘉定、太仓各地的情势都不稳，也有的说，夷场里的洋商都会支持刘丽川。

这些消息，虽说是谣言，对胡雪岩却极有用处。他现在有个新的顾虑，不知道尤五是不是也跟刘丽川有联络，这一点关系极重，他必得跟郁四去商量。

转述过了陈世龙的话，胡雪岩提出他的看法：“尤五给我们一个期限，说是在七月底以前，可以保险，意思是不是到了八月里就会出事？”

“当然。到八月里就不敢保险了。”

“照此说来，小刀会刘丽川要干些什么，尤五是知道的，这样岂不是他也要‘造反’？”胡雪岩初次在郁四面前表现了忧虑的神色，“‘造反’两个字，不是好玩儿的！”

郁四想了好一会儿答道：“不会！照刘丽川的情形，他恐怕是‘洪门’。漕帮跟洪门，大家河水不犯井水。再说，尤五上头还有老头子，在松江纳福，下面还有漕帮弟兄，散在各处，就算尤五自己想这样做，牵制太多，他也不敢冒失。不过江湖上讲究招呼打在先，刘丽川八月里或许要闹事，尤五是晓得的，说跟刘丽川在一起干，照我看，绝不会！”

这番分析，非常老到，胡雪岩心中的疑惧消失了，他很兴奋地说：“既然如此，我们的机会不可错过。郁四哥你想，如果小刀会一闹事，上海的交通或许会断，不过夷场绝不会受影响，那时候外路的丝运不到上海，洋商的生意还是要照做，丝价岂不是要大涨？”

“话是不错。”郁四沉吟着说，“倘或安然无事，我们这一宝押得就落空了。”

“也不能说落空，货色总在那里的。”

“你要做我们就做。”郁四很爽朗地说，“今天六月二十，还有四十天工夫，尽来得及！”

“郁四哥！”胡雪岩突然说道，“我又悟出一个道理。”

胡雪岩认为尤五既然是好朋友，当然会替他设想，如果尤五参与了刘丽川的密谋，则起事成败在未知之数，他的自身难保，当然不肯来管此闲事，甚至很痛快地说一句“路上不敢保险”，作为一种阻止的暗示；现在既然答应在七月底以前可以“保险”，当然是局外人，有绝不会卷入漩涡的把握。

这个看法，郁四完全同意。“换了我也是一样。”他说，“如果有那么样一件‘大事’在搅，老实说，朋友的什么闲事都顾不得管了。”

“再说，尤五也是懂得生意的，如果夷场有麻烦，丝方面洋庄或许会停顿，他也一定会告诉我。照这样看，我们尽可以放手去做。”

“对嘛！”郁四答道，“头寸调动归我负责，别样事情你来。”

于是二人又作了一番细节上的研究，决定尽量买丝，赶七月二十运到上海，赚了钱分三份派。胡、郁各一份，另外一份留着应酬该应酬的人，到时候再商量。

离开阿七那里，胡雪岩回到大经丝行。在陈世龙到上海的半个月之中，他已经把两爿号子都开了起来。丝行的“部照”是花钱顶来的，未便改名，仍叫“大经”。陈世龙还典了一所很像样的房子，前面是一座五开间的敞厅作店面，后面一大一小两个院子。大的那个作丝客人的客房，小的那个胡雪岩住，另外留下两间，供老张夫妇歇脚。

大经的档手，照陈世龙的建议，用了那个姓黄的。此人名黄仪，相当能干，因而老张做了“垂拱而治”的老板，有事虽在一起商量，胡雪岩却常听黄仪的话。

“胡先生，”等听完了胡雪岩的大量购丝的宣布，黄仪说道，“五荒六月，丝本来是杀价的时候，所以我们要买丝，不能透露风声，消息一传出去，丝价马上就哄了起来。”

“那么怎么办呢？”

“只有多派人到乡下，不声不响地去收。只不过多费点辰光。”

“就是为这点，事情一定要快。”胡雪岩又说，“销洋庄的货色，绝不可以搭浆，应该啥样子就是啥样子。这一来，我们自己先要花工夫整理过，打包、装船，一个月的工夫运到上海，日子已经很紧了。”

黄仪有些迟疑，照他的经验，如果红纸一贴，只要货色合格，有多少收多少，那丝价就一定会涨得很厉害，吃亏太大。因此，他提出两个办法，第一个办法，是由胡雪岩跟衙门里联络，设法催收通欠，税吏到门，不完不可，逼着有丝的人家非得卖去新丝纳官课不可。

“不好，不好！”胡雪岩大摇其头，“这个办法太毒辣，叫老百姓骂煞！那我在湖州就站不住脚了。而且，王大老爷的官声也要紧。”

“那就是第二个办法，”黄仪又说，“现在织造衙门不买丝，同行生意清淡，我们打听打听，哪个手里有存货，把他吃了进来。”

“这倒可以。不过货色是不是合于销洋庄，一定要弄清楚。”

于是大经丝行大忙而特忙了，一车一车的丝运进来，一封一封的银子付出去，另外又雇了好些“湖丝阿姐”来整理货色。人手不够，张家母女俩都来帮忙，每天要到三更过后才回家，有时就住在店里。

胡雪岩每天要到三处地方：县衙门、阿七家、阜康分号。所以他一早出门，总要到晚才能回大经，然后发号施令，忙得跟阿珠说句话的工夫都没有。

天气越来越热，事情越来越多，阿珠却丝毫不以为苦，唯一使她怏怏在心的是找不到机会跟胡雪岩在一起。转眼二十天过去，快到七月初七，她早几天就下了决心，要在这个天上双星团圆的佳节，跟胡雪岩好好有番话说。

到了那一天，她做事特别起劲，老早就告诉“饭司务”，晚饭要迟开。原来开过晚饭，还有“夜作”，她已经跟那班“湖丝阿姐”说好了，赶一赶工，做完吃饭，可以早早回家。

吃过晚饭，天刚刚黑净，收拾一切该回家了。阿珠跟她娘说，家里太热，要在店里“乘风凉”。

这是托辞，她娘知道她的用意，不肯说破，只提醒她说：“一身的汗，不回家洗了澡再来？”

洗了澡再走回来，又是一身汗。“我就在这里洗了！”她说，“叫爱珍陪我在这里。”爱珍是她家用的一个使女。

等浴罢乘凉，一面望着迢迢银汉，一面在等胡雪岩。等到十点钟，爱珍都打盹了，来了个人，是陈世龙。他是五天之前，由胡雪岩派他到杭州去办事的。

“你什么时候到的？”

“刚刚到。”陈世龙说，“我不晓得你在这里，我把东西带来了。”

“什么东西？”

“吃的、用的都有，衣料、香粉、香榧、沙核桃糖、蔬菜。有胡先生叫我买的，有我自己买的。”

“你自己买的什么？”

“一把檀香扇。送你的。”

“你又去乱花钱！”阿珠埋怨他，“买一把细蒲扇我还用得着，买什么檀香扇？”这是违心之论，实际上她正想要这么一把扇子。

陈世龙觉得无趣。“那倒是我错了！”他怔怔地望着她。

阿珠心中歉然，但也不想再解释这件事，问道：“你吃过饭没有？”

“饭倒不想吃。最好来碗冰凉的绿豆汤。”

“有红枣百合汤！”明明可以教爱珍去盛来，阿珠却亲自动手。等他狼吞虎咽吃完便又问：“要不要了？”

“我再吃，胡先生怕就没得吃了。”

“不要紧！他也吃不了多少的。”她把自己的一份，省下来给餍陈世龙的口腹。

第二碗红枣百合汤吃到一半，胡雪岩回来了，陈世龙慌忙站起来招呼。

胡雪岩要跟他谈话，便顾不得阿珠，一坐下来就问杭州的情形。

“老刘有回信在这里！”陈世龙把刘庆生的信递了过去。

信上谈到代理湖州府、县两公库的事。胡雪岩在这里把公款都扯了来买丝了，而应解藩库的公款，催索甚急。派陈世龙专程到杭州给刘庆生送信，就是要他解决这个难题。刘庆生走了刘二的路子，转托藩衙门管库的书办，答应缓期到月底，必须解清。

“老刘说，日子过得很快，要请胡先生早点预备。一面他在杭州想办法，不过有没有把握，很难说。”

“他在杭州怎么样想办法呢？”

“他没有跟我说，不过我也有点晓得。”陈世龙说，“第一是到同行那里去商量，有湖州的汇款，最好划到阜康来开票子。”

“啊！”胡雪岩矍然一惊，“这就是他冒失了。杭州开出票子，在这里要照兑，这个办法要先告诉我，不然岂不是‘打回票’了？”

“老刘现在还在进行，等有了眉目，自然会写信来的。”陈世龙停了一下又说，“另外，他跟信和在商量，到时候这里没有款子去，请信和先垫一笔。”

“那么你晓不晓得信和张胖子怎么说法呢？”

“听说信和自己的头寸也很紧。”

胡雪岩默然，心里在盘算着，月底的限期，绝不可能再缓。如果说小刀会真的闹事，“江南大营”一方面少了上海附近的饷源，另一方面又要派兵剿办，那时候来催浙江的“饷”，一定急如星火。倘或无以应付，藩司报抚台，抚台奏朝廷，追究责任，王有龄的干系甚重。

“月底以前，一定要想办法解清。”胡雪岩说，“世龙，你替我写封信。”

信仍旧是写给刘庆生的，关照他预先在同行之中接头短期的借款，以八月底为期，能借好多少，立刻写信来，不足之数在湖州另想办法。至于由杭州阜康出票、湖州阜康照兑的汇划，暂时不必进行，等全部款子筹划妥当了再说。

“胡先生，”陈世龙捏着笔说，“有句话，我好不好问？”

“你问，不要紧。”

“我要请问胡先生，八月底到期的款子，是不是等在上海卖掉了丝来还？”

“不错。”胡雪岩答道，“如果一时卖不掉，我还有个办法，在上海先作押款。当然，最好不要走这条路，这条路一走，让人家看出我们的实力不足，以后再要变把戏就难了。”

陈世龙对这句话，大有领悟，“把戏人人会变，各有巧妙不同”，巧妙就在如何不拆穿把戏上面。

一面想，一面写信。写完又谈丝生意，现在到了快起运的时候了。胡雪岩的意思，仍旧要陈世龙押运。

陈世龙一诺无辞。接下来便谈水运的细节，一直谈到货色到上海进堆栈，然后又研究在上海是不是要设号子。话越来越多，二人谈到深宵，兴犹未已。

这一来便冷落了阿珠。她先还能耐心等待，但对胡雪岩那种视如不见的态度，反感越来越浓，几次想站起身走，无奈那张藤椅像有个钩子，紧紧勾住了她的衣服。她心里不断在想：等一下非好好数落他几句不可。

到钟打一点，胡雪岩伸个懒腰说：“有话明天再说吧！我实在困了。”

“我明天一早就来。”陈世龙说，“杭州买的东西都还在船上。”

“不要紧，不要紧。你也好好歇一歇，明天下午来好了。”说到这里他才发现阿珠，不由得诧异：“咦，你还在这里？”

阿珠真想回他一句：你到此刻才知道？可是话到嘴边，又忍了回去。

“不早了！世龙正好送你回去。”

这一下，她可真的忍不住了。等了半天，等到“送回去”这句话，难道自己在这里枯守着，就为等陈世龙来送？她恨他一点没有把她放在心上，因而扭头就走，跌跌冲冲地，真叫“一怒而去”！

胡雪岩和陈世龙都是一愣，也都是立刻发觉了她的异样，不约而同地赶了上去。

“阿珠，阿珠！”

“张小姐！”

两个人都在喊，阿珠把脚停下来了。胡雪岩很机警，只对陈世龙说：“你自己走好了。”

“好！”陈世龙装得若无其事地跟阿珠道别，“张小姐，明朝会！”

她不能不理，也答一声：“明朝会！”然后仍旧回到原来那张藤椅上坐下。

“天气太热！”胡雪岩跟过去，赔着笑说，“最好弄点清心去火的东西来吃。”

她以为他一定会问：为什么发这么大的脾气？那一来就好接着他的话发牢骚。不想是这么一句话，一时倒叫人发不出脾气，只好不理他，作为报复。

“喔，有红枣百合汤，好极了！”胡雪岩指着陈世龙吃剩下的那只碗说，“好不好给我也盛一碗来？味道大概不错。”

阿珠有心答他一句“吃完了”，又怕这一来，真的变成反目，结果还是去盛了来，送到胡雪岩手里，但心里却越发委屈，眼眶一热，流了两滴眼泪。

“这为啥？”胡雪岩不能再装糊涂，“好端端地哭！如果是哪个得罪了你，尽管说，我想也没有哪个敢得罪你。”

话是说得好听，却只是口惠，实际上他不知存着什么心思，跟他怄气无用，还是要跟他好好谈一谈。

“你晓不晓得，我特为在这里等你？”她拭干了眼泪问。

“啊呀！”胡雪岩故意装得大惊小怪的，敲敲自己的额角，“我实在忙得头都昏了，居然会没有想到你在这里是等我。对不起，对不起！”

说着便拉过她的手来，揉着、搓着，使得阿珠啼笑皆非，弄不清自己的感觉是爱还是恨。

最为难的还是一腔幽怨，无从细诉。阿珠一直在想，以他的机警而善于揣摩人情，一定会知道她的心事，然则一直没有表示，无非故意装糊涂。但有时她也会自我譬解，归因于他太忙，没有工夫来想这些。此刻既然要正正经经来谈，她首先就得弄清楚，他到底真的是忙，想不到，还是想过了，有别样的打算？

就是这一点，也很难有恰当的说法，她一个人偏着头，只想心事，把胡雪岩的那些不相干的闲话，都当作耳边风。

“咦！”胡雪岩推推她问道，“你是哑巴，还是聋子？”

“我不哑不聋，只懒得说。要说，也不知道从哪里说起！”

语气平静，话风却颇为严重，胡雪岩自然听得出来，他原有些装糊涂，最近更有了别样心思，所以越发小心，只这样问道：“什么事？这样子为难！”

“难的是我自己说不出口。”

这句话答得很好，虽说含蓄，其实跟说明了一样，胡雪岩不能装糊涂了。“喔，原来如此。说实话，你是说不出口，我是忙不过来。”他说，“你当我没有想过？我想过十七八遍了，我托张胖子跟你娘说的话，绝对算数。不过要有工夫来办。现在这样子，你自己看见、听见的。我没有想到，这一趟到湖州来，会结交郁四这个朋友，做洋庄，开阜康分号，都是预先不曾打算到的。你刚才听见的，我杭州的头寸这么紧，等着我去料理，都抽不出空来。”

就这一番话，阿珠像吃了一服消痰化气的汤头。“你看你，”她不由地有了笑容，“我不过说了一句，你咭咭呱呱一大套。没有人说得过你。”

“我不说又不好，说了又不好！真正难伺候。好了，好了，我们谈点别的。”

所谈的自然也不脱大经丝行这个范围。阿珠最注意的是胡雪岩的行踪，话风中隐约表示，她也想到上海去玩一趟。胡雪岩说天气太热，一动不如一静，同时老张是一定要去的，她该留在湖州，帮着她娘照料丝行。这是极有道理的话，阿珠不作声了。

“你看，”他忽然问道，“陈世龙这个人怎么样呢？”

是哪方面怎么样呢？阿珠心里想替陈世龙说几句好话，却不知道该怎么说，只好笼统地答道：“蛮能干的！”

“我是说他做人，你看是老实一路呢，还是浮滑一路呢？”

老实就是无用，浮滑就是靠不住。阿珠觉得他的话，根本不能回答，便摇摇头说：“都不是！”

“不老实，也不浮滑，普普通通。是不是呢？”

“普普通通”也不是句好话，她不愿委屈陈世龙，又答了个：“不是！”

“左也不是，右也不是。那么你说，陈世龙到底是怎么样一个人呢？”

一半是无从回答，一半由于他那咄咄逼人的词色，阿珠有些恼羞成怒了。“我不晓得！”她的声音又快又尖，“陈世龙关我什么事？请你少来问我。”

说着，她脸都涨红了，而且看得出来在气喘。她穿的是薄薄纱衫，映着室内灯光，胸前有波涛起伏之胜。胡雪岩笑嘻嘻的，只直着眼看。

阿珠一个人生了半天的闷气，等到发觉，才知道自己又吃亏了。她一扭身转了过去，而且拿把蒲扇，遮在胸前，嘴里还咕哝了一句：“贼秃嘻嘻！”

“好了，好了！都是我不好。天有点凉了，到里头来坐。”

这句话提醒了她，夜这么深了，到底回去不回去？要回去，就得赶紧走，而且要胡雪岩送，一则街上看到了不便，再则也不愿开口向他央求。

不走呢，似乎更不好。虽然也在这里住过，但那都是跟娘在一起，不怕旁人说闲话。现在是孤男寡女，情形又不同了。

“真的不理我？”胡雪岩又说，“那我就陪你在这里坐一夜。不过受了凉，明天生病，是你自己吃苦头。”

听得他温情款款，她的气也消了。“没有看到过你这种人，”她说，“滑得像泥鳅一样！”

这是说他对她的态度，不可捉摸。胡雪岩无可辩解，却有些着急，明天一早还有许多事等着自己料理，得要早早上床，去寻个好梦，这样白耗工夫，岂不急人？

想一想，只有这样暗示：“那么你坐一下，我先去抹个身。”

抹过身自然该上床了。听得这话，他急她也急，便不再多作考虑，站起身来说：“我要回去了。”

“回去？”胡雪岩心想，这得找人来送，当然是自己义不容辞，一来一去又费辰光又累，实在不想动，便劝她说，“何必？马马虎虎睡一觉，天就亮了。”

阿珠犹在迟疑，一眼瞥见在打瞌睡的爱珍，顿感释然。有爱珍陪着，就不必怕人说闲话。

于是又说了两句闲话，各自归寝，却都不能入梦。胡雪岩心里在想，阿珠这件事真有点进退两难，照她的脾气，最好成天守在一起，说说笑笑，如果嫁个老老实实的小伙子，一夫一妻，必定恩爱；像自己这种性情，将来难免三妻四妾，阿珠一定会吃醋，何苦闹得鸡犬不宁？

于是他又想到陈世龙。看样子，阿珠并不讨厌他，只是她此刻一心要做“胡家的人”，不会想到陈世龙身上；倘或一方面慢慢让她疏远，一方面尽量让陈世龙跟她接近，两下一凑，这头姻缘就可以成功了。

这一成功，绝对是好事。阿珠的父母，必定喜欢这个女婿，他们小夫妻也必定心满意足，饮水思源，都是自己的功劳。别的不说，起码陈世龙就会死心塌地帮自己好好做生意。

打定了主意，恬然入梦。第二天一早起身，胡雪岩盘算了一下，这天该办的大事有两件：第一件是王有龄要晋省述职，说过要约他一起同行，得去讨个回话；第二件是跟郁四去商量，哪里设法调一笔款子，把月底应解藩库的公款应付过去。

"你来得正好！"王有龄一见他便这样说，"我正要找你，有两件事跟你商量。先说一件，要你捐钱。"

这句话没头没脑，听不明白。但不管是捐什么，没有推辞的道理，所以他很豪爽地答道："雪公说好了，捐多少？一句话。"

"是这样，我想给书院里加些'膏火'银子，你看如何？"

寒士多靠书院月课得奖的少数银子，名为夜来读书的"膏火"所需，实在是用来养家活口的。"这是好事！"胡雪岩也懂这些名堂，"我赞成！捐二百两够不够？"

"你出手倒真阔！"王有龄笑道，"你一共捐二百两银子。一百两书院膏火，另外一百两捐给育婴堂，让他们多置几亩田。"

"好，就这样。银子缴到哪里？"

"这不忙。我谈第二件。"王有龄又说，"本县的团练，已经谈妥当了。现在局势越来越紧，保境安民，耽误不得，所以我马上要到省里去一趟，说停当了，好动手。预备明天就走，你来不来得及？"

"明天就走哪里来得及？"胡雪岩想了想答道，"最快也得三天以后，我才能动身。"

"那么，你一到省就来看我。还有件事，解省的公款怎么样了？上面问起来，我好有句话交代。"

这是个难题。王有龄不上省，延到月底缴没有关系，既已上省，藩司会问：怎么不顺便报解？这话在王有龄很难回答，自己要替他设想。

"讲是讲好了，月底解清。不过雪公不能空手上省。我看这样，"胡雪岩说，"雪公能不能缓三天，等我一起走？这三天工夫当中，我给雪公凑五万现款出来。这样子上省，面子也好看些。"

王有龄想了一下答道："那也好！"

事情说定了，胡雪岩急于想去凑那五万现款，随即去找郁四，说明经过。彼此休戚相关，而且郁四早就拍过胸脯，头寸调度，归他负责，所以他一口答应，等胡雪岩临走那天，一定可以凑足。

于是胡雪岩回到大经，把黄仪和老张找来，说三天以后就要动身，问他们货色能不能都料理好，装船同走。

“来不及！”黄仪答道，“我今天一早，仔细算过了，总要五天。”

“今天七月初八，加五天就是十三，二十以前赶得到上海。”胡雪岩灵机一动，“我跟王老爷已经约好，不能失信，我们十一先走，你们随后来，我在杭州等。”接着，他又对老张说，“阿珠想到上海去玩一趟，就让她去好了。”

“好的！”老张深表同意，“阿珠这一向也辛苦，人都瘦了，让她到上海去逛一逛。”

“还有件事，”胡雪岩忽然有个灵感，“我们要做好事！”

黄仪和老张都一愣，不知道他何以爆出这么句话来，好事怎么做法？为谁做好事？

当然，胡雪岩会有解释，他是从王有龄那里得来的启示。“做生意第一要市面平静，平静才会兴旺，我们做好事，就是求市面平静。”他喜欢引用谚语，这时又很恰当地用了一句，“‘饥寒起盗心’，吃亏的还是有钱的人，所以做生意赚了钱，要做好事。今年我们要发米票、施棉衣、舍棺材。”

“原来是这些好事！”黄仪答道，“那都是冬天，到年近岁逼才办，时候还早。”

“现在热天也有好事好做，秋老虎还厉害得很，施茶、施药都是很实惠的好事。”胡雪岩最有决断，而况似此小事，所以这样嘱咐，“老黄，说做就做！今天就办。”

黄仪深知他的脾气，做事要又快又好，钱上面很舍得。这就好办了！当天大经丝行门口便出现了一座木架子，上面两口可容一担水的茶缸，竹筒斜削，安上一个柄，当作茶杯，茶水中加上清火败毒的药料；另外门上一张簇新的梅红笺，写的是：“本行敬送辟瘟丹、诸葛行军散，请内洽索取。”

这一来大经丝行就热闹了，一下午就送掉了两百多瓶诸葛行军散，一百多包辟瘟丹。黄仪深以为患，到晚来向胡雪岩诉苦，一则怕难以为继，二则怕讨药的人太多，影响生意。

“丝也收得差不多了，生意不会受大影响，讨药的人虽多，实在也花不了多少钱。第一天人多是一定的，过两天就好了。讨过的人，不好意思再来讨。再说，药又不是铜钿，越多越好。不要紧！”

“我倒有个办法。”陈世龙接口说道，“我们送的药要定制，分量不必这么多。包装纸上要红字印明白：大经丝行敬送。装诸葛行军散的小瓷瓶，也要现烧，把大经丝行印上去。”

“这要大动干戈，今年来不及，只好明年再说。”黄仪是不愿多找麻烦的语气。胡雪岩当时虽无表示，事后把陈世龙找了来说：“世龙，你的脑筋很好。说实话，施茶施药的用意，只有你懂，好事不会白做的，我是借此扬名，不过这话不好说出口，你倒猜到了，实在聪明。”

得了这番鼓励，陈世龙颇为兴奋，很诚恳地答道：“我跟胡先生也学了好多东西。”

“慢慢来！你只要跟我跟长了，包你有出息。现在，我再跟你说件事。这趟阿珠到杭州，你多照应照应她，她是伢儿脾气，喜欢热闹，船上没事，你多陪陪她。”

“我晓得了！”

晓得了？胡雪岩心想，未见得！话还要再点一两句。

“世龙！”他态度轻松地问道，“你倒说说看，我跟阿珠是怎么回事？”

这叫陈世龙怎么说？他笑一笑，露出雪白的一嘴牙齿，显得稚气可掬。

“这有什么好碍口的？你尽管说。”

陈世龙逼得无法，只好说了：“胡先生不是很喜欢张小姐吗？外面都说，胡先生在湖州还要立一处公馆。”

“对！我在湖州倒想安个家，来来往往，起居饮食都方便。不过，我跟阿珠是干干净净的。”

这前后两截话，有些接不上榫头，陈世龙倒愣住了，“莫非胡先生另有打算？”他问。

“现在也还谈不到。等我下趟来再说。”

“那么，”陈世龙想了想，替阿珠有些忧虑和不平，“张小姐呢？她一片心都在胡先生身上。”

“这我知道。就为这点，我只好慢慢来。好在，”胡雪岩又说，“我跟她规规矩矩，干干净净，不会有什么太大的麻烦。”

照这样一说，胡雪岩是决定不要阿珠了。这为什么？陈世龙深感诧异。“胡先生，有句话，我实在忍不住要问。”他眨着眼说，“张小姐哪一点不好？这样的人才，说句老实话，打了灯笼都找不着的。”

由这两句话，可见他对阿珠十分倾倒。胡雪岩心想，自己这件事做对了，而且看来一定会有圆满结局，所以相当高兴。但表面上却不露声色，反而叹口气说：“唉！你不知道我的心。如果阿珠不是十分人才，我倒也马马虎虎安个家，不去多伤脑筋了。就因为阿珠是这样子打着灯笼都难找的人，我想想于心不忍。”

“于心不忍？”似乎越说越玄妙了，陈世龙率直问道，“为什么？”

“第一，虽说‘两头大’，别人看来总是个小，太委屈阿珠；第二，我现在的情形，你看见的，各地方在跑，把她一个人冷冷清清摆在湖州，心里过意不去。”

“胡先生！”陈世龙失声说道，“你倒真是好人。”

“这也不见得。闲话少说，世龙，”胡雪岩低声说道，“我真正拿你当自己小兄弟一样，无话不谈。你人也聪明，我的心思你都明白。刚才我跟你谈的这番话，你千万不必给阿珠和他爹娘说。好在我的意思你也知道了，该当如何应付，你自己总有数！”

陈世龙恍然大悟，喜不可言。原来是这样子“推位让国”！怪不得口口声声说跟阿珠“规规矩矩，干干净净”，意思是表示并非把一件湿布衫脱了给别人穿。这番美意，着实可感。不过他既不愿明说，自己也不必多事去道谢。反正彼此心照就是了。

但有一点却必须弄清楚。“胡先生！”他问，“张小姐跟我谈起你，我该怎么说？”

问到这话，就表示他已有所领会，胡雪岩答道：“你不妨有意无意多提这两点：第一，我太太很凶。第二，我忙，不会专守在一个地方。总而言之，言而总之一句话：你要让她慢慢把我忘记掉。”

“好的。”陈世龙说，“我心里有数了。”

* * *

因为有些默契，胡雪岩从当天起，就尽量找机会让陈世龙跟张家接近，凡有传话、办事、与老张有关的，都叫他奔走联络。同时胡雪岩自己以“王大老爷有公事”这么一句话作为托词，搬到知府衙门去住，整天不见人面。

再下一天就是初十，一直到中午，仍旧不见胡雪岩露面，阿珠的娘烦躁了。“世龙，”她说，“你胡先生是怎么回事？明天要动身了，凡事要有个交代，大家总要碰碰头才好。”

“胡先生实在忙！”陈世龙说，“好在事情都交代清楚了。我们十三开船，有什么事，到杭州再问他也不迟。”

话是不错，但照道理说，至少要替胡雪岩饯个行。这件事她前两天就在筹划了，心里在想，动身之前这顿晚饭，总要在“家里”吃，所以一直也不曾提。现在看样子非先说好不可了。

“世龙，我拜托你件事情，请你现在就替我劳步走一趟，跟你胡先生说，今天晚上无论如何要请他回来吃饭。”

陈世龙自然照办不误。可是这一去到下午四点钟才回张家，阿珠和她娘已经悬念不已，嘀嘀咕咕半天了。

“怎么到这时候才回来？”阿珠大为埋怨。

“我心里也急呀！”陈世龙平静地回答，“胡先生在王大老爷签押房里谈公事，叫我等一等，一等就等了个把时辰，我怕你们等得心急，想先回来说一声。刚刚抬起脚，胡先生出来了，话还说不到三句，王大老爷叫听差又来请。胡先生说马上就出来，叫我千万不要走，哪晓得又是半个时辰。”

“这倒错怪你了！”阿珠歉意地笑笑。

“胡先生说，来是一定要来的，就不知道啥时候，只怕顶早也要到七点。”

“七点就七点。”阿珠的娘说，“十二点也要等。不过有两样菜，耽误了辰光，就不好吃了。”

“那我到丝行里去了，还有好多事在那里。”

“你晚上也要来吃饭。”阿珠的娘还有些不放心，“最好到衙门里等着你胡先生一起来。”

陈世龙答应着刚刚走出门，只听阿珠在后面喊道：“等等！我跟你一起去。”

于是两个人同行从张家走向大经丝行，陈世龙的朋友很多，一路走一路打招呼，有些人就打量阿珠，他总替人很郑重地介绍：“这位是张小姐！”

这样介绍了两三次，阿珠又怪他了：“不要‘小姐、小姐’的，哪有个大小姐在街上乱跑的呢？”

“那么叫你啥呢？”

阿珠不响。“小姐”的称呼，在家里听听倒很过瘾，在人面前叫，就不大好意思了；但也不愿他叫自己的小名，其实也没有关系，不过这样叫惯了，将来改口很困难；而由“张小姐”改称“胡太太”或者“胡师母”，却是顺理成章的事。

一想到将来的身份，她不由得有些脸上发热，怕陈世龙发觉，偷眼去觑他。不过他也在窥伺，视线相接，他倒不在乎，她却慌忙避了开去，脸更加红了。

心里慌乱，天气又热，迎着西晒的太阳，额上沁出好些汗珠，偏偏走得匆忙，忘了带手绢。陈世龙只要她手一动，便知道她要什么，从袖子里取出自己的一方白杭纺手绢，悄悄塞了过去。

看手绢雪白，仿佛还未用过，阿珠正需要，便也不客气了。但一擦到脸上，便闻得一股特异的气味。是只有男人才有的，俗名“脑油臭”的气味。那股气味不好闻，但阿珠却舍不得不闻，闻一闻，心里就是一阵荡意，有说不出来的那种难受，也有说不出来的那种好过。

因此她就不肯把它还他，捏在手里，不时装着擦汗，送到鼻子上去闻一闻，一直走到大经门口，才把手绢还了他。

大经丝行里堆满了打成包的“七里丝”，黄仪和老张正在点数算总账。陈世龙和阿珠去得正好，堆在后面客房里的丝，就归他们帮忙。于是陈世龙点数，阿珠记账，忙到天黑，还没有点完，阿珠提醒他说：“你该到衙门里去了！点不完的，晚上再来点。”

看样子一时真个点不完了，陈世龙只得歇手，赶到知府衙门，接着胡雪岩一起到了张家。

等胡雪岩刚刚宽衣坐定，捧着一杯茶在手，老张手持一张单子，来请他看账。

“确数虽还没有点完，约数已经有了，大概八百五十包左右，连水脚在内，每包成本，总要合到番洋二百八十块左右。”他说，“这票货色，已经二十万两银子的本钱下去了。”

胡雪岩便问陈世龙：“八百五十包，每包二百八十块番洋，总数该多少？”

“二十三万八。”陈世龙很快地回答。

胡雪岩等了一下。“不错！”他又问老张：“可晓得这几天洋庄的行情，有没有涨落？”

“没有什么变动。”

“还是三百块左右。照这样算，每包可以赚二十，也不过一万七千五。”

“这也不少了。一笔生意就赚番洋一万七千多！”

老张老实，易于满足。胡雪岩觉得跟他无可深谈，想了想，只这样说道："反正大经的佣金是你赚的。老张，不管怎么样，你是大经的老板，你那条船可以卖掉了。"

老张莫名其妙，不知道他何以要说这话。陈世龙心里却明白，这是胡雪岩表示，将来就是不做亲戚，他仍旧要帮老张的忙。如果这是他的真心话，为人倒真是厚道了！

"船也不必卖掉，你来来去去也方便些。"

"这也好。"胡雪岩又说，"不过你自己不必再管船上的事了，应该把全副精神对付丝行。可惜，世龙帮不上你的忙！"

"怎么呢？"老张有些着慌，"没有世龙帮忙，你再不在湖州，我一个人怕照顾不到。黄先生，说句实话，我吃不住他。"

老张慌张，胡雪岩却泰然得很，这些事在他根本不算难题，同时他此刻又有了新的念头，要略微想一想，所以微笑着不作答复。

老实的老张，只当他不以为然，黄仪有些霸道的地方，是他亲身所体验到的，但说出来是在背后讲人坏话，他觉得道义有亏，不说，看胡雪岩的样子不相信。那怎么办呢？只有找个证人出来。

"黄先生为人如何，世龙也知道的。"他眼望着陈世龙说，"请你说给胡先生听听。"

"不必！"胡雪岩摇着手说，"我看也看得出来。说句实话，这趟我到湖州来，事事圆满。就是这位仁兄，我还没有把他收服。你当然吃不住他，不过有人吃得住他，你请放心好了，反正眼前也没有什么事了，等你从上海回来再说。"

"那时候怎么样？"

"那时候——"他看了看陈世龙说，"我自有极妥当的办法，包你称心如意。"

他们在谈话，阿珠一面摆碗筷，一面留心在听。她心里在想，最妥当的办法，就是不用黄仪，让陈世龙来帮忙。但是，她也听说过，胡雪岩预备让陈世龙学洋文，将来在上海“坐庄”，专管跟外国人打交道。这也是一项要紧的职司，胡雪岩未见得肯如此安排。那么除此以外，还有什么妥当的安排？

她的这个想法，恰好与胡雪岩相同，但他只字不提，因为时机未到。这时候，大家一起团团坐下吃饭，胡雪岩上坐，左首老张，右首陈世龙。下方是她们母女俩的位子，阿珠的娘还在厨房里，阿珠一坐坐在右首，恰好靠近陈世龙。

“来端菜！”因为爱珍临时被遣上街买东西去了，所以阿珠的娘高声在厨房里喊。

听这一喊，却是陈世龙先起身，阿珠便很自然地把他一拉：“你坐在那里，我去。”

陈世龙还是跟着去了，两个人同出同进，也不知道他在路上说了什么，阿珠只是在笑。胡雪岩一面跟老张喝酒，一面眼角瞟过来，心里有些好笑。

吃完饭，略坐一坐，胡雪岩又要走了，说还有事要跟郁四商量。阿珠和她娘听这一说，怏怏之意，现于颜色，她们都似乎有许多话要跟他谈，但细想一想，却又没有一句话是紧要而非在此刻说不可的，便只好放他走了。

“杭州见面了。”胡雪岩就这么一句话告别。

等走到门口，阿珠的娘赶上来喊住他问：“那么，啥时候再到湖州来？”

“现在哪里说得定？”

阿珠的娘回身看了一下，阿珠不在旁边，便又说道：“那件事，您放在心上。今年要办了它。”

“对，对！”胡雪岩答道，“今年年里，一定热热闹闹办喜事。那时我一定要来。”

如果是做新郎官，当然一定要来，何消说得？阿珠的娘觉得他的话奇怪，却做梦也没有想到，胡雪岩已经不是她的“女婿”了。

第十一章

王有龄的船到杭州，仍旧泊在万安桥，但来时风光，与去时又不大相同。去时上任，仪制未备，不过两号官船，数面旗牌；这一次回省，共有五只大号官船，隶役侍应，旗帜鲜明。未到码头，仁和、钱塘两县已派了差役在岸上照应，驱散闲人，静等泊岸，坐上大轿，径回公馆。

胡雪岩却不忙回家，一乘小轿直接来到阜康。他事先并无消息，所以这一到，刘庆生颇感意外。胡雪岩原是故意如此，教他猝不及防，才好看出刘庆生一手经理之下的阜康，是怎么个样子。

因此，他一面谈路上和湖州的情形，一面很自然地把视线扫来扫去。店堂里的情形，他大致都看清楚了，伙计接待顾客，也还客气，兑换银钱的生意，也还不少，所以对刘庆生觉得满意。

“麟藩台的两万银子，已经还了五千——”刘庆生把这些日子以来的业务情形，作了个简略的报告，然后请胡雪岩看账。

“不必看了。”胡雪岩问道，“账上应该结存的现银有多少？”

“总账在这里。”刘庆生翻看账簿，说结存的现银，包括立刻可以兑现的票子，一共七万五千多银子。

“三天以内要付出去的有多少？”

“三万不到。”

“明天呢？”胡雪岩又问。

“明天没有要付的。”

“那好！”胡雪岩说，“我提七万银子，只要用一天好了。”说着拿笔写了一张提银七万两的条子，递了过去。

他这是一个试探，要看看刘庆生的账目与结存是不是相符，如果叫他拿库存出来看，显得对人不相信，所以玩了这么一记小小的花样。

等刘庆生毫不迟疑地开了保险箱，点齐七万两的客票送到他手里。他又说了：“今天用出去，明天就可以收回来。你放心，不会耽误后天的用途。说不定用不到七万，我是多备些。”

就这么片刻的工夫，他已经神不知、鬼不觉地把刘庆生的操守和才干考察了一番。回家拜见了老母，正在跟妻子谈此行的成就，王有龄派人来请，说有要紧事商量，请他即刻到王家见面。

到得王家，已经晚上九点钟了。王有龄正在书房里踱方步，一见胡雪岩就皱着眉说：“搞了件意想不到的差使，要到新城去一趟。”

新城又称新登，是杭州府属的一县，在富阳与桐庐之间，那一条富春江以严子陵的钓台得名，风光明媚，是骚人墨客歌咏留连的胜区，但新城却是个小小的山城。湖州府署理知府，跑到那儿去干什么？“莫非奉委审案子？”胡雪岩问。

“案子倒是有件案子，不是去审问。”王有龄答道，“新城有个和尚，聚众抗粮，黄抚台要我带兵去剿办。”

听得这话，胡雪岩大吃一惊。“这不是当要的事。”他问，“雪公，你带过兵没有？”

“这倒不关紧要，我从前随老太爷在云南任上，带亲兵抓过作乱的苗子。不过这情形是不同的，听说新城的民风强悍得很。”

凡是山城的百姓，总以强悍的居多。新城这地方，尤其与众不同，那里在五代钱武肃王的时候，出过一个名人，叫作罗隐。在两浙和江西、福建的民间，“罗隐秀才”的名气甚大，据说出语成谶，言必有中，而他本人亦多奇行异事。新城的民风，继承了他的那股傲岸倔强之气，所以很不容易对付。

“是啊！”胡雪岩答道，“这很麻烦。和尚聚众抗粮，可知是个不安分的人。如果带了兵去，说不定激成民变。雪公，你要慎重。”

“我所怕的正就是这一点。再说，一带兵去，那情形——”王有龄大摇其头，“越发糟糕！”

这话胡雪岩懂。绿营兵丁，已到了不可救药的地步，真正是“兵不如匪”，一带队下去，地方老百姓先就遭殃。想到这一点，胡雪岩觉得事有可为。

“雪公！随便什么地方，总有明事理的人。照我看，兵以不动为妙，你不妨单枪匹马，到新城找着地方上有声望的绅士，把利害关系说明白，此事自然能够化解。”

“话是不错。”王有龄放低了声音说，“为难的是，大事化小、小事化无还不够。上头的意思是，现在各地风声都很紧，怕刁民学样捣乱，非要严办祸首不可。”

“不管是严是宽，那是第二步的事！”

“对！”王有龄一下领悟了，不管怎么样，要眼前先把局势平服了下来，才能谈得到第二步。他想了想，站起身来说：“我要去拜个客，先作一番部署。”

“拜哪个？”

“魁参将。他原来驻防嘉兴，现在调到省城，黄抚台派他带兵跟我到新城，我得跟他商量一下。”

“雪公，你预备怎么跟他说？”

“我把以安抚为先的宗旨告诉他，请他听我的招呼出队，不能胡来。”

“叫他不出队，怕办不到。”胡雪岩说，“绿营兵一听见这种差使，都当发财的机会到了，哪里肯听你的话？”

“那么照你说，该怎么办呢？”

“总要许他点好处。”胡雪岩说，“现在不是求他出队，是求他不要出队。”

“万一安抚不下来，还是要靠他。”王有龄点点头，下了个转语，“不过，你的话确是‘一针见血’，我先许了他的好处，那就收发由心，都听我的指挥了。”

当夜王有龄去拜访了魁参将，答应为他在黄抚台那里请饷，将来事情平定以后，“保案”中一定把他列为首功，但希望他听自己的话，实在是要他听自己的指挥。魁参将见王有龄很知趣，很爽快地答应照办。

由于王有龄遭遇了这么一件意外的差使，把他原来的计划都打乱了，该办的事无法分身，只有胡雪岩帮他的忙。首先是藩司衙门的公事要紧，胡雪岩用他从阜康取来的客票，解入藩库，把从湖州带来的、由郁四调来的五万银票，连同多下的两万，一起还了给刘庆生。此外还有许多王有龄个人的应酬，何处该送礼，何处该送钱，胡雪岩找着刘庆生帮忙，两个人整整奔走了一天，算是都办妥了。

“这就该忙我自己的事了。”胡雪岩把经手的事项，一一向王有龄交代过后，这样对他说，“我赤手空拳做出来的市面，现在都该要有个着落。命脉都在这几船丝上面，一点大意不得。”

王有龄哑然。他此刻到新城，也等于赤手空拳，至少要有个心腹在身边，遇到疑难危急的时候，也有个人可以商量。但胡雪岩既已作了这样的表示，而且也知道这一次的丝生意，对他的关系极大，所以原想留他帮忙的话，这时候就无论如何说不出口了。

他失望无奈的神色，胡雪岩自然看得出来，心里在想：这真叫爱莫能助！第一，实在抽不出空；第二，新城地方不熟；第三，带兵出队、动刀动枪的事，也真有点“吓势势”，还是不必多事为妙。

因为如此，胡雪岩就不去打听这件事了。管自己跟张胖子和刘庆生去碰头，把他到上海这个把月中需要料理或者联络的事，都作了妥帖的安排。三天工夫过去，丝船到了杭州，陈世龙陪着老张到阜康来报到。

问起路上的情形，陈世龙说一路都很顺利，不过听到许多消息，各地聚众抗粮的纠纷，层出不穷，谣言极盛，都非好兆。因此，他劝胡雪岩当夜就下船，第二天一早动身，早早赶到松江地界，有尤五"保镖"就可以放心了。

"世龙兄这话很实在。胡先生早到早好。今天晚上我做个小东，给胡先生送行。"刘庆生又面邀老张和陈世龙说，"也是替你们两位送行。"

"既如此，你就再多请一位'堂客'。"

"是，是。"刘庆生知道胡雪岩指的是阿珠，"今天夜里的月亮还很好，我请大家到西湖上去逛逛。"

"一天到晚坐船也坐厌了。"胡雪岩笑道，"还是去逛城隍山的好。"

"就是城隍山！主从客便。"刘庆生问老张，"令嫒在船上？"

"是的，我去接她。"

"何必你自己去？"胡雪岩说，"叫世龙走一趟，先接她到这里来再说。"

听得这话，陈世龙连声答应着，站起来就走。等了有个把时辰，两乘小轿抬到门前。阿珠走下轿来，只见她破例着条绸裙子，但盈尺莲船，露在裙幅外面，走起路来，裙幅摆动得很厉害。别人还不曾摇头，她自己先不好意思地笑了："这条断命的裙子，我真正着不惯！"

"那你何必自己跟自己过不去，找罪来受？"胡雪岩这样笑着问。

"喏！都是他。"

他是指陈世龙。阿珠一面说，一面拿手指着，眼风自然而然地瞟了过去。话中虽带着埋怨，脸色和声音却并无责怪之意，倒像是陈世龙怎么说，她就该怎么听似的。

这微妙的神情，老张看不出来，刘庆生更是如蒙在鼓里，甚至连阿珠自己都没有觉察有什么异样，但胡雪岩心里明白，向陈世龙笑了一下，没有再说下去。

“我们商量商量，到哪里去吃饭？”刘庆生还把阿珠当作胡雪岩的心上人，特地征询她的意见，“‘皇饭儿’好不好？”

最好的一家本地馆子，就在城隍山脚下，吃完逛山，正好顺路，几人自然一致同意。于是刘庆生做东，吃了一顿丰盛的晚饭，上城隍山去品茗纳凉。

这夜月明如昼，游客甚多，树下纳凉，胡雪岩跟老张和刘庆生在谈近来的市面，阿珠和陈世龙便小声闲话。杭州的一切，他不如她熟，所以尽是她的话，指点着山下的万家灯火，为他介绍杭州的风物。

到得二更将近，老张打个哈欠说：“回去吧！明天一早就要动身。”

阿珠有些恋恋不舍，但终于还是站了起来。陈世龙却是一言不发，抢先下山。胡雪岩心里奇怪，不知道他去干什么，这个疑团直到下山才打破，原来他是雇轿子去了。

“只得两顶轿子。”陈世龙说，“胡先生坐一顶。”

还有一顶呢？不用说，当然是阿珠坐。胡雪岩心想：自己想是沾了她的光，其实可以不必，我家甚近，不妨安步当车；阿珠父女回船的路相当远，不如让他们坐了去。

“我要托世龙帮我收拾行李，我们先走，轿子你们坐了去。”胡雪岩又对刘庆生拱拱手说，“你也请回去吧！”

“好的。明天一早我来送行。”

于是五个人分作三路。胡雪岩把陈世龙带到家。胡家大非昔比了，胡太太很能干，在丈夫到湖州去的一个月中，收拾得门庭焕然，还用了一个老妈子、一个打杂的男工，这时还都在等候“老爷”回家。

“行李都收拾好了。”打杂的男工阿福向“老爷”交代，“约了两个挑夫在那里，行李是不是今天晚上就发下船，还是明天一早挑了去？”

胡雪岩觉得阿福很会办事，十分满意，但他还未接口，陈世龙就先说了：“今天晚上下船！回头我带了挑夫去，也省得你走一趟。”

这样说停当，阿福立刻去找挑夫，趁这片刻闲空，胡雪岩问道：“一路上，阿珠怎么样？”

这话让陈世龙很难回答，虽已取得默契，却不便自道如何向阿珠献殷勤，想了想答道：“我都照胡先生的话做。”

“好！”胡雪岩说，“你就照这样子做好了。不过生意上也要当心。”这是警告他，不要陷溺在阿珠的巧笑娇语之中。

这言外之意，陈世龙当然懂，到底年纪还轻，脸有些红了。但此刻不能装糊涂，事实上他也一直在找这样一个可以表示忠心的机会，所以用极诚恳坦率的声音答道：“胡先生，你尽管请放心，江湖上我虽少跑，江湖义气总晓得的，胡先生这样子待我，我拆烂污对不起胡先生，将来在外面还要混不要混？”

“对！”胡雪岩颇为嘉许，“你能看到这一点，就见得你脑子清楚。我劝你在生意上巴结，不光是为我，是为你自己。你最多拆我两次烂污，第一次我原谅你，第二次对不起，要请你卷铺盖了。如果烂污拆得太过，连我都收不了场，那时候该杀该剐，也是你去。不过你要晓得，也有人连一次烂污都不准人拆的，只要有这么一次，你就吃不开了。”

他这番话，等于定了个规约，让陈世龙清清楚楚地明白了他对待手下的态度。不过陈世龙绝没有半点因为可容许拆一次烂污而有恃无恐的心思，相反地，这时候暗暗下了决心，在生意上非要规规矩矩地做个样子来给胡雪岩看不可。

“胡先生如果没有别的吩咐，我就走了。”他又问，“明天一早，要不要来接？”

“不必，不必！我自己会去的。”

等陈世龙一走，胡雪岩也就睡了。临别前夕，夫妇俩自然有许多话要说。谈到半夜，人是倦了，却不能安心入梦，心绪零乱，一直在想王有龄，担心他到新城，生命有没有危险，公事会不会顺利。

“怎么这时候才来？太阳都好高了！”阿珠一见胡雪岩上船，就这样埋怨地问。

“一夜没有睡着。”胡雪岩答道，“我在担心王大老爷。”

“王大老爷怎么样？”

“这时候没有工夫谈。开了船再说。”

解缆开船，也得要会工夫，胡雪岩一个人坐在船舱里喝茶，懒得开口。自从与王有龄重逢以来，他的情绪从没有像这样恶劣过。

“到底啥事情？”阿珠问道，“这样子愁眉不展，害得大家都不开心。”

听这话胡雪岩感到歉然，心情便越发沉重。“嗐！”他突然站起身来，“我今天不走了！王大老爷的公事有麻烦，我走了对不起朋友。阿珠，你叫他们停船。”

等船一停，老张和陈世龙不约而同地搭了跳板，都来到胡雪岩舱里，查问原因。

这时候他的心情轻松了，把王有龄奉令赴新城办案的经过说了一遍，表示非跟他在一起不可。

“我事情一办好，就赶了上来，行李也不必卸了。”

“如果事情没有办完，赶不到呢？”陈世龙针对这个疑问作了建议，“我们在松江等你，有尤五照应，船上的货色绝不会少。”

胡雪岩觉得这办法十分妥帖，欣然同意，随即单身上岸，雇了乘小轿，直接来到王家。

王有龄家高朋满座，个个都穿着官服，看样子都是“州县班子”，自然是“听鼓辕门”的候补知县。胡雪岩自己虽也是捐班的“大老爷”，但从未穿过补褂、戴过大帽，与这班官儿们见面，先得一个个请教了，才好定称呼，麻烦甚大。所以胡雪岩踏入院子，不进大厅，由廊下绕到厅房一间小客厅去休息等候。

等听差的捧了茶来，他悄悄问道：“你家老爷在谈什么？”

“还不是新城的事！听说那和尚厉害得很，把新城的县官都杀掉了。为此，我们太太愁得觉都睡不着。”

胡雪岩大吃一惊，这一来，事情越闹越大，必不能善罢甘休。王有龄真是“湿手捏了燥干面”，怕一时料理不清楚了。

于是他侧耳静听着，不久就弄清楚了。那些候补州县，奉了抚台的委札，到王有龄这里来听候差委，此刻他正召集他们在会议，商量处理的办法。

你一言，他一言，聚讼纷纭了半天，只听有个人说道：“现在是抗粮事小，戕官事大，首要各犯，朝廷决不会放松。我看，第一步，要派兵分守要隘；第二步，才谈得到是剿、是抚，还是剿抚兼施。”

胡雪岩暗暗点头，只有这个人说话还有条理。外面的王有龄大概也是这样的想法，只听他说：“高明之至。我还要请教鹤翁，你看是剿呢，还是抚呢？”

“先抚后剿。”那个被称作“鹤翁”的人，答得极其爽脆。

“先抚后剿，先抚后剿，这四个字的宗旨，确切不移。”王有龄很快地说，“我索性再请教鹤翁，能就抚自然不必出队进剿，所以能抚还是要抚。应该如何着手？想来必有高见。”

“倒是有点看法，说出来请王大人指教——”

胡雪岩正听到紧要地方，谁知听差奉命来请，说是王太太吩咐，请他到里面去坐。彼此的关系，已超过“通家之好”的程度，内眷不避，胡雪岩便到内厅去见了王太太。

“你看，好端端在湖州，上省一趟，就派了这么件差使！”王太太愁眉苦脸地说，“省城里谣言很多，都说新城这件事，跟‘长毛’是有勾结的。那地方又在山里，雪轩一去，万一陷在里面，叫天天不应，叫地地不灵，那时候怎么办？”

“不要紧，不要紧！”胡雪岩为了安慰她，只好硬起头皮拍胸脯，“有我在！我来想办法，包你平安。”

“是啊！”王太太有惊喜之色，“雪轩常说，什么事都靠你。你们像弟兄一样，你总要帮帮你哥哥的忙。”

“那还用说。你先请放宽了心，等他回头开完了会，我们再来商量。”

于是胡雪岩便大谈王有龄在湖州的情形，公事如何顺利，地方如何爱戴，尽是些好听的话，让王太太好忘掉新城的案子。

谈到日中要开饭了，王太太派人到外面去催请，把王有龄催了进来。他一见胡雪岩便问：“你怎么没有走？”

“把你一个人丢在这里，我在船上提心吊胆，雪公，你想想那是什么滋味？”

王有龄不知道那是什么滋味，但他知道自己的感觉，跟胡雪岩做朋友，实在够味得很！“雪岩，”他眼睛都有些润湿了，“这才是生死患难之交！说实话，一见你的面，精神就是一振。事情是很棘手，不过你来了，我倒也不怎么怕了。”

玉太太听他们这一番对答，对胡雪岩的看法越发不同，而且她也跟她丈夫一样，愁怀一放，这几天以来，第一次出现了从容的神色。

“有话慢慢谈，先吃饭！”她对王有龄说，“一直觉也睡不好，饭也吃不香。今天可以舒舒服服吃餐饭了，你们弟兄俩先吃酒，我做个‘红糟鸡’替你们下饭。”

王有龄欣然赞许，对胡雪岩夸耀他太太的手艺：“你尝尝内人的手段！跟外面福州馆子里的菜，大不相同。”

于是都变得好整以暇了，王有龄擎着酒杯为胡雪岩细述新城一案的来龙去脉，以及眼前的处理办法。果然如胡雪岩所想象的，那些奉派听候王有龄差委的候补州县中，管用的只有那个“鹤翁”。

“此人名叫嵇鹤龄，真正是个人才！”王有龄说，“足智多谋，能言善道，如果他肯帮我的忙，虽不能高枕无忧，事情已成功了一半。”

“喔！”胡雪岩问，“他的忙怎么帮法？”

“去安抚！”王有龄说，“新城在省的绅士，我已经碰过头了，那几位异口同声表示，有个得力的人到新城就地办事，事半而功倍。本来也是，遇到这种情形，一定是‘不入虎穴，焉得虎子’。无奈能干的，胆小不敢去；胆大敢去的，又多是庸才，成事不足，败事有余。除非我自己去，我不能去就得找嵇鹤龄这样的人。”

“我明白了。嵇鹤龄不肯去的原因何在？也是胆小？”

“哪里？”王有龄说，“此人有谋有勇，没有把那班乱民放在眼里。他只是不肯去——”

不肯去的原因是他觉得不合算。王有龄谈嵇鹤龄的为人，吃亏在恃才傲物，所以虽有才干，历任大僚都不肯或者不敢用他，在浙江候补了七八年，派不上几回差使，因而牢骚极多。

“他跟人家表示：‘三年派不上一趟差，有了差使，好的轮不着，要送命的让我去。我为何这么傻？老实说，都为王某某还是个肯办事、脑筋清楚的，我才说几句。不然我连口都懒得开。’”王有龄说，“今天这一会儿，其实毫无影响，我一直在动脑筋的是，设法说动嵇鹤龄，谁知劳而无功！”

“重赏之下，必有勇夫！雪公，你的条件开得不够吧？”

“根本谈不上！嵇鹤龄穷得你们杭州人说的‘嗒嗒嘀’，但就是不肯哭穷，不谈钱，你拿他有什么办法？”王有龄停了一下又说体谅的话，“想想也难怪，八月半就要到了，要付的账还没有着落，转眼秋风一起，冬天的衣服还在长生库里。听说他最近悼亡，留下一大堆孩子要照应。心境既不好，又分不开身，也实在难怪他不肯帮忙。”

“那就只有我去了。”胡雪岩说。

“你我是一样的。”王有龄说，“我不能去，当然也不能让你去。”

“既如此，雪公，你要我做点什么？”胡雪岩已有所领会，特意这样问一句。

“你看，雪岩，怎么想个办法，能让嵇鹤龄欣然应请，到新城去走一趟？”

胡雪岩不即作答，慢慢喝着酒盘算。这个征兆不好。在王有龄的印象中，任何难题，一跟他提出来，就会有办法，没有办法也有答复，一两句话，直抉症结的根源，商量下去，总能解决。像这样不开口，看起来真是把他难倒了。

难是有点难，却还不至于把胡雪岩难倒，他现在所想的还不是事而是人。嵇鹤龄这样的人，胡雪岩最倾倒——有本事也还要有骨气。王有龄所说的“恃才傲物”四个字，里面有好多学问。“傲”是傲他所看不起的人，但如果别人明明比他高明，他却不肯承认，眼睛长在额角上，目空一切，这样的人不是“傲”是“狂”。这样的人不但不值得佩服，而且要替他担心，因为狂下去就要疯了。

嵇鹤龄心里是丘壑分明的，只听他说王有龄“还肯办事，脑筋清楚”，他才肯有所建言，就知道他的为人。这样的人，只要摸着他的脾气，很容易对付，但若话不投机，他睬都不睬你。

“可惜事情太急，没有辰光了，不然，我跟他个把月交下来，一定可以叫他听我的话。”

“是啊！我是不容你下水磨功夫。难就难在这日子上头。”

“他有没有什么好朋友？”

“怎么没有？”王有龄说，“也是个候补知县，会画画，好酒量，此人最佩服嵇鹤龄，但虽无话不谈，却作不得他的主。我就是托他去疏通的。”

“喔，无话不谈？”胡雪岩很注意地问。

“是的。此人姓裘，裘、酒谐音，所以外号叫‘酒糊涂’，其实不糊涂。我介绍他跟你见见面？”

“不忙！”

胡雪岩说了这一句，却又不开口了。他尽自挟着王太太精心烹调的红糟鸡，大块往嘴里送，还要腾出工夫来向她讨教做法，越发不来理会王有龄。

吃完饭、洗过脸，胡雪岩叼着根象牙“剔牙杖”，手里捏一把紫砂小茶壶，走来走去踱方步。踱了半天，他站住脚说：“要他‘欣然’，只怕办不到！”

等了好久的王有龄，听得这一说，赶紧接口：“不管了！嵇鹤龄欣然也好，不高兴也好，反正只要肯去，就一定会尽心。公事完了，我替他磕个头道谢都无所谓。”

“好，我来办！雪公，把你的袍褂借我一套。”

“什么借？”王有龄转身喊道，“太太，你拣一身袍褂，还有，全副的七品服色，拣齐了叫高升送到雪岩那里去。”

“对了，顺便托高升跟我家说一声，我上海暂时不去了。”

王太太答应着，自去料理。王有龄便问：“你忽然想起要套公服，作何用处？”

“我要唱出戏。”胡雪岩又说，“闲话不必提，你发个帖子，晚上请‘酒糊涂’来喝酒，我有事要问他。”

王有龄依言照办，立刻发了帖子，同时预备酒筵。因为宾主一共只有三个人，菜备得不多，却特地觅了一罐十五年陈的“竹叶青”，打算让“酒糊涂”喝个痛快。

到晚来，客人欣然应约，胡雪岩跟他请教了“台甫”，略略寒暄，随即入席。姓裘的名叫丰言，名如其人，十分健谈，谈的自然是嵇鹤龄。

这一顿酒吃完，已经二更过后。王有龄厚犒裘丰言的跟班、轿夫，并且派高升把有了六七分酒意的客人送了回去。然后跟胡雪岩商量如何说服嵇鹤龄。

“雪公，”也有了酒意的胡雪岩笑道，“山人自有道理，你就不必问了。明天我得先部署部署，后天一早去拜嵇鹤龄，必有好音。我这出戏得有个好配角，请你关照高升到舍间来，我用他作配角儿。”

“好！好！”王有龄也笑道，“我等着看你这出戏。”

* * *

第三天一早，胡雪岩穿起鸂鶒补子的袍褂，戴上水晶顶子的大帽，坐上轿子，由高升“执帖”，径自来拜嵇鹤龄。

他住的是租来的房子。式微的巨族，房屋破旧，但格局甚大，里面住着六七户人家，屋主连门房都租了出去，黯旧的粉墙上写着“陈记苏广成衣”六个大字。高升便上去问讯：“陈老板，请问嵇老爷可是住在这里？”

“嵇老爷还是纪老爷？”姓陈的裁缝问，嵇跟纪念不清楚，听来是一个音。

“嵇鹤龄嵇老爷。”

“我不晓得他们的名字。可是喜欢骂人的那位嵇老爷？”

“这我就不晓得了。”高升把一手所持的清香素烛拿给他看，“刚刚死了太太的那位嵇老爷。”

“不错，就是喜欢骂人的那个。他住在三厅东面那个院子。”

“多谢，多谢！”高升向胡雪岩使个眼色，接着取根带来的纸煤，在裁缝案板上的烫斗里点燃了，往里就走。

胡雪岩穿官服，还是破题儿第一遭。他踱不来方棱折角的四方步，加以高升走得又快，他不能不紧紧跟着，所以顾不得官派，捞起下摆，大踏步赶了上去。

穿过大厅，沿着夹弄，走到三厅。东面一座院落，门上钉着麻。一看不错，高升便开始唱戏了，拉长了调子喊一声：“胡老爷拜！”

高升一路高唱，一路往里直闯，到了灵堂里，吹旺纸煤，先点蜡烛后燃香。这个突如其来的动作，把嵇家弄得莫名其妙。有个跟班模样的老者问道：“老哥，贵上是哪一位？”

“敏上姓胡，特来拜嵇老爷！拜托你递一递帖子。”说着，高升从拜匣里取出一张“教愚弟胡光墉拜”的名帖递了过去。

他们在里头打交道，胡雪岩只在院子门口等。过了一会儿，听见嵇家的跟班在说：“不敢当，不敢当！敝上说，跟胡老爷素昧平生，不敢请见，连帖子亦不敢领。”

这拒人于千里以外的态度，是胡雪岩早就料到了的。他的步骤是：如果投帖而获嵇鹤龄延见，自然最好，否则就还有一步棋。

此刻便是走这步棋的时候了，他不慌不忙地往里走去，直入灵堂，一言不发，从高升手里接过已点燃的线香，在灵前肃穆地往上一举，然后亲自去上香。

等嵇家的跟班会过意来，连忙喊道："真不敢当，真不敢当！"

胡雪岩不理他，管自己恭恭敬敬地跪在拜垫上行礼。嵇家的跟班慌了手脚，顺手拉过一个在看热闹的胖胖的小姑娘，把她的头一揿，硬捺着跪下。

"快磕头回礼！"

这下把嵇家上下都惊动了。等胡雪岩站起身来，只见五六个孩子，有男有女，小到三四岁，大到十四五岁，都围在四周，用好奇的眼光，注视着这位从未见过的客人。

"大官！"嵇家的跟班，招呼年龄最大的那个男孩，"来给胡老爷磕头道谢。"

就这时候嵇鹤龄出现了。"是哪位？"他一面掀起门帘，一面问。

"这位想来就是嵇大哥了！"胡雪岩兜头一揖。

嵇鹤龄还了礼，冷冷地问道："我与足下素昧平生，何劳吊唁？"

"草草不恭！我是奉王太守的委托，专程来行个礼。"胡雪岩张开两臂，看看自己身上，不好意思地笑道，"不瞒嵇大哥说，从捐了官以来，这套袍褂还是第一次穿。只因为初次拜访，不敢不具公服。"

"言重，言重！不知足下光降，有何见教？"

话是很客气，却不肯肃客入座，意思是立谈数语便要送客出门。不过他虽崖岸自高，他那跟班却很懂礼数，端了盖碗茶来，说一声："请坐，用茶！"这一下嵇鹤龄不能不尽主人的道理了。

等一坐下来，胡雪岩便是一顿恭维，兼道王有龄是如何仰慕。他的口才本就来得，这时又是刻意敷衍，俗语道得好，"千穿万穿，马屁不穿"，就怕拍得肉麻，因而几句恰到好处的恭维，胡雪岩就把嵇鹤龄的傲气减消了一半。

"嵇大哥，还有点东西，王太守托我面交，完全是一点点敬意。"说着，他从靴页子里掏出来一个信封，隔着茶几递了过去。

嵇鹤龄不肯接。“内中何物呢？”他问。

“不是银票。”胡雪岩爽爽快快地把他心中的疑惑揭破，接下来又加了一句，“几张无用的废纸。”

这句话引起了嵇鹤龄的好奇心，撕开封套一看，里面一沓借据。有向钱庄借的，有裘丰言经手为他代借的，上面或者盖着“注销”的戳子，或者写着“作废”二字。不是“废纸”是什么呢？

“这、这、这怎么说呢？”嵇鹤龄的枪法大乱，而尤其令他困惑的是，有人抬进来两只皮箱。他认得那是自己的东西，但不应该在这里，应该在当铺里。

于是嵇鹤龄急急喊他那跟在箱子后面的跟班：“张贵！怎么回事？”

上当铺的勾当，都归张贵经手，但是他也不明白是怎么回事。一出戏他不过看到前台的演出，后台的花样他看不见。

线索是裘丰言那里来的，知道了嵇家常去求教的那家当铺就好办了。钱庄与当铺素有往来，刘庆生就认识那家当铺的徽州朝奉，一说替嵇老爷赎当，自然万分欢迎。但赎当要有当票，因而作了一个约定，由刘庆生将全部本息付讫，“当头”送到嵇家，凭票收货，否则原货取回。这是万无一失的安排，当铺里自然乐从。

因此，在胡雪岩跟嵇鹤龄打交道时，作为“配角”的高升也在“唱戏”。他把张贵悄悄拉到一边，先请教了“贵姓”，然后说道：“张老哥，有点东西在门外，请你去看看。”

门外是指定时间送到的两口皮箱。高升告诉他，本息都已付过，只凭当票就可取回箱子。张贵跟了嵇鹤龄十几年，知道主人的脾气，但也因为跟得太久，不但感情上已泯没了主仆的界限，而且嵇鹤龄的日常家用都由他调度，等于是个“当家人”；别的都还好办，六个孩子的嘴非喂不可，所以对这两箱子衣服，决定自作主张把它领了下来，至多受主人几句埋怨，实惠总是实惠。

“唉！”被请到一边，悄悄听完经过的嵇鹤龄，微顿着足叹气，“我从来没有遇见过这种事。现在怎么办呢？”

张贵不作声，心里在想：有钱，把赎当的本息归还人家；没有钱，那就只好领受人家的好意；不然，难道把东西丢掉？

“好了，好了！”嵇鹤龄横一横心，另作处置，挥手说道，“你不用管了。”

“老爷！”张贵交代了一句，“本息一共是二百三十二两六钱银子。”

嵇鹤龄点点头，又去陪客。“仁兄大人，”他略带点气愤地说，“这是哪位的主意？高明之至！”

“哪里，哪里！”胡雪岩用不安的声音说，“无非王太守敬仰老兄，略表敬意，你不必介怀！”

“我如何能不介怀？”嵇鹤龄把声音提得高，“你们做这个圈套，硬叫我领这个情，拒之不可，受之不甘。真正是——”他总算把话到口边的“岂有此理”四个字咽了回去。

他要发脾气，也在胡雪岩意料之中。他笑嘻嘻地站起身来又作揖：“老兄，我领罪！是我出的主意，与王太守无干！说句实话，我倒不是为老兄，是为王太守。他深知老兄的耿介，想有所致意而不敢，为此愁眉不展。我蒙王太守不弃，视为患难之交，不能不替他分忧，因而想了这么一条唐突大贤的计策。总之，是我荒唐，我跟老兄请罪！”说到这里又是长揖到地。

嵇鹤龄不知道这番措词雅驯的话是经王有龄斟酌过的“戏辙儿”，只觉得他谈吐不俗，行事更不俗，像是熟读《战国策》的，倒不可小看了这个“铜钱眼里翻跟斗”的陌生人。

于是他的态度和缓了，还了礼拉着胡雪岩的手说：“来，来，我们好好谈一谈。”

一看这情形，胡雪岩自觉嵇鹤龄已入掌握，不过此刻有两种不同的应付办法。如果只要他就范，替王有龄作一趟新城之行，事毕即了，彼此漠不相关，那很好办，就地敷衍他一番就行了；倘或想跟他做个朋友，也是为王有龄在官场中找个得力帮手，还须好好下一番功夫。

转念之间，就有了抉择，他实在也很欣赏嵇鹤龄这样的人，所以提了个建议，并且改了称呼，不称“老兄”称“鹤龄兄”。

“我看这样，”他说，“鹤龄兄，我奉屈小酌，找个清凉的地方‘摆一碗’，你看怎么样？”

日已将午，对这样一位来“示惠”的客人，嵇鹤龄原就想到，应该留客便饭，只是中馈乏人，孩子又多，家里实在不方便；不想胡雪岩有此提议，恰中下怀，因而欣然表示同意。

“这身公服，可以不穿了！”胡雪岩看着身上，故意说道，“等我先回家换了衣服再来。”

“那何必呢？”嵇鹤龄马上接口，“天气还热得很，随便找件纱衫穿就行了。”接着就叫他的儿子：“大毛，把我挂在门背后的那件长衫拿来。”

于是胡雪岩换了公服，穿上嵇鹤龄的一件实地纱长衫。到了这样可以“共衣”的程度，交情也就显得不同了。两个人都没有穿马褂，一袭轻衫，潇潇洒洒地出了嵇家的院子。

“鹤龄兄，你请先走一步，我跟他说几句话。”

他是指高升。胡雪岩先夸奖了他几句，然后让他回去，转告王有龄，事情一定可以成功，请王有龄即刻到嵇家来拜访。

“胡老爷！”高升低声问道，“你跟嵇老爷吃酒去了，我们老爷一来，不是扑个空吗？”

“‘孔子拜阳货’，就是要扑空。”胡雪岩点破其中的奥妙，“你们老爷来拜了，嵇老爷当然要去回拜，这下有事不就可以长谈了吗？”

“是的，胡老爷的脑筋真好！”高升笑着说，“我懂了，你请。”

出了大门，两个人都没有坐轿子。嵇家住在清波门，离“柳浪闻莺”不远，安步当车到了那里，在一家叫作“别有天”的馆子里落座。胡雪岩好整以暇地跟嵇鹤龄研究要什么菜、什么酒，那样子就像多年知好，常常在一起把杯小叙似的。

“雪岩兄，”嵇鹤龄开门见山地问，“王太守真的认为新城那件案子，非我去不可？”

“这倒不大清楚。不过前天我听他在埋怨黄抚台。”胡雪岩喝口酒，闲闲地又说，“埋怨上头，派了这么多委员来，用得着的不多，倒不如只派嵇某人一位，那反倒没有话说。”

“怎么叫没有话说？”

“听他的口气，是指你老兄没有话说。如果委员只有你一位，他有什么借重的地方，我想你也不好推辞。现在有这么多人，偏偏一定说要请你去，这话他似乎不便出口。”

“是啊！”嵇鹤龄说，“我也知道他的难处。”

知道王有龄的难处又如何呢？胡雪岩心里这样在问，但不愿操之过急，紧盯着问。同时他也真的不急，因为嵇鹤龄的脾气，他几乎已完全摸到，只要能说动他，他比什么人的心还热。

果然，嵇鹤龄接着又说：“这件事我当仁不让。不过，王太守得要能听我的话。”

胡雪岩也真会做作。“到底怎么回事？我还不十分清楚，这是公事，我最好少说话。鹤龄兄，王太守跟我关系不同，想来你总也听说过。我们虽是初交，一见投缘，说句实话，我是高攀，只要你愿意交我这个朋友，我们交下去一定是顶好的朋友。为此，”他停了一下，装出毅然决然的神情，“我也不能不替你着想，交朋友不能‘治一径，损一径’，你说是不是？”

“是的。”嵇鹤龄深深点头，“雪岩兄，不是我恭维你，阛阓中人，像你这样有春秋战国策士味道的，还真罕见。”这两句话，胡雪岩听不懂，反正只知道是恭维的话，谦逊总不错的，便拱拱手答道：“不敢，不敢！”

“现在我要请问，你说‘不能不替我着想’，是如何想法？”

“你的心太热，自告奋勇要到新城走一趟，王太守当然也有借重的意思。不过他的想法跟我一样，总要不生危险才好，如果没有万全之计，还是不去的好。倘或王太守谈到这件事，你有难处，尽管实说。”他加重语气又说，“千万千万不能冒险。这就是我替你着想的地方。”

“承情之至。”嵇鹤龄很坦然地说，“这种事没有万全之计的，全在乎事先策划周详，临事随机应变。雪岩兄，你放心，我自保的办法，总是有的。”

“可惜，新城是在山里，如果是水路码头我就可以保你的驾了。”

“怎么呢？”嵇鹤龄问，“你跟水师营很熟？”

“不是。”胡雪岩想了想，觉得不妨实说，“漕帮中我有人。”

“那好极了！”嵇鹤龄已极其兴奋地，“我就想结识几个漕帮中人，烦你引见。”他接着又加了一句，“并无其意，只是向往这些人的行径，想印证一下《游侠列传》，看看今古有何不同。”

《游侠列传》是个什么玩意儿？胡雪岩不知道，片刻之间，倒有两次听不懂他的话，心里不免难过，读的书到底太少了。

不过不懂他能猜，看样子嵇鹤龄只是想结交这些朋友。江湖上人四海得很，朋友越多越好，介绍他跟郁四和尤五认识，绝不嫌冒昧，所以他一口答应。

“鹤龄兄，”他说，“我是‘空子’，就这年把当中，在水路上交了两个响当当的好朋友，一个在湖州，一个在松江。等你公事完了，我也从上海回来了，那时候我们一起到湖州去玩一趟，自然是扰王太守的。我跟你介绍一个姓郁的朋友，照你的性情，你们一定合得来。”

“好极了！”嵇鹤龄欣然引杯，干了酒又问，“你什么时候动身到上海？”

“本来前天就该走了。想想不能把王太守一个人丢在这里，所以上了船又下船。”

“啊！这我又要浮一大白！”嵇鹤龄自己取壶斟满，一饮而尽，向胡雪岩照一照杯又说，“现在能够像你这样急人之难、古道热肠的，不多了。”

这句话他听懂了，机变极快，应声答道：“至少还有一个，就是仁兄大人阁下。”

说着，胡雪岩回敬了一杯。嵇鹤龄欣然接受，放下杯子，有着喜不自胜的神情，说道："雪岩兄，人生遇合，真正是佛家所说的'因缘'两字，一点都强求不来。"

"喔，原来'姻缘'两字，是佛经上来的？"

这一说，嵇鹤龄不免诧异，看他吐属不凡，何以连"因缘"的出典都会不知道呢？但他轻视的念头，在心中一闪即没。朋友投缘了，自会有许多忠恕的想法。他在想，胡雪岩虽是生意中人，没有读多少书，但并不俗气，而且在应酬交往中，学到了一口文雅的谈吐，居然在场面上能充得过去，也真个难能可贵了。

他还没有听出胡雪岩说的是"姻缘"，不是"因缘"，只接着发挥他的看法："世俗都道得一个'缘'字，其实有因才有缘。你我的性情，就是一个因，你晓得我吃软不吃硬、人穷志不穷的脾气，这样才会投缘。所以有人说的无缘，其实是无因，彼此志趣不合，性情不投，哪里会做得成朋友？"

胡雪岩这才明白，他说的是因果之"因"，不是婚姻之"姻"，心里越发不是味道，但也不必掩饰。"鹤龄兄，"他很诚恳地说，"你跟我谈书上的道理，我不是你的对手。不过你尽管谈，我听听总是有益的。"

这一说，益使嵇鹤龄觉得他坦率可爱。不过也因为他这一说，嵇鹤龄反倒不便再引经据典，谈书上的道理了。"'世事洞明皆学问，人情练达即文章'，雪岩兄，你倒也不必忒自谦。"嵇鹤龄说，"我劝你闲下来，倒不妨读几首诗，看看山、看看水，这倒是涵泳性情，于你极有益处的。"

"你这几句话是张药方子，"胡雪岩笑道，"可以医我的俗气。"

"对了！"嵇鹤龄击节称赏，"你见得到此就不俗。"

这一来，他的谈兴越发好了。谈兴一好酒兴也一定好，又添了两斤竹叶青来。酒店主人也很识趣，从吊在湖水中的竹篓里，捞起一条三斤重的青鱼，别出心裁，舍弃从南宋传下来的"醋溜"成法不用，仿照"老西儿"的吃法，做了碗解酒醒脾的醋椒鱼汤，亲自捧上桌来，说明是不收钱的"敬菜"。于是嵇鹤龄的饭量也好了，三碗"冬舂米"饭下肚，摩着肚皮说：

“从内人下世以来，我还是第一次这么酒醉饭饱。”

他这一说，倒让胡雪岩想起一件事。“鹤龄兄，”他问，“尊夫人故世，留下五六个儿女，中馈不可无人，你也该有续弦的打算！”

“唉！”嵇鹤龄叹口气，“我何尝不作此打算？不过，你倒想想，五六个儿女需要照料，又是不知哪一年补缺的‘灾官’。请问，略略过得去的人家，哪位小姐肯嫁我？”

“这倒是实话。”胡雪岩说，“等我来替你动动脑筋！”

嵇鹤龄笑笑不答。胡雪岩却真的在替他“动脑筋”，并且很快地想到了一个主意，但眼前先不说破，谈了些别的闲话。看着太阳已落入南北高峰之间，返照湖水，映出万点金鳞，暑气也不如日中之烈，柳下披风，醉意一消，真个“夕阳无限好，只是近黄昏”。一到黄昏，城门快要关了，两人恋恋不舍地约了明天再见。

胡雪岩直接来到王家，王有龄正好送客出门，一见便拉着他的手笑道：“雪岩，你的本事真大，居然能把这么个人降服了，我不能不佩服你。我去拜过他了，封了八两银子的奠仪，不算太菲吧！”

“这无所谓。”胡雪岩答道，“他已经自告奋勇，明天上午一定会来回拜，你就开门见山跟他谈好了。”

“自告奋勇？”王有龄愁怀尽去，大喜说道，“好极，好极！明天晚上我请个客，把魁参将和新城县的两个绅士约了来，好好谈一谈。你早点来！”

第二天下午，胡雪岩依约，在家吃完午饭就到了王家。不久，嵇鹤龄也到了，他在上午已来回拜过王有龄，接受了晚宴的邀请，同时应约早到，好先商量出一个具体办法，等魁参将和新城县的绅士来了，当面谈妥，立即就可以动手办事。

“鹤龄兄，”王有龄说，“早晨你来过以后，我一直在盘算，新城县令已为匪僧慧心戕害，现在是县丞护印。我想上院保老兄署理新城，有‘印把子’在手里，办事比较方便。当然，这是权宜之计，新城地瘠民贫，不好一直委屈老兄。将来调补一等大县，我一定帮忙。”

“多谢雪公栽培！”嵇鹤龄拱拱手说，“不过眼前还是用委员的名义好。何以呢？第一，此去要随机应变，说不定我要深入虎穴，权且与那班乱民‘称兄道弟，杯酒言欢’。如果是父母官的身份，不能不存朝廷的体统，处处拘束，反而不便。其次，现在既是县丞护印，身处危城，能够尽心维持，他总也有所贪图，如果我一署理，他就落空了，即使不是心怀怨望，事事掣肘，也一定鼓不起劲来干，于大事无益。”

“是，是！”王有龄钦佩之忱，溢于词色，“老兄这番剖析，具见卓识。我准定照老兄的吩咐，等这件事完了，老兄补实缺的事，包在我身上。”

“那是以后的事，眼前我要请雪公先跟上头进言，新城县丞，倘或著有劳绩，请上头不必另外派人，就让他升署知县。”嵇鹤龄说，“‘重赏之下，必有勇夫’这句话，有时候很用得着。如果上头肯这么答应，我到了新城，可得许多方便。”

“对！这也是应该的。危城之中，也靠他撑持，理当有此酬庸。倘或受罪吃辛苦有分，局势平定了，别人来坐享其成，这也太不公平了。”

接着，他们两人便谈到“先抚后剿”的细节。胡雪岩看没有他的事，也插不进话去，便悄悄退了出来，径到上房来见王太太。

王太太越发亲热，口口声声“兄弟、兄弟”的，简直把他当作娘家人看待了。

胡雪岩深知官场中人的脾气，只许他们亲热，不许别人越礼，所以仍旧按规矩称她“王太太”。他说：“现在你可以不必再为雪公担心了。嵇鹤龄一则是佩服雪公，再则是跟我一见如故，肯到新城去了。”

“这都是兄弟你的功劳！”王太太很吃力地说，“真正是，我不知道该怎么谢你。”

“不必谢我！就算我出了力，以我跟雪公的情分来说，也是应该的。倒是人家嵇老爷，打开天窗说亮话，这一趟去，真正要承他的情。”胡雪岩又说，“刚刚雪公要保他署理新城县，他一定不要，说是这一来事情反倒不好办。王太太你想，候补候补，就是想补个缺，此刻不贪功名富贵，所为何来？无非交情二字。”

“这是真的。”王太太说，“兄弟我们自己人，你倒替我出个主意看。虽说公事上头，我不能问，也插不进手去，但私人的情分上他帮了你哥哥这么一个大忙，我总也要尽点心。如果他太太在世，倒也好了，内眷往来，什么话都好说，偏偏他太太又故世了！”

这就说到紧要关头上来了，胡雪岩三两句话把话题引到此处，正要开门见山转入正文，不想来了个人，他只好把已到喉咙口的话，咽了回去。

“胡老爷请用茶。钱塘县陈大老爷送的狮子山的‘旗枪’还是头一回打开来吃。胡老爷，你是讲究吃茶的，尝尝新！”

说话的是王太太的一个心腹丫头，名叫瑞云。她生得长身玉立，一张长隆脸，下巴宽了些，但照相法上说，这是所谓主贵的“地角方圆”。看瑞云的气度，倒确是有点大家闺秀的味道，语言从容，神态娴静，没有些儿轻狂。尤其好的是操持家务，井井有条，等于王太太的一条右臂，所以到了花信年华，依然是小姑居处，只为王太太舍不得放她出去。

“多谢，多谢！”胡雪岩笑嘻嘻地问道，“瑞云，你今年几岁？”

瑞云最怕人问她的年纪，提起来有点伤心。但她到底与众不同，这时大大方方地答道：“我今年二十二。”其实是二十五，瞒掉了三岁。

“二十二岁倒不像。”胡雪岩有意教她开开心，“我当你二十岁不到。”

瑞云笑了，笑得很大方，也很妩媚，只是嘴大了些，好在有雪白整齐的一嘴牙，倒也丝毫不显得难看。

“兄弟！”王太太有些紧张，“你——”

胡雪岩重重咳嗽了一声，示意她不要说下去，她要说的一句话他知道，当着瑞云诸多不便，所以阻止。

瑞云怎会看不出来？她顺手取走了王太太的一只茶杯，毫不着痕迹地躲了开去。这时王太太才低声问道："兄弟，你是不是要替瑞云做媒？"

"有是有这么个想法，先要看王太太的意思。"胡雪岩老实说道，"我看耽误不得了！"

王太太脸一红。"我也不瞒你，"她说，"一则来高不成低不就；二则来，我实在也离不开她。"

"这是从前的话，现在不同了。"

"是的，不同。"

王太太说是这样说，其实不过礼貌上的附和，究竟如何不同，她自己并不知道。胡雪岩看出这一点，自恃交情深厚，觉得有为她坦率指出的必要，不然，话就谈不下去了。

"王太太！一年多以前，雪公还不曾进京，那时府上的境况，我也有些晓得。多亏王太太一手调度，熬过这段苦日子，雪公才能交运脱运，当时自然少不了瑞云这样一个得力帮手……"

"啊！"不等他的话完，王太太便抢着打断，是一脸愧歉不安的神情，"兄弟，你说得不错！真正亏得你提醒！"

今昔的不同，让胡雪岩提醒了。做主人家的，宦途得意，扶摇直上，做下人的又如何呢？瑞云帮王家撑过一段苦日子，现在也该有所报答了，再不替她的终身着想，白白耽误了青春，于心何忍呢？因此，这时候的王太太，不仅是不安，甚至于可说有些着急，最好能立刻找到一个年貌相当、有出息的人，把瑞云嫁了出去。

"兄弟，你说，你要替我们瑞云做媒的是哪家？什么出身？有多大年纪？如果谈得拢，我要相相亲。"

听她这关切起劲的语气，可知祈望甚奢。嵇鹤龄不可能明媒正娶把瑞云当"填房"，又有六个未成年的儿女，如果把这些情形一说，王太太立刻会摇头。上手之初就碰个钉子，以后就能够挽回，也很吃力。所以胡雪岩心里在想，第一句话说出去，就要她动心，不能驳回。

这就要用点手腕了！反正王太太对瑞云再关切，也比不上她对丈夫的关切，不妨就从这上面下手。

于是他说：“王太太，这头亲事，跟雪公也大有关系，我说成了，诸事顺利，说不成难免有麻烦。”

为他所料的，王太太一听，神态又是一变，不仅关切，还有警惕。“兄弟，你来说，没有说不成的道理。”她这样答道，“你做的事都是不错的！”

这句话答得很好，使胡雪岩觉得双肩的责任加重，不能不为瑞云设想，因而不即回答，在心里把嵇鹤龄的各方面又考虑了一遍。

经过这短暂的沉默，王太太也有所领悟了。“你说的那个人，是不是嵇老爷？”她率直问说。

“就是他！”胡雪岩也考虑停当了，“王太太，我要说句老实话，瑞云如果想嫁个做官的，先总只有委屈几年。”接下去他说，“至于嵇鹤龄这个人，你想也可以想到，人品、才干都呱呱叫，将来一定会得意。瑞云嫁了他，一定有的好日子过。”

王太太不响，盘算一会儿问道：“嵇老爷今年多大？”

“四十刚刚出头。”胡雪岩说，“人生得后生，看来只有三十多，精神极好。”

“脾气呢？”

“有才干的人，总是有脾气的，不过脾气不会在家里发。在家里像只老虎，在外头像只‘煨灶猫’，这种是最没出息的人。”

“原是！”王太太笑道，“只会在家里打老婆，算什么男子汉？”她紧接着又说，“提起这一层，我倒想起来了，怎么说先要瑞云‘委屈’两年，这话我不大懂。”

“我是说，刚进门没有什么名分。过个两三年，嵇鹤龄自然会把她‘扶正’。”

王太太对此要考虑，考虑的不是眼前是将来。“兄弟，”她说，“你这句话倒也实在。不过，将来嵇老爷另外娶了填房，我们瑞云不是落空了吗？”

“这可以言明在先的。”胡雪岩拍拍胸说，“不然找我媒人说话。”

“满饭好吃，满话难说！我样样事相信你，只有这上头，说实话，我比你见得多。做媒吃力不讨好的，多得很！不然怎么会有‘春媒酱’这句话？我们两家的交情，自然不会这样子，到那时候，就只有叫瑞云委屈了！”

“这要看人说话。嵇鹤龄是个说一不二的人，除非不答应，答应了一定有信用。总而言之一句话，只要瑞云真的贤慧能干，嫁过去一定同偕到老。”

“好了，这层不去说他。”王太太又问，“嵇老爷堂上有没有老亲？”

“堂上老亲倒没有。底下有六个小鬼！”此是这桩亲事中最大的障碍，胡雪岩特意自己先说破，“不过，王太太，你放心，嵇家的家教极好，六个伢儿都乖得很！”

他一路在说，王太太一路摇头。“这难了！”她说，“你们男人家哪里晓得操持家务的苦楚？六个伢儿，光是穿鞋子，一年就要做到头，将来瑞云自己再有了儿女，岂不是苦上加苦？”

从这里开始，胡雪岩大费唇舌，他的口才超妙，一向无往不利，只有他这一刻，怎么样也不能把王太太说服。他恭维瑞云能干，繁难的家务，在她手里举重若轻，又说嵇鹤龄不久就会得意，可以多用婢仆分劳。凡此理由都敌不过王太太一句话：“瑞云苦了多年，我不能再叫她去吃苦！”

多说无益，胡雪岩慢慢自己收篷，所以事虽不成，和气未伤。王太太当然感到万分歉仄，便留了一个尾巴，说是“慢慢再商量”。

胡雪岩却等不得了，像这样的事，要做得爽利，才能叫人见情，因此他另辟蹊径，从王有龄身上着手。不过要让他硬作主张，王太太也会不高兴，说不定会伤他们夫妻的感情，所以胡雪岩想了一个比较缓和的办法。

“太太！”王有龄用商量的语气说，“嵇鹤龄这一趟总算是帮了我们全家一个大忙，刚才在席上已经谈好了，他后天就动身到新城。不过人家帮了我们的忙，我们也要想想人家的难处。”

“那自然。”王太太问道，“嵇老爷眼前有啥难处，怎么帮法？”

“他是父代母职。等他一离了家，家里虽有个老家人，也照顾不了。我想叫瑞云去替他管几天家。”

王太太笑了：“这一定是雪岩想出来的花样。”

“雪岩绝顶聪明，他想出来的花样，不会错的。”

“我不是说他错。”王太太问，“不过其中到底是什么花样，总也得说出来，我才会明白。”

“是这样子，雪岩的意思，一则替嵇鹤龄管几天家，让他可以无后顾之忧；二则让瑞云去看看情形，如果觉得嵇鹤龄为人合得来，他家几个孩子也听话，瑞云认为应付得下，那就再好都没有。否则就作罢，从此大家不谈这件事，一点痕迹不留，岂不甚好？”

“这好，这好！”王太太大为点头，“这我就没话说了。”

“不过我倒要劝你。”王有龄又说，“像嵇鹤龄这样的人，平心而论，是个人才，只要脾气稍为变得圆通些，以他的仪表才具，不怕不得意。瑞云嫁了他，眼前或许苦一点，将来一定有福享。再说，彼此结成至好，再连上这门亲，你们可以常来常往，不也蛮热闹有趣的吗？”

这句话倒是把王太太说动了。既然是讲感情，为瑞云着想以外，也要为自己想想，不管瑞云嫁人为妻还是为妾，堂客的往来，总先要看“官客”的交情。地位不同，行辈不符，“老爷”们少有交往，内眷们就不容易轧得拢淘。自己老爷与嵇老爷，以后定会常在一起，真正成了通家之好，那跟瑞云见面的机会自然就会多了。

因此，她欣欣然把瑞云找了来，将这件事的前后经过，和盘托出，首先也就是强调彼此可以常来常往，接着便许了她一份嫁妆，最后问她的意思如何。

当胡雪岩和王有龄跟王太太在谈此事时，瑞云早就在“听壁脚”了。终身大事，她心里一直在盘算，觉得这时候自以不表示态度为宜，所以这样答道：“嵇老爷替老爷去办公事，他家没有人，我自然该替他去管几天家。以后的事谁晓得呢？”

“这话也对！”王太太是想怂恿她好好花些功夫下去，好使得嵇鹤龄倾心，但却不便明言，因而用了个激将法，“不过，我有点担心，他家伢儿多，家也难管，将来说起来，‘管与不管一样’，这句话，就不好听了。”

瑞云不响，心里冷笑道：“怎说‘管与不管一样’呢？明天我管个样子出来看看，你就知道了。”

于是第二天一早，瑞云带了个衣箱，由高升陪着，一顶小轿，来到嵇家。嵇鹤龄已预先听胡雪岩来说过，深为领情，对瑞云自然也另眼相看，称她“瑞姑娘”，教儿女们叫她“瑞阿姨”。

“瑞姑娘，多多费心，多多拜托！”嵇鹤龄不胜感激地说，“有你来帮忙，我可以放心了。这个家从今天起，就算交了给你了，孩子们不乖，该打该骂，不必客气。”

“哪有这个道理？”瑞云浅浅地笑着，把他那个大眼睛的小女儿搂在怀里，眼角扫着那五个大的，正好三男三女。老大是男的，看上去极其忠厚老实。老二是女孩，有十二岁左右，生得很瘦，一双眼睛却特别灵活，话也最多，一望而知，不易对付。她心里在想，要把这个家管好，先得把这个“二小姐”收服。

“瑞姑娘！”嵇鹤龄打断了她的思路，“我把钥匙交给你。”

当家的钥匙，就好比做官的印信，瑞云当仁不让，把一串沉甸甸的钥匙接了过来。接着，嵇鹤龄又唤了张贵和一个名叫小青的小丫头来，为她引见。交代这一些罢，他站起身来要出门了。

“嵇老爷，”瑞云问，“是不是回家吃饭？”

“明天就要动身，今天有好些事要料理，中午赶不回来，晚上有个饭局。”

“那么，行李要收拾？”

“这要麻烦你了！行李不多带。”嵇鹤龄说，“每趟出门，我都带张贵一起走，这一次不必了。要带些什么东西，张贵知道。”

* * *

嵇鹤龄到二更天才回家，带了个客人来：胡雪岩。

一进门便觉得不同。走廊上不似平常那样黑得不堪辨识，淡月映照，相当明亮，细看时是窗纸重新糊过了。走到里面，只见收拾得井井有条。乱七八糟、不该摆在客厅里的东西，都已移了开去，嵇鹤龄顿有耳目清凉之感，不由地就想起太太在世的日子。

“嵇老爷回来了！”瑞云从里面迎了出来，接着又招呼了胡雪岩。

“费心，费心！”嵇鹤龄满面含笑地拱手道谢。

“如何？”胡雪岩很得意地笑道，“我说这位瑞姑娘很能干吧！”

“岂但能干？才德俱备。”

这完全是相亲的话了，否则短期做客，代理家会，哪里谈得到什么“才德”？瑞云懂他们的话，但自觉必须装得不懂，从从容容地指挥小青倒茶、装水烟。等主客二人坐定了她才说，煮了香粳米粥在那里，如果觉得饿了，随时可以开出来吃。

嵇鹤龄未曾开口，胡雪岩先就欣然道好：“正想吃碗粥！”

于是瑞云转身出去，跟着就端了托盘进来。四个碟子，一壶嵇鹤龄吃惯了的“玫瑰烧”，一瓦罐热粥。食物的味道不知如何，餐具却是异常精洁。嵇鹤龄从太太去世，一切因陋就简，此刻看见吃顿粥也颇像个样子，自然觉得高兴。

“来，来！”他招呼着客人说，“这才叫‘借花献佛’，如果不是瑞姑娘，我简直无可待客。”

“嵇老爷！”瑞云心里也舒服，但觉得他老是说这么客气的话，却是大可不必，“你说得我都难为情了。既然来到府上，这都是我该做的事，只怕伺候得不周到，嵇老爷你多包涵！”说着，深深看了他一眼，才低下头去盛粥。

看他们这神情，胡雪岩知道好事必谐，便忍不住要开玩笑了。“鹤龄兄，”他说，“你们倒真是相敬如宾！”

“原是客人嘛！”嵇鹤龄说，“应当敬重。”

瑞云不响，她也懂胡雪岩那句话，只觉得怎么样说都不好，所以仍旧是装作不懂，悄悄退了出去。

“鹤龄兄，”目送她的背影消失，胡雪岩换了个座位，由对面而侧坐，隔着桌角，低声说道，“此刻我要跟你谈正事了。你看如何？”

这样逼着问，嵇鹤龄不无受窘之感，笑着推托说：“等我新城回来，再谈也不迟。”

“对！本来应该这样。不过，我等你一走，也要马上赶到上海去。彼此已成知交，我不瞒你，我的一家一当都在那几船丝上，实在怕路上会出毛病。这话一时也说不清楚，且不去谈它。到了上海，我要看机会脱手，说不定要两三个月才能回来，那时你早就回到了杭州。你们若情投意合，就等我这个媒人，你们急，我也急，倒不如趁现在做好了媒再走。喜酒赶不赶得上，就无所谓了。”

“阁下真是一片热肠！”嵇鹤龄敬了他一杯酒，借此沉吟，总觉得不宜操之过急，便歉然说道，“可能再让我看一看。”

“还看什么？”胡雪岩不以为然地问他，“第一，你我的眼光，看这么个人还看不透？第二，如果不是你所说的‘才德俱备’，王太太又何至于当她心肝宝贝样，留到这个岁数还不放？”

“这倒是实话。”

“再跟你说句实话，纳宠到底不比正娶，不用想得那么多。”

“好了！我从命就是了。”嵇鹤龄又敬他酒，表示谢媒。

“慢慢，你从我的命，我的命令还没有下呢！”胡雪岩说，“我在王太太面前拍了胸脯来的，如果三两年以后，她没有什么错处，你就要预备送她一副‘诰封’。”

“那自然。我也不会再续娶了，将来把她扶正好了。”

“话是你说的。”胡雪岩特意再盯一句，“你将来会不会做蔡伯喈、陈世美？这要‘言明在先’，我好有交代。”

嵇鹤龄笑了。“亏你想得出！”他说，“我又不会中状元，哪里来的‘相府招亲’？”

“我想想你也不是那种人！那我这头媒，就算做成功了。好日子你们自己去挑，王太太当嫁女儿一样，有份嫁妆。至于你的聘礼，”胡雪岩说，“有两个办法，你挑一个。”

“这也是新鲜话。你说个数目，我来张罗好了，哪里还有什么办法好挑？”

“我做事向来与众不同。第一，我想以三方面的交情，你的聘礼可以免了。第二，如果你一定要替尊宠做面子，我放笔款子给你。两个办法你自己挑。”

“我自然要给她做面子，而且已经很见王太太的情了，聘礼不可免。”嵇鹤龄沉吟了一会儿说，“借钱容易，还起来就难了。”

“一点都不难。这趟新城的差使办成功，黄抚台一定放你出去，说不定就是雪公湖州府下面的县缺。那时候你还怕没有钱还账？”

嵇鹤龄通盘考虑了一下，认为这笔钱可以借，便点点头说：“我向宝号借一千银子。利息可要照算，不然我不借。”

胡雪岩不响，从马褂夹袋里掏出一沓银票，拣了一张放在嵇鹤龄面前，数目正是一千两。

“你倒真痛快！”嵇鹤龄笑道，“也真巴结！”

“我开钱庄做生意，怎么能不巴结？你把银票收好，如果要到我阜康立折子，找我的档手，名叫刘庆生。”

“多谢了！我先写张借据。”

这也现成，胡雪岩随身带着个“皮护书”，里面有空白梅红八行笺、墨盒和水笔。嵇鹤龄用他那笔凝重中不失妩媚的苏字，即席写了张借据，连同银票一起交了过去。

“这为啥？”胡雪岩指着银票，诧异地问。

“礼啊！”嵇鹤龄说，“我明天一早就动身了，拜托你‘大冰老爷’[①]，代为备个全帖，送了过去。”

“这也不必这么多……”

“不，不！”嵇鹤龄抢着说，“十斛量珠，我自觉已太菲薄了。”

胡雪岩想了想说：“也好。我倒再问你一声，你预备什么时候办喜事？”

“既然事已定局，自然越快越好。不过我怕委屈了瑞云。”嵇鹤龄说，“果然如你所说的，新城之行，圆满归来，有个‘印把子’抓在手里，她不也算‘掌印夫人’了？”

“你这样想法，我倒要劝你，”胡雪岩居然也掉了句文，“少安勿躁。”

“对！我听你的话。”嵇鹤龄欣然同意，“而且也要等你回来，我叫她当筵谢媒！”

他们在大谈瑞云，先还有些顾忌，轻声相语，到后来声音越说越大。瑞云想不听亦不可得，一个人悄悄坐在门背后，听得心里一阵阵发紧，有些喘不过气来。特别是那“掌印夫人”四个字，入耳就像含了块糖在嘴里。不过她始终觉得有些不大服帖的感觉——无论如何总要先探一探自己的口气！就看得那么准，把得那么稳，自作主张在商量办喜事的日子！还说“谢媒”，难道一定就知道自己不会反对？说啥是啥，听凭摆布。

正在这样盘算，听得外面嵇鹤龄在喊：“瑞姑娘！”

“来了！”她答应一声，手已经摸到门帘上，忽又缩了回来，摸一摸自己的脸，果然有些发烫。

这样子走不出去。但不出去恰好告诉人她在偷听，想一想还是掀帘而出，却远远地垂手站着。

---

① 大冰老爷：杭州的官宦人家称媒人为“大冰老爷”，女媒便是“大冰太太”。

“瑞云，”胡雪岩说道，“我要走了！”

“等我来点灯笼。”她正好借此又避了开去。

“不忙，不忙！我有句话问你。”

“是，胡老爷请说。”

“嵇老爷因为你替他管家，承情不尽，托我在上海买点东西来送你。你不必客气，喜欢什么，跟我说！”

“不敢当。”瑞云答道，“怎么好要嵇老爷破费？”

“不要客气，不要客气！你自己说。”胡雪岩又说，“如果你不说，我买了一大堆来，跟你们嵇老爷算账，反而害他大大地破费了！”

瑞云心想，这位胡老爷实在厉害！也不知道他的话是真是假？真的买了一大堆用不着的东西回来，虽不是自己花钱，也会心疼。照此看来，还是自己说了为是。

不过瑞云也很会说话。“胡老爷跟嵇老爷也是好朋友，不肯让嵇老爷太破费的。”她看了嵇鹤龄一眼又说，“胡老爷看着办好了。”

“这也是一句话，有你这句话，我就好办事了。总而言之，包你们都满意，一个不心疼，一个不肉痛！”

皮里阳秋，似嘲似谑，嵇鹤龄皱眉，瑞云脸红。她不想再站在那里，福一福说：“谢谢胡老爷跟嵇老爷！”然后转身就走。

“如何？”胡雪岩很得意地说，“处处都回护着你，刚刚进门，就是贤内助了！”

嵇鹤龄撮两指按在唇上，示意噤声，接着指一指里面，轻声说道：“何苦让她受窘？”

胡雪岩又笑了：“好！她回护你，你回护她。看来我这头媒，做得倒真是阴功积德。”

他们一面说，一面往外走。这时瑞云已将在打盹的张贵唤醒，点好灯笼，主仆两人把胡雪岩送出大门外，看他上了轿子才进去。

于是检点了行李，嵇鹤龄又嘱咐张贵，事事听“瑞姑娘”作主，小心照料门户。等男仆退出，他才问：“瑞姑娘住在哪间屋子？”

“我跟二小姐一屋……”

“瑞姑娘！”嵇鹤龄打断她的话说，“小孩子，不敢当你这样的称呼。你叫她名字好了，她叫丹荷。”他把他六个儿女的名字，一一告诉了她。

“叫名字我也不敢。”瑞云平静地答道，“叫官官吧！”

江南缙绅之家，通称子女叫“官”，或者用排行，或者用名字。丹荷就是“荷官”，这是个不分尊卑的“官称”，嵇鹤龄便也不再“谦辞”了。

“瑞姑娘，我再说一句，舍间完全奉托了！孩子们都要请你照应。”

“嵇老爷你请放心，府上的事都有我。”瑞云这时对他的感觉不同了，隐隐然有终身倚靠的念头，所以对他此行的安危，不能不关心。但话又不便明说，她只这样问起：“嵇老爷这趟出门，不晓得哪天才能回来？”

“也不会太久，快则半个月，最多一个月工夫，我相信公事一定可以办好了。”

“听说这趟公事很麻烦？”

“事在人为。”嵇鹤龄说了这句成语，怕她不懂，因而又作解释，“事情要看什么人办。我去了，大概可以办得下来。”

“如果办不下来呢？”

办不下来就性命交关了！嵇鹤龄也体谅得到她的心情，怕吓了她，不肯说实话。“不要紧！”他用极具信心的语气说，“一定办得来。”

瑞云的脸上，果然是宽慰的表情。她还有许多话想问，苦于第一天见面，身份限制，难以启齿，但又舍不得走，就只好低头站在那里，作出伺候垂询的样子。

嵇鹤龄觉得气氛有些僵硬，不便于深谈，便说了句：“你请坐！以后见面的日子还有，一拘束，就不像一家人了。”

这话说得相当露骨，如果照他的话坐下来，便等于承认是“一家人”了。她心里虽异常关切嵇鹤龄，但表面上却不愿有任何倾心委身的表示，因为一则不免羞涩，再则对他和胡雪岩还存着一丝莫名其妙的反感，有意矜持。

看她依旧站着，嵇鹤龄很快地又说了句："你请坐啊！"

"不要紧！"她还是不肯依。

于是嵇鹤龄不自觉地也站了起来，捧着一管水烟袋，一路捻纸捻，一路跟她说话，主要的是问她的家世。瑞云有问必答，一谈谈到三更天，方始各归寝室。

这应该是嵇鹤龄悼亡以后，睡得最舒服的一夜，因为他的床铺经瑞云彻底地整理过了：雪白的夏布帐子，抹得极干净的草席，新换的枕头衣；大床后面的搁板上，收拾得整整齐齐，有茶有书；帐子外的一盏油灯，剔得极亮，如果睡不着可以看书消遣。

他睡不着，但也不曾看书，双眼已有些涩倦，而神思亢奋，心里想到许多事，最要紧的一件是新城之行的估量。最初激于胡雪岩的交情、王有龄的礼遇，挺身而出，不计后果，此刻想想，不能只凭一股锐气，做了再说。到新城以后，如何下手，固非临机不可，但是成败之算，应有筹划。身入危城，随便什么人不可能有万全之计，倘或被害，身后六个儿女怎么办？

当然，朝廷有抚恤，上官会周济，然而这都要看人的恩惠。总得有个切实可靠、能够托孤的人才好。

念头转到这里，他自然就想到了胡雪岩，心里不免失悔。如果早见及此，趁今晚上就可以切切实实拜托一番，现在只好留个"遗嘱"了。

于是他重新起身，把油灯移到桌上，展开纸笔，却又沉吟不定。留遗嘱似乎太严重了些，这对胡雪岩会是很大的一个负担。嵇鹤龄考虑了很久，忽有妙悟，自己觉得很得意。

（未完待续）

《红顶商人胡雪岩 2》精彩看点：

价值二十三万八千两白银的生丝运抵上海，能否顺利脱手已成为胡雪岩的命脉所在。与此同时，全面施行海运使得以河运为生的漕帮面临解体之危，帮内怨气冲天，一场大乱一触即发。胡雪岩上通官府，下通漕帮，趋吉避凶，多方斡旋，在结识了以擅长跟洋人打交道而著称的古应春后，居然萌生了做军火生意的念头，随即在洋商、太平军、官府、漕帮、小刀会之间展开周旋，场面越铺越大，商机和危机接踵而至，是扶摇直上还是全面崩盘?

敬请阅读《红顶商人胡雪岩 2》。